U0817666

Gucheng Yishi

古城轶事

方兆祥◎著

ARTTIME 时代出版传媒股份有限公司
安徽文艺出版社

图书在版编目(CIP)数据

古城轶事/方兆祥著. —合肥:安徽文艺出版社,2015.1
ISBN 978-7-5396-5297-9

Ⅰ. ①古… Ⅱ. ①方… Ⅲ. ①长篇历史小说-中国-当代 Ⅳ. ①I247.5

中国版本图书馆 CIP 数据核字(2014)第 306584 号

出 版 人:朱寒冬
责任编辑:朱寒冬 汪爱武 韦 亚
装帧设计:许含章 褚 琦

出版发行:时代出版传媒股份有限公司 www.press-mart.com
安徽文艺出版社 www.awpub.com
地 址:合肥市翡翠路 1118 号 邮政编码:230071
营 销 部:(0551) 63533889
印 制:安徽新华印刷股份有限公司 (0551)65859551

开本:710×1010 1/16 印张:25.25 字数:350 千字
版次:2015 年 1 月第 1 版 2015 年 1 月第 1 次印刷
定价:38.00 元

(如发现印装质量问题,影响阅读,请与出版社联系调换)

版权所有,侵权必究

目 录

序　幕

浩瀚的长江,碧波万顷,水流湍急,从千家万户的窗外流过。这里是个鱼米之乡,这个地方有座古城,坐落在长江北岸,名字叫义城。这座有八百年历史的城池,其中三百年左右的时间曾是省会所在地,当然是个美丽富饶的地方了。这块宝地人杰地灵,源远流长,承载着厚重的历史,留下了让人无限遐想的沧桑。

说起一百年前的那些逸闻野史,倒是让人回味无穷的。

比方说,上个世纪二十年代的一天,全城上下流传着一个惊人的消息:蒋介石与王振帆打架了!

据说,蒋介石先动手,扇了王振帆两个耳光;王振帆后动脚,踹了老蒋一脚。这可是爆炸性新闻啊!

当时,蒋介石是国民政府主席,而王振帆只是义城大学的校长。

这两个人怎么会打起架来呢?实在是匪夷所思!

这件事还得从蒋介石赴义城视察说起。

千不该万不该,倒霉的蒋介石万万不该在这个节骨眼上来到义城,更不该一脑袋扎进这个倒霉的事件中。

这件事,就是义城大学与义城女中闹了个小小的矛盾,由于处理不善,最后酿成一个不大不小的学潮,弄得省政府万般无奈,没法履行公务。

说起这两所学校倒有点缘分，它们一墙之隔，一边是时髦的女中，清一色的窈窕淑女；另一边是君子好逑，绝大多数是男大学生。这种近邻关系是注定要出点什么事的。

几天前，女子中学举办了一项活动，叫“建校六十周年恳亲会”，校长想大操大办一下，邀请政府要员和社会名流参加，借以扩大学校的影响。名单确定之后，专门发了请柬，一柬一人，凭请柬出席。

校长确实动了一番脑筋，为了助兴，还专门排练了一场女子晚会，好让社会贤达们养养眼。

谁知道，一墙之隔的大学生对此更感兴趣，他们觉得不去观看演出简直就是暴殄天物！

女中的老师们也知道防患于未然，他们在大门口设了岗，又在礼堂外放了哨，负责检查请柬，大家凭柬进入。

可以想象，大学生们绝对不在被请之列，他们既非政府要员，又非社会名流，凭什么请他们？

但是，谁也不要小觑这些学子，他们的能量大着呢，如何在乎这张小小的纸片？

女中的把门人逐渐发现有点不对劲了，一些十七八岁的小青年，也手持请柬堂而皇之地要进会场，对他们拦也不是，不拦也不是。

更加棘手的是，还有一大批没有请柬的男青年，也挤在礼堂门口，要求进去“恳亲恳亲”。

管理者与被管理者从来就是一对矛盾，几乎是无处不在、无时不有的。一方是谢绝参加，一方是不请自到，说不拢，吵起来了，吵不停，动手了。礼堂门口撕拉推攘，扭成一团。

女中的人赶忙报告校长。校长倒是个男人，他知道男人闹出事来，女人可受不了，所以他亲自出面弹压。只可惜一人难敌四手，校长也排解不了。无奈之下，他想出一个釜底抽薪的办法，宣布将演出取消，并且让人暂关了礼堂的电灯。他可能想，你不就是来看女生表演的吗？我们不演了，让你看个屌！

谁知这一招更惹恼了大学生，他们是天之骄子，哪能受这窝囊气？记得有一首宝塔诗这样写道：

恨
学生
读书人
三五成群
皮鞋踱踱声
开口便是英文
打架就用啤酒瓶
丘八们也得让三分

义城的大学生倒没有打人，只是冲进去在黑灯瞎火的礼堂里砸了桌椅板凳，最后嫌响声不够，还砸了窗户玻璃。只听见噼里啪啦一阵乱响，再加上女学生的尖叫声、来宾们的怒气声、主办人员的呵斥声，整个会场变成了黑色的波涛汹涌的长江。

如果说顷刻间把整个女中闹得尖声四起，人心惶惶，那恐怕一点也不为过。

校长无奈，只好报警。警察的到来，警笛声、呵斥声响成一片，更增添了恐怖气氛。可是要想抓住那些闹事的大学生很困难，他们早就溜之乎也了！

这种事，说大不算大，说小不算小，只要女中校长找到大学校长理论理论，让大学赔个礼、道个歉，赔偿一点损失也就完事了。本来就是一点民事纠纷，由于处理不当，最后倒变成一个“政治问题”了。

事后第二天，上海的《申报》有点多管闲事，用挑衅性的字眼报道了这桩事，蓄意放大了事件的经过和严重程度，说什么“学校被捣毁”“夹杂有枪声”“秩序大乱、吓得乱窜”，连女学生宿舍和女教员寝室的窗户玻璃也被“捣毁无数”，还有“女学生受伤”“女员工呕血数口”等等。这种描写，就把一桩不大的民事纠纷，变成了“恐怖分子”袭击，因此引起了社会舆论的严重关注！

这样一报道，女中学生真的有点害怕了，她们害怕这种不实之词会招致大学生们的报复。何况女中与他们只有一墙之隔，出了校门就会迎面相撞，走在同一条狭窄的小街上躲都没法躲。要是大学生们使点坏，小丫头片子连哭都来不及。

于是女中的领导者们在这种非理性形势的诱导下做出了不理智的决定。他们在教导主任的带领下，集结了上百名女生，打着小小的三角旗，一路上喊着口号，到省教育厅请愿，要求主持公道。女学生们抹着眼泪，一副梨花带雨的样子，很能引起当局者和市民们的同情，何况队伍所到之处，皆有警察陪同和保护。

大学生们一看，一点也不含糊，不就是游个行、示个威吗？谁怕谁呀？你们女人小家子气，出动一百人；我们男子汉大丈夫，要上就上一千人，再加上过往的同情者和好事者，浩浩荡荡一共三千人，直奔省政府而去。

恰好这时候赶上蒋主席来视察工作，于是大学生们顺竿子爬，直接向蒋介石请愿，要求惩办女中校长这个迫害学生的“罪魁祸首”！

听说大学生们请了愿，女中校长当然不愿吃亏，也跑到蒋介石那里告了一状，痛陈义城大学的种种“劣迹”，甲乙丙丁、一二三四，列举了许多条，要求蒋主席为民女“做主”。

蒋介石最讨厌学生闹事，因为闹来闹去就会闹到政府头上，政府稳不住，他蒋主席就头皮发麻，学生们闹凶了还得用机枪、警棍、水龙头解决问题。而这些东西一出手，又会引发更大的社会矛盾，所以蒋介石总希望“天下太平，你输我赢”。

有了义城大学这个典型，老蒋就想君临天下，用国民政府头号人物的威风，去杀一杀“无良青年”的傲气，给社会各界敲敲警钟。

于是，蒋介石让省政府秘书长通知义城大学校长王振帆：蒋主席要去义大训话！

蒋介石真的准备去大发议论了！

但是千不该万不该，蒋介石万万不该在到达义城之前，往合肥过一趟。到合肥的时候，社会各界、三教九流的人都去夹道欢迎，锣鼓喧天、鞭炮齐鸣，好生热闹。蒋介石过足了瘾，乐翻了天，大有踌躇满志的感觉！

所以，到了义城大学，他感到接待仪式的反差太大了，没有列队，没有呼口号，学校大门口连一个人都没有。两种礼仪形成鲜明的对比，简直是冰火两重天！

蒋介石心里老大不痛快，他自任职以来，还没受过这种冷遇呢！他想，这是什么学校？摆谱给我看？太不懂事了，在这许多人面前让我难堪，情何以堪？这个校长难道是铜头铁臂？十八罗汉下凡尘？

等蒋介石和随从人员走进校园，王振帆才慵懒地走出来。蒋介石一看，此人穿着一件灰布长衫，且旧且皱；人长得瘦骨伶仃，身子有点佝偻；头发杂乱无章；鼻梁上架着高度近视眼镜，一副不修边幅的模样。

这一见面，就让蒋介石皱了皱眉头。

王振帆自我介绍说：“蒋先生，我是校长王振帆。学生们正在上课。”

仅仅称呼“蒋先生”，连“主席”都没喊，太把自己不当外人了，凭什么？蒋介石又有些不悦。

政府秘书长凑前一步，小声对王振帆说：“主席来了，也不搞个欢迎场面，就你一个人单枪匹马怎么行呢？失礼了！”

王振帆不以为然，回了句：“学校不是衙门，哪有那么多规矩？要说欢迎，我不是来了嘛！”

政府秘书长知道王振帆的倔脾气，只好摇摇头，自言自语：“不可理喻!”

蒋介石忍着,不便发火,因为他知道,自己为这件事发火,面子上会更难堪。

他忍气吞声道:“这样好嘛,唵,轻车简从! 唵,应该的!”

一行人走进校长办公室,总算有校工出来奉了茶。王振帆也不客气,高高地坐在自己的座椅上,让蒋介石坐沙发,又让主席低了一头。

蒋介石觉得没有必要和这个不懂人事的校长多寒暄,便开门见山地说:“这件事,义大学生深夜打砸女中,伤人伤物,社会影响很坏。你们是堂堂的高等学校,如此办事,成何体统!”

王振帆有他自己的考虑,他不同意一边倒地指责义大学生。他说:“这个事情,背后是有人操纵的,又是警察,又是报纸,说学校有异党,强加于人,影响很不好,请政府查清楚。”

蒋介石一听,这是个什么校长,能把皮球踢给长官吗? 所以,他进一步明确指出:“学校要查一查,是谁带头闹事的。最近,异党活动频繁,你们要查查,带头闹事的是不是共产党。如果是,要抓起来,严惩不贷,以儆效尤!”

王振帆一副公事公办的样子,回答说:“这个事是要查一查,到底黑幕在哪里。在没有查清之前,我不能随意处理我的学生,更不知道谁是共产党!”

蒋介石忍了又忍,觉得这个校长实在不是什么好鸟,一是无礼,二是护短,三是顶撞,心里有点窝火,说道:“养不教,父之过;教不严,师之惰。难道你连这么点规矩都不懂? 不懂规矩怎么当校长?”

王振帆见蒋介石骂到自己头上了,他也不客气,从腰间掏出烟盒,自顾自点燃一支烟,猛吸了几口,吐出烟圈后回答:“你是总司令,带兵的事归你管。我是校长,学校的事归我管,不劳总司令烦神!”

随行人员见王振帆一副大不敬的样子,为他捏了一把汗,连大气都不敢出,空气仿佛就要凝固了。

蒋介石果然沉不住气了,声音高了八度;“你看看你什么态度！目无尊长,刚愎自用,简直就是一个大学阀。有你这么个人管理学校,简直就是教育界的奇耻大辱!”

俗话说,正作用力恒等于反作用力。压迫越大,反抗也越强,这是自然界的一条规律。

王振帆的声音也提高了八度:“谢谢总司令给我戴上了学阀的帽子,我也送一顶帽子给总司令戴戴,我看你的样子就是一个新军阀!”

这话把在场的人吓得瑟瑟发抖,他们一个个哭丧着脸,紧闭着嘴,嘴唇打着哆嗦。

“我看你的所作所为,不光是破坏教育,而且是破坏北伐秩序,袒护共产党！我要不对你从严法办,就是白跑了这一趟!”蒋介石大光其火。

王振帆的拧劲也上来了,他反驳道:“我是前清的状元,还怕你个军阀不成？还怕你小题大做不成？还怕你乱扣帽子不成？北伐成功与否,与我何干？与你却大有干系!”

蒋介石无论是从军还是从政,从来没见过这种人、这阵势,他哪里受得了这种大不敬,火冒三丈地失态了,流氓劲也上来了,冲上去揪住王振帆的衣领,啪啪,甩了王振帆两个耳光。

下面发生的事更让蒋介石措手不及,他以为平时骂人“娘希匹”骂惯了,甩人家耳光也甩惯了,谁还敢顶嘴、还手不成？没想到这一次他失算了。只见王振帆凝神屏气,飞起一脚,踢在蒋介石的肚子上!

蒋介石哎哟一声,弯着腰,捂住肚子,呻吟起来。

随从侍卫也被这场面弄蒙了,一时竟不知如何是好。

蒋介石用尽全身力气喊道:“疯子！疯子！抓起来,治学不严,枪毙！枪毙!”

王振帆一脸的不屑,拍拍长袍,边走边说:“宁愿站着死,绝不跪着生,枪毙有什么好怕的?”

等侍卫把王振帆押走，政府秘书长小心翼翼地安慰蒋介石："这个人就是个疯子，枪毙了他也不算什么，活该！"

秘书长偷偷地看着蒋介石的脸，见他面色稍稍好转，趁机进言："不过这个人，这时候不能杀！"

"为什么不能？"蒋介石的脸色又冷峻了。

"主席有所不知，"秘书长小心地回答，"此人是前清状元，当过义城知府，民国以来当过都督助理，现在还是国民党党员。此人在义城颇有影响。他还有个哥哥叫王振风，是前清的武进士，义城有条街就叫进士第，是用他们家双进士的府邸命名的。所以杀了他没什么好处，不杀他没什么坏处，不如网开一面，让百姓们知道主席宽宏大度，他们家族也会感恩戴德的。"

蒋介石嗯嗯啊啊地听了一番，没有表态。

听说校长被抓走了，义大校园炸开了锅。师生员工都知道，王校长是为保护学生而入狱的，他是个正直、正派的人。如果校长有个三长两短，义城大学会办不下去的。所以，全校师生自觉列队，一路游行到省政府，坐在地上请愿，要求释放王振帆。

蒋介石听说又是学生请愿，一恼火，命令将王振帆押往南京收监。

义城是省、市、县三级政府所在地，社会贤达、各界名流特别多，其中也不乏在全国政界、文化界扛鼎之人。他们听说王振帆已被押往南京，遂来了个签名运动，各行各业扬名立万之人以及芸芸众生，都联名求保，致电教育部长，请他运用影响，释放称职的义大校长。

当晚，王振帆之妻刘氏连夜赶往南京，求助国民党元老蔡元培。蔡元培也是前清进士，民国初期担任过首届教育总长。他与王振帆相交甚笃，知道王振帆是个有用之才，于是出面找到蒋介石，几经斡旋，情势有了回旋的余地。

对于这个大逆不道的小角色，蒋介石知道抓不好抓、杀不好杀，而且已经在南京关了一个星期，已杀了杀老家伙的倔脾气，所以老蒋也想借坡下驴,来个自我转圜。他明知故问,对蔡元培说:“这个治学不严的家伙,真的和先生一样,也是前清的进士?”

蔡元培说:“我是前清进士,他是晚清状元,虽说同朝为官,但年秩上差了许多。”

蒋介石沉吟半晌,像是卖面子似的说:“既然蔡公出面说话,蒋某理当应允,只是真的拎不清楚,此人是个怎样的状元……”

第一章

金榜题名

光绪三十年，春天来得特别早。紫禁城周围的玉兰花早就绽放了，淡淡的清香在空气中飘散，桃红李白相映成趣，摇动的枝头上闹着春意，乖巧的喜鹊在红墙上跳来跳去，那翘动的雀尾和喳喳的和鸣仿佛在传递着即将到来的喜讯。

这一年是三年一度的大比之年，刚刚从河南开封经过会试脱颖而出的几百名贡士，已经风尘仆仆地赶到京城，准备参加殿试。

紫禁城周围大大小小的客栈着实火了一把，整洁的客房几乎都被贡士们挤爆了。除了卖酒的幌子上一个大大的“酒”字之外，廊檐下又挂了一串串的红灯笼；店堂的墙壁和走廊上，贴满了大红标语，上面写着“高朋满座，金玉满堂”的客气话、“金榜题名，独占鳌头”的喜庆话、“披红挂彩，打马游街”的祝贺话，以及“十年寒窗无人问，一举成名天下知”的暖心窝子的话。儒生们看着这些金玉良言，一个个羽扇纶巾、信心满满，同时又一番番焦急等待、心怀惴惴。

谁都知道，读书人走的科举考试这条路是从汉朝开始的，真正的创造者却是那个花天酒地的隋炀帝；到了唐朝，武则天又把这种选人用人的办法完善了一番；到了宋朝基本上固化了；后来的明清两朝便是科举制度最兴盛的时期了。

这种出人头地的办法,每三年一次,撬动着天下读书人的心。也许他们比吏部尚书还清楚,在一千三百多年的科举考试中,至少考出了几百万举人,选拔了上百万进士,其中又有上千名幸运儿中了状元。状元这个头衔,哪个考生不是连做梦都想扣在自己的头上呢?

殿试这一天,王振帆起得特别早,推开窗棂一看,一缕阳光刚刚透过薄明的晨曦照射到自己的脸上。他心中一喜,心情马上好起来,昨夜的紧张情绪一扫而光。他双手合十,紧贴自己的前额,心中默默祝祷了一番。然后,他简单地洗漱了一下,换上干净衣服,把笔墨纸砚细细检查了一番,准备停当,这才下楼来到店堂。

店堂里已经坐满了考生。对于已经参加过会试的人来说,大家都是同级,所以见了面都很亲切。王振帆拱拱手,连说"恭喜恭喜"。其他考生知道王振帆在会试中考了第一名,号称"会元",这是很大的荣耀,又见他这么客气,所以大家都站起来,拱手回礼说"同喜同喜"。

这批考生,虽然年龄参差不齐,但路子却完全相同,那就是每隔三年一次,不停地考试考试再考试。这种考试得从县试、府试、院试开始,每一关都通过了的,称为"童生",又叫"秀才"。当了秀才是成不了大事的,又得参加几年一次的省级举办的乡试,通过了的叫中了"举人",头名举人又称"解元"。范进中举乐得发了疯,也就止步在这个阶段。但就科考来说,走到这一步恐怕只能算一半路程,后面还有很严格的会试。只有举人才有资格参加会试,能够脱颖而出的,才能称作"贡士",头名贡士又称"会元"。现如今这二百七十多名贡士又齐聚京城,来参加最高层次的考试,那就是由皇帝亲自主持或者委派大臣们主持的殿试。殿试的结果,会把贡士们分成三等,也叫"三甲"。一甲取三名,头名叫"状元",第二名叫"榜眼",第三名叫"探花",皇帝对一甲三人赐号为"进士及第";二甲选定剩下的三分之一,赐号为"进士出身";三甲是最后的三分之一,赐号为"同进士出身"。这三甲又统称为"进士"。

如此这般,读书人走到贡士这一步,是大大地不容易。有的人考白了头发,读了一辈子书,考了一辈子试,才挣得个贡士的头衔,要是再能过得了殿试这一关,有个进士当当,那必然是祖坟冒了烟的。只有少数少年得志者,过关斩将,一路飘红,成为真正的幸运儿。

王振帆就是这样的幸运儿。他从小在父亲的监督下饱读诗书,十八岁考中秀才,二十一岁中了举人,二十四岁又取了贡生。而且举人和贡士都争了个头名,号称“连中二元”,把解元和会元都收入囊中,不得不让人刮目相看。

这一天,不论老少,贡士们在黎明之前,都齐刷刷聚集在紫禁城的午门守候,等待监考官将他们带到保和殿,进行最后的对决。

对于这一批大大小小的贡士来说,他们做梦都在想象着皇城的模样,想象着它的庄严肃穆,念及它的恢宏壮阔。可是一旦真的进了皇城,他们还是觉得惊诧不已。他们所看到的殿台楼阁,不仅高大雄伟,而且结构十分严谨,色彩十分辉煌,设施十分华贵,处处透着皇家的豪放和尊严。

紫禁城的外朝有三座宫殿,监考官率领贡士们先经过太和殿,再绕过中和殿,最后来到作为考场的保和殿。

考生们在殿前广场上列队等候,听唱名鱼贯而入。

王振帆抬头仰望着这座辉煌的大殿,阳光正好照射着屋顶,黄色的琉璃瓦闪耀着夺目的光彩,屋檐的上下角各安放着一些小兽,形象生动逼真。

走近殿门,保和殿面阔九间,进深五间,合着皇帝“九五之尊”的象征。殿的内外檐和殿内的天花均为金龙彩画,与丹红色的装修和陈设搭配得很协调,显得华贵富丽。殿内金砖铺地,踏在上面有一种荣华富贵的感觉。

大殿的匾额上写着“皇建有极”四个大字,据说是乾隆的御笔。匾额两旁的梁柱上镶嵌着一副对联,上联是“祖训昭垂我后嗣子孙尚克钦承有永”,下联是“天心降鉴惟万方臣庶当思容保无疆”。考生们看着这副对联,觉得有些拗口。王振帆看了两遍,心中微微一笑,把对联解读为“祖训昭垂，我后嗣子孙，尚克钦承有永；天心降鉴，惟万方臣庶，当思容保无疆”。他知道，这是乾隆爷希望子孙万代和天下臣民永保大清朝后继有人，天下太平的意思。

等两百多人在殿内坐定，再经过点名、散卷、赞律、行礼之后，开始颁发策题。

本次殿试的主考官，是皇上钦定的大学士、吏部尚书、左都御史和户部尚书等人。他们根据皇上的意思，从策问的角度秘密商议了八道命题，然后通过圈阅，按多数人的意见选中四道，涉及古今中外的内容对比，考问贡生们的识见和才能。

按照殿试的规定，每道题长两三百字，问及一两件事，答题不限长短，一般在两千字左右。殿试对字体要求很高，必须是正楷，字要写得光圆、方正、乌黑、体大，对字的要求甚至超过了内容本身。

考生们拿到考题，仔细地审阅起来。他们猜想着皇帝的意图，品味着题中的奥妙，想着自己怎样对答才能入主考官的法眼，甚至对上皇帝的口味。

随着时间的推移，考生们的面部表情发生了细微的变化：有的面色平静，胸有成竹；有的双眉紧蹙，难以释怀；有的抓耳挠腮，心神不定；有的面带笑容，轻松应对。

王振帆审了四道考题，觉得大清朝的皇帝在甲午海战之后，已经感觉到内政和外交的压力，过去那种天下霸主的地位已经动摇了。他不得不去瞄瞄外国的那些洋玩意儿，并且从老祖宗那里翻检翻检，看看还有什么可用的法宝，看样子不改弦易辙混不过去了。

王振帆心里这么想，笔下可不敢这么写，他还得把大清朝捧得高高的，说得好好的，在这个基础上再进一点良言、献一点良策，以邀宠于主考官和皇上。

这点小把戏对于年轻敏锐的王振帆来说，并非什么难事。自幼受父亲的影响，他早已把“四书五经”记得滚瓜烂熟，对于怎样模拟圣贤的口气、传达圣贤的思想，已经成为他的长项，否则他在乡试和会试中也不会连中二元。

说起来这个小青年也很乖巧，他不仅把老祖宗的学问烂熟于胸，而且对新学也有浓厚的兴趣。他熟读龚自珍、魏源的诗文，欣赏康有为的公车上书，对梁启超、谭嗣同也很崇拜，他甚至读过严复的《天演论》和《救亡决论》，看过严复办的《国闻报》。所以，他知道康乾盛世已成为过眼烟云，“弹指兴亡三百载，都在诗人吟唱中”，大清朝正处在大动荡、大变革的时代。

他很佩服新一代的读书人抨击时弊、要求变革、留心时务、提倡经世的勇气，赞成他们制洋器、采西学、变法自强的主张，更留心他们提出的改革措施。对于这些关系时事政治、国计民生的新论，他兼收并蓄，深深印入脑海。

他并不反对大清朝，因为朝廷已经给了他很多好处，连中二元让他名利双收，他维护大清朝，也就是维护他自身的利益。同时他也主张变革，用新的经世思想治国安邦，对外国主张“知彼虚实，然后强化制夷之策，以雪国耻”。所以，王振帆是个标准的改良主义者，很能对上皇帝和考官的思路。

再者，王振帆很会写八股文，这也得益于他那老学究的父亲。他从小练成了破题、承题、起讲、入手、起股、中股、后股、束股的本领，写起文章来驾轻就熟，略经思考，一挥而就。更不凡的是，他的字写得特别好，他的书法以形写神、神形兼备，富有力量感、节奏感、立体感，单字结构整齐平整、长短合度、疏密均衡，行行之间上下承接、呼应连贯，连字成行、集行成章，充满神气和光彩，这在清末科考中是最引人注目、最受欢迎的。

殿试要让考生们苦熬一天，黎明入座，天黑交卷，任你不吃不喝，写得天昏地暗，也得忍受。王振帆用了大半天就写好了四道题，但他不急于交卷，一来是怕考官误认为自己草率，二来也怕别的考生着急，所以他把考卷从头到尾细细地捋了几遍，连字词句都不放过，直到满意地摸起几根稀疏的胡子。

终于到了傍晚，主考官宣布收卷、掌卷、密封收存。考生们齐刷刷交了卷子，一个个累得腰酸背疼，手指发麻。大家站好队，又在监考官的带领下离开太和殿，由中左门出了紫禁城，圆了他们“进皇城，做诗文”的美梦。

王振帆在几百人的队伍里走着，并不出众。如果不是自幼伏案过多，如果不是父亲的家教过严，凭着他的唇红齿白、五官端正、身材颀长，也应该是个风流倜傥的模样。只可惜他的眼睛不好，有点近视，他的个子并不矮，但是有点弓腰驼背，因此有点美中不足。正所谓人无完人，岂能既貌似潘安，且又才高八斗呢？

考生们出了皇城，个个如释重负，手舞足蹈，高声谈笑起来。他们像出笼的鸟儿，把几天、几年，甚至一辈子寒窗苦读甩到脑后，终于可以自由自在地过几天舒服日子了。他们知道，这次殿试是一次定终身的，不管是一甲、二甲还是三甲，怎么着也可以熬个进士当当了，要么进翰林院，要么到有关各部去当差。

贡士们彻底放松起来，回到各自落脚的客栈，三五成群地移樽对酌起来。他们是一群有资格的读书人，但多数是放浪形骸的青年才子，对酒当歌、吟诗作赋也是他们表达喜怒哀乐的方式。王振帆没有饮酒，他是个严谨的人，他吃了碗热面，与大家寒暄之后便回到自己的房间里休息。

他剔了剔蜡烛，忽然红蜡爆出个大大的灯花来，他高兴非常，觉得这是个好兆头。对于今天的殿试，他当然想问鼎一甲，但一甲毕竟只有三名，贡生中高手极多，他不敢说有什么把握。算起来二甲应该有八九十人，他跻身二甲肯定没有问题，至少可以获得一个进士出身。对于这样的成绩，他觉得不仅自己可以接受，而且也可以告慰父亲的在天之灵了。

王振帆的家世并不算显赫。他是义城人，父亲早年就是个秀才，后来屡试不中，终于以白衣秀才了此终生。父亲最大的长处，就是开馆授业，最懂得因材施教、成人之美，“横看成岭侧成峰，远近高低各不同”。父亲的门生中，秀才居多，举人有之，进士也有之，所以父亲的馆业兴旺，这也是他毕生最大的成就。

王老先生有两个儿子，长子振风，次子振帆，年龄相差五岁。做父亲的当然先教授长子，他从《三字经》《百家姓》《千家诗》教起，做着望子成龙的准备。没想到事与愿违，王振风与他的老子开了个大大的玩笑，不仅对这些启蒙读物不屑一顾，而且经常把学馆中的同窗打得鬼哭狼嚎。王老先生气得捶胸顿足，把这个不争气的儿子锁在家中，对他进行个别辅导，点对点教育，结果仍然是针插不进，水泼不进，你有你的千条计，他有他的老主意，书可以不读，但把式不可不练，他无师自通地把什么南拳、北腿练得人模狗样的。王老先生终于明白，对儿子要因材施教，学文实在不行，那就干脆习武吧。正好隔壁开烧饼店的张老伯是个武林高手，练就铁砂掌，江湖人送他外号“铁砂张”。王老先生就让儿子振风拜张老伯为师，择吉日拜了师，磕了头，设了拜师宴，这才算给长子找了一条通天大道。

王振风读书不行，但习武的悟性极高，在铁砂掌张老伯的精心锤炼下，把打、摔、拿、跌、击、劈、刺的功夫练得极好，徒手和器械结合得得心应手。他还吸收了南北拳术的特点，施展起来不仅气势雄劲、大开大合，而且变化无穷。王振风成了真正的武林高手，风格独特、自成体系，无论在哪里打擂，从未失过手，是个常胜将军。

那个时代的科举分为文举和武举两种，武举是专门为选拔武官而设置的，从武则天长安二年开始，到光绪二十七年结束，历时一千二百年。武举考试的程序与文举基本一样，只是内容和时间不同。这种擢拔人才的办法，给王振风打开了一条通道。他不仅在乡试中得了武举，而且在科举考试的末班车上考中了武进士，获得了进士出身的荣誉，并且在家乡义城挣得了县守备的实惠，总算光了宗耀了祖，让王老先生在万分欣慰中驾鹤西去，圆了教子有方的美梦。

得中进士是地方的一件大事，王老先生还健在的时候，义城知府就拨了银子给王家修了一处豪宅，并且亲笔题了一幅匾额“进士第”挂在门楣上，既是对王家的祝贺，也是为了奖掖后进，引导地方多出人才。进士第坐落在义城的一条繁华街道上，那里做生意的人多，心气也高，大家都想沾沾喜气，于是时间稍长，就把那条街更名为“进士第”了。

现如今，王振帆得中文进士那是确定无疑的了，这更是他的父亲精心栽培的结果。一家出了文武双进士，那是白衣秀才一辈子的梦幻和光荣。要是父亲还活着，那该多好，王振帆这样想。母亲王老夫人一辈子相夫教子，慈爱有加，大半辈子勤俭持家、含辛茹苦，和丈夫过着举案齐眉的日子，把两个儿子视为掌上明珠，可以说是操碎了心，吃尽了苦。王振帆念及父母的好处，心境难平，久久不能入睡。

殿试第二天，阅卷开始了。主考官们在翰林院找了一个僻静的处所，关门闭户，在绝对保密的情况下开始工作。阅卷从小处说，决定考生们一辈子的命运；往大处说，关系到江山社稷的未来，所以主考官们极其慎重。他们焚香、净手，端坐在案前，由监考人员拆卷、分卷、计卷、收卷，每个环节都井井有条，确保安全无虞。四个主考官轮流阅卷，每审完一份，根据试卷的内容、形式、字体和卷面情况进行分析，然后给出自己的评分。评分包括五个等级，优秀的画“○”，次之画“△”，一般的画个“/”，较差的画“|”，最差的画“×”，统计结果，以得“○”多的为优秀。

主考官们不敢怠慢，他们正襟危坐，秉公审读。他们按照皇帝的要求选拔人才，当然知道皇帝喜欢什么、需要什么，想方设法把那些拥护江山社稷，又有真知灼见的人拔为头筹。他们小心谨慎，力求做到公平、公正。他们记住宋朝的教训，当时曾有一位落第进士击鼓鸣冤，要求重新殿试，弄得宋太祖不得不亲自出马，把考生们集中起来进行复试，结果与主考官的判断大相径庭，宋太祖一怒之下将主考官降了职。所以此后的主考官为了保住自己的乌纱帽，不得不慎之又慎，用纸条把考生的姓名封得严严实实，阅卷时只见其文，不知其人。

阅卷终于结束了，主考官们松了口气，同时又怀着极大的兴趣猜测，究竟谁会独占鳌头呢？他们围坐在一起，让计卷的人把得“○”最多的十份卷子挑出来,那是要送给皇帝亲自审阅的,决定权在皇上那里,他将从十份考卷中挑出三人作为一甲的前三名。不过考官们可以先睹为快,看一看、议一议,给皇帝提个建议。于是他们把得“○”最多的试卷摊开来,小心翼翼地撕下贴住姓名的封条,定睛一看,原来是安徽义城人氏王振帆!

对这份卷子考官们印象极深,答题准确,叙述流畅,书法工整,特别是对当下的时政利弊说得一清二楚,所述的应对之策也言之有理,持之有故,行之有效,见解独到,几位主考官都判了“○”,说明大家看法趋同。主考官们赞叹了一番,把王振帆的卷子排在第一,然后把后面的卷子依次排了顺序,把十份考卷送给皇帝御览。

皇上知道这是朝廷的大事,不可怠慢,于是秉烛焚香,细细审阅起来。看了考生们的才学,他不禁龙心大悦,拍案称奇。特别是看了王振帆的答卷,皇上更是赞不绝口,连称“好文好文”“奇才奇才”。王振帆的改良思想与皇上的意图不谋而合,文可安邦,武可定国,实在是不可多得的人才。于是,皇上用朱笔在王振帆的名字上画了个红圈,写上“状元”二字,算是选定了本次科考的最大赢家。接着他又在后面的九份试卷中,圈定了榜眼和探花。

这天晚上,听说皇榜贴了出来,人们潮水般地涌去观看。皇榜是子时贴出来的,所以许多人提着灯笼去照看,大家伸直了脖子,一行一行地仔细查看皇榜上的名字。凡是榜上有名的,那人肯定一蹦多高,大叫一声“中啦”,然后跌跌撞撞地挤出人群,又是拧大腿,又是揪头发,看看是不是在梦中。读书读到进士,算是修成正果了,上不愧祖宗,下不愧妻儿,他们是真正的男子汉、大丈夫。

王振帆也挤到皇榜前,从后往前查看名单。他觉得只要榜上有名,不至于名落孙山就行了,至于排多少位,那就只能听天由命了。他看了一行又一行,过了一百位、两百位都没有自己的名字,顿时感到有点紧张。自己考得不错呀,总不至于落选了吧?他屏住呼吸,快看到最后了,仍然没有发现

“王振帆”三个字。他感到头皮有点发热，手心有点发凉，呼吸也短促起来，及至看到最后几名，人都要晕倒了。他强打精神把整个皇榜看完，才在头名的位置上看到了自己的名字。他不敢相信，拍拍脸颊，揉揉眼睛，再看再揉、再揉再看，终于确认自己独占鳌头，激动得大喊一声：“父亲，儿子中啦！”

他这一喊，引起了别人的注意，有认识他是连中二元的王振帆的，也大叫起来：“王振帆，你连中三元啦！”也有人叫道：“他就是王振帆，新科状元王振帆！”

这一喊一叫，吸引了所有人的注意力，大家围过来，都想一睹新科状元的风采。一些看热闹的老百姓，都想和王振帆拉拉手，拍拍肩，沾沾喜气。于是大家把他抬起来，先是平摆着悠来荡去，然后是垂直抛起来接住，接住再抛起来，嘴里还不停地喊着“状元、状元”“状元、状元”。

就这样，大家簇拥着王振帆，把他护送到客栈。客栈老板也大喜过望，马上找来红纸，写上“状元及第”四个大字，贴在客栈的大门上，并且免费招待前来贺喜的人，请大家吃肉喝酒。老板觉得这是个好兆头，今后一定会生意兴隆、财源滚滚。

兴奋劲过后，王振帆便冷静了，他首先想到母亲，今天一出皇榜，不日就会有报子到家中报喜，老人家一定会喜出望外，一定会用很多银两打赏报喜的人。一家出了两个进士，其中还有一个是状元，这对王府来说，是多大的荣耀，老人家的脸上该有多大的光彩，这是她做梦都难以想到的！父亲已经过世了，老母亲孀居在家，还得操持家务、照顾儿孙。哥哥已结婚了，嫂子周氏生了一儿，自己也结过婚了，妻子刘氏生了一女，都在老母亲的保护之下。他想到，今后一定要和哥哥一道好好对老母亲尽孝。

接着他想到朝廷。他不知皇上会封他什么官。他想，无论朝廷让他干什么，他纵然肝脑涂地，也不能报答皇恩于万一，所以他必须兢兢业业当差，认认真真地对皇帝尽忠。

最后他想到自己。看样子，从此走上仕途，那是肯定的了。少年得志，一帆风顺，对自己是好事，但也不一定就是好事。自己涉世不深就厕身士林，很可能招人忌恨、遭人排挤，如果不会做事做人，就可能成为众矢之的。那样当官真的如临深渊、如履薄冰了。他是个谨慎的人，不会头脑发热、忘乎所以的。

有趣的是，王振帆在想着皇上的时候，皇上也在想着他。

皇上不知道新科状元长什么样，个子有多高，胖瘦怎么样，他主要是对皇后为新科状元定制的红袍拿不定主意。一般来说，袍子的前襟和后襟是一样长的，也算是对称美吧，这是谁都知道的。但是，皇后这次拿出来的红袍有点异样，前襟短了两寸，后襟长了两寸，成了不伦不类的新款式。皇上知道，这件袍子赏给状元穿，不管怎样，状元是不会说不好看的，皇恩浩荡，他感谢还来不及呢，可是文武百官们怎么看呢？他们能认可这种不对称的服装吗？

皇后却不担心，她一个劲地给皇上打气："你别担心，这是新款，没事的。"

皇上不好驳皇后的面子，这袍子是她亲手缝制的，也算是对皇上的支持吧，总不能退回去让她重做吧，再者时间也来不及了，明天就要在太和殿召见状元了。他担心大臣们看出红袍的破绽来，影响皇后母仪天下的权威性。

终于到了金殿召见这一天。皇上要在太和殿，也就是金銮殿上举行大典，召见状元、榜眼、探花和其他所有新科进士。这是骤然改变贡士命运的一天，正所谓"禹门三级浪，平地一声雷"。

这天卯时刚过，新科进士们都赶到午门外等候，他们穿着公服，按照一、二、三甲的次序排着队。听说要一个个面见皇上，大家既兴奋又紧张。王振帆还算稳重，今天大典，他是重点人物，不知道皇上如何待他，心里翻江倒海，但表面上还比较平静，举手投足也算自然。

参加这个大典的，不仅仅是新科进士，京城内五品以上的官员也都必须出席。文武百官们像新科进士一样，也在午门外排着队，等候召见。

这会儿,太和殿已经忙得不可开交。管銮仪的卫官,在太和殿的外面安排好皇上的仪仗队。礼部官员把演奏音乐的乐队安排在太和殿屋檐下两侧,将演奏丹陛大乐的乐队安置在太和门两旁,以便这两支乐队把现场的气氛烘托上去。

忙好了这一切,礼部的官员开始引领朝廷大臣和新科进士们走向太和殿。官员们穿着朝服,走在前面。新科进士们由状元带头,依次走在后面。

到了太和殿,官员们按照官职大小依次排列,新科进士们站在文武百官的后面。人员站齐之后,由礼部官员设一个黄案放在众人面前,又由内阁学士将黄榜捧出来,慎之又慎地放在黄案之上。

准备工作这就齐整了。卯时三刻,礼部官员前往乾清宫奏请皇上出宫,皇上穿着礼服出了宫门。辰时,皇上的銮驾准时到了太和殿。这时,管礼仪的大太监站在太和门的左首,高喊一声:“皇上驾到,众卿跪拜请安!”于是在场的所有人员都俯伏在地,统一动作,拜三拜,叩九个响头。新科进士们更是诚惶诚恐,额头都碰到地面。不仅如此,大家还齐声高呼“祝皇上万岁万岁万万岁”。

做完这些,皇上说一句:“众卿家平身!”于是大家都爬起来,挺起胸脯站好队。

接着,礼部官员开始宣《制》。《制》的全文倒很短,但是这道程序却很重要。这位官员宣布:“光绪三十年五月二十一日,皇上策试天下贡士,第一甲赐进士及第,第二甲赐进士出身,第三甲赐同进士出身。”这几句话就是举行传胪大典的依据。

然后,内阁大学士出列,走到黄案前,捧起黄榜,高声朗读:“安徽义城府贡生王振帆,钦点第一甲第一名,赐进士及第!”这句话,大学士连读了三遍。王振帆虽然早已知道自己是状元之身,但在这种庄严的场合,听大学士代皇上宣布名单,仍然感到如雷贯耳,热血沸腾。他诚惶诚恐,在礼部官员的引导下,走到中间的御道,在御道前方的左首跪下,低着头,不敢仰望皇上的龙颜。

王振帆就了位，内阁大学士又如法炮制宣读了榜眼、探花的名字，让礼部官员将他们二人引导出列，分别跪在王振帆的左后边和右后边，稍微拉开点距离，以示区别。

突出一甲进士之后，大学士继续唱了二甲和三甲的姓名，被唱到的人不再出列，就地跪下即可。就这样，不到半个时辰，二百七十三名进士便跪倒一片。

典礼进行到这里，开始需要营造气氛了。礼部官员高喊一声“奏乐”，两支乐队齐奏和鸣，将《庆平之章》演奏得扣人心弦，同时又放了炮仗，惊天动地，喜气洋洋。

这时候，状元王振帆率领新科进士，第二次向皇上行三拜九叩大礼，进士们又把自己的额头贴在冰冷的地面上，对皇恩浩荡表示着深深的谢意。

皇上又想起了那件红袍，想到了皇后母仪天下的问题。他端坐在太和殿内，远远地瞅着新科状元低着头跪在地上，看得不太清楚。他低声吩咐：“传新科状元进殿。”于是大太监走到殿外，用尖锐的嗓音喊道：“宣新科状元进殿！”

听到这一声宣叫，王振帆心里咯噔一下慌张起来。按照礼部官员事前交代，是没有进殿一说的，现在皇上突然宣见，不知究竟为何。在太监的示意下，他诚惶诚恐地爬上台阶。跨进太和殿，见皇上高高在上，他俯伏尘埃，朗声说道：“臣王振帆叩见皇上，愿吾皇万岁万岁万万岁！”

皇上让他进来当然不是看他下跪的，轻声说道：“爱卿平身！”

听到皇上称他为“爱卿”，王振帆心中一热，知道皇上是善意的，胆子也大了些，心里逐渐平静下来。他站起身来，仍然弓着背，低头站在那里。

皇上开始慢慢地问话：“家住哪里？”“年庚几何？”“父母安在？”“娶妻室否？”

王振帆一听，问的都是些家常话，并不是考自己的学问，所以更加平静了些。他一一作了回答,清楚明白。

皇上听他回答,口齿清楚,表达准确,礼数周全,不卑不亢,心中甚有好感,再加上知道他连中三元,肯定是栋梁之材。只是见他老是低首弓腰站着,以为他心里惴惴,所以皇上也就不再询问,对太监说了一声:“赐袍!”

大太监例行公事,又喊了一嗓子:“皇上给新科状元赐袍!”

顷刻之间,小太监捧着早已准备好的红袍走出来,对王振帆小声说道:“请状元公到侧室更衣。”

王振帆心里又是一热,原来皇上如此亲切厚爱,真的有种受宠若惊的感觉。他赶忙跟在小太监后面来到侧殿,脱下公服,展开红袍一看,不免吃了一惊。只见红袍前短后长不对称,有着明显的瑕疵,皇宫里拿出来的东西怎么会有如此失误呢?

小太监看出王振帆的心思,小声提醒:“这是皇后娘娘亲手缝制的。”

王振帆一听,皇后娘娘亲赐的衣服,那还了得,再怎么样也得感恩戴德,于是赶快脱下公服,换上红袍,急步返回太和殿叩拜谢恩:“感谢皇上赐袍,谢主隆恩!”

皇帝倒想看个究竟,便说:“爱卿平身,你站起来让朕看看。”

王振帆立马站起来,理理红袍,让万岁爷瞅个究竟。

皇帝一看,这一长一短的袍子穿在王振帆的身上倒十分合适,前襟短两寸,正好遮住脚面,后襟长两寸,正好覆住脚跟,一点破绽都看不出来。他便仔细看去,原来新科状元有点驼背,这后长前短的红袍正好合了他的身。皇上龙心大悦,不由得说道:“天意,真乃天意也!”

王振帆也觉得稀罕,这看起来有点毛病的红袍穿起来倒很舒服,比自己平时穿的衣服合体多了。他见皇上高兴,再次跪倒,说:“臣再跪再拜,谢皇上恩宠,愿吾皇万岁万岁万万岁!”

皇上已经宽心了,觉得该做的事都做完了,而且还比较圆满。看着跪在地上的新科状元,他说道:“起来吧,随礼部堂官打马游街去吧!”

说完，皇上便退出了太和殿。大家目送皇上远去之后，礼部堂官便走到内阁大学士面前，捧起黄榜，放入云盘，走到黄伞后面。黄伞是代表皇权的，銮仪卫手持黄伞走在最前面，礼部堂官手捧云盘随后，接着是新科状元和进士们走在中间，文武百官殿后。黄伞出午门正门，引导新科进士离开紫禁城，向东长安门外走去。文武百官则从午门的边门走出，各自散去。

东长安门外已经搭了彩棚，许多看热闹的人正在那里围观。黄榜送到彩棚之内张挂起来，新科进士们再次浏览一番，随即打马游街便开始了。状元、榜眼、探花三人骑上高头大马，这种马是专门训练用作礼仪，既健壮又温顺，骑马的人好不威风，特别是着红袍的状元更是抢眼。在榜眼和探花之后，是随行的其他全部新科进士。

队伍走到东长安门内，顺天府尹已经在那里等候了。府尹拱手相迎，状元等三人下马还礼。府尹为他们进酒、簪花、披红，亲自把三人扶上马背，用鼓乐、彩旗、牌仗引路，出东门向北行去，一路上吹吹打打，看热闹的大人小孩欢呼雀跃，街两旁的商家也鸣炮助兴，一时间轰动了京城。

队伍走到新街口以后，顺天府尹又在衙门里宴饮欢迎，然后游行队伍由西城出正阳门到南门为止，结束了打马游街的全过程。京城的百姓像过了一次盛大的节日，新科进士则享受了出生以来最大的一次荣耀。

两天后，皇上又在太和殿召见新科进士，进士们再次向皇上行拜见之礼。状元王振帆代表进士向皇上献了乐辞，把大清朝皇上的功德歌颂了一番，并表示皇恩浩荡，福泽绵长，为报效朝廷，纵然肝脑涂地，也万死不辞，云云。召见结束后，皇上在礼部设宴招待全体新科进士。吃罢琼林宴，所有的金榜题名仪式便全部结束了。

接下来吏部开始授官。按照惯例，一甲前三名可以直接授官，二甲、三甲有的进翰林院为庶吉士，有的直接分到朝廷各部去供职。按照皇帝的要求，随着大清朝的发展，实行了“中为体、西为用”的策略，朝廷决定选派一批新科进士去日本和欧洲一些国家学习。在这些官派留学的进士当中，就有新科状元王振帆。

这次科考连续多日，办得隆重而热烈，可是大家万万没有想到的是，这是中国科举史上的一次绝唱了。从光绪三十一年开始，举行了一千三百多年的科举考试被正式废除，绝唱之后就遇上了休止符。

这一科的进士，就成了过渡时代的过渡人物，他们既打上了封建时代的深深烙印，又面临着新时代、新潮流的严峻挑战。他们在宦海中沉浮，艰难地把握着注定不寻常的命运……

第二章

遭遇刺客

义城，朝天门码头。人山人海，锣鼓喧天，男女老少、三教九流都倾巢而出，想一睹状元的风采。

义城是座临水的城市，浩瀚的长江绕城而过，把这座城的东门、西门和南门环抱其中。许多人家枕江而卧，听着江涛拍岸的声响，行人与货物大多乘船来往。特别是南门的朝天门码头，更是官方活动的必经之地，天朝的使者或者皇帝的圣旨也都从此处登临，而藩、府、县三级官员的迎送活动当然也都在此举行，而且络绎不绝。所以与码头连接的进士第一条街，不仅是商埠的繁华之地，而且是传达政治文化信息的中心。

这一天，三级衙门在码头上设了香案，三级官员的头面人物都聚在这里，为的是按照圣谕的要求，在这里欢迎状元还乡。王振帆奉命去英国留学三年结束了，回国后被赐为义城同知，回家乡来当父母官了。既是朝廷的命官，又是回乡游子，当然被人高看一眼，王振帆受到分外热情的欢迎。

欢迎队伍由巡抚大人载奕率领，藩台、臬台和知府、知县也参加了。县守备王振风是状元王振帆的哥哥，当然也在队列之中。至于王振风的妻弟周大生，王振风的师父、烧饼店的老板铁砂张，以及铁砂张的女儿英姑，则在三老四少和左邻右舍的行列中。

吹鼓手们一遍又一遍地吹奏着迎宾曲，那响声之大，把江水都吹皱了。

卖香烟、洋火、芝麻糖的小贩们,在人群中窜来窜去,就像波浪似的,一波一波地涌动着。儿童们在人群里挤来挤去,更加剧了人群的躁动和不安。

在现场维持秩序的是警察总监兼警察学堂督学(校长)的许西林。许西林是巡抚的老师推荐来的,以道员的身份在抚台之下当差,深受载奕的器重。许西林是一个三十来岁的汉子,高挑的个儿,戴着一副眼镜,像个儒将的样子。

十几个警察守在黄案前,保卫着各位大员的安全;其余的警察散在百姓中,维持着各处的秩序;许西林则四处游走,和不同的人打着招呼。

欢迎的人群等候的时间有点长了,大家都翘首望着江面。江面上只有木制的帆船来来往往地漂流着,还没看见大轮船的影子。

据说状元公此番回乡,搭乘的是英国货轮“华生号”。这条船经常来往于上海和武汉之间,义城是它必须停靠的重要码头。“华生号”的船长叫亨特,他在义城高层有些朋友,人们称他为“亨特先生”。

王振帆是在英国认识亨特的,他只知道亨特是某轮船公司的雇员,“华生号”的船长,他并不知道亨特的真实身份。其实这位亨特先生是英国驻上海领事馆的武官,专门搜集长江流域的情报,从事商业间谍活动。

正当人们等得有些焦急的时候,忽然有人喊了一声:“来了来了,大轮船来了!”

许西林反应很快,马上端起挂在脖子上的望远镜仔细地看着江面,然后躬身向载奕报告:“抚台大人,‘华生号’来了,好大一条货轮。”

载奕点点头:“看热闹的人太多了,压住阵脚,不要慌乱。”

“是,抚台大人。”许西林又到人群中走来走去,指挥着警察,关照着百姓,还和某些人交换着眼色,传递着什么信号。

从看见船影到轮船靠岸,得有很长时间。船速实际上很快,但在宽阔的江面上却显得像蜗牛,慢得出奇。王振风想到马上就要见到阔别多年的弟弟,心里很高兴,也有点着急,因为他们的母亲早就在家门口翘首以待了。

王振风走出欢迎的行列，从码头上一级一级地下着台阶，向趸船走去，他要在那里第一眼就看到弟弟，第一个向弟弟打招呼。

轮船终于靠岸了，水手们抛了锚，然后把一块跳板搭在船舷与趸船之上，开始下人了。先是一队全副武装的英国士兵踏上跳板，有二十多人，噌噌噌快步向码头上跑去，分开人群，形成一个通道，连中国警察都被挤在了他们的后面。接着走出船舱的是船长亨特，跟在亨特后面的便是今天的主角王振帆。

王振帆走出舱门一看，岸边春水浓如染，桃李无言花自红，天气晴朗，他的心情大好。他离开家乡三年多了，在外面当了这么长时间的游子，尽管在京城的日子风光无限，留学英国礼遇也不错，但千好万好还是家乡好。家中有高堂老母，有兄嫂子侄，特别是还有娇妻幼女。和妻子新婚不久就别离了，一别就是三年，如今衣锦还乡，他恨不得一步就跨进家门。

看见王振帆露出头来，王振风立即招手，高声叫道："贤弟，贤弟！"王振帆一看，原来是哥哥接到趸船上了，连忙拱手应道："兄长，兄长！"

王振风想挤过去与王振帆见面，但是被英国兵拦住了。这个兵摆摆手，说了声："No！"

王振风连忙解释："他是我兄弟，我是他哥哥！"

英国兵不懂这些，只是说："No，no！"

王振风有点不耐烦，他想，在自家的地盘上，想见见自家兄弟，还被别人管着，那像什么话？于是他想推开英国兵，去和弟弟见面。

但是英国兵不买这个账，他横过长枪，堵住王振风的去路，再一次高叫："No，no，no！"

王振帆看在眼里，知道这是英国人的办事风格，只好走过来对王振风说："兄长，这些大头兵是死脑筋，又听不懂义城话，总之，他们是客人，我们是主人，别和他们一般见识，我们回家再说话，好吗？"

亨特在一旁连连催促："走吧，走吧，状元公，巡抚大人在等着您哪！"

听这么一说，兄弟俩只好松了手，王振帆随亨特快步向码头上走去。

跨上码头之后，大街上鞭炮齐鸣，锣鼓喧天，人群欢呼。许多人挤过来，连喊“状元公、状元公”，有的想和王振帆招呼，有的想和王振帆拉手，有的纯粹是看热闹，想见见状元到底长什么样。

王振帆见人们如此客气，颇有些感动，他连连拱手：“谢谢乡亲，谢谢父老！”

一时间，现场乱了套，老百姓、警察、英国兵挤作一团，路也走不通了。

抚台载奕皱了皱眉头，对周围的警察说：“去解解围，乱成这样，成何体统！”

“是！”警察们马上离开岗位到人群中去打开一条路，好让状元公出来。

这时候，警察总监许西林和人群中一位约莫四十岁的汉子对视了一眼。那汉子点了点头，迅速从人群中抽身出来，站到人少的地方，很快从怀里掏出一个物件。说时迟那时快，不等有人看见，他就迅速把手中的物件朝抚台载奕扔过去。

几秒钟过去了，什么动静也没有。

载奕一开始也没在意，只见一个圆滚滚的石头朝自己飞来，他以为是哪个小孩的恶作剧，直到那物件滚到脚边，他才看清原来是一颗炸弹！

这一下非同小可，载奕一边抱住脑袋一边高喊：“有刺客！”

载奕的身后站着一位县官，这个县官眼疾手快，他也看见一个不明物体飞了过来，起先也以为是个石头，当他看清是个炸弹时，心中一惊，想到保护抚台的安全要紧，马上往前一扑，将抚台压在自己身下，同时飞起一脚，将那颗炸弹踢向远处。

那位四十岁左右的汉子扔过炸弹之后一蹲，等着听爆炸声，但等了一会，除了听见一声“有刺客”的喊声之外，根本没有他希望出现的动静。他悄悄抬头一看，只见抚台被一个人压在身下，那颗炸弹向远处滚了滚，最后不动也不炸，原来是颗哑弹！

他捶捶自己的脑袋,既生气又后悔。这个人身手敏捷,一颗不行又来一颗。他立马又从怀里掏出一枚炸弹,仔细瞅了瞅,还摇了摇,在确认万无一失之后,又扔了出去。

可惜的是,他扔这颗炸弹时,手臂被一个英国兵挡了一下,所以,这颗弹炸是炸了,但炸得可能不是地方。

听到这一声轰响,现场算是彻底炸了锅。大人小孩,男男女女,警察士兵,官员百姓都乱作一团。王振风倒是手快,他分开众人,一把拉住王振帆往外突围,好不容易挤了出来,站在那里气喘吁吁。王振帆连问怎么回事。王振风说谁知道呢,抚台大人不是说有刺客吗?

许西林毕竟是警察,而且警惕性一直很高,听到爆炸声他马上吹响警哨,并且对空放了一枪,连声高叫:“不许乱!大家镇静、镇静!”

这一枪一吼,倒是把现场镇住了,躁动的人群也安静下来。许西林往高处一站,喊道:“大家不要惊慌,现在没事!警察们保护现场,闲散人员尽快离开,不要停留,不要拥挤!”

说完,他朝人群里看了看。大家人实在太多,一个个惊恐万状,那个四十来岁的汉子也不见了。

听说没事,老百姓尽快散开了,谁也不想留在这个是非之地。

许西林喊了一阵之后,便奔向官员们集中的地方。官员们站在高处,一看就知道没事。

许西林首先看见抚台载奕正站在那里指手画脚地说着什么,周围的大小官员们低着头看着地面,几个警察在那里手忙脚乱。

许西林心里咯噔了一下,知道大事不妙,连忙三步并作两步地向高处奔去。只见人圈里躺着两个死人,一个是县官,一个是英国士兵,大概就是刚刚被炸死的替死鬼了。

抚台脸色铁青,冲着许西林喊道:“无法无天,光天化日之下胆敢行刺!带上你的人,挨家挨户搜查,一定要抓住凶手,一定!”

许西林一听就明白,刺客是要对载奕下手的,不知怎么误伤了无辜。看来抚台命大,两枚炸弹都让他躲过了。

“卑职明白,卑职一定全城戒严,挨户搜查!”

抚台知道,许西林手上的那点警察是远远不够的,警察学校倒是有些学生,但是这些学生还没有毕业,暂时派不上用场,又不能调城外驻守的新兵来用,那样动静太大,请客容易送客难。

“好吧,你去传我的命令,由你带人去抓凶手,不得有误!”

“是。”许西林一个立正,转身就走了。

看着现场一片狼藉,载奕也顾不了许多,他把臬司衙门的人留下来处理善后,马上带着大大小小的官员离开了码头。至于欢迎状元的事,已经排不上非常时期的日程了。

臬司衙门的人尽快地处理着尸体。那个本地的县官好办,花点银子,给点抚恤也就罢了,那名英国士兵可就不好办了。

船长亨特提出三个条件:第一,士兵遗体不能火化,要冰冻封存后带回英国;第二,要按照英国人的惯例赔偿损失,少了不行;第三,要迅速捉拿凶手,而且英国士兵要参与搜捕。这些条件无非是强调英国人的命值钱,英国人可以在中国行使特权。

臬司的官员当然不敢承诺这些条件,于是他们很快纠缠到抚台衙门。

亨特开门见山地说:“抚台大人认为今天的刺杀目标是谁呢?”

载奕回答:“不用说,当然不是针对贵国士兵了。但是,今天我们欢迎状元回乡,你们的士兵为什么要介入呢?如果你们的人不在场,也就不会伤及贵国士兵了。”

亨特见载奕不买账,又一针见血地说:“抚台大人难道不明白,如果不是我们的士兵见义勇为的话,那么见上帝的就不一定是那位倒霉的县官了。”

载奕不得不承认这一点。他知道那枚炸弹是冲着自己来的,如果不是轨迹偏差一点，那么躺在冰冷土地上的应该是自己。但是他嘴里可不这么说，一方面这么说不吉利，另一方面也不能长了英国人的威风。他说："那又怎么样？我们的警察不正在挨家挨户捉拿凶手吗?"

英国人还是一副咄咄逼人的样子，他嘲讽地说："中国人靠不住，尊敬的抚台先生，如果中国人可靠，今天就不会扔炸弹了；如果不是英国士兵的友好，我今天就不会在这里和抚台先生谈话了。总之，我已经下令让我的部下配合贵国的警察在挨家挨户搜查了。"

载奕显得无奈，不得不说："你……你这是越权办事，违反外交规定!"

亨特轻描淡写地回答："算啦，抚台先生，我们在贵国办事，也不是一天两天了，你这小小的义城，也不比北京、上海更高贵吧，要是抓不住凶手，你怎么向朝廷交代呢?"说完，亨特扬长而去，只留下载奕在那里发呆。

当亨特和抚台交涉的时候，警察的搜查已经开始了。搜查是从码头开始的，连接码头最近的一条街，就是进士第。这条街上商埠最多，药店、茶庄、米行、酒楼、饭馆、烟铺等等，应有尽有，一户挨着一户，大都是前店后坊、楼上楼下，搜查起来十分不便。店家听说有人刺杀抚台大人，这事当然非同小可，搜查时都很配合，谁也不敢怠慢。

每到一处，许西林都对老板拱拱手，说道："例行公事，打扰打扰。"老板说："岂敢岂敢，请便请便。"于是许西林一挥手，十几个警察蜂拥而至，楼上楼下、卧室厨房、柜台仓库，统统搜个遍，闲杂人等都站在大堂里给许西林辨认。

老板关心地问："听说凶手是个四十岁左右的男人，长得壮实?"

许西林说："是的，是的。"

老板又问："听说扔了两个炸弹，身手不凡?"

许西林应付着："是的，是的。"

老板还问："听说炸死了两个人，一个中国人，一个英国人?"

许西林还应付着："是的，是的。"

老板再问:“听说是革命党?”

许西林不再应付了:“这可是你说的!”

老板连忙收口:“不敢不敢,大人明察。”

这条老街最后拐了个弯,拐弯处是个烧饼铺。

烧饼铺的老板就是铁砂张,他是个五十岁左右的长者。此人瘦瘦精精的,看起来甚至有点弱小,脸膛红润,几条皱纹刚劲有力,就像刀刻的一般。他的手掌很大,力气不小,双手搓着大面团就像揉棉花一样。警察们看见这个老汉,一个也不敢上前,远远地站着,有几个还拱拱手,打着哈哈:“张师傅好,买卖兴隆啊!”

正说话间,一个姑娘挑着一担水走来。进士第这条街离长江最近,家家户户用的都是江水,有力气的人家自己挑,没有力气的人家雇挑夫送,两个铜板一担,老少无欺。大家一见这个挑水的姑娘马上来了劲,眼睛都放出光来。这姑娘就像个瓷人儿似的,长得不高不矮、不胖不瘦,脸庞不大不小,脸色又红又白,五官长得不偏不倚,距离不近不远,就像手工捏出来的一样,一条大辫子在臀部摇来摇去,简直把警察的魂儿都摇出窍了。

大家知道这是张老伯的独生女儿,年方十八,正是待嫁之年。但是女儿家谁也不嫁,与老父亲相依为命。这是张老伯的掌上明珠,谁也不敢欺负她,否则挨上张老伯一记铁砂掌,任谁都会非死即伤。

张老伯见女儿挑水回来,拍拍手上的面粉,说道:“英姑,让警察大哥进来吃饼喝茶。”

于是英姑对外吆喝一声:“进来吃烧饼吧!”

警察们就像听到皇恩大赦一般,也不等许西林发话,嘻嘻哈哈一齐拥进烧饼店,与其说是吃烧饼,不如说是欣赏“烧饼西施”。

张老伯对许西林说:“大人是来搜查疑犯的吧,我这铺面小,让兄弟们里里外外看一下吧!”说完,给许西林递个眼色。

许西林会意,脑子急速地转动着,然后笑吟吟地说:“你这个烧饼铺很小,一眼就看到底了,给你一个人你也藏不住。不过既然来了,总还得公事公办一下,你就陪我到里面看看就行了。"

张老伯放下手中的面团,拍拍巴掌说:"大人请!"

那些警察巴不得留在店堂里与英姑套近乎,谁也不想跟在张老伯的屁股后面去搜查。

张老伯进到内间,招呼许西林快步上了楼。楼上是间卧室,老伯移开衣柜,又在墙壁上敲了三下,突然墙壁裂开一条缝,并慢慢打开,原来墙内有个暗室。

张老伯咳嗽一声,暗室中走出一个人来,许西林定睛一看,正是他们要搜捕的疑犯!

许西林疾步上前,握住他的手,说道:"绍文兄,受惊了!"

原来此人正是在码头上刺杀抚台的革命党人,他叫杨绍文。

杨绍文说:"今天的行动本来是万无一失的,谁知道一颗是哑弹,另一颗又被那英国鬼子挡了一下,没能完成任务,真有点遗憾!"

许西林安慰说:"革命行动总不是那么一帆风顺的,不过今天也好,算是把载奕那老家伙吓得屁滚尿流了。"

杨绍文还是感到有点内疚:"这次行动你们配合得很好,失误是我造成的,我要向中山先生做检讨,然后再商量今后怎么办。"

张老伯见杨绍文自责,理解地说:"这种事千变万化,现场的人那么多,秩序那么乱,谁能保证不失手啊!今后的事,请你向中山先生报告一下,就让我们义城的革命党来办吧,我们是有时间、有机会的。"

"老伯说得对,革命不分彼此,我们做也一样。大家都来做,就可以唤醒民众,推翻清王朝!"许西林说。

杨绍文很受感动,他说:"二位是真正的革命义士,杨某钦佩之至!中山先生说,现在的大清朝对外卖国求荣,对内祸国殃民,气数已尽,我们可以多搞点军事行动,只要在一个地方打开缺口,很快就可以影响全国,大清朝垮台的日子,一定不会太远了!”

正说到这,楼下的警察伸着脖子对楼上喊了一声:“许总监,洋人来了!”

许西林从楼上探头一看,只见亨特带着十几个士兵,荷枪实弹地赶来了。他感到事有蹊跷,马上说:“情况不妙,英国人也插进来了,此地不宜停留,赶快转移吧!”

杨绍文马上拔出手枪,瞄了瞄亨特,说:“乘他们没有防备,我一路杀出去吧,把他们引开!”

张老伯毕竟年纪大些,考虑问题比较稳妥,他说:“这个办法不行,我们人手少,寡不敌众。再说了,这一打一闹,我这个联络点也就暴露了,划不来啊!”

许西林也在权衡利弊,他问道:“你这里还有什么藏人的地方吗?”

张老伯家的屋子太小,密室很容易被发现,待在里面会被瓮中捉鳖,只有离开这个地方才算安全。他看了一眼与邻居相邻的墙头,忽然急中生智,说道:“有了!”

一墙之隔的住户不是别的人家,正是王振风和王振帆兄弟俩的进士第!

进士第是几年前知府大人修的,后来王振帆考中状元,这两年又扩建了一些。张老伯一直就住在进士第隔壁卖烧饼。俗话说,远亲不如近邻,不然王振风的父亲也就不知道张老伯身怀绝技,也不会让长子王振风拜老伯为师。王振风还时不时地到师父家问寒问暖,英姑也没少去进士第看望王老夫人和周氏、刘氏,两家关系处得很好。如今到了这个时候,张老伯自然想借道进士第来个金蝉脱壳。

张老伯如此这般地叙述了一番,然后说:“绍文先生可以翻过墙头藏到进士第去,那个院里正好有个柴房,一般人是不去的,你不妨先去暂避一时,我马上让英姑过去接应你。”

许西林说:“此计甚好,只是有点风险。”

杨绍文把手枪掖在腰间，平静地说："风险不怕，总比堵在这里强，还可以保住这个联络点。"

三个人不再说话，噌噌噌来到后院。后院正好有架梯子，张老伯把梯子靠稳墙头，杨绍文三步两步爬上去，朝墙那边一看，竟是好大一个院子，而且空无一人。他回过头来，对许西林和张老伯打个招呼："我去了。"说话间嗖的一声跳了下去。

这边的人赶快收好梯子，一先一后，消消停停地走到店堂来。

店堂被十几个警察坐得满满的，十几个英国兵被堵在门外，其中的一个人正在用生硬的中国话与英姑交涉着，那个人正是亨特。

亨特再次说明："姑娘，我们奉你们的、你们的抚台大人的命令，到你这里、这里来搜查、搜查凶手。"

英姑一个劲地摇头："不行不行，真的不行！"

亨特耐住性子，又说："我们英国人，死了一个，凶手可能就藏在、藏在附近，我们必须、必须把他抓住，请你配合！"

英姑还是一个劲地摇头："我们只卖烧饼，不藏凶手！"

亨特还想再说什么，一个警察不耐烦了："人家姑娘是卖烧饼的，你难为人家干吗？吃饱了撑的！"

亨特显出不屑一顾的样子："让你们头儿出来说话！"

正在这时候，许西林从后堂走出来了。他猛一看来了这么多英国兵，心里咯噔一下，不知发生了什么情况。他接过话说："是谁在说话呀，这么大口气！啊，原来是亨特先生啊，也来吃烧饼啦？"

亨特一看高兴起来，终于找到一个说话算数的人了，他说："原来总监先生在这里，那就好办了。"

许西林感到有点意外，问道："船长先生不待在船上，到这里来干什么，还兴师动众带着许多兵？"

亨特知道必须解释清楚，否则和中国警察根本没有合作的可能。他耐心地说:“总监先生,我们的船抛锚了,我们一个英勇的士兵躺在你们义城的土地上,我得抓住凶手,按照你们中国人的说法,叫作一命抵一命。”

许西林这才知道英国人要干什么,他故作惊讶地说:“船长先生难道不明白,抓凶手是我们中国人的事,怎么好让贵国的士兵动手呢?”

亨特早就知道警察会提出这个问题,马上摇摇头,说:“你们中国警察是靠不住的,我得亲自抓凶手!”

许西林有点不高兴了,反驳亨特:“这是在中国,亨特先生,中国的事由中国人办。如果按照你的说法,我们中国警察也可以到你们英国去抓凶手了?你们杀了多少中国人哪!”

亨特的中国话说得比较费劲,他有点不耐烦了:“你说的事,我管不着,我只知道我的兵被你们的人杀死了,要是抓不住凶手,我对不起、对不起英国的女王!”

许西林自然也是不好对付的人,他针锋相对:“我要是让你在我的地盘上抓人,我就对不起中国皇帝!”

亨特一听说中国皇帝,马上嗤之以鼻,不屑地说了一句粗话:“我们英国女王是至高无上的贵族,你们中国皇帝只是、只是个屄包!”

吃烧饼的警察们听到英国人骂中国皇帝是屄包,他们不高兴了,马上拍起桌子,端起长枪对准亨特,骂骂咧咧道:“这小子敢骂我们皇上,太他妈的欺负人了。别跟他啰唆,一枪崩了他算了,反正杀一个是杀,杀两个也是杀,管他娘的!”

英国兵听不懂中国话,但看样子知道他们的船长要吃亏,马上也端起枪对准警察,看阵势有点一比一,互相僵持着,气氛顿时紧张起来。

正在这难解难分之际,抚台衙门的一位官员跑过来,看见这剑拔弩张的样子,马上贴在许西林的耳朵上说了几句话。原来抚台大人知道许西林的秉性,怕他和英国人动起手来,那样局面更不好收拾,所以赶快派人来传达抚台的口谕,让他忍让些,配合英国人搜一搜,搜出搜不出都好说,只要不扩大事态就行了。

许西林知道抚台载奕也是个大屄包,对自己人又凶又狠,对洋人怕得要命,总怕处理不好得罪朝廷。因为朝廷也怕洋人,八国联军强占京城,火烧圆明园,朝廷连屁都不敢放一个,实在令国人寒心。他不好发作,只好指桑骂槐地说:“屄包不屄包,咱们搜搜看,谁要是搜不着,谁就是大屄包!”

警察们一看这阵势,知道非搜不可了,不是他们不让搜,是抚台大人同意搜啊,他们有什么办法呢?只好把长枪收起来。

英国兵一看,知道形势有转机,也放下枪,叉开腿站着。

正在这时候,英姑从里屋走了出来,拿着一摞烧饼,说了一声:“爹,我给王老夫人送烧饼去,她说她儿子几年没吃过家乡的烧饼了,晚上要尝个鲜。”

十几个英国兵看见英姑走过来,一个个眼睛发直,他们没见过这么漂亮的东方美女,一下子动物性能勃发起来。一个英国兵猛地用脚一绊,英姑冷不防一个趔趄向旁边歪去。另一个英国兵乘势将英姑搂住,在她的脸蛋上狠狠亲了一口,那个使绊子的英国兵还乘机在英姑的屁股上拧了一把。见此情形,英国兵们大笑起来,有的还鼓了鼓掌。

英姑遭遇这突然袭击,两颊飞红,十分恼怒。她左手托着烧饼,右手肘横扫一下,正好撞在搂抱她的那个英国兵身上。只听那英国兵惨叫一声,倒退几步后跌倒在地,捂住胸口直哆嗦。同时,英姑又飞起一脚,蹬中另一个英国兵的下身,那英国兵顿时脸色苍白,双手捂住裤裆,痛得在地上打滚。

看见同伙吃了亏,一个英国兵端起长枪对准英姑,还拉了拉枪栓。

这时候,店堂里突然冲出一个人来,那速度就像蛟龙出海,又似猛虎下山,他猛地扑到那个英国大兵身上,一把夺下他的长枪,跟着劈了一掌,只听咔嚓一声,长枪立马断成两截。其他的英国兵见势不妙,纷纷端起长枪,只见那人来了个燕子翻飞,打了几个旋子,一眨眼就掳走了几个大兵的长枪,并远远地甩到地上。

亨特和大兵们看得呆了，就连中国警察也赞叹不已，他们算是见识了铁砂掌的真功夫！

亨特不服气，还想动粗。许西林摆摆手，劝道："算啦，他是武林高手铁砂掌，你们斗不过他的。"

亨特气恼地说："我的长枪队还能斗不过、斗不过一个中国老头？"

许西林继续劝说："你们的长枪在短距离内没有用，等不到你们开枪，他就把长抢都掳了去。再说，他的铁砂掌可是天下无敌，一掌就能劈断一个人的脖子，不信你试试看。"

亨特还是不服气："我总不能输给一个中国老头吧？"

许西林调解说："那也不能怪他，谁让你们大兵调戏人家姑娘？那姑娘是老头的亲闺女，心头肉，你们算是撞到枪口上了！"

见亨特沉默不语，自知理亏，许西林又转了个弯："你要是想搜烧饼店，还得老头配合。他是烧饼店老板，他要是不同意，别人就休想进去。"

亨特知道，他的责任是搜查凶手，抓不住凶手他向领事馆不好交代，所以他也不想和老头多较劲，便放下架子说："老先生，我的兵和你，有些误会，我们不是来和你打架的，我们是来搜查、搜查凶手的。只要你同意我们搜查烧饼店，那我就不让你，赔偿损失，咱们就算、就算两清了。"

张老伯也不说话，用手向店堂里一挥，算是同意搜查，同时也用眼色提醒英姑，让她赶快去进士第。

接下来的搜查当然没有什么结果，警察和大兵把烧饼店的前堂和后堂、楼上和楼下挤得满满的，东瞧瞧西看看，什么也没找到，因为这里早就没有了他们要找的人。

撤出烧饼店的时候，亨特还和张老伯搭讪："老先生，你的武功，比我们英国的拳击，强多了，什么时候，也教我们的士兵，练练。呵呵，现在说这些来不及了，我们有任务，告辞了！"

张老伯拱拱手，说了两个字："不送！"

第三章

荣归故里

英姑走到进士第大门旁，回头看了一下，警察和洋人都进烧饼铺去了。她留了个心眼，没有直接去进士第，而是往西又走了几户，在一个窄门小户前停下来，敲了敲门，喊了声："大生哥！"

门呀的一声开了，一个浓眉大眼、虎背熊腰的年轻人走出来，高兴地说："英姑，你怎么来了？"

英姑没有搭腔，闪身进屋。待大生进了屋，她迅速把门闩插上，急急地说："大生哥，出事了！"

见英姑满脸紧张的样子，大生警惕起来，忙问："出什么事了？看你急成这样。"

英姑把事情的原委很快讲了一遍，最后说："杨先生现在藏在进士第，我马上去接应，就怕英国人连进士第也要搜，许总监可能拦不住。"

大生哥姓周，叫周大生，是王振风妻子周氏的亲弟弟。大生是个码头工人，也是革命党人，平时为人行侠仗义，乐于助人，在工人中有很高的威信。码头上的霸头很多，经常欺压普通工人，但只要周大生一出头，工人们一呼百应，霸头们也怕他三分，再加上他本人武艺超群，力大无穷，所以他总是替工人出头，专打抱不平。由于他胆大心细，人缘又好，所以给革命党办了不少事情。

周大生略一思索，马上对英姑说："有办法了，那几个英国人好对付，你先去接应杨先生，我随后就到。"

英姑也不敢多停留，她拍了拍大生的手臂："小心！"

周大生抚摸着英姑的肩膀："有我在，你别怕！"

英姑这才出了门，向进士第走去。

进士第高墙深院，两扇朱红大门紧闭着，门前一对石鼓雕在万顷波涛之上，象征着日出东海，屋檐的翘角上矗立着一些石兽，门楣上挂着一块横匾，上面有知府大人的亲笔题写的：进士第。

英姑敲了敲门。看门的家人当然认识她，连忙开了门，还说了声："英姑娘好！"

英姑一边回应"大伯好"，一边径直向里边走去。走过前院，到了厅堂，这是进士老爷平时会客的处所。厅高堂大，横竖摆着八张太师椅，中间的条台上放着花瓶和时钟，墙壁上挂着吉利的条幅和图画，这些摆设英姑非常熟悉，她现在也顾不上多看，直奔内院而去。内院是家眷居住的地方，东厢房住着大少奶奶周氏，西厢房住着二少奶奶刘氏，正房里住着一家之主王老夫人。

英姑站在正房门外，隔窗喊着："大娘在吗？我是英姑。"

"是英姑娘呀，快进来吧！"王老夫人在屋里应承着。

英姑托着一摞烧饼，掀开门帘，进了房门，说道："大娘，听说状元哥哥今天回来，我爹特意烤了点肉馅烧饼送过来，状元哥哥小时候可爱吃了。"

老夫人一副福备德全的样子，非常慈祥，高兴地说："你爹是个大好人，连这些事都记着，我代帆儿谢谢你爹了！"

英姑这时候当然没有心思拉家常，便说："大娘，我把这些烧饼先送到厨房去，再到灶间看看柴火够不够。要不我帮着添点柴？一会状元哥哥回来做饭方便些。"

老夫人知道英姑人好又勤快，经常过来帮助做家务，平时也习惯了，所以也不分彼此，便说："好的好的，你先去看看，过一会我得亲自下厨给儿子炒菜，吃饭的时候你可别走啊，叫你爹也过来。"

"好嘞。"英姑说完，一溜烟跑后院去了。她先把烧饼放在锅台上，用纱罩盖住，然后返身直奔柴房而去。

靠近柴房，英姑敲了敲窗户，轻声说道："我是英姑。"

杨绍文正藏在柴房里，他从窗口看了英姑一眼，小声说："进来吧！"

英姑进了柴房，这房子还比较大，堆满了烧火的木柴，还有一些引火的松枝，平时没人来，是一个僻静的处所。英姑经常在院里帮王老夫人做事，所以对这里非常熟悉，知道这里藏起人来万无一失。

"外面的情况怎么样？"杨绍文问道。

英姑说："我父亲和英国人闹了一阵，拖了一些时间，英国人吃了亏，正在搜烧饼店呢。不怕，他们搜不出什么来。"

杨绍文思索起来，他们搜完了烧饼店，会不会搜进士第呢？警察肯定不会搜的。一是警察没这个胆子；二是警察得听许西林的，许西林说不准搜谁也不敢动手。但是英国人不一样，他们不懂得什么进士不进士，也不管你进士不进士，他们飞扬跋扈惯了，连政府也奈何他们不得，说不定他们也会搜过来的。

"我们得想办法离开这里，"杨绍文说，"不知走出去方便不方便。"

英姑知道，自己进进出出习惯了，大家都认识她，用人们看见她也不会奇怪，可是她要是带个生人走出去，就不那么方便了。如果碰上老夫人或者两个少夫人，事情就会穿帮。英国人就在隔壁，弄不好会招惹麻烦。所以她说："杨先生请稍等，英国人不来就算了，英国人就是来了，我们也有办法出去。您放心在这里待着，这后院没人，我得出去应付应付，有情况我会来找您。"

杨绍文见事已至此，也只能听从英姑的安排。这次来执行刺杀载奕的任务，多亏义城的革命党同志全力配合，他们都是信得过的人。

“好的,就按英姑娘说的意见办,你自己也要注意安全。”杨绍文招呼着。

“知道了。”英姑说着,抱了一摞木柴走出去,一方面表明自己在干活,别人看见了也不会起疑;另一方面也怕伙房里柴火不够,会有人找到柴房里来。

果然,搜查过烧饼店之后,许西林带着警察往东走,可是亨特感到奇怪,问道:“总监先生,东边的人家已经搜查过了,应该搜查西边的人家才对。”

“西边的人家?”许西林故作惊讶地说,“你知道西边的人家是谁?那是进士第,谁敢去那搜查?想找不自在?”

但是亨特不买账,他坚持说:“进士第有什么了不起?在英国,白金汉宫还让人参观呢,在中国有什么不可以?”

“亨特先生,英国是英国,中国是中国,中国的进士是皇上封的,我可得罪不起。”

在亨特的眼里,中国的皇帝不算什么,每次开火,只要外国人洋枪洋炮一响,中国的皇帝就派人求和,又割地又赔款,大家都习惯了。英国人更是不可一世,连香港都占了,还怕小小的一个进士第不成?

“总监先生不敢搜,我们去搜。”亨特说,“在中国,没有我们大英帝国的士兵不敢去的地方。”

“不行,亨特先生。”许西林断然拒绝,“你没有权力这样做!”

“我提醒你,总监先生,”亨特咄咄逼人,“是抚台大人让我们来搜查的,你不执行命令?”

许西林针锋相对:“抚台大人让你配合我们搜查,没说让你们单独搜查!”

“那我配合你们一道搜查不就行了吗?”亨特也不让步。

“我可不敢,亨特先生。”许西林说,“你们英国人搜查完拍屁股走人了,我还得在这里当差吃饭,我得罪不起进士第。”

亨特有两种思想在作怪，一是要捉拿凶手，拿不住凶手自己不好交代；二是大英帝国的派头在作怪，认为自己输在小小的进士第会丢了大英帝国的面子，所以他必须坚持自己的意见。

“那好，我们英国士兵单独搜查进士第，出了问题我们负责。”亨特下决心这样说。

许西林拔出手枪，大喝一声：“谁敢？谁再跨前一步我就不客气！”说罢，他一摆手，警察们一字排开，堵在进士第大门前。

正在这难分难解之际，突然呼呼啦啦来了四五十个码头工人，他们手上都抄着家伙，有的拿着榔头，有的拿着斧子，有的拿着三角铁。挑头的不是别人，正是英姑搬来的救兵周大生。

周大生对警察说：“让开让开，我要进去找人！”

一个警察问：“你是谁？好大的口气！”

另一个警察说：“你不认识他？他是进士第老爷的小舅子，王守备是他的姐夫。还不赶快让路，招惹他肯定倒霉，你看他带了多少人！”

警察们让开一条路，周大生站在门口指挥：“你、你、你，你们四十个人把住门，谁往前一步打断他的腿！”然后又说：“你、你、你，你们十几个跟着我，进去保护老夫人，谁要是惊动了老夫人，卸下他吃饭的家伙说话！”

说完，周大生带着十几个人推开大门进去了，又返身关好大门，还上了顶门杠。守门的家人见是舅老爷来了，也没敢阻止，更何况他带了那么多人。

这么一闹，亨特和许西林都傻了眼。亨特看了看许西林，许西林两手一摊，表示爱莫能助。

正在骑虎难下的时刻，一个更大的麻烦来了——进士第的两个男主人回来了。

王振风挽着弟弟的手，缓步沿着进士第这条街往回走，一路上与商家、熟人打着招呼，叙谈着，走得很慢，但终于可以看见进士第的门楼了。

王振帆有点“少小离家老大回”的感觉，阔别三年，家有老母和娇妻，一没有尽孝，二没有眷爱，单身在外苦挣苦熬，如今衣锦还乡，那感觉是五味杂陈，既高兴又感慨，真是一言难尽。他对哥哥是尊重的，这几年亏得振风撑着门面，家道才能中兴。

振风远远走来，忽然看见进士第门前聚满了人，不像是贺喜的，因为有的人还背着长枪。他好生诧异，回头看看身边的随从，一挥手，十几个马弁飞快地向进士第跑去，他们身上也背着长枪。

这一下有好戏看了，中国兵、英国兵和中国警察碰一起了，也不知谁胜谁负了。

王振风兄弟俩走近一看，三伙背枪的人对峙着，还围着一圈码头工人虎视眈眈。自家的大门紧闭着，也搞不清发生了什么事，他们有点摸不着头脑。

还是许西林先开口，他抱着拳，说道：“振风兄、状元公，有失远迎，打扰了！”

王振风急忙还礼：“岂敢岂敢！”马上对王振帆介绍，“这位是本地的警察总监西林兄。”

王振帆立即拱手：“总监大人好！”

亨特看见王振帆，也眼睛一亮，说道：“密司特王，你怎么也来了？”

王振帆答道：“这就是我的家呀！”接着他又介绍，“这位是家兄王振风，这位是‘华生号’船长亨特先生，我就是坐他的船回来的。”

王振风在码头上见过亨特，对英国士兵的无礼还耿耿于怀，但碍着面子，还是轻轻握了握亨特伸过来的手。

“你们在这里唱的是哪一出呢？”王振风有点疑惑。

许西林说：“亨特先生要进去搜查码头上的凶手，我正在给他介绍进士第呢。他有点水土不服，毕竟是英国人嘛，不知者不罪。”

王振风扫了周围一眼，发现码头工人比英国兵还多，不免问道：“你们几位是……”

有个年轻的码头工人往前站了站，看来除了周大生以外，这个年轻人也是码头工人的头儿。他说：“我是码头上扛包的人，刚才舅老爷怕外国兵惊着老夫人了，带着我们来看家护院的。”

“啊，原来是这样。”王振风又问，“那舅老爷呢？”

年轻人说：“他带着一班弟兄进去陪老夫人了。”

王振帆也有点摸不着头脑：“他说的舅老爷是谁呀？”

“嗨，他就是你嫂子的弟弟周大生，这几年，家里家外的活，他干了不少。”

“啊，原来如此。”这回轮着王振帆感慨了。

如此一来，形势有了微妙的变化，到底要不要搜查进士第，可不是英国人说了算了。

王振风试探性地说：“船长先生，您以为码头上的凶手会藏在我家里吗？”

亨特知道很难说得清楚，他自己也不敢断定，但他对一切都怀疑，在中国，他没有可信任的人。

“尊敬的王先生，我可没有说、没有说您的府上藏着凶手，我只是奉抚台大人的命令，例行公事。”亨特吃不准王振风什么态度，只好这么敷衍着。

不提抚台大人倒也罢了，一提抚台大人王振风更加生气。这几年他与载奕交恶，关系处得很不好，所以他顺口说：“那抚台衙门是不是也要搜一搜？那里也许有你要找的中国人！”

经这么一呛，亨特有点发怵，他觉得王振风这个人不太好说话，这人连顶头上司都敢不恭敬，想硬碰硬地上可能不行。他只好迂回一下，拿王振帆说话。

他说：“尊敬的王振风先生，刚才我不认识你，也不知道这是王振帆先生的府邸。你们亲眼看见了，我的兵伤亡了一个，我必须、必须讨个说法，所以抚台大人命令我,配合许总监进行排查。我不是做主的人,在这里我想、我想请王振帆先生做主,我们英国人知道,他是一个非常公正的人!"

王振风一眼就看出亨特非常狡猾,知道他想利用王振帆达到目的。王振风想把这个缺口堵死,说:"抚台大人让你配合许总监行事,许总监是这件事的头儿,他说怎么办我们就怎么办,我们总不该越权吧,更何况是在一个有主权的国家里!"

许西林听出话音了,王振风把话都送到嘴边了,他接上茬说:"进士第是道德风范之地,这里怎么会藏着凶犯呢?还不赶快收队,别耽误了状元公省亲的时间。"

听这一说,警察马上立正、扛枪,准备收队。见此情形,王振帆说了一声:"且慢!"

这一声"且慢",又使形势发生了变化,警察们僵在那里,又不好动作了。

王振帆小声对王振风说:"兄长,此事不妥。亨特先生奉命行事,我们抗命不遵,传出去会说我们以众欺寡、主大欺客,于进士第名声不利。"

王振风没想到弟弟帮洋人说话,有点不理解,说:"我们堂堂进士第,一门双进士,你还是个状元,我们文武双全,怎么能让几个洋人进去横冲直撞,这成何体统?"

王振帆劝解说:"兄长,这都什么年代了,还说这种话!在英国,首相和平民一样,在法律面前人人平等,就是王室犯了法,也要调查治罪。我们中国人的特权太多,这就是不平等,不平则鸣,就会有人反对朝廷。没有朝廷,哪里还有我们进士第?"

王振风不以为然,他说:"朝廷天高皇帝远,哪里顾得上我们?能管我们的就是几个上司,你知道上司都是什么鸟?"说罢,还显出愤愤然的样子。

王振帆一听不对头,兄长怎么发起上司的牢骚来了呢?他赶忙截住王振风的话头:"兄长慎言,小心隔墙有耳。"

王振风叹息一声:“不说也罢,说了让我生气。”

王振帆试探地说:“那进士第到底搜不搜?”

王振风继续坚持着:“还是不要搜吧！我们这个宅子,是知府大人让修的,风水这么好,让这些外国长毛子进去翻箱倒柜,把我们家的风水破坏了怎么办?”

王振帆笑笑说:“兄长还信风水呀？哪里还有什么风水啊？你当进士,是因为你武功盖世;我当状元,是因为我苦读寒窗。在英国根本没有人说风水……”

王振风截断王振帆的话头:“好了好了,贤弟在外国待了几年,张口闭口就是英国英国。这几年,英国人骑在中国人脖子上拉屎拉尿,皇帝老儿怕得要命,现在又欺负到咱家大门口了,这还成个什么国、什么家啊!”

王振帆见王振风越说越激动,武将的脾气上来了,自己又不好公开与他辩论,只得忍让,但是又觉得没有给亨特一点面子,感到有点对不起他。

正在这尴尬时刻,进士第的大门突然呀的一声打开了,里面传出王老夫人的声音:“是谁在外面大声喧哗?”

大家一听,真正的主人出来了。

老夫人五十岁出头,精神矍铄,满面红光,身体微胖,面目慈祥,一副佘老太君的模样。她的身边站着两个人,一个是周大生,一个是陌生人,二人一左一右扶着老夫人,后面还跟着十几个码头工人。在工人身后,站着两位少夫人,还有英姑。

王振帆抢前一步,双膝跪倒,说道:“不孝儿给母亲大人请安!”

王振风走到老夫人身旁,说道:“振帆弟弟刚下船,码头上出了点事,耽误了一点时间。回家的路上,父老乡亲又留着贤弟说话,这才脱身回家,给您老人家请安。”

老夫人呵呵一笑:“我儿衣锦还乡,与乡亲们说说话也是应该的,回来就好。”说罢,亲手把王振帆扶了起来,上上下下把儿子看了又看,说,“我儿瘦了,儿行千里母担忧啊!"

王振帆也仔细打量着母亲,说道:"我看母亲大人身体益发健壮,真的越活越年轻了!"

老太太哈哈一笑:"哪能越活越年轻,是儿子、媳妇孝顺罢了。"说完,话锋一转,"这些话回家再说吧。这门外怎么有如此多的人呢?出了什么事没有?"

王振帆一看,连老太太都惊动了,赶紧打圆场,说:"也没什么大事,为了点公事在这商量着呢,没想到惊动母亲大人了。"

"是什么公事呢?"老太太继续问。

王振风插进来说:"母亲大人,真的没什么大事,就是刚才码头上出了点乱子,抚台大人让警察和英国人查一查,刚刚走到咱家门口,您就出来了。"

周大生见他们哥俩说话吞吞吐吐的,有点不满意,他干脆把话挑明:"英国人要挨家挨户搜查,连进士第也不放过,简直是瞎了眼!"

另一个扶着老太太的人也说:"英国人欺负人,太不讲理了!"

许西林仔细看了看说话的这个人,不由得心里一乐,差点笑出声来,原来此人正是杨绍文!看来是周大生进屋以后,与英姑使了个掉包计,让周大生与杨绍文换了衣服。周大生无论穿什么衣服,大家都认识的。杨绍文换上了短打,敞开着胸襟,裤腰上还拴了条宽皮带,脸上再抹点黑灰,就成了有模有样的码头工人。而且他和周大生一左一右扶着老太太出来,谁都认为是老太太的熟人。妙,实在是妙!许西林不得不佩服周大生和英姑的智慧。

老夫人摆摆手,让大家安静下来,捋了捋思路:"这么说刚才码头上欢迎我儿归来,出了点事?"

王振帆说:"是的,母亲明鉴。"

老夫人问:"听说死了两个人,一个中国官员,一个英国士兵?"

王振风说:"母亲大人,正是如此。"

老夫人又问："抚台大人有令，让警察和英国人挨家挨户搜查?"

亨特插上一句："王老夫人说得完全正确，就跟我们女王一样、一样有智慧!"

老夫人并不理会英国人的吹捧，问许西林道："你们警察不让搜?"

许西林承认："是的，进士第是义城最有名望的住户，怎么能随意造次呢？我们认为不妥。"

老夫人胸有成竹，说道："想我进士第，乃文武兼备，一世清白，做的是朝廷命官，吃的是皇上俸禄，岂能行苟且之事？搜一搜怕什么？与其不明不白，不如查一查看个明白，让我进士第对满城百姓也有个交代!"

老太太一表态，王振风弟兄俩谁也不说话了。老母亲在家里是绝对权威，这种权威是一辈子含辛茹苦建立起来的。两个儿子又孝顺，从来不说忤逆的话，不做忤逆的事，所以只好听之任之，尽管两个儿子的意见不一致。

倒是许西林接过话头，说："老夫人深明大义，说的话句句在理，令我辈振聋发聩。虽然我们知道进士第与码头上的事绝无瓜葛，但是可以给全城百姓做个榜样，进士第、状元府都秉公办事，何况其他？那好，亨特先生，我们就按老夫人的交代进去看一看，看到底有没有你想要的人。我命令，闲杂人等统统让开，让亨特先生执行公务。"

听此一说，周大生心领神会，马上一挥手说道："弟兄们散了吧，这里的事交给我了，改日我请大家喝酒!"

周大生的话说得冠冕堂皇，谁也听不出什么破绽，只有许西林微微一笑。杨绍文把手中的毛巾搭在肩上，冲着周大生一拱手："那我们去了，老弟有什么事，只要招呼一声，我们马上回来!"

不一会，四五十个码头工人散了个精光。亨特硬着头皮进了进士第，许西林笑吟吟地陪着，他知道亨特除碰一鼻子灰之外，将什么也捞不着。

这天的晚宴特别热闹，老太太从心底里笑出来，她亲自下厨炒了菜、煲了汤。振风的妻子周氏、振帆的妻子刘氏，帮着婆婆张罗。特别是刘氏，心灵手巧，再加上丈夫荣归故里，更是乐不可支。王振风的儿子崇文、王振帆的女儿崇武，在老太太身前身后绕来绕去，让老太太喜笑颜开。英姑是刘氏的表妹，平日里也经常帮助老太太料理家务，今天更是烧火做饭、忙里忙外，没消停。前来参加晚宴的，当然还有王振风的师父、英姑的父亲张老伯，周氏的弟弟周大生，还有另外一位稀客——王老夫人的侄子、德仁银号的经理冯德仁。

冯德仁提着大包小包的礼物来贺喜，硕大的东北老山参是送给老太太的，两份山东阿胶是送给两位少夫人的，两支上好的鹿茸是送给两位表弟的，打点得十分周到。老夫人高兴地说："来便来了，何必这么破费呢？"

冯德仁一边给老太太捶着背，一边说："只要您老人家高兴，我们做小辈的就心满意足了！"

开席时，老太太心花怒放，大儿子在县衙做事，虽然官职不大，却是个带兵的人，人家也就把进士第高看一眼。小儿子得幸中了状元，奉皇上之命去异邦留学，回来后派了个同知，虽然不是当家之主，毕竟也是个府官。世上千家万户的人，谁不想福禄寿喜、荣华富贵？现如今王家算是兼而有之了，唯一的遗憾，就是老爷不在了，否则真是福备德全了。

想到这里，王老夫人说："各位乡邻，我王氏母子能有今日，一是承上天好生之德，二是得各位亲友的鼎力相助。今天乘小儿回乡之便，请各位来坐坐，聊表多年来的感激之情。风儿和帆儿，你二人代我敬各位亲朋好友一杯！"

听到母亲的吩咐，振风、振帆立即站起来，端起酒杯。振风说："感谢各位乡邻的垂爱，我先干为敬。"振帆说："大哥所说的也是我的心里话，请大家开怀畅饮，不醉不归。"说罢，两个人都干了杯，亮了底。客人们看见王氏母子如此客气，也都慌忙站起来，连说"不敢当不敢当"，齐刷刷来了个一干而净。

周氏和刘氏也嚷嚷着："吃菜吃菜，这菜都是老人家亲手做的！"

喝了酒，吃了菜，冯德仁觉得该说话了："今天姨妈家里三喜临门：一是小表弟衣锦还乡、荣归故里；二是两位表弟同朝为官，一文一武，光耀门庭；三是老人家身体健朗，今天在进士第门外，几句话就化干戈为玉帛，进士第整条街家家户户都竖大拇指，佩服佩服！"他把自己的酒杯斟满，连饮了三杯，这才坐下。

冯德仁带了头，其他客人也都仿效着，纷纷敬了酒，气氛很是热烈。

王振风见师父在座，又专门将自己的酒杯斟满，然后站起来，双手捧着酒杯说："师父大人在上，徒弟给师父请安。俗话说，一日为师，终身为父。师父对我的管教，徒儿日日在心，奉公守法、保护百姓，不敢有半点差池。徒儿祝师父寿比南山、福如东海！"

顺着振风的话头，张老伯说道："我借你这句话问候问候老夫人，并且加上几个字，祝王老夫人福如东海长流水，寿比南山不老松！"

此言一出，大家都笑起来，纷纷鼓掌助兴。

酒过三巡，王振帆想到当天下午的事，说道："我在外国学习三年，知道列强之所以强，主要强在科技，人家有火车轮船、枪炮子弹；我大清之所以弱，弱在八股，以八股对子弹，犹如以卵击石，情何以堪？"

冯德仁马上附和："二弟所说极是，大清修了短短一条铁路，试跑了一下火车，就说这是洋人的雕虫小技，居然把它拆了，都是那些老顽固捣的鬼！"

这些话触动了王振风的痛处，他说："所以我们要让这些老顽固下台，包括朝廷的、地方的，这些老顽固太可恶了，不如此，大清成何体统、有何希望？"

冯德仁又附和着："振风说得对，由这班老顽固把持着，别说地方，就连朝廷，能有大清什么好？"

王振帆一听不对，大家怎么非议起朝廷来了？他马上纠正："朝廷还是不错的,大清几百年了,谁都知道康乾盛世是代代相传的。只要学习洋人的科技,然后采取以夷制夷之策,我大清就安保无虞了!"

王振风知道弟弟刚回家,满脑子的洋玩意儿,对大清的情况并不了解,所以他说:"学习洋人、以夷制夷的方略自然不错,但是对内,以乱治乱的办法也不可少。俗话说不乱不治,大乱才能达到大治,此言不谬也!"

王振帆不理解兄长的意思,不知道他为什么对所谓的顽固派如此不满,只好善意地说:"乱起来不一定好,少不了政局不稳、生灵涂炭,对维护大清有何用处?"

冯德仁和着稀泥,说:"二位都是做官的,说得都对,以夷制夷,以乱治乱,道理很深。我是个做生意的,对你们都赞成,只要让我们生意兴隆、财源滚滚就行了。"

张老伯冷不丁冒出一句:"君子喻于义,小人喻于利,孔子说,天下唯小人与女子难养也!"

酒喝到最后有点冷场。这些话题女人是插不上嘴的,两位少夫人无话可说,王老太太也不便说什么。英姑把菜都上完了,静坐在那里等候。

老夫人隐隐地感到,两个儿子的政见并不相同,只是在酒桌上留着面子罢了。冯德仁是风吹两边倒的生意人,张老汉也好像言犹未尽。她忽然感到一丝丝隐忧,有点郁郁寡欢起来。

待客人散尽,兄弟俩又到母亲的房中坐了会,问了好,然后各自回到各自的厢房休息去了。

振帆见妻子梨花带雨、楚楚动人的样子,心里不免怜惜起来。刘氏嫁过来的时候是十七岁,新婚燕尔时,妻子怀孕,王振帆就进京赶考去了。中了头名状元,好事自然是好事,但是又被皇上派到英国,一去就是三年,孩子都能背《三字经》了。王振帆觉得对不起妻子,百般抚爱,将妻子看了又看,只觉得她红腮出桃花,金凤堕鬓斜,敛眉含笑影,飞霞落窗纱。夫妻俩少不了一番逗笑,倾诉两地相思之苦,又说到进士及第的欢喜和状元游街的荣光,憧憬着未来的锦绣前程。这一天，他们的确是进士第这条街上最快乐的人儿！

第二天一早，刘氏下厨早炊，收拾停当。王振帆起床洗漱，然后去母亲房里请安，吃过早饭准备去府衙报到。临行前王振帆忽然想起一件事，昨天已经搁了一晚不便发问，这时他问妻子："我觉得大哥对朝廷好像耿耿于怀，昨天不便发问，你们平时在家有什么感觉吗？"

刘氏淡淡一笑，说："你问的这个事呀，家里人都知道。他不是对朝廷有意见，朝廷给他封了官，他感谢还来不及呢，何必耿耿于怀呢？他是对抚台大人有意见，抚台对他极不赏识，板凳一坐七年冷，大哥在县守备位置上坐长了，还经常挨骂受罚，心里难受，总是愤愤不平。"

振帆点点头："难怪如此，理解理解。"

第四章

排兵布阵

4月的天气,变化无常。头一天已有点燥热,码头上人头攒动,热浪滚滚。第二天又凉了,老天沉着脸,阴冷阴冷的,使人感到丝丝寒意。一夜北风,将梨花吹落了一地,白白的颜色,有点像晚春的雪。

一大早,抚台衙门就打开大门,四个亲兵在辕门外站岗,手持长枪,身子笔直,眼观六路,耳听八方,瞅着过往的每一个人、每一顶轿子、每一担青菜、每一辆推车,防止突然出现扔炸弹的人。

从辕门外到签押房还有一段较长的距离,过去是不设岗的,今天也三步一岗、五步一哨。亲兵们紧绷着脸,一副六亲不认的样子。

他们都被昨天的炸弹炸怕了,有点风声鹤唳。

准确地应该这么说,是巡抚被炸怕了,发了火,他们才怕了。他们怕的是巡抚大人,而不是革命党。

革命党和自己一样,也是两只胳膊两条腿,有什么可怕的?也许,听起来还有点新鲜的感觉。

但巡抚大人可不这么想,革命党太可怕了,可怕到大白天要自己的命的程度。昨天要不是县衙里的人扑在自己身上,说不定自己就呜呼哀哉了。所以,他要像拔萝卜那样,把革命党连根拔掉,非如此,不解心头之恨。

他知道,城里的乱党绝不止一个人,像昨天那样的场合,肯定是一次有组织的行动,有人掩护、有人发难、有人接应,要不然凶手为什么跑得那么快?警察为什么搜不到?英国人也参加了,折腾了一天一夜,连根毛都没抓着。

戡乱戡乱,必须戡乱,他觉得。所以他召开戡乱会议,一是保命,二是保乌纱帽。

在义城这个地方,省、府、县三级衙门都设在一地,相距不是很远,抚衙在中间,府、县二衙在左右两边,藩台衙门离抚衙也只有一里之地。

接到通知,各路要员纷纷赶往抚台衙门,有的乘轿,有的骑马,路近的也有步行的。但不管是谁,都有亲兵保卫,谁也不敢一个人单独行动。

到了抚衙大堂,大家分序而坐。大堂之上坐了三个人,抚台坐在正中,藩台和臬台位列左右两边,其余府、县人员按官阶大小坐在大堂两侧。许西林是警署头目,自然要参加会议,王振风兄弟俩也位列其中。

人员到齐之后,抚台开讲:“今天请各位来,会商一下戡乱的大事。昨天码头之乱,大家亲眼所见,乱党乱到何等程度!人家想炸就炸,一下扔出两颗炸弹,而我等竟无还手之力!人为刀俎,我为鱼肉,何等危险!更可恼的是,凶犯竟在众目睽睽之下,迅速逃之夭夭,直到现在,仍然逍遥法外!警署何在?府衙何在?县衙何在?三级衙门居然束手无策,该当何罪?”

他瞥了大家一眼,见人人自危,紧绷着脸,便神情缓和了些,自己来个转折:“我今天不是要追究什么人的责任,大家都是同僚,有福同享,有难同当,让大家来,是让你们出出主意,加强防范,亡羊补牢吧。谁先说说?警署先汇报一下情况吧。”

许西林早有准备,他不急不忙地说:“报告大人,昨天事发之后,我们立即展开搜查,一直查到今天天亮,警察全体出动,但未能抓到凶犯。一来城内住户太多,一天一夜搜不过来;二来英国人碍手碍脚,自行其是,影响我们行动。”他想把责任往英国人身上推,知道抚台也拿英国人没办法。

果然,抚台问道:“英国人怎么说?他们有什么要求?”

许西林说："抓不住人，他们也没有办法，他们也亲自动手了，把我们义城当作菜园地了，随进随出。现在他们说要通过大使馆找外交部解决，依我看，他们是商人，无非是要钱，多赔点银子给他，破点财也就消了灾了。"

"不错。"抚台说，"外国人对我大清虎视眈眈，无非是一割地二赔款。昨天的事纯属偶然，是他们挤到我们码头上出事的，这种事是割不了地的，赔点钱私了吧。这事也不用藩台出面了，府台和他们谈谈，在你们库里支点银子给他们吧，这事发生在你的地盘上，也不冤了你。"

府台站起身来，唯唯诺诺："是的，属下照办，请大人放心！"

"还是说说防务吧。王守备，你是直接带兵的，你怎么看？"

王振风知道自己没带多少兵，太平时期摆摆样子、壮壮胆子倒还可以，真正想派上什么大用场，那是不可能的。既然抚台大人动问，他想干脆集中兵力单打一算了，也免得抚台找麻烦，于是他说："要说防务，我看最要紧的是抚台衙门的防备，只要抚衙安全，大局就稳定了。我手上的兵力不多，不如全部投到抚衙便了，也免得兵力分散，难办什么大事。"

抚台看不上王振风，也看不上他手上的那点兵，不过他出的主意倒不错，对自己调兵遣将、排兵布阵有好处。他不急于拿出自己的想法，便顺势问道："王同知，你刚从英国学成回来，有何高见呀？"

王振帆站起来，拱拱手，答道："英国与大清的国体不同。在英国犯了事，由警察去侦破，检察院起诉，法院去审理，政府不直接办案。我大清地方政府不同，虽有臬司衙门，但抓人审人都由政府亲自出面，特别是府、县衙门，知府和县令花很大精力亲自断案，这既损耗了精力，又加剧了矛盾，所以，不得以抽很多兵力加强防务，这虽有必要，却是饮鸩止渴之举。"

知府闻言，马上附和："同知所言极是。现在乱党极多，我等既要催收催种，又要收粮收款，还要断案审人，处置起来，颇为掣肘，常有力不从心之感。"

听到这里，藩台大人说话了："同知所言，虽说有理，但牵扯国体，既不由我等做主，又远水救不了近火。当务之急，还是把衙门看好，否则革命党造起反来，便如入无人之境，那可奈何？还有什么钱粮可收吗？”

又商量了一会，多数人唯唯诺诺，也没多少新的见解。大家知道，抚台大人早有主张，只要看着风向就行了。

抚台见时机成熟，便趁机把自己的主张端了出来，他说：“各位知道，现在革命党如燎原之火，在各地烧得猛烈，本地的动向也不可小觑，必须未雨绸缪，加强防务。所以，我命令，城内守军的一、二、三、四、五标人马，分别担任抚、藩、皋、府、县五衙的防务，保证公务和人身安全；六、七两标，防守军械所；八标防守造币厂；九、十两标的四个营，分别镇守东、南、西、北四个城门。此令自今日起执行，三日内到位。”

那时的兵权掌握在抚台手上，他怎样调兵遣将当然由他做主。他一言九鼎，别人只要服从就行了，更何况加强的是三级衙门的防务，对大家都有好处，何乐而不为呢？

众人散尽之后，藩台一人留了下来。

藩台问道：“抚台兄，今日之变，意欲何为呢？”

抚台反问道：“藩台兄有何见教呢？”

藩台探探身子，小声地说：“抚台兄莫非是想引蛇出洞？”

抚台哈哈大笑，拍拍藩台的肩膀说：“知我者，藩台也！”

原来，义城内的全部兵力，合在一起可称为一个“混成协”，比后来所说的一个师还要少，主要布防在东、南、西、北四个城门上。

混成协的兵，主要是湘军改编过来的，都是当年追随曾国藩的老兵，除了当兵吃粮以外，忠君报国的思想比较稳固。除这些老兵之外，近几年又招募了一批新兵，主要是年轻人。他们的思想比较活跃，常有排清复汉的意识，对大清政府颇为不满，其中不乏革命党成员。他们专在新兵中发展同盟会，是大清的心腹之患。这些新兵有的与老兵编在一起，有的单独列编。驻扎在城外的两个新兵营经常闹出乱子，成了革命党的大本营。

分析了这些情况，抚台问道：“昨天扔炸弹的人为什么搜捕不到？他能藏身何处呢？”

藩台不确定地说：“他难道藏到新兵营里去了？”

“对呀，”抚台说，“现在城内有多少革命党不好说，但昨天的人被革命党接应走了那是肯定的，没有革命党掩护他能跑得了？他跑到新兵营去，警察有什么办法？所以，昨天的事情提醒我，重要的不是捉拿一个革命党，而是要防范一群革命党！”

“未雨绸缪，未雨绸缪！”藩台说，“抚台兄是以守为攻，给革命党人设个套，请君入瓮吧。”

抚台踌躇满志地说：“藩台兄，你我二人是封疆大吏，总得为朝廷镇守一方吧？不把革命党斩草除根，何以报答皇上的恩典呢？”

于是，三日之内，抚台的命令完成了，衙门的防范加强了，城防却显得空虚起来。原本三步一岗、五步一哨的城墙上，只见稀稀拉拉的几个兵在晃悠，留下了明显的破绽。

载奕的这一招果然有用，革命党开始行动了。

义城有个小庙叫“三祖寺”，在三祖寺附近有一条又窄又长的小巷，小巷的尽头是一个试馆。这一天下着小雨，细蒙蒙的，吹到人的脸上有点凉意。一些或穿长衫、或着短打的人，踏着泥泞，举着雨伞，半遮着脸，先先后后走进试馆。

革命党要在这里开个会，主持会议的正是杨绍文。许西林、周大生、张老伯、英姑和新兵营的一些管带、千总、把总都来了。大家知道杨绍文是同盟会的重要领导人之一，他是来义城组织刺杀巡抚载奕的。

义城的革命党人也的确不少，不同阶层都有同盟会的成员，还有它的外围组织岳王会更是聚集了各行各业的成员。今天，这些骨干成员要在这里商量新兵起义的大事。

第一次刺杀载奕失手，杨绍文承担了责任，他向大家做了检查，并表示回总部以后要当面向孙中山先生检讨。他提到了哑弹的事，事前没有认真检查，说明办事不认真，准备不充分。再就是对英国人的介入缺乏心理准备，应变能力不强，今后应该引以为戒。他表扬了许西林、张老伯、周大生和英姑，说他们的掩护工作做得出色，在英国人的眼皮底下保护了革命同志。

他说："刺杀行动打乱了敌人的部署，使他们感到恐慌，如芒在背，骨鲠在喉，不得不调兵遣将去保他们的命。现在城防空虚，给我们留下了大好机会，大家看看，可否利用？"

许西林分析了当前的形势，他说："载奕这次采取以守为攻、攻防结合的战略，他把主要兵员集中在几个衙门驻防上，退，可以保证生命安全，不影响理事；进，可以集中兵力突击行动，招之即来，挥之即去，很灵活。所以，现在个别刺杀的方法不可再用。"

新兵一营的管带说："这几天我们新兵很活跃，他们三三两两进城，东逛逛西看看，觉得城防很松，街头上的巡逻兵也很少，行事很方便。因此，不少人在摩拳擦掌，跃跃欲试。"

新兵二营的千总说："现在的新兵，头脑灵活，经常在一起读新书、谈现实，有结约暴动、意在排清的倾向。他们多认为大清朝气数已尽，外不能抗侮，内不能治乱，到了非乱不可的时候了，只要丢个火种，肯定能烧起大火来。"

周大生比较细心，他说："若起事，必先解决两点：一是攻城，攻城比较难。我的想法是，攻城不如献城，到时候由在城内的新兵兄弟开门接应为好。二是攻占军械所和弹药库，有了武器就能以一当十，没有武器空有人力是不够的。"

大家你一言我一语，越说越兴奋，越说越细致，个个摩拳擦掌、信心百倍。

许西林说："只要我们攻占了义城，那些抚台、藩台、臬台都将成为阶下之囚！革命在一省成功之后，我们就可以南下湖广，和那里的兄弟们联手打天下，到那时便可以推翻朝廷，建立共和！”

这是革命志士早就向往的一天，大家想象着那一天的到来，高兴得小声鼓起掌来。

接着，大家又细心地商量着步骤，进行分工和准备，使每位到会的人都有用武之地。

起义由杨绍文任总指挥，主要组织城外的新军起义，攻打北门和东门。

许西林任副总指挥，主要负责城内的接应。

新兵一营起义由杨绍文亲自联络，新兵二营起义由周大生直接联络。

一营有炮，号称“炮营”，攻破东城以后迅速占领炮台，炮口指向三级衙门，首先是对准抚台衙门进行轰炸。

二营有马，号称“马营”，攻破北门以后直接去占领军械所，保证枪支弹药的供应。

许西林率领警察中的革命党骨干伺机打开东城门和北城门，然后引导攻占抚台衙门，活捉载奕。

同时，由杨绍文、周大生、张老伯、英姑引导新兵攻战藩衙、臬衙、府衙和县衙。

军事行动结束以后，由杨绍文负责宣布起义成功，发表声讨朝廷的檄文。再休整数日后兵发南京，先期打开南方的革命局面。

起义时间定在三日后夜间十点进行。

决定事项商量好以后，大家激动万分，十几双手紧紧地攥在一起。

“同志们，”杨绍文兴奋地说，“革命靠大家，胜利属于人民！”

“对，胜利属于人民！”大家呼应着。

革命党在行动的时候，载奕也没闲着。

义城的军权属于他，但他感到鞭长莫及，他只能控制湘军出身的老兵。他和他们有生死之交，但和那些新兵蛋子没有共同语言。特别是对驻防城外的马炮营，他只能笼络几个管带和千总类的人物，对所有的新兵他都心存疑虑，总害怕他们哪一天造反。他知道，现在的天下动乱不堪，要想稳坐钓鱼台是不可能的，只能用铁腕对待，弹压一天算一天，绝不能马虎，也绝不能客气。

他在老湘军里面组织了一个秘密团体，叫“老湘会”，作为他监控军队，特别是监视新军的密探。他专门拨给这些老兵薪饷，作为收买他们的活动经费，并且论功行赏。这个办法屡试不爽，已经帮他打掉新兵的多次行动，他很得意于自己的老谋深算。

这一天晚上，快十点钟了，几个老湘会的成员在城内巡逻，想找点外快补给补给，忽然发现北门城外有两个新兵像小偷似的溜进城内，看见老湘会的巡逻队，样子有点慌张。

巡逻队迎上去，端起枪，喝令：“什么人？干吗去了？”

新兵最讨厌，也最怕这些老兵油子，他们在刀口上舔血，在鸡蛋缝里下蛆，弄得你浑身不自在。

两个新兵想跑，被几个老兵用枪拦住：“见到我们怕什么？说，干吗去了？去抽大烟？”

新兵说：“没有没有，打死也不敢！”

“那嫖娼去了？”

“也没有没有，我们没那闲钱。”

“那到底干吗去了？”

新兵吞吞吐吐地说：“我们，我们去新军那里，会朋友去了。”

一听说新兵会友，这些老兵来了劲，他们最想扒新军的豁子，豁子扒得越大，他们领的赏也就越多。

“走，跟我们去督察室！”老兵说。

督察室是可以刑讯逼供的地方，也是新兵最头痛的地方。

进了督察室，值班的老兵们上来就给新兵两个耳光，打完了再搜身，除了搜到几块钱之外，要命的是，还搜到了两支短枪和几枚炸弹。

当然,新兵们是不应该有这些武器的,老兵们又赏了他们两个耳光,厉声问道:“哪儿来的?倒卖军火?”

“不是不是,”新兵连忙否认,他们知道倒卖军火是要被枪毙的,所以他们说,“是老乡送的。”

“哪个老乡会有多余的枪弹送给你们?你当是白面馒头呀?”

“没有没有,我们这些枪弹是防身用的。”

老兵呵呵一笑:“防身是假,想造反是真吧?送巡抚衙门去!”

一送巡抚衙门就算是上了断头台,非死即伤。两个新兵扛不住严刑拷打,把新军起义的秘密捅了出来。

得到这个秘密情报,载奕大喜过望。他非常佩服自己的判断力,知道一唱空城计,就会招来司马懿,如果不削弱城防,新军怎么会造反呢?新军不造反,怎么有借口除掉革命党这个义城的隐患呢?

他指示绝对保守秘密,泄密者杀无赦!

他要将计就计,将革命党一网打尽!

载奕毕竟是老奸巨猾的狐狸,他不声不响地在三天内完成了对新军的钳制。

首先,他只身前往南京,向两江总督端方做了秘密汇报。端方大吃一惊,问道:“此话当真?”

载奕回答:“我们得到秘密情报,千真万确!”

端方有点着急:“那你还不赶快动手?”

“回大人,”载奕说,“义城兵力不足,也不可靠,内部混进了不少新兵。我想了一个万全之策。”

端方道:“你有什么办法?快讲来听听。”

载奕把老谋深算的办法讲了一遍。端方一边听,一边摸着苍白的胡须,点头说道:“此计甚好。你有什么需要老夫帮忙?”

“大人,你只消借两标人马给我用几天,我可以安保义城无虞!”

“此话当真?”

“我可以立军令状,如有差池,愿军法从事!”

端方依计,从江西调了两标人马,乘船停泊在江面上,供载奕秘密调遣。

载奕回到义城,又秘密召见军械所标统,问道:“这两日,军械所有何异动?”

“回大人,好像没什么异动,就是新兵们有点来往,也属正常。”

“糊涂!见事太迟,太糊涂了!”载奕斥责道。

“小人不明白,请大人指点。”

载奕耐住性子告诫了一番,如此这般地做了交代,最后说:“此事极为小心,只能内紧外松,不要打草惊蛇,出了问题,唯你是问!”

“大人放心,大人放心!”军械所标统擦着满脸的汗珠,惶然退出。

到了起义之日的晚上,天黑之后,载奕命停泊在江面上的轮船迅速靠岸,江西的两标人马从南门进城,鸦雀无声地向东门和北门逼近。街上没有路灯,也没有什么行人,到处黑压压一片,气氛紧张得像要爆炸一样。

两标人马接管城防后,迅速关闭城门,然后隐蔽着爬上墙头,卧在地上。从城外看,城楼上只有三三两两的巡逻兵在晃动。而城墙上,七八百军士已把墙头挤得水泄不通。

得知两标人马到位之后,载奕命令东、南、西、北四座城门紧急关闭,不准任何人进出。

接着,他通知警署,全城戒严。

许西林带着几个亲信,早就在城内巡视。作为内应,他知道责任重大,紧张得手心冒汗。

江西的两标人马进城以后,许西林心知有异,跟踪的结果,发现换了城防。他感到不妙,马上派人到新兵营向杨绍文报告,自己则赶往抚台衙门去摸底。

载奕听说许西林求见,没有怀疑,在书房见了他。

许西林故作镇静地说:“报告大人,属下在城内巡视,发现异象,特来向大人报告。”

载奕不慌不忙地说:“你是说街上多了两标人马?”

许西林回答:“正是,属下不知为何,也不知如何应对。”

“随他们去吧,不用管。”载奕轻描淡写地说,又补充一句,“是我让他们来的。”

许西林惊讶地问:“这是为何?”

载奕这时候并不知道许西林是革命党,所以还把他当心腹使用,事到如今,当然应该给许西林交个底了。

他说:“你有所不知,我得到密报,今天晚上新军要造反,攻打东门和北门。我从江西借了两标人马来,加强防务。新军以为城防空虚,我将计就计,诱他们上当,打他个措手不及。”

许西林一听糟了,这个老狐狸张了个口袋,只等新军往里钻了。好在自己已经派了密探出城,把城内的变化告诉新军了。

载奕见许西林主动前来报告很欣赏,说:“你的反应不错,有情况马上就来报告,忠心耿耿。我已经命令将四个城门都关闭了,现在实行全城戒严,你们警察要加强巡逻,发现新军闹事,就地正法。特别是对军械所,更要加强防范,我已经下令将原有的驻军换防了。”

许西林一听,大事不妙,这个老谋深算的家伙把什么都算计好了,只等新军来飞蛾扑火。现在应该停止行动,但时间已经来不及了,而且城内城外隔绝,有事也商量不了。

幸好载奕还没有发现自己的身份,否则自己在城内什么也干不了,他觉得应该去各处巡视,相机行事。

这时已经是晚上九点钟了,离起义还有一个小时,许西林派出的密探在新军一营见到了箭在弦上的杨绍文。

杨绍文和一营的头儿王管带正在召集全营的干部议事,会场外面被手枪队围得水泄不通。手枪队队员就是敢死队队员，他们每个人都手持双枪，大机口张着，子弹都上了膛，只要有一点风吹草动，他们就会立即开火。一营是炮营。炮衣都已经卸去，炮口的方向都对着城内，每门炮都由两名炮手看守着，这些兵都是革命党发展的骨干。

杨绍文正在进行战前动员，他慷慨激昂、斩钉截铁地说道："弟兄们，我们是血肉同胞，情同手足，我们都是父老乡亲养育的人！现在，全国的同胞都生活在水深火热之中，而我们的朝廷懦弱无能，对洋人屡战屡败，到处割地、年年赔款，把我中华民族弄得国将不国，家将不家，老百姓的生死存亡没人担当！当下，许多志士仁人都在揭竿而起，各地的革命党人不怕抛头颅、洒热血，率领民众反清灭洋，给我等做出了榜样。今天，我和王管带商量，我们炮营都是热血男儿，我们也要揭竿而起，把炮口对准清政府，决战决胜！凡是愿意和我们一起拼死沙场的，今天晚上就举起义旗。如果有志不同、道不合的兄弟，也不勉强，退出去就算了，只要不射我们暗箭，我们一定保护兄弟们的安全！"

正在这节骨眼上，许西林派来的密探向杨绍文报告了城内的变化。

猛一听到这个消息，杨绍文也着实吃了一惊，没想到城内早有准备，给胜算增加了压力。他飞快地转动着脑子，想着应对的方法。

他想，这个消息来得太迟了，刚才已经做了战前动员，起义的秘密已经公开了，如果这时候停手，起义的消息很快就会传到抚台那里，那样新军就变成了待宰的羔羊，再无还手之力，此其一；第二，估计周大生在新军二营那边也动手了，现在联络已经晚了，大家都成了上弦之箭，不得不发了；第三，尽管载奕借了兵，换了城防，人家也不一定为他卖命，真打起来谁胜谁负还未可知。既然如此，不如放手一搏。

他把这个消息告诉了王管带。王管带也是个聪明之人，权衡利弊，觉得也只有这一条路可走。他们决心破釜沉舟，决一死战。

正当杨绍文和王管带出门议事的时候，会场里有位千总伸手去掏手枪，这个动作被一眼尖的马弁看见，他抬手一抢，当场将那个千总击毙。

这一枪惊动了全营，也惊动了营房周围的百姓。杨绍文当机立断，随手打出一颗信号弹，宣布起义开始。

顿时，炮营炸开了锅，口号声、枪声不断。班长们回到各班通知队员们，让每个人在左臂上扎一条白色的布带，作为夜间识别的标志。炮手们推出大炮，扛起炮弹，放火烧了营房。霎时间炮营火光冲天，杀声四起，几百名兵士像潮水一样向东城门涌去。

新军二营离一营有十几公里，周大生正在紧锣密鼓地做着战前准备。二营没有一营的好运气，二营的管带是抚台的人，近两天老是用鹰隼般的眼睛盯着每个班，还经常召集一些千总和把总去密议，想把营里的革命党挖出来。那些千总和把总，有的是管带的心腹，有的则是真正的革命党。这个管带有点缺心眼，经常敌我不分，把自己的秘密意图都暴露了出来。

周大生藏在一个新兵班内，那个班就成了起义的大本营。周大生根据管带的部署，反其道而行之，把一些不可靠的官兵秘密看押起来，有的还上了绑并塞住嘴巴。革命党也不想杀害他们，但要防止他们坏起义大事。

二营遵守着十点钟起义的约定。周大生让新兵们缠上白布条，开起战来，缠白布条的是自己人，夜间行动看的就是这个标志。他亲自去马棚看了马，按编号让起义兵士认准自己的马匹，防止混乱。他也给自己挑了一匹好马，打起仗来他要身先士卒，跑在马队的前面。他再一次把各班的班长召集在一起，布置了攻城的任务，组织了尖刀排，给他们配备了轻武器。

其实，这时候一营已经动手了，但二营并不知道，两地相距甚远，又没有联络手段，只有商定的起义时间。十点整，正好管带转到周大生潜伏的营房周围，周大生抬手一枪，将管带击毙。枪声划破夜空，各班的兵士应声而起，纷纷扑向马棚，翻身上马。负责搬运枪弹的兵士抬着机枪和子弹，跟在马队的后面。接着又听见几声枪响，大概是新兵们又收拾了几个顽固不化的千总和把总。

周大生骑在马上，做最后一次动员："弟兄们！保家卫国的时候到了，对准巡抚衙门，杀！"

全营的士兵跟着高喊："杀！杀！杀！"

周大生一夹马腿，跑在队伍的前面，几百匹战马跟在后面腾空而起，飞快地扑向北城门。

到了北城门，根据事先的分工，周大生应该看见城楼上有人接应，城门应该开了，吊桥应该放了下来，这样他才好去攻占军械所。

可是他现在看到的景象是：黑黝黝的城墙高高地耸立着，城门紧紧地关闭着，过河的吊桥被拉得笔直笔直的，又黑又深的护城河无情地挡住了他们的去路。

这是一个月黑之夜，浓重的夜色压得人喘不过气来，风仿佛也静止着，只偶然听见一些虫鸣。大队人马的到来，踏碎了死一般的宁静，战马直起两腿嘶叫着，仿佛要腾起来跳过河去。

周大生不知道城里发生了什么情况，事已至此，后退已经不可能了，只有决一死战，打进城去，才是唯一的办法。

他命令尖刀排："开火，对着城墙头给我打！"

于是，骑兵队枪声大作，手枪、步枪、机关枪都叭叭叭、哒哒哒地响起来，把夜色和宁静震得粉碎。

说来也怪，这边枪声一响，对面的城墙上突然火光冲天，墙头上冒出许多人来，有人举着火把，有人开枪还击，密集的枪声似乎要盖过马队的枪声。

"他娘的，早有准备呢！"一个班长骂道。

"城里哪来这么多兵呢？他姥姥的！"另一个尖刀排的战士骂道。

周大生也感到奇怪，城里的兵早调到衙门当保安去了，守城的兵本来很少，怎么突然冒出一大群呢？把整个城墙都占满了，足足有好几百人呢！

周大生感到中了埋伏，也觉得靠内应的警察打开城门已经不可能了。警察能有多少人呢？连一支重型武器都没有！但守城的这些兔崽子光是重机枪就有好几挺呢!

“打!”周大生命令。既然来了,只有开打才有出路,退回去只有死路一条。

说来也怪,对方的火力非常猛烈,喊杀声也惊天动地,但子弹并没有落到马队身上。看来对方打枪喊杀只是做做样子,枪口是朝天的,这是怎么回事?周大生一时摸不着头脑。

反正是黑夜,大家都胡乱地放着枪,马队仍然是马队,一点伤亡都没有。

城门仍然关着,吊桥也放不下来,马队只好僵持在那里,过河的希望一点都没有。

周大生哪里知道,抚台载奕借来的兵是不愿打仗的。他们奉命来义城也是身不由己,让他们守城就守守城而已,让他们杀革命党是不干的,反正夜晚看不见,对天放放枪权当放炮仗玩儿了,反正义城的抚台也奈何他们不得。

周大生觉得这么耗着也不是办法,浪费子弹怪可惜的。他命令减少射击,免得把子弹打光了,同时他派了一个骑马的传令兵去东城门,向杨绍义报告北门的情况,请示一下该怎么办。

从北门骑马去东门,不足十里地,一会就赶到了,那里更加热闹。

杨绍文带着炮队一路走来,中间还收编了一支零散的部队,加起来有五六百号人,浩浩荡荡开到东城门外。

东门与北门不同,城内迎战的兵士早就站满城墙,火把烧得很旺,远远就能看见人影。

杨绍文走近护城河一看,情况与北门一样,大门紧闭,吊桥拉起,护城河的水被火把照得通红。原来以为有人开城接应的计划泡汤了,出现的局面是城内严阵以待,炮队寸步难行。

杨绍文也感到意外,他怎么也想不到城墙上会有这么多军人。他没有命令开炮,而是让王管带向城墙上的人喊话。

管带喊道:“喂! 城楼上的兄弟们,你们是哪一部分的?”

城楼上有人回答:“下面的兄弟们,你们听好啰,我们明人不做暗事,大家都是当兵吃粮的,有话好说。我们是江西过来的,是你们抚台大人请我们过来守城的!”

杨绍文对管带说:“问他们什么时候来的。”

管带又喊:“弟兄们来得好快,什么时候过来的呀?”

上面回答:“明人不做暗事,是今天傍晚来的,上城楼的时候天都黑了,九点钟我们就点上火把了,知道你们十点钟要来!”

管带还问:“弟兄们怎么知道得这么清楚? 你们能掐会算吗?”

上面的人说:“我们不但知道时间,还知道你们的人数与火力!”

管带奇了怪了,不免问道:“你说说看!”

楼上的人哈哈一笑:“你们一营是炮营,有山炮十九门,兵员五百一十七人,对不对?”

杨绍文与管带都倒抽了一口冷气,没想到还没开仗,家底就被人家摸得清清楚楚。

楼上的人继续喊话:“你们起义的时间是有人报告的,城里早被准备好了,这仗打不打,弟兄们想想吧!”

这一说,杨绍文和管带算是明白了,他们起义的秘密早就泄漏出去了,不是出了内奸就是出了叛徒,难怪城内接应的同志无法得手。

到底打不打? 两个人商量一下,杨绍文说:“先礼后兵吧,你再喊喊话。”

管带喊道:“江西的弟兄们,我们往日无冤,今日无仇,我们要打的不是你们,我们要打义城的衙门。请你们打开城门,放下吊桥,让我们进去,咱们井水不犯河水,我谢谢兄弟们了!”

城楼上的人回答:“不行的,兄弟! 我们的家小都在江西,要是放你们进来,我们的家小就要遭难! 不是我们非要为难你们,实在是没有办法呀,你们再想想吧!”

杨绍文一听,知道骑虎难下了,回是回不去了,连营房都烧了,抚台也知道炮营造反了,回去就是死路一条。与其死,不如搏一搏吧,革命总是要付出代价的。他决定:“开一炮试试!”

“是!”管带奉命,安排两名炮手,做好开炮的准备。

炮手们摇动手柄,将炮口抬高,再瞄准距离,填进炮弹,然后开炮。大家怕声音太大,连忙捂住耳朵,炮手们也盯着城墙上的某处爆炸点,结果一秒钟过去了,一分钟过去了,仍然没有听到爆炸声。炮手着急了,退出炮弹一看,原来缺少引信,是一发臭弹!

炮手怕管带训斥,赶紧又换了一发炮弹,严格经过几道程序,再开炮,结果仍然没有打响,退出炮弹一看,又是一发臭弹!

这一下轮到管带发急了,他亲自打开炮弹箱,找了一发有引信的炮弹,填进炮膛。这一发炮弹倒是射出去了,结果爆炸声不是来自城墙,而是来自城内的某个地方。

这时,城楼上的人又说话了,而且腔调比原来提高了许多,他说:“不行啊,弟兄们!你们的大炮不行啊!开了三炮,只有一炮响了。你们知道炸了谁吗?我们可是毫发未损,你们炸着城里的老百姓了!”

遇见这种情况,炮营的人既恼火又尴尬,炮弹是哑的,瞄准器又是歪的,真叫人啼笑皆非。

王管带略带调侃地说:“城楼上的弟兄们看见了吧,政府用这样的炮和炮弹去和洋人开仗,能赢得了吗?怪不得老是割地赔款呢,连老祖宗的棺材板都赔进去了,你们说这样的朝廷不应该反吗?”

城楼上的人也说:“我们也有炮,我们的炮也不比你们的好到哪儿去,就不在这里献丑了,咱们两便吧!”

第五章

暗度陈仓

正当炮营举棋不定的时候,马营派来的使者到了。他向杨绍文一五一十地报告了情况,马营也处在进退维谷的境地。

“这只老狐狸!”杨绍文骂道,“要不是他借了江西的人马,我们早就进城了,抓住他,非宰了他不可!”

王管带说:“看来我们一营、二营处境差不多,没人接应,进不能进、退不能退,人员与火力都不足,时间也不等人!”

“撤吧,”杨绍文说,“孤军无援,硬拖不是办法。不如将炮营也撤到北门去,与马营会合,人多势众,胜算的机会兴许要大些。”

“我看也只有这条路可走了。”王管带说,“我们马上转移?”

杨绍文思索了一下,说道:“全线转移不好,得有人拖住守军,否则守城的兵士也都转移到北门怎么办?不如留下点兵力和火炮,做出佯攻的样子,不时放他几炮。注意,再不要把炮弹打入城内伤了老百姓。对准城头打就行!”

管带觉得这个办法挺好,他马上分派兵力,多数人转移,少数人坚守阵地缠住守军,给大部队转移创造条件。

接着,杨绍文和王管带领着人悄悄转移。因为夜深天黑,城楼上的人并未发现。就是发现了,他们也多一事不如少一事,各人自扫门前雪,他们只要守住东门就行了,其他地方管他娘的。他们对借兵本来就反感,谁他妈愿意远离家乡来当炮灰?何况朝廷又不增加军饷!

这样,不费一个时辰的工夫,炮营就和马营会合了。患难之交,杨绍文紧紧握着周大生的手,向马营的兄弟们问好。

恰在此时,马营的兄弟报告,说抓住了两个嫌疑犯,一个老头带个女人,口口声声要见周大生。

周大生很惊讶,命令带过来看看。

一见面,原来是张老伯和英姑父女俩。英姑见杨绍文和周大生都安然无恙,大家喜极而泣,几双手紧紧握在一起,颇有点生离死别的感觉。

杨绍文发问:“城里到底怎么回事?”

张老伯和英姑说了城里发生的情况……

还没等到城外开枪,许西林已经把东门和北门的情况都探查过了,两标人马各八百人左右,把两个城门堵得水泄不通,城墙上下都是人,都备了小火炮和重机枪,专等起义军的到来。

想在这样的情况下打开城门接应起义军,那是以卵击石,根本无法做到。这也是老谋深算的载奕的绝招,他对本地的军队已经不敢相信,江西人与他无冤无仇绝不会倒戈。只要起义军枪声一响,他立即可以宣布炮营和马营是叛军,把这两个隐患彻底拔掉。

果然,起义军枪声一响,载奕立即召开紧急戡乱会议,历数新军叛变的打算和经过,夸耀自己借兵防守的招数。大家这才明白,前几天抚台调防的目的,是故意留个缺口,引新军上钩,好把马营和炮营一并消灭,以消除隐患。

许西林暗暗叫苦,城外战斗打响,城内无法接应,那就会将新军置于死地。

载奕早就知道新军攻击的目标是东门和北门,虽然有借来的江西兵在那里抵挡，但他还是觉得不可靠，又宣布将驻防府衙和县衙的两部人马调去东门和北门增援，一方面是增兵，另一方面是督战，确保万无一失。

听到这个决定，王振风有点担心，他说："抚台大人，义城内有三级衙门，县衙虽小却也是一级官府，原本驻防力量最弱，如果再调去增援东门，衙内就显得空虚，万一有个闪失，对大局恐有不利，请大人三思。"

听哥哥说话不够坚决，且有搪塞抚台之意，王振帆觉得不妥，赶快表态："府衙和县衙确实兵力空虚，但是大敌当前，还是以平叛为主，只要东门和北门固若金汤，那就堵死了叛军的出路，城内也就安然无恙了。大人运筹帷幄，属下遵命就是了！"

果然，抚台训斥道："王守备所言有理，但有点多虑了。两军相遇勇者胜。不要再畏首畏尾了，按本台的计划行事吧！"

趁调兵的机会，许西林借口巡逻出了会场，直奔进士第而去。

张老伯和英姑早就等在那里，听候许西林的调遣。许西林将变故说了一番，让张老伯和英姑把码头工人中的革命党和岳王会的人员立即找来，一道去执行任务。

片刻便来了四五十人，加上许西林随身带的警察已有六七十人左右。许西林也让大家在左臂上扎好白布条，告诉大家去占领军械所，把所有的军火控制在手上，这是对起义军最好的支援。

等许西林率人扑到军械所的时候，发现又晚了一步！载奕早就知道军械所里有新兵守卫，而且里面也不乏革命党人，所以他早想换防，把军火控制在自己手里。他扣准时间，在新军的枪声打响之后，用突然袭击的办法进行换防，把原来的驻军缴了械，将他们锁在营房内，由巡抚派去的心腹控制了军火库。这一招非常阴毒，在革命党毫无防备的情况下，断了他们的军火来源。

许西林一看，偷袭军火库已经不可能，那里有重兵把守着，手上都有重武器，一旦打起来寡不敌众，还会引起军火库爆炸。他对张老伯说："夺枪已经不可能了,我们救人吧!"

许西林带着几个警察,正正帽子,扯扯衣服,冠冕堂皇地走进军械所的办公室。

新的守军头目是个千总,他见许西林来了,马上把手下的人召集起来,说道:"报告许总监,我们奉抚台大人命令,刚刚接管了军械所,一切顺利!"

许西林打着官腔说:"抚台大人的决定,这我知道,唵,这很重要,啊!你们干得不错,兵贵神速嘛,很好,唵,很好!枪支弹药都不少吧?我过来看看,唵,也是职责所在!"

千总回答:"请总监大人放心,刚才我们不费一枪一弹,就把原来的守卫人员解决了,缴了他们的枪,把他们关在营房里,里面有革命党,等天亮后就处置。枪支弹药一件不少。亏得抚台大人早有防备,不然军械所与叛军里应外合,那就麻烦大了!"

正当许西林与千总哼哼哈哈的时候,张老伯和英姑已经摸到营房的墙角。营房的大门锁着,里面灯火通明,一些谩骂声传出来。有两个站岗的大兵,手握着枪在门前走来走去,不时地朝屋内吆喝:"吵什么吵?不许吵!""天还没亮呢,天亮了送你们上路!"

张老伯向英姑打了个手势,英姑点点头,两个人毫无声响地扑到大兵的身后,一人一个,圈住大兵的脖子,只一拧,一点声响都没有,两个大兵就躺下了。张老伯也不用钥匙,只用手掌往下一劈,锁头就掉了。

张老伯推门进去,英姑在外面守着。

屋里有三四十个守军,多数是革命党,他们被缴了械,困在屋内,根本没来得及与新军同时行动,而且等待他们的,一定是军法从事。所以他们吵吵闹闹的,砸桌子摔板凳,发泄着怒火。

看见进来一个老者,官不像官、兵不像兵的,他们一下子安静下来。

张老伯说:"我姓张,是革命党,来接应你们。你们现在只管闹,闹得声音越大越好,然后跟着我,一个个地出去,动作要快!"

守军一看，知道是来营救的，非常兴奋，他们用尽全力又打砸了一阵，然后随张老汉悄悄溜出了营房。

许西林仍然陪着千总东扯西拉，算是巡视工作，千总也是耐心地敷衍着。过了一阵，忽然听不见营房里的吵闹声了，千总感到奇怪，马上派人去看，营房的门锁着，灯灭了，守门的士兵不见了。

许西林说："那还不赶快去检查检查！"

千总感到不妙，立即跑到营房，打开房门一看，里面人去楼空，只有两个守门的兵躺在地上一动不动。

千总汗流满面，嗫嗫嚅嚅地说："太奇怪了，怎么可能呢？简直难以置信！"

许西林抽了千总一个耳光："你也太无用了，连几个人都锁不住，要是丢了军火，小心你的脑袋，还不赶快守好仓库！"

"是是是，总监教训得是！"千总捂着脸，把守军全部调往军火库，再也无力去追逃逸的人了。

实际上，逃出来的人还在不远处等着许西林。夜色越来越深，路上没有行人，只有从北门和东门传来的阵阵枪炮声。

许西林说："北门和东门有新军在进攻，江西的兵守得紧，那里去不了，没法接应城外的人。大家想想，我们还有什么办法接应新军？"

英姑忽然冒出一个想法，说："北门和东门都在开仗，南门平安无事，何不去南门试试？那里守军并不多，可以出南门去接应。"

英姑的话启发了张老伯，他说："英姑所想也是一个办法，不过南门不妥，那里连着进士第一条街和朝天门码头，城门内外的闲人很多，特别碍眼。不如咱们走西门，那里比较僻静，动手也比较容易，成功的把握比较大。"

许西林一听，此计甚好。情况紧急，不宜多说，他马上带了一班人马直奔西门而去。

果然，西门的城楼上黑灯瞎火的，城门关闭着，但无人站岗。看样子，守军自认为不是重点，革命党人又不进攻西门，抚台大人也没有特别关照，所以正好放心大胆地睡大觉。

一行人高兴起来，差点闹出声音。

许西林很冷静，他让张老伯和英姑靠近城门，悄悄把门锁打开，搬掉顶门杠，打开城门，放下吊桥，做好出城的准备。他率领剩下的警察摸上城楼的营房，缴了熟睡中的守军的枪械，把只穿着裤衩的守军集中在一处营房，绑上，堵住嘴，营房外面加上锁，窗户上架着机枪对着他们，不准任何人说话。干这些事的时候，许西林站在暗处指挥，他不能暴露自己。

城楼上收拾停当，许西林对张老伯和英姑一抱拳，说道："现在西门得手了，这是抚台想不到的，他们一时半会还不会发现。你们二位练过轻功，身手来得快。请你们火速出城，去联络新军，那里有马队，让他们赶快从西门进来，打他个措手不及！"

张老伯父女自知责任重大，赶快出城。城外是一片丘陵地，他们俩地形熟悉，又发出轻功，只听见脚底下嗖嗖有声，一路飞跑起来，没多久，便来到北门的马队，见到了杨绍文和周大生。

杨绍文喜出望外，没想到绝处逢生，有了好的转机。他说："你们和许西林立了大功，让我们有了主动权。事不宜迟，赶快行动，直捣西门！"

于是马营和炮营两标人马合在一起，抛开辎重，全速前进，直奔西门而去。

到了西门，许西林早在那里等候，大家轻而易举地过了吊桥，进了城门，一千多人马成功地聚集在城内。

许西林说："载奕刚愎自用，把府衙和县衙的守军全调走了，现在县衙和府衙都空了，县衙离西门最近，我们先拿县衙开刀吧！"

杨绍文说："此计甚好。光进攻县衙用不了这么多兵力，我看分一部分去攻军械所，能抢多少算多少，抢不了的就炸了它，无论如何不能让军火落在敌人手里！"

许西林和王管带都赞成这个意见。杨绍文、王管带和张老伯领头去攻县衙，许西林、周大生和英姑带马队去攻军械所，兵分两路，立即展开战斗。

西门内有一条坡形街道，是由一级一级台阶垒出来的，长度大约有二百米，街两旁多为商埠和民居，街顶头是一个大名鼎鼎的酒楼，名为“鸣凤楼”。过了鸣凤楼往左拐，就是县衙了，所以新兵们不费什么工夫就把县衙包围了。

县衙原来有几百人守护，当北门和东门战斗打响后，抚台把守军调到北门去了，现在只剩下十几个守军看家护院，根本没有什么战斗力。

杨绍文瞅准时机，在城内打响了第一枪。这一枪很有爆炸性，在深夜里特别响、特别有震撼力，紧接着是一片密集的枪声。内行的人一听，只听见进攻的枪响，很少听到还击的声音。不消半个小时，枪声就完全停止了，守军要么投降，要么被打死。

杨绍文和王管带来到县太爷大堂之上，看了看县太爷的座椅，实际上很旧很土。杨绍文抓起桌上的令箭筒，哗啦扔到地上，县太爷的令箭牌一点也不管用了。王管带摸了摸“肃静”“回避”的标牌，一脚踹到地上，让县太爷的威风扫地。然后杨绍文一拍惊堂木，说道：“烧了它吧！”

于是一把火从老爷大堂烧起，一直烧到签押房，让老爷们再也无处办公了。

“内眷怎么办？”有新军来问。

杨绍文和王管带商量了一下，说道：“内眷就免了吧，我们是革命军，又不是土匪，不做扰民的事！”

再说许西林和周大生率领的马队，一路上风卷残云般，很快就赶到了军械所。军械所的千总吓了一跳，不知道这些天兵天将从何而来，赶忙关好大门，架好机枪，严阵以待。

周围的人家早已被惊醒，心惊胆战地靠近窗户，缩着脑袋，只露出两只眼睛盯住外面。外面一团漆黑，只依稀见到绰绰人影，但看不清人的面孔。

骑马的人说:“里面的人听着,我们是起义的革命军,你们被包围了,想借你们的枪支弹药用一用!”

守门的人小声商量了一下,回答道:“你们是什么军我们不管,也不想为难你们,你们最好走开,否则我们的机枪可不是好惹的!”

骑马的人又说:“你们糊涂啊,给朝廷卖命干什么?天高皇帝远,他能给你们什么好处?不如和我们一样,一道反了吧!”

看门的人答道:“我们上有老下有小,做不了英雄好汉,请你放过我们吧,我们井水不犯河水!”

“那就别怪我们了,你们留枪不留命,留命不留枪。要想活命,把弹药库交出来,否则你们会后悔的!”

“好汉们,不要再逼我们了,丢了弹药库我们会没命的。横竖都是死,再逼我们就开枪了!”

这句话没说完,也许是太紧张了的缘故,守军中有人突然开了一枪,大概是击中了一匹战马,那匹马腾起双腿痛苦地嘶鸣一声,划破了宁静的夜空。

周大生大声命令:“打!”

几百条枪吐出愤怒的火焰,朝军械所射去。那枪声就像一阵龙卷风,把军械所的大门撕得粉碎,守军的机枪还没来得及张口,便成了哑巴。

千总一看,自己的几十个兵已经倒下了一半,再要持续一个回合,连自己的这条老命也保不住了。他高呼一声:“别打了!”

周大生说了一声“停”,龙卷风就过去了,好像什么都没发生一样,只是把周围的老百姓吓得够呛。

守门的千总说道:“请外面的好汉们高抬贵手,我们都是当兵吃粮的,日子都不好混!我们打是死,丢了弹药库也是死,好死不如赖活着,干脆我们投了你们吧!只要你们保证我的弟兄们活命,我们就交了弹药库。”

周大生一听很高兴,他也不想再打下去。如果黑灯瞎火的把弹药库打着了,那不是前功尽弃吗?还有可能伤了老百姓。

许西林说道:“识时务者为俊杰,你们也是一条好汉!我们是来要枪的,不是要你们命的!只要你们把弹药库交出来,我们保证你们的安全。愿意造反的跟我们走,不愿造反的我们也不强留,你们想上哪就去哪。”

千总觉得这是最好的结果了,马上应声:“君子一言,言而有信!”

“那当然!”周大生回答。为了防止意外,他补充说,“先请你们把手上的武器扔出来,然后打开大门,举起双手走出来!”

“好的。”千总说。他首先扔出自己的手枪,并对手下人说:“都扔了吧,弟兄们,为了活命,为了老婆孩子,我们只能这么做了。哥哥无能,对不起你们,不要怪我,要怪就怪这个世道!”

二十几个人都扔了武器,千总在前,大家在后,举着手出了大门。

许西林下马,一手握着千总的手,一手抚着他的背,说道:“兄弟弃暗投明,也是了不起的义举!你我再战下去,死的是弟兄们,祸害的是老百姓,不如跟我们打天下去吧,也许可以闯出一条生路!”

千总感慨地说:“我当兵一辈子,看你们是仁义之师,能想着老百姓的活路,不像抚台那样老把我们往死路上逼!得人心者得天下,我就跟你们走吧!”说罢,将军火库的钥匙交出来。大家一齐动手,把枪支弹药都驮到马背上。不一会,众人便将弹药库搬得空空如也。

有几个守库的兵不愿跟着大部队,说是家小就在城外不远的地方,希望回去对老人尽孝。周大生也不为难他们,许西林分给他们几十块银圆,大家拱手而别。

此时,更交三鼓,夜已经很深了。

点燃了县衙,杨绍文对王管带说:“县衙我们打下了,藩台衙门离此不远,也就一里路而已,我们是不是也去打一竿子?”

王管带反问:“我们兵力够吗?”

杨绍文说:“我们和藩衙守军的兵力相差无几,两军作战,靠的是勇气,我军求战心切,又打了县衙,正在兴头上,而藩衙守军肯定心虚,只会龟缩在里面,我们可以打他个措手不及。”

王管带说:“也罢,杀杀他们的威风,出出我们的恶气!”

听说去打藩台衙门,起义军个个情绪高昂,一箭之地,顷刻就到。

藩衙建得比县衙牢靠,大门是个城楼,楼上有垛堞,有瞭望孔,可以架设机枪,能够居高临下作战,又有掩体保护,的确是个易守难攻的地方。

起义军刚刚冲到藩衙门前,立即遭到火力压制。衙门外面是一片开阔地,很难立足。霎时间,起义军已经倒下了一批。

王管带恨得咬牙切齿,立即调来两门火炮,对着城楼开了十来炮,终于有四五炮炸响,把机枪炸哑巴了。

杨绍文乘浓烟滚滚之机,率领十几名兵士冲进了门楼下的门洞,大门很结实,十几个人根本推不动。

正在为难之际,王管带率领几个兵士抱了几个炸药包进来。有两个老兵很有经验,他们用木棍顶起炸药包靠在大门上,然后点燃引信,大家飞快地跑出门洞,卧倒在门楼的墙体下。只听见砰砰几声,大门被炸得粉碎,木片飞了一地。

乘混乱之机,起义军杀进门内。谁知门内又是一片开阔地,兵士们完全暴露在守军的枪口之下。守军倚仗着建筑物的窗户,两挺机枪封锁着开阔地,新军毫无还手之力,又倒下了一片。

正在这紧急关头,许西林和周大生带着一批马队过来了,马背上驮的都是武器,是起义军最需要的东西。

杨绍文大喜过望,他卸下几挺重机枪,爬上被炸毁的门楼,再架上机枪,对准守军的火力点,哒哒哒,子弹像冰雹一样铺天盖地压过去,不一会就把守军的火力点打哑巴了。王管带跃身而起,乘这个空隙带着新兵冲进门洞,越过开阔地带,直奔守军扼守的小楼,展开一对一的肉搏战。虽然双方势均力敌，但由于起义军气势恢宏，勇猛异常，守军很快溃散，乘着黑夜四散逃命……

抚台连夜召集的戡乱会议还在继续。他们不断地打探着东门和北门的消息。听说两个城门固若金汤，载奕非常高兴，为自己的神机妙算而得意非凡。后来忽然听到城内响起了枪声，吃惊不小，起先以为是哪支枪走了火，后来枪声越来越急，而且看到火光冲天，才知道是县衙失守。载奕感到非常奇怪，不知是什么部队在作战。派人打探的结果，原来是新兵从西门进城偷袭了县衙。

载奕千算万算，怎么也没算到新军在东门和北门佯攻，而主力偷偷地转移了；更没想到他们会从西门进城，那里恰恰是守军最少的地方，是自己大意了，把西门拱手让给了敌人。他瞅瞅正在交头接耳的人们，知道大家在议论他的决策的正确性。

听到枪炮声越来越近、越来越激烈，藩台坐不住了，他说："抚台大人，听这枪声，像是在我的衙门交火呢！"

其他人也议论纷纷："是！极是！肯定是！"

"少安毋躁，少安毋躁！"载奕极力维持着自己的尊严，强行将气氛缓和下来，"藩台衙门有五百守军，又是个地势险要的处所，叛军是攻不下来的，大家不要慌乱。"

"要是顶不住怎么办呢？我一家老小都在那里！"大难临头，藩台当然首先想到的是自己。

载奕见人心有点乱，便借题发挥说："各位，大敌当前军心稳定最重要，不可乱了方寸。只要我们沉住气，调兵遣将，恐无大碍！"

这时，有人来报，叛军已攻进藩台衙门，双方正在激战。

藩台真的忍不住大家了，他搓着手，来回走动着，口中喃喃自语："这怎么办？怎么办？"

载奕见空口说话已经稳不住大家了，咬咬牙说："命令，让驻守抚台的军队分出一半,立即赴藩衙增援!”

听载奕发布这个命令,藩台连连拱手:“谢谢抚台大人,谢谢抚台大人!”

藩台松了一口气,但别的人却忧心忡忡,说道:“抚衙这边空虚了,如果叛军来犯,我们奈何?”

载奕说:“怎么可能呢?只要藩衙顶住,抚衙就是安全的。”说完他想了想,觉得这话说得把握也不大,他怕再失了言丢了自己的威信,又命令道,“着令江西的两标人马全线返回,增援抚台衙门!”

杨绍文这边,主力已经攻进藩台衙门,正在各个角落里与守军激战。因为夜色掩盖,彼此打得都很艰难,正在拉锯战之中。

有人来报,说抚台衙门里有驻军出门,正向藩台衙门移动,有增援迹象。

杨绍文与许西林商量,现在进攻藩衙正处在胶着状态,如果抚衙的援军赶到,起义军就会腹背受敌,所以必须把援军打掉,才能做到万无一失。

许西林知道,抚衙的兵力在五百人左右,如果派出一部分兵力支援,剩下的兵力也不可能太多,抚衙空虚对新军进攻更加有利。他说:“我和周大生把马队调过去,一方面打援解困,另一方面也让抚台知道知道厉害!”

说罢,他和周大生立即上马,带上两百多名骑兵,沿着长街往东,走到十字路口高坡地带。他把兵力一字排开,占领有利地形,架好机枪。刚刚准备妥当,只见援兵慢腾腾地沿东街摸过来。这些援兵离开了大本营,又是夜间行动,心里忐忑不安,而且怨气颇大,主动作战的准备不足,所以行动缓慢,极为小心。

许西林见援军一露头,马上一梭子弹打过去,随即机枪又哒哒哒地响起来。这机枪在半夜里响起来震动极大,援军有的被击中,有的被吓倒,一下子退到东街的拐角处,再也不敢露头。

过了一会,大概是援军的头目在督战,又有几个兵露出头来,弓着腰,沿着墙角往上蹭。许西林见兵士较少,吩咐节省机枪子弹,改用步枪射击。新军战士端起步枪瞄了又瞄，等瞄得很准才突然开枪，几个援军应声而倒，后面的人又缩了回去。

时间一分一秒地过去，藩台衙门那边的枪声慢慢稀落下来，估计战斗快结束了。也许是援军的头目着急了，拿着手枪逼着士兵往前冲，突然一大批援军嗷嗷叫着扑上来。许西林先是吃了一惊，接着镇定下来，知道白热战开始了，他命令机枪全部开火，子弹突突突地射出去，所到之处，援军非死即伤，一排排地倒下去。

这些枪械都是刚从军械所缴获的，新军们又受过训练，作战情绪又很高昂，明显地占着优势，一下子就把援军的士气打了下去。

许西林知道兵贵神速，速战速决对新军更加有利。他命令新军全部上马，向援军冲过去。新军有的用手枪，有的用大刀，有的用枪托，见人就打，喊杀声震天，增援部队一下子被冲得七零八落，完全失去了战斗力。

骑兵们一个猛冲，就冲到了抚衙门前。抚衙的门楼建得更高大、更坚固，守军紧闭大门，守在墙头对外射击，他们不求有功，但求无过，只要死死守住大门就行。

许西林知道，要想攻下抚衙，自己的兵力、火力还不够，相持时间长了，等到天亮，对起义军很不利。于是，他命令集中火力对门楼和墙头狂扫一阵，用气势压一压衙门中那些当官的，特别是教训教训抚台载奕。

果然，子弹落到抚衙大堂上，载奕吃惊不小，他不得不钻到桌子底下，以防万一。其他大小官员见载奕如此，也都纷纷找隐蔽物或者隐蔽地躲一躲，也有几个胆大的对他们嗤之以鼻，端坐在那里听着炒豆般的枪声。

周大生扫射得正起劲，大有冲进抚衙决一死战的架势。许西林止住他，并且命令全线停火，因为他已经听到远处传来的密集枪声。他判断，是江西的两标人马回师打援来了，那两处兵力足有两千多人，起义军是抵挡不住的。如果被他们咬住，那后果很难想象。

他对周大生说："撤吧，到藩台衙门前会合。"他听见藩衙的枪声息了，却见火光冲天,知道杨绍文也在处理善后。

周大生恋恋不舍地命令撤军,撇下打得千疮百孔的抚衙,带着马队与杨绍文会合。杨绍文放火烧了藩衙,对内衙也秋毫无犯,没有骚扰内眷。两队人马会合以后,已近天亮,天边已经显出鱼肚白,太白金星已经落下去了,一夜的激战基本结束了。

杨绍文命令整理部队,损失三十多人和五十多匹战马,战果是破了西城,攻破了县衙和藩衙,重创了抚衙,还收服了军械所,缴获枪支弹药无数,也有守军脱离清政府加入了起义军。

杨绍文说:"我们这次起义不能算成功,因为没有实现消灭抚衙,收复义城的目标;但也不算失败,因为战果辉煌、人心振奋。"

"下一步怎么办呢?天快亮了!"周大生说。

不容杨绍文多想,他得赶快决策,因为这几千人都看着他。他与许西林、王管带商量了后对大家说:"我们新军这次起义,已经成功了。我们狠狠教训了载奕,也告诉了民众,大清的气数已经尽了。但是现在我们还不能留在城内,天亮以后他们就会反扑过来,我们没有自己的阵地,所以我们要撤出去,去找一个适合我们生存的地方,厉兵秣马,以图再战。现在我宣布,凡是家在义城的同志们,请你们赶快回去,今天的事,就像没有发生一样,该干什么干什么,当革命需要你们的时候,请你们再站出来效力。其他参加起义的弟兄们,凡是愿意跟我走的,马上跟我出城,去找安身之地,保存我们的实力,革命会随时需要我们。如果家中有困难,不能跟随我们行动的,我们发一些安家费,请大家回去好好过日子,不要再给官兵去当炮灰。这样处置,大家同意否?"

这是当下最好的办法了,所以大家异口同声地说:"同意!"

接着,大家按照杨绍文的吩咐,纷纷散去,还有一千多人马站在原地。

杨绍文翻身上马,许西林、周大生、张老伯和英姑拱手相送。杨绍文说:"七尺男儿,四海为家,我们去了。你们留下来保存实力,好好保护自己、发展组织,有朝一日我们还会相见!”

说罢,杨绍文一夹马腿,率领一千多起义军出西门而去。

许西林和周大生、张老伯、英姑紧紧握手,他说:“同志们辛苦了,大家回去保守秘密,该扛包的扛包,该做生意的做生意。我们都是火种,还会有燎原的那一天!”

说罢,大家各奔东西,迅速消失在黎明的薄雾中……

第六章

血流成河

天亮之后,载奕命令清点人数和打扫战场。

藩衙和县衙公署被烧得精光,老爷大堂只剩下残垣败壁,屋梁和立柱烧得焦黑,“明镜高悬”的匾额只剩下一点碎片,一些屋瓦也散落在地上,屋顶出现窟窿,一缕阳光射进来,照在灰蒙蒙的地上,显得十分凄凉。签押房荡然无存,焦土中还在冒着青烟,照壁墙上净是弹孔,看上去满目疮痍。

守县衙的人员不多,所以尸体也不多。有些人乘夜逃跑了,天亮才回来。但藩衙内外,尸体横陈,血迹斑斑,死的人在百十口以上;有的战马受了伤,躺在地上嘶鸣着,其声惨烈。在连接藩衙与抚衙的街道上,死人成堆,而且都是守衙的老兵。

所幸内衙无犯,没有遭受新军的攻击。但是家眷们吓得号啕大哭,如丧考妣,弄出的动静惊天动地。

载奕勃然大怒,派兵出城四处追击,但起义新军早就离境,销声匿迹了。载奕疯狂报复,把守城不力的兵士,以通敌之罪,全杀了。有些起义新军的父母兄弟、妻子儿女在本地的,也都给抓来,杀了。在全城搜捕中,凡与新军有联系的人,也以叛逆的罪名给杀了。一下子全城恐怖,鲜血横流,一片哀鸣。

王振风身为守备,每天早晨去县衙点卯,奉命搜捕,很晚才能回家。他经常心力交瘁，唉声叹气。

王振帆倒是精神百倍，见兄长如此，不免问道："兄长为抚台办事，正是用力之际，何故如此困顿？"

王振风答道："贤弟有所不知，每天看见抚台发疯般地草菅人命，为兄觉得惨不忍睹，就像刀尖剜心刺股一样，实在于心不忍。"

王振帆却不以为然，觉得大哥有点妇人之仁，劝道："兄长不必如此叹息，那些乱党逆贼，上乱朝纲，下害黎民，理当问罪，是他们咎由自取，兄何必多虑呢？"

"不是我多虑，"王振风说，"抚台所杀之人，多是革命党的家人和亲友，如此滥屠无辜，只会加害民众，于你我何益？于大清何益？"

"兄长差矣，"王振帆说，"革命党妖言惑众，挟持的人很多，他们作为乱党的外围或内应，常常为反贼所利用。何况有些逆贼善于伪装，看似好人，实为奸佞，所以宁可错杀，不可不杀，对他们施仁，实则于我们有害。"

"贤弟在英国学了不少民主政治，回到国内怎么就赞成以暴制暴呢？"王振风有些不解。

王振帆说："我大清与英国的国体有所不同。普天之下莫非王土，率土之滨莫非王臣，只要大清有个开明皇帝，则普天之下歌舞升平、国泰民安。更何况，你我二人都是大清皇帝封的进士，理应为朝廷鞠躬尽瘁。上司决定的事，我等就得尽心去办，何来以暴制暴呢？"

王振风知道王振帆刚封了官，正是年轻气盛之时，很难改变他的看法，于是哈哈一笑，说道："贤弟刚刚荣归故里，对抚台大人唯命是从是理所当然的，希望你时间稍长，不感到内疚和失望便好！"

兄弟俩又一次谈得不融洽。

进士第一条街是商贾云集之地，它离码头最近，南来北往的货船大多在朝天门码头卸货，所以进士第一条街就成了物货交流的最佳场所。这条街上出售的是长江南北货，食品日杂、名优土产、时尚衣物、当铺钱庄，应有尽有。但主打行业不是别的,却是药铺。据说铁拐李云游至此,化装成一个叫花子,去一药铺讨吃。药店老板见他瘸腿可怜,供他好吃好喝,最后还给他的瘸腿贴上膏药。铁拐李觉得老板仁义有缘,就用拐杖在他的药缸里搅拌了一下,并说:“这药缸千年不竭、百年不减,专治跌打损伤,药到病除。”说完,化作一缕青烟走了。这时,老板才知道遇到了仙人,从此在店堂内挂上铁拐李的画像,每天烧香礼拜,同时用铁拐李点化过的那缸药制成膏药。凡用过此药的人,哪儿痛贴哪,贴哪儿哪好,真是百验百灵、百灵百验,生意做得通江达海,财源茂盛。说来也怪,那缸药不论你白天用了多少,晚上自个儿又涨得满缸,一丁点也不少。自此,这条街上出现了几十家药铺,都说得了铁拐李的真传,生意也做得挺好,各地的药材都运到这里来销售,这也给以后销售烟土带来了方便。

这里的大老板,实际上就两个人,一个是开银行的冯德仁——王振风和王振帆的表兄;另一个是魏家庄的魏老板,他的主业看起来也是药铺,实际上他的行业涵盖了三教九流,可以垄断整个进士第一条街。这两个翻手为云、覆手为雨的人,主宰着这条街的命运。

这天一早,冯德仁走进魏家庄药铺。伙计一看来者,立即高声通报:“老爷,冯行长来了!”

里面的魏老板也高声回应:“快快有请,快快有请!”

说话间,魏老板已到店堂,一抱拳,说道:“冯行长大驾光临,小号蓬荜生辉。魏某有失远迎,望乞恕罪!”

冯德仁也打着哈哈:“哪里哪里,魏老板过谦了,倒是冯某冒昧造访,有点唐突呢,请魏兄不要见怪!”

“哪里哪里。”魏老板说,“里边请,里边请!”

在后堂坐定之后,奉上香茶,魏老板见冯德仁一副悠闲自得的样子,试探地说:“冯兄亲顾茅庐,想必有所见教,魏某当洗耳恭听。”

冯德仁知道魏老板生性粗鲁,说话直来直去,做生意也是奸诈中透着些豪爽,是个可利用之人。

冯德仁说:“魏老板的魏家庄是进士第一条街首富,这条街上哪个商号不是唯魏老板马首是瞻?所以我给魏老板提个建议,不知魏兄意下如何?”

魏老板知道冯德仁是花花肠子,是个无利不起早的人,他开的钱庄手眼通天,与每户商家都有关系,是个不能得罪的人。他不知道冯德仁怀着什么心思,便提防地问道:“冯兄有什么高见?还请冯兄指点。”

“冯某想,我们进士第这条街,托朝天门码头的洪福,生意越做越兴旺,商埠越开越多,同业人士与日俱增,人气旺。好虽好,但是太杂,竞争起来互相压级压价,秩序有点乱。我想应该成立个组织,把大家统起来,有事大家商量,一人说话大家听,把四分五裂变成铁板一块,这样可好?”

魏老板一边听,一边转着眼珠子,听听对自己有什么好处。听到“一人说话大家听”,便来了兴趣:“如此甚好,一人做主,老少无欺,好事好事,魏某举双手赞成。”

冯德仁见魏老板来了兴致,知道他肯定入壳,于是喝了一口茶,润润嗓子,继续说:“这个组织可以叫作商会,在上海那边早就成立过了,所有商家都是成员,在成员中选举理事会,在理事会中选一个会长、几个副会长。商会里得有规矩、有制度,平时照章办事,大小事情由会长说了算。”

魏老板被说得心里痒痒的。他想,要是在进士第一条街也成立这么个组织,把所有的商家都管起来,由自己说了算,那他就成了草头王,又有名又有利,岂不美哉!他直截了当地说:“好好好,冯兄说得好,我们也成立商会,我们也选会长。”

冯德仁见魏老板迫不及待,就卖了个关子,他捧起茶杯说:“这个会长嘛……”

他拖了个长腔,不再说话。

魏老板想听他把话说完,见冯德仁看着茶杯出神,马上亲自给他添水,小心翼翼地问道:“那又怎么样呢?”

“由你来当。”冯德仁做了总结。

“不行不行，”魏老板摇摇头，心口不一地说，“这个会长应该由家大业大、名气大的人来当，这个人应该是你，你冯行长最合适。”

“我是不合适的，”冯德仁明确表态，“我开的是钱庄，不是做实业的，只有做大实业的商家才有代表性。我看魏兄最合适出面，这个位子一定是你的。”

魏老板听得满心欢喜，连连说道：“哪里哪里，小号只是店盘多一些而已，怎能当此重任呢？冯兄太抬爱我了！”

冯得仁知道是这个结果，便好人做到底，大度地说：“如果魏老板同意，成立商会的事，由我来发起，我来做拉纤的工作，你放心当会长好了。”

说到这里，魏老板也不再客气：“既然如此，魏某就恭敬不如从命了，一切拜托仁兄了！”

魏老板也在想，成立商会对冯德仁有什么好处呢？他真的想做慈善事业吗？不会，我得把他笼住，有福同享、有难同难，将来出了事，少不得也有他一份。于是魏老板说：“不过兄弟也有个不情之请，我当会长可以，冯兄也务必出马，给商会当个顾问。冯兄走南闯北、见多识广，我得听你的，大主意咱们两个人出，这样才好。”

冯德仁一听，哈哈一笑，对这个结局他早已料到，魏老板有钱没脑子，他当会长一定会找自己当顾问。魏在前台，自己在后台，控制商会的是自己，而且不显山不露水的。真正的大赢家不是魏老板，而是他冯德仁。

发起和筹备工作，冯德仁做得很顺利，大家都想有个组织，有个说话和平衡利益的地方。有钱大家赚，有饭大家吃，这种事情何乐而不为呢？对魏老板而言，他家大业大，在进士第一条街是如日中天的人，谁也胜不过他，由他当会长谁都没法不同意。如此一来，这件事大局已定。

这时候，冯德仁又来找魏老板，说一切就绪了，还欠个“东风”。

“啥是东风呢？”魏老板没头没脑地问。

冯德仁点拨说:“我们这个商会,就几个做生意的人是抬不起来的,还得有靠山,没有靠山是支撑不住的,出了问题也没人给我们扛担子。”

“那找谁做靠山呢?”魏老板问。

“你看我们进士第一条街,谁家的名声最大呢?”冯德仁反问。

魏老板毫不犹豫地回答:“那当然是进士第了,人家是文武双进士,谁敢和他们比呀?”

“这不就对了吗?由他们二人来当名誉会长,我们这个商会不就有了金字招牌吗?”冯德仁又做了总结。

魏老板有点犹疑:“人家是当官的,又不是做生意的,这样合适吗?”

冯德仁指点他说:“有当官的给我们做靠山,你认为有什么不合适呢?”

魏老板想想也对,有当官的做后盾,那才叫财大气粗呢!于是他说:“那样也好。谁去请他们出山呢?冯兄你去说吧,你们是亲戚,说话方便多了。”

“谁让你是会长呢?会长不出面,不是缺乏诚意吗?你家大业大的魏老板出马,才真正有面子呢!”

冯德仁知道,魏老板不仅得自己请,而且还会花点银子,这给自己又省了一笔开支。

果然,魏老板开始行动了。一天晚饭后,他揣了十根“小黄鱼”来到进士第,避开王老夫人,径直去了王振风住的东厢房,因为看门的家人已经告诉他,王守备正在歇息。当然,获得这个情报,得给家人五两银子。

家人轻叩东厢房,说道:“魏家庄魏老板,求见守备大人!”

王振风听说魏老板求见,不好怠慢。自己虽然居官,但只是个小官僚,而魏老板是进士第一条街最大的商户,且又是街坊邻居,不能不给面子,便说了声:“请进来吧!”

魏老板笑吟吟地进了厢房,要对王振风行礼。王振风一把拉住,说道:“街里街坊的,免礼免礼!”

魏老板是第一次进王振风家，见王家的布置、摆设虽也算周正，特别是墙上挂的一些弓箭，凸显着主人的身份，但是比起自己的魏家庄来，那要寒碜不少，估计他们不会像自己这样，随时可以从衣袋里掏出十根“小黄鱼”。

不一会，王振风的妻子周氏出来给魏老板泡了茶。魏老板马上站起来拱手：“给嫂夫人请安！”

周氏大大咧咧，坦然一笑，说道：“我们天天在魏老板的店里买东西，低头不见抬头见，都是街坊邻居，多什么礼，请什么安呀？要请安就天天来请！”

魏老板早有耳闻，说王振风是惧内的，他的妻子周氏非常强悍，家里事不论大小，都是她做主，是个不可得罪的人。于是，他马上说：“嫂夫人这样看得起魏某，魏某以后天天来叨扰，嫂夫人可不要嫌烦，不要用鸡毛掸子赶我啊！”

周氏不等丈夫开口，自己就说起来：“魏老板是做大生意的，无利不起早，哪有什么闲工夫请安不请安的，今天来一定有什么事要找我们当家的，有话就说吧！”

“好事，好事！”魏老板干脆来个顺风倒，开门见山地说，“我们进士第一条街所有的商户，想聘请王守备当我们的靠山，大靠山！”

王振风感到奇怪，问道：“我带我的兵，你卖你的货，我们是两叉子，能给你们当什么靠山呢？”

“能，能啊！”于是魏老板把成立商会的事，长长短短地叙了一遍，自然少不了夸赞王振风德高望重、实至名归之类的话，最后从怀里掏出十根“小黄鱼”铺在桌面上。

王振风还能稳得住，周氏看见“小黄鱼”，眼里已经泛绿光了，她多时没有见过这么多的“小黄鱼”了。

王振风端住架子，说：“你这是干什么？拿走拿走！”说完，还瞪了周氏一眼。

周氏咽了咽口水。

魏老板一脸诚恳地说:“这是商会给的聘礼,一点小意思,按规矩办的。以后,不论谁当名誉会长,商会都会按时送聘金的,这是商会的章程,不奇怪的。”

王振风一见,真是碰上天上掉财喜了,轻而易举地撞大神了,心里虽然高兴,但嘴里却说:“我是一个局外之人,能给你们做什么主呢?即便给街坊们办点小事,那也是应该的,何必客气呢?”

周氏一听,有点沉不住气了,她生怕丈夫推托让“小黄鱼”溜走了,马上插嘴说:“我看魏老板是真心实意的,你客气什么呢?你若客气,就对不起乡亲们了。你也是快四十的人了,多为街坊们做点事还不应该吗?”

魏老板看在眼里、喜在心里,他知道这笔交易做成了。谁也不会跟“小黄鱼”过不去。但他考虑到王振风的面子,所以还是再三再四地恳求:“守备大人是我们全城的一块金字招牌,更是我们进士第一条街的福气。我代表商会同人恳请守备大人出山,为我们掌掌舵、把把关,也不会耽误您太多时间的。”

王振风知道该收场了,再这么推三阻四的已经没有意义。这笔钱是人家送上门来的,当个名誉会长也不过是挂个招牌罢了,谁让自己是个进士呢?我这个进士不是摸爬滚打十几年吃苦挣来的吗?如今换点钱又算什么呢?

“那好吧,既然乡亲们如此信得过我,却之不恭,我也不再推辞了。请魏老板代我向商会同人们致意吧!”

于是,这一场戏算是圆满完成了。

但是,请王振帆“出山”的戏,却谈得太砸了。

又一天,魏老板到了王振帆住的西厢房,如法炮制,先是说了一堆恭维的话,再说到商会的人如何如何恳求,最后掏出十根“小黄鱼”做了总结,请德高望重的王同知屈尊就驾,担任商会的名誉会长。

魏老板估计这位老弟也会像他的兄长一样，虚情假意地推辞一番，然后把十根“小黄鱼”收入囊中，做一个假的正人君子。

其实魏老板没有发现，王振帆的脸板得铁青，一点笑意也没有，一句客套话也没有讲；王振帆的妻子刘氏，看都没看“小黄鱼”一眼。

王振帆说：“我今年才三十多岁，哪来的什么德高望重？德高望重这样的词语，只有老前辈们才能担当得起，我这样的年纪何来德高？何来望重？全是阿谀奉承之词，我王某人担当不起！”

否了德高望重之说以后，他继续说：“我以为，官商是不同道的，官有官道，商有商道。官道是为民做主，这个民，不单指商人，而且指平头百姓。商道是货真价实，童叟无欺，以诚悦人，以信处世。官道在于义，商道在于利，自古义利不可两全，官商不可交融。所以你们搞你们的商会，我当我的同知，有什么要衙门办的事，我们当然会办。如果让我一边在衙门里当差，一边又当什么商会的名誉会长，那是万万不可的。”

魏老板觉得自己太低估了王振帆，更没想到一个娘胎里生出的两兄弟居然如此不同。他有点后悔，倒不是怕委屈了十根金条，而是以自己大老板的身价在人家这里碰一鼻子灰，难以下台。

他自我解嘲地说：“王同知说得对，是我们商会考虑不周。官商怎么能攀交呢？官商攀了交，吃亏的不是老百姓吗？收回收回，我们收回聘请，但我们心里是钦佩同知大人的。大人以后有什么需要我们效劳的地方，请大人只管吩咐，我们一定照办。”

说罢，魏老板起身告辞。

王振帆指指桌上的“小黄鱼”，说：“把这些带走。”

魏老板这下子更下不了台，腆着脸说：“这点小意思，不作为聘金，权当作为同知大人接风之用，请大人笑纳吧！”

“不用破费了，”王振风说，“接风的事，抚台大人已经办过了，那就够了，这东西你还是拿回去吧！”

魏老板情急生智，把十条“小黄鱼”递到刘氏手边：“这点小意思，当作弟媳的花粉钱吧，看看我们卖的花粉货真不真，价实不实，代我们向同知大人禀报禀报。”

哪知刘氏也不好对付，她说：“奴家从小风里来雨里去，从不涂脂抹粉，靠的是天生的这张脸面。如果用了魏老板的花粉，我就不是我了，也就不是同知夫人了！”

魏老板这次算是领教了，什么叫作不是一家人不进一家门。他自认落败，收起冰凉的“小黄鱼”，唯唯诺诺地走了。

王家的这两个媳妇有所不同。周氏本是个大家闺秀，可能是娇生惯养的缘故，性格乖张粗俗，有点自私自利。刘氏虽是小家碧玉，但从小家教甚严，知书达理，聪慧怡人。她们过门到王家，周氏生了一个儿子叫崇文，刘氏生了一个女儿叫崇武，崇文长崇武四岁，均在顽童年代。

有一天，崇文、崇武在烧饼店玩耍，临走时，两人各在柜台上取了两块银圆，回到院子里做掷银圆的游戏。

这件事首先被周氏发现，她大吃一惊，呵斥道：“怎么了？你好大胆！怎么把家里的银圆偷出来当玩具呀？”

“这不是从家里的，我也没有偷。”崇文说。

“那，钱是从哪来的？”周氏追问。

“是从隔壁烧饼店拿来的，随便玩儿。”崇武老老实实地说。

“是不是这样？”周氏问自己的儿子。

崇文回答：“是的，不是咱家的东西，我们是拿来玩的！”

周氏听说不是从家里偷出的银圆，也就没有深究。她把银圆拾起来，放在手上摩挲着，教训道：“银圆这东西，是很值钱的，不能当玩具耍。这钱我拿走了，你们打弹子去，弹子不值钱，可以随便玩。”

周氏没说完收了四块银圆就要离开。

“妈妈，”崇文叫道，“那两块银圆是崇武的。”

崇武也眼巴巴地看着周氏手中的银圆。

“啊,原来是这样。”周氏说,她从手中分出两块银圆交给崇武,告诉她,“武儿,回去把钱交给妈妈,这可是有用的东西,小孩子不能玩。”

崇武很听话,拿了两块银圆交给妈妈。

刘氏也很惊讶:“你怎么有两块钱呢?从哪儿拿的?”

刘氏看了看抽屉,数了数钱,又看着女儿。

崇武说:“不是从那里拿的。”

刘氏更奇怪了,问道:“那是从哪儿来的?”

崇武低着脑袋,说:“从烧饼店张爷爷那里拿的。”

“张爷爷知道吗?”刘氏耐心地问。

“不知道。”崇武低着脑袋说。

“英姑阿姨知道吗?”刘氏再问。

“英姑阿姨不知道。”崇武再回答。

刘氏这才生气了,教训女儿:“你知道这是什么行为吗?这叫偷窃!趁人家不知道,拿人家两块钱,这就叫偷!小偷是可耻的,谁见了谁都讨厌!别说是两块银圆,就是一根针,也不能偷人家的,你知道吗?”

崇武的脑袋已经垂到胸前了,她低声说:“知道了。”

刘氏更严厉地说:“有句古话说得好,小来偷针,大来偷金。你从小就有这种行为,长大还了得!那就会变成大偷、强盗,就要被官府抓去,杀头,问罪!”

小崇武吓得瑟瑟发抖,不敢吱声。

“小孩子从小就要诚实,不是自己的东西,绝不要拿,手脚要干净!弄坏了人家的东西,一定要赔,要有良心,懂吗?”刘氏抓住机会,把一件事情说彻底,让女儿明白。

“懂的。”崇武小声回答。

“犯了错误一定要承认,做人要坦白。大人小孩都可能犯错误,犯了错不能瞒着,一定要大胆承认,大胆去改,知道吗?”刘氏不依不饶。

崇武说:“知道了。”

“犯错不可怕,改了还是好孩子。”刘氏循循善诱,“怎么改呢?在哪里犯的错,就在哪里改。你要把两块银圆送回去,向张爷爷和英姑阿姨认个错,说下次再也不会拿了,可以吗?”

崇武听了这个要求,几乎要哭了,小声地说:“我怕!”

“不要怕,女儿,知错就改是好事,不丢人的。别担心,妈妈和你一道去。”

于是,刘氏领着女儿,到烧饼店见到了张老伯和英姑,说明了原委,交出了两块银圆,然后让女儿认错。

崇武带着哭腔说:“爷爷、阿姨,我错了,下次再也不敢了!”

英姑一把搂过崇武,替她擦着眼泪,说:“乖孩子,不哭不哭,阿姨知道你是好孩子。”同时,有点责怪地说,“表姐,看你把孩子吓得,多大点事,至于吗?这两块钱就算我送给孩子的不行吗?”

刘氏说:“不行呀,妹妹!俗话说,钉是钉、铆是铆,桥归桥、路归路,送和偷是两回事,不能惯着孩子!”

张老伯有点怜爱地说:“好了好了,说也说了,骂也骂了,到此为止吧。孩子还小,不懂事,有了这次教训,她会记一辈子的。”说着,他还拿了两个脆脆的烧饼,给了眼泪未干的小崇武。

刘氏正要告辞,忽见周大生从楼上下来,笑哈哈地说:“二姐好!这不是小崇武吗?长这么高啦!崇武就要练武,什么时候叔叔教你练武。你爸爸是读书人,你再习武,你们家就文武双全了!”

刘氏也笑嘻嘻地说:“什么时候拜大兄弟为师,好好让这孩子练练身子骨。”

说完,周大生便告辞了。忽然楼上又下来一个人,刘氏一看,赶忙说道:“许总监也在呢,这几天公事很忙,累着了吧?”

许西林连忙应答:“公事是不少,习惯了吧,也不算累,倒是状元公回来了,弟妹肯定要多操劳的,不过再操劳,弟妹也是开心的。”说完也告辞而去。

刘氏心里多了份疑惑:他们到这里来,究竟是干吗呢?

第七章

箭在弦上

载奕与革命党人为敌，到了无以复加的程度。他到处搜集革命党人的情报，捕的捕、关的关、杀的杀，弄得革命党人仇恨满腔，必欲去之而后快。

有一次，两江总督端方在南京获取了一份密报，上面尽载革命党人的名单，是一个变节的同盟会会员提供的。他忍受不了酷刑的折磨，向敌人投降了。端方喜出望外，把这份密报传给载奕，让载奕按图索骥，将这些革命党人缉拿归案。

载奕拿到名单一看，见上面全是化名，排在第一名的叫作光汉子，他看得莫名其妙，丈二和尚摸不着头脑，显得一筹莫展。

这时候的载奕对许西林已经有所怀疑，他看起来忠心耿耿，但又觉得他若即若离。载奕知道许西林能力很强，但办起案子来又没什么建树，特别是这几天，行动蹊跷，令人难以捉摸。于是他想用这份名单来试试许西林水深水浅。

他把许西林召进抚衙，对他说："这是总督大人传来的革命党人秘密名单，据说这上面的人多在义城，你看看怎样？"

载奕戴上眼镜，仔细看着许西林的表情，他脸上有任何一点变化，都逃不过他那双老奸巨猾的眼睛。

许西林感到此事非同小可，他知道叛徒提供的名单十之八九是真的，他强迫自己镇静,但又确实感到不安。他听说有革命党人的名单落入载奕之手,知道肯定又会有一批同志惨遭毒手,他十分担忧,但是他蛰伏在载奕身边,就必须冷静,哪怕是到了生死关头,也必须沉着应付。

许西林拿起名单,一看,全是假名,心中先是窃喜,觉得还比较安全。细一看,排在最前面的名字叫光汉子,心里着实吃了一惊,因为光汉子正是他自己的化名!

许西林强压住内心的波动,他知道只要自己稍微失态,就会把自己暴露在载奕面前。那样,自己一年多的潜伏就会前功尽弃,许多革命党人的鲜血就会白流。

他冷静地说:"依属下看,这个名单是真的。"

载奕问:"啊,为何呢?"

许西林不紧不慢地说:"第一,这个名单是总督大人传来的,总督大人不会向下放空炮;第二,这个名单是从革命党人手里得来的,革命党不是铁板一块,有些贪生怕死的人为了保命,是不惜出卖他人的;第三,这个名单全部用的假名,假作真来真亦假,真真假假,符合革命党秘密活动的特点。"

"话虽如此,道理也差不多,但是这个假名单放在我的桌上,如何破译呢?"载奕有点不置可否。

许西林进一步建议,说:"大凡化名,有的用绰号,有的用别号,有的用自己的喜好,只要找一些人仔细摸排,只需突破一两个人,就可以把所有的人牵扯出来。这件事不那么简单,但也并非不可为的。"

载奕仔细瞅着许西林,看不出什么破绽,试探没有效果。许西林心平如镜,没有丝毫慌张的样子,并且还能出点主意,在没有办法的情况下提出一些解决问题的办法,他觉得是自己多虑了。许西林是自己老师推荐来的人,毕竟是可以信赖的,于是他说:"除我之外,你是看到这个名单的第一个人,我就把它交给你们警察,让大家瞪大眼睛,仔细审查审查这个名单,只要有点嫌疑,不论什么人,抓起来三推六问,一定要问出点名堂来。如果不及早破案，我们就像天天坐在炸药桶上，日夜不得安宁，懂吗？”

许西林心中一喜，但表面上仍然很平静，不让载奕看出任何端倪。他知道，名单到了自己手上，如同进了保险柜，谁也别想插手，名单上的同人也就平安无事了。

“好的，属下一定尽力，请抚台大人放心！”

许西林回到警署，拿出名单仔细一看，真的大吃一惊，除了自己的名字排在第一以外，像张老伯、周大生、英姑等人的化名也都赫然在册！他知道这个秘密不会保守多长时间，载奕会经常查问的，时间不等人，必须想办法应对这种局面。

于是，他在一座塔上召开了一个紧急会议。

这座宝塔是义城的一个著名景点，它坐落在一个古庙之内，是明朝时建的一个宏伟建筑。塔很高，秀美壮观，登临之人会感到心胸开阔，神清气爽。据说义城是船形之地，很容易随长江波涛漂流而去，故建此塔作为桅杆，并在庙门左右铸了两个大铁锚，将船牢牢固定在江岸旁，确保了义城文风昌盛和人杰地灵。因此，这座塔就成了长江一景，南来北往的船只远远看见塔形横江，便知道到了闻名遐迩的义城。

这座塔有个奇异的特点，就是塔门多变，登临这座七级浮屠绝非易事，有时上下宝塔得花很长时间找门，性急之人是上不得此塔的。只有心境平和的人才能登高远眺，欣赏美景。

许西林选择在这个地方开会，是比较安全的。本地人早已熟悉，不会经常攀登，外地游人不熟悉，容易隐蔽。

许西林通报了名单情况，在座的多数人都在名单之列。大家不免吃了一惊，都埋怨叛徒是软骨头，经不起革命的考验。

张老伯说：“现在我们知道敌方情况，还算占了点优势，如果让敌方摸清了我方情况，那大势去矣！”

周大生也有同感，他说：“事情拖不得，我们要赶在载奕前面动手，胜算的把握大些，晚了恐怕不利。”

英姑比较心细，说：“这次行动，不能靠一个人扔炸弹，那样成功的把握太小了。我们要把革命党的力量集中起来，人多枪多，才有胜利的把握。”

其他人也都说了各自的看法，大都主张赶在暴露之前动手，免得被载奕弄得措手不及，被一网打尽。

到了这个地步，大家宁愿拼个鱼死网破，也不愿坐以待毙。许西林也是这个想法，而且他已经思考成熟，准备集中优势兵力，而且在大庭广众面前，公开除掉载奕，以表明革命的决心和能力。

他打定的主意，是准备在警察学堂毕业典礼时发难，那个时候官员们集中，弄得好，除了载奕之外，还可以多杀几个赃官，给死难烈士报仇。

这期警察学堂马上就要毕业了，十八号，是预定举行毕业典礼的日子。毕业以后，这些学员就要分到各地去当警官，增加维护社会治安的力量。所以这件事很重要，对全省来说都是件大事。

载奕对这班学员期望很高，所以他必然会来参加这个典礼，接受学员们的礼拜，亲手给他们发毕业证书。

但是载奕做梦也没有想到，许西林已经把这批学员培养成了革命党，个个都是愿意抛头颅洒热血的青年义士。

许西林打算在毕业典礼上，率领学生们起义，亲手杀了载奕，然后攻占整个义城，完成同盟会交给的任务。他说诛一乡之奸，则一乡之人悦；诛一城之奸，则一城之人悦；诛一省之奸，则一省之人悦也。

这是一个大胆的计划，也是被逼出来的计划。事不宜迟，许西林得把这个计划告诉大家，然后大家各负其责，共同行动。

许西林说：“如果这次计划成功，就可以在义城打响反清灭洋的信号枪，全国会有更多的义士参加我们的行动，大清王朝就会早日覆灭！我们要抱第一等识，说第一等话，做第一等人，干第一等事！”

许西林的计划打动了在场的每个人，大家都摩拳擦掌，跃跃欲试。他们不以一己之利为利，而使天下受其利；不以一己之害为害，而使天下释其害。在讨论中，大家研究了具体步骤和细节，规定了各自的时间和任务。

他们要在义城干一件惊天动地的事情，敲响清王朝覆灭的丧钟。

许西林最后说："这个计划要向在南京的同盟会总部报告，争取总部的支持，包括人手和枪支弹药。"他派周大生和张老伯去南京走一趟，尽快取得总部的指示和支持。

会议之后的第二天，许西林就开始活动。他到抚台衙门向载奕报告："抚台大人，按照原定的教学计划，警察学堂十八号就结业了，这是大人亲自培养的第一批警官，意义非凡。属下建议在十八号举行毕业典礼，请抚台大人和藩、府、县三级官员都到场，接受学员的礼拜，并给他们训示，让他们踏入社会后，好好报效民众和朝廷。"

载奕听了此话，神采奕奕，捋着八字胡，得意地笑着："毕业啦？成才啦？典礼啦？"

许西林说："大人教导有方，这批学员个个成绩优良，报国心切，都是栋梁之材，请大人在典礼时亲自检阅。"

载奕笑吟吟地问："决定啦？十八号？"

许西林回答："校董们决定过了，让我来向抚台大人报告，由大人钦定时间。"

载奕说："那就十八号吧，抓紧准备，通知藩台、府台、知县都去参加，看看我们的新生力量！"

许西林像得了令箭似的说："是，大人！"

对于许西林来说，十八号这个日子还是很紧张的，有许多准备工作要做。他要在极秘密的情况下找每个学员谈话，布置任务；还要找两个最可靠的教员，在自己打响第一枪之后，能和自己共同射击，以增加杀伤力；在典礼上举义之后，要带领学员抢占军械所，取得更多的枪支弹药，然后去攻占抚台和其他几级衙门，逮捕各级主要官员；还要组织兵力守城，保存起义力量，等待增援，共图大举，等等。做这些事情要仔细安排人员，特别是需要时间，而这时的时间已经很紧迫、很紧迫了。

谁知载奕也在防范。经过前两次的刺杀和起义事件，他已经成了惊弓之鸟，对什么事都不放心，他得留个心眼，把主动权操纵在自己手上。

他把许西林找来，突然说："十八号我要去南京开会，端方大人说有重要情况通报，所以毕业典礼的时间要改。"

许西林吃了一惊，准备工作是按十八号进行的，许多人都在暗中行动，一改时间就会乱了阵脚。他硬着头皮说："大人要改时间？推迟还是提前？"

载奕不动声色地说："提前两天吧，十六号准时进行。怎么样？有什么困难吗？"

许西林只好说："大人决定怎么办就怎么办，提前就提前，我们再去布置，抓紧督促就行。"

实际上，这给许西林带来很大压力，他得重新通知、谈话、交代，协调各方力量，提早准备枪支弹药，这一切都有点仓促，给胜算打了折扣，给信心带来了不利的影响。

谁知载奕还会出幺蛾子。在这动荡不定的情况下，他又召见许西林，皮笑肉不笑地说："实在不好办，我也是没办法，有什么办法呢？"

许西林感觉有点不妙，蹙紧眉头，尽量平静地说："究竟什么事啊？请大人明示。"

载奕似乎有点难于出口地说："十六号……十六号的典礼我参加不了。"

许西林真的有点急了："这怎么行呢？抚台大人，我们事先说好了的，大家都知道了，就等着大人您训话呢！"

载奕打着哈哈："是的是的，是说过的。但是你有你的难处，我也有我的难处啊，谁知道又冒出新的难题呢？"

许西林强忍住焦急的心情，说道："敢问抚台大人，有什么新的难题不好解决呢？"

"我的一个上司，他的母亲八十大寿，也在十六号，我得去贺寿，不去不好办。"载奕不得不明说。

许西林差点要骂娘了，这是什么鸟抚台？到底是公事重要还是私事重要？为了巴结上级，连重要的典礼都不参加，这还算什么抚台？要不是计划着谋反，真他娘的不要他参加典礼算了。没有张屠夫，难道还吃混毛猪不成？可是现在箭在弦上，已经不得不发了，怎么着也得把典礼办下去呀！

"难道就没有两全的办法了吗，抚台大人？比方说，提前或推后去祝寿呢？只要贺礼备足就行了，这一点我可以帮帮忙的。"许西林绕着弯子打太极。

载奕说："贺礼嘛，已经准备好了，不劳你烦神了，只是时间不能改，人家八十大寿呢，又是老上司的母亲，怎好驳这个面子？"

"反正毕业典礼也得搞，三级衙门都通知过了，大家都知道。到底怎么办，请抚台大人明示吧！"许西林不得不逼宫了。

载奕挠挠头，像是无可奈何地说："既然寿诞改不了，那就改典礼吧，已经提前过两天了，再提前两天，十四号举行吧！"

"我的天！"许西林不由自主地叫起来，"怎么来得及呢？只有两天了啊！"

"两天就两天吧，你重新通知一遍，准备工作日夜做吧，这点小事难不住你的。"这大概是抚台大人对许西林做的最后一个指示了，两天之后载奕将为这个指示付出代价。

第八章
弹 尽 粮 绝

在义城发生变化的时候，张老伯和周大生来到了南京。一路上他们扮作父子，倒也很贴切。俗话说一日为师，终身为父，何况周大生幼年丧父，青年丧母，孤身一人的他，把张老伯视作自己的父亲，也就不足为奇了。张老伯中年丧妻，只有一个宝贝女儿英姑陪着自己，他把周大生视作己出，也是顺理成章的事。更何况英姑对大生还有那份朦朦胧胧的情愫，老伯看在眼里，喜在心头，对这位徒弟更加爱护，那也是非常自然的了。

南京比义城大了不少，也漂亮了许多。大街上人来人往，商家林立，林荫大道又宽又直，人力车往来不断，看得人目不暇接。

二人知道，此番前来是办大事的，是石破天惊的大事，所以也就没有心思多看这花花绿绿的世界。他们按照许西林的指示，在云飞路找到一家云飞饭店。二人左顾右盼，瞄了很长时间，确认没有异常，这才慢慢地踱进饭店。

店面十分宽敞，十几张餐桌被擦得发亮，大窗户敞开着，空气流通，没有一般饭馆里那种浑浊的气息。柜台后面有位算账先生，戴着老花眼镜扒拉着算盘珠子，他身后一个个贴着大红“酒”字的酒坛特别抢眼。店小二的肩膀上搭着条毛巾，正在摆弄茶壶和酒杯。时间尚早，还没有到中饭时刻，此时最忙的是后厨，洗、切、剁、拍的声音不时传到前堂来。

看见来了客人，店小二马上放下手中的活计，迎上来问："二位客官是吃饭还是喝茶？"

张老伯问道："老板在吗？"

店小二回答："老板刚刚出去，有事请问账房先生，他也可以当家。"说着，用手指了指拨算盘的老者。

账房先生低着头，从眼镜上方，看着一老一少两位客人，说道："二位有何见教？"

张老伯试探着问道："贵店办喜宴方便吗？"

账房先生答道："当然，小号在云飞路上是最大的一家酒店，办个几十桌喜宴，不用费多大工夫。"

周大生插上来问："是否货真价实呢？"

账房先生摘下眼镜，正正经经地说："小店公平交易，老少无欺，一分钱一分货，如果挑出毛病来，小店情愿以一罚十！"

"啊，"张老伯说，"这样看来我们找对了。敢问账房先生，贵店菜品齐全吗？"

"那还用说，"账房先生挺挺胸脯，得意地说，"我们南京，卖的就是长江南北货，淮扬菜、粤菜、徽菜、鲁菜等等，哪怕是满汉全席，我们也是能做的！"

张老伯和周大生交换了一下眼色，不经意地问道："你们会做'香脚走遍天下'吗？"说完，把眼睛定定地盯在账房先生脸上。

账房先生先是有一搭没一搭地谈着生意经，对来客也没怎么注意。当听到"香脚走遍天下"时，他忽地吃了一惊，这才仔细端详起二位来客。一位老当益壮，看起人来目光炯炯，说出话来声如洪钟，腰板直得像棵松树，手掌放在柜台上简直就像一把蒲扇。再看那年轻人，身高七尺开外，胸部肌肉高高隆起，立在那里像座铁塔，而且满脸英气，和气中透出一种坚毅。

账房先生不敢怠慢，赶忙推开算盘，双手抱拳，说道："对不起对不起，恕老朽眼拙。小店不但能做'香脚走遍天下'（指猪手），而且可以做'神鞭打开四方'(指猪尾巴),失敬失敬!"

张老伯一听,暗号对上了,马上一抱拳:"贵号果然名扬四海,菜品如此齐全,我等佩服佩服!"

账房先生走出柜台,十分客气地说:"二位请到内间喝茶!"

到了内间,账房先生与张老伯和周大生紧紧握手,连连说道:"同志们辛苦了,同志们辛苦了!"

张老伯说:"找到组织真好!"

周大生也说:"盼望组织很久了!"

账房先生给客人泡上茶,说道:"老板出去办事,一会就回来,二位稍等。"

张老伯说:"我们此番来,是专诚向总部汇报的,义城那边诸事紧急,需要组织定夺!"

"南京这边风声也很紧,端方坐镇在这里,四处设岗,到处盘查,大肆搜捕革命党,看来他们是害怕极了,所以才如此疯狂!"

周大生说:"先生说得对,我们在朝天门码头扔了一次炸弹,马炮营又搞了一次起义,虽然都未成功,但载奕已经吓破了胆。他越疯狂,越证明他胆小。"

"我看大清倒台,已经为时不远了。"账房先生说。

"只要我们各处联合起来,四方起事,八方呼应,各省独立,朝廷想赖也是赖不下去的。"张老伯也信心满满地说。

账房先生见二位来客外敛内张,豪气逼人,很是佩服,说:"只要各省都像二位这样胆气豪壮,一定能成大事。"

说话间,店小二进来通报:"老板回来了。"

随即,一个人掀开门帘,大踏步走进来。张老伯和周大生一看,喜出望外,赶忙伸过手去,说道:"杨先生好! 原来杨先生就在总部!"

杨绍文十分高兴:"一听说义城来人,我就想到会是你们,果真是老伯和大生！怎么样？大家还好吗？”

张老伯说：“那天早晨你带走那么多人，一去就没有音讯，大家都在担心你呢！”

杨绍文笑哈哈地说：“我把队伍带进大别山，一路上人多势众，所向无敌。到山上稳住脚跟之后，总部召我回来办事，我就把那部分力量交给王管带了。”

原来，那天杨绍文退出义城之后，一路向大别山区进发，虽也走州过府，但因为有上千人的队伍，还有枪炮，各地都不敢阻挡。各级衙门自身难保，只要革命党不打他们，他们是绝不会主动惹麻烦的，甚至还礼送出境，睁一只眼闭一只眼算了。

队伍走走停停、停停走走，最后来到卧牛山。此山范围很大，崇山峻岭，飞瀑流泉，是个休养生息的好去处；出可攻、退可守，是个安全之地。杨绍文领着大家搭房子、修鹿砦、挖战壕、布暗哨，把一切安排停当，让大家举手表决，选王管带为游击司令，算是在大山深处保存了一支革命力量。杨绍文相信，这支力量以后肯定会发挥很大作用。

听杨绍文如此说，周大生说：“早知如此，我也跟着进山，免得受抚台的鸟气！”

杨绍文拍拍周大生的肩膀：“你留在义城会有更大的用处，要革抚台的命那可是困难得多呢！”

于是，张老伯和周大生就把来意详细地汇报了一遍，把许西林的计划和盘托出。听得出，义城那边形势危急，需要总部的首肯和支援。

杨绍文见事关重大，又十分佩服许西林的胆识，知道事已至此，已经箭在弦上。他说：“我是总部的代表，但总部领导不只我一个人。你们先休息一天，等我向总部汇报后再答复你们。”

过了一天，杨绍文约见张老伯和周大生，传达了总部的意见：“总部批准许西林利用警察学校毕业典礼起义的计划，并派三十名义士作为敢死队队员，携带炸弹三百颗、手枪一百支，在十八日起事之前送达义城。期望义城打好第一枪，在全国引起震动，给清廷敲响必然灭亡的丧钟！”

听了总部的意见，张老伯和周大生热血沸腾，精神振奋。他们表示，事不宜迟，马上返回义城，传达总部的意见，做好准备，配合好总部来人的行动。

张老伯和周大生又一次与杨绍文握手告别，大家的心激动得有点发颤，特别是在这生死未卜、胜败未决的革命前夜。

当张老伯和周大生兴致勃勃往回赶的时候，已经是十四号上午了，他们哪里知道，天有不测风云，人有旦夕祸福。他们怎么也想不到，一个天衣无缝的计划，已被载奕颠三倒四地弄得措手不及和支离破碎。那个时代信息很不发达，义城的变化总部不知道，张老伯和周大生也不知道。当他们踏上朝天门码头的时候，只听见枪声大作，行人慌慌张张地跑来跑去，荷枪实弹的兵士们在全城调动。

他们俩向警察学堂奔去，那里已经被封锁了，看样子动作已经结束，枪声从军械所方向传来。他们又奔向军械所，一路上净是清兵，看样子已经将军械所团团围住了。他们不知道发生了什么情况，恰在此时，英姑出现在他们眼前。英姑把他们拉到墙角处，简单地向他们叙说了现场的情况……

载奕决定十四号参加典礼以后，许西林仓促上阵，许多人没有接到通知，后援力量已经泡了汤。但由于机会难得，许西林还是决定提前举义，主要力量，也就是百十名警察学堂的学生和一批身为同盟会会员的教员。

这天早晨，载奕和各路要员准时来到警察学堂的操场上。他们坐在临时搭建的主席台上，台下是列队整齐的学员。他们身着警服，一个个精神抖擞。

许西林激动得手心出汗，他反复看着门外的一批清兵，他们是王振风的手下，奉命前来维护治安，警察们全被许西林调到现场作为骨干力量，主席台上坐着三级衙门的主管,王振帆也在其中。

许西林和身边的两位教官心领神会,他们攻击的主要目标,是坐在正中位置的抚台和藩台,这是省里的两位最高领导,杀了他们就会全城大乱,在清兵群龙无首的情况下,起义就可能成功。

他们拍拍身上的武装带,手枪已经给卸了去。为了使官员们感到安全,他们没有身配武器,只是神不知鬼不觉地在靴筒里塞了两支手枪。学员们的长枪也入了库,但许西林已经安排,在枪声打响之后,学员们可以在第一时间拿到自己的枪支,包括装得满满的子弹带。

这天天气特别热,载奕不停地用手绢擦着汗,他用目光扫视着周围,似乎感觉哪里有点不对头。他看到的都一切正常,不正常的东西是气氛,气氛这种无形的东西一时又很难分辨出来。

总之,典礼是开始了,放了鞭炮,唱了校歌,学员代表发表了感谢演说,学员们做了几个队列动作和擒拿表演,最后宣布了毕业学员名单,再接下来就是由抚台亲手发毕业证书了。

时候到了,许西林知道,经过前面的折腾,抚台大人有点倦意了,该动手了。

他跨前一步,站在载奕的对面,举手敬礼,说:“报告大人,今天有革命党造反!”

载奕大吃一惊,问道:“乱党在哪里?还不赶快去抓来见我!”

许西林听话似的躬下身来,立马从靴筒里拔出两支手枪,说道:“革命党就是我,你们见鬼去吧!”

说罢,两支枪同时开火,仇恨的子弹对着主席台上的官员,扑面而去。

这两梭子弹,如果打得准,至少可以要了一半官员的命,首先是恶贯满盈的载奕,肯定在劫难逃。

可惜的是,许西林是个近视眼,射击的距离把握得不太好,子弹虽然打出去了,也射中了载奕,但没有伤着要害。

在许西林开了第一枪之后，他身旁的两位教官也从靴筒里拔出手枪，对着一片混乱的主席台狂射起来。

对于这样的突变，所有的来宾都魂飞魄散，乱作一团。坐在旁边的，撒丫子便跑；坐在中间跑不了的，有的蹲到地上，有的钻到桌子底下，有的抱住脑袋、撅着屁股一动也不敢动。

此时的载奕，虽然中弹，但没有死。这时，站起一个人，背起载奕，撒腿跑起来。这个人不是别人，正是对清政府忠心耿耿的王振帆。

许西林看见载奕要跑，几个人同时开枪，有的枪打空了，但是有一枪正中载奕的肛门，子弹穿过他的股背，算是最终要了他的命。虽然后来请了教会医生来给他做手术，结果载奕还是呜呼哀哉，尚飨了！

许西林得手之后，命令给学员们发枪支弹药。学员们端起枪，子弹上了膛。许西林高声说："同学们，我们报国的时候到了，起义的枪声已经打响，狗官们死的死、伤的伤、逃的逃了，我们要乘胜追击，去占领军械所！"

学员们跟着高喊："占领军械所！占领军械所！"

许西林知道，靠他们百十条枪是不够的，必须补充枪支弹药，还要随时补充人力才行。

在许西林的率领下，起义学员争先恐后奔军械所而去。

在他们的队伍里，还裹挟着一个人，那人没有长枪，手里提着一把三八盒子。他也不是学员，穿着便衣，他原来在大门口巡逻，被场子里面一闹，也晕头转向了，许多学员奔出来夹住他就跑。他手上有枪，但他没有开火，他不忍心打死这些十八九岁、二十来岁的孩子。再者，他要是开了枪，自己也活不成，周围的人会把他打成筛子眼的。所以他只好跟着队伍跑起来，这个人不是别人，正是王振风。

起义队伍跑到军械所之后，不费一枪一弹就占领了阵地，因为守所的清兵早就闻风而逃了。许西林等砸开军火库的大门，见到许多枪支，还有几门山炮，他们大喜过望，重新装备自己。但是，他们检查过枪械以后，不禁懊恼起来,原来军火库里没有弹药!没有子弹,枪支再好,也只是根烧火棍!

许西林气恼不已,命人四处寻找子弹。

王振风说:“别找了,子弹早就转移了,运到造币厂去了。”

说了这话,王振风才引起许西林的注意,他惊讶地问:“你怎么也在这里?”

王振风只好老老实实地说:“当时我在会场外面,一不小心就被你的人裹挟到这里来了。”

许西林一下子不知如何是好。论道理,王振风是县守备,也应该杀。但他知道,王振风平时没有什么劣迹,而且与载奕也有矛盾,今天在队伍里他也没有开枪,没有逃跑,似乎也不应该杀他。

王振风不知道许西林在想什么,继续说:“载奕这老家伙早有准备,他把枪械和弹药分开,就是接受上次马炮营起义的教训,这家伙鬼得很呢!”

这个时候,藩台逃回衙门,已经缓过劲来,听说许西林一伙奔军械所去了,他马上命令集合全城的官兵,去进攻军械所,指名要取许西林的人头!

清兵人多势众,但战斗力不强,他们缓慢地向军械所推进,缩头缩脑的,人人都怕当出头鸟。

当官的在后面押着,说谁要是抓住许西林,赏银五十两,后来又说增加到一百两。重赏之下必有勇夫,清兵开始密集地进攻,枪声响了起来。

许西林这边已经抱了必死的决心,用最大的火力压住清兵的进攻。但是子弹是不认人的,清兵倒下不少,学员们有的也牺牲了。

王振风原来处于观望状态,逃也逃不了,打又不想打,一直犹犹豫豫地缩在墙角。忽然,一颗流弹射进来,正好打在他的小腿肚上。他咬咬牙,骂道:“他娘的,连老子也敢打,我让你去见阎王!”

说罢,他提起手枪,对着冲在前面的清兵叭叭就是两枪,两个清兵应声倒地。王振风原本是行伍出身,武术高明,枪法又准,一枪一个,撂倒了好几个。

许西林回过头看看王振风，对他竖起大拇指，还使劲跷了跷。

王振风打红了眼，也许，他觉得今天打的是抚台，报一箭之仇，也许是把平时窝的火都撒了出来。这种气，也许来自朝廷，也许来自上司，他不停地打，一枪一个，打了个痛快。最后他把子弹打完了，这才感到问题严重起来。

军械所的围墙很高，大门被清兵的火力封死了，这对防守是有利的，但是突围就很难了，最坏的结果就是弹尽粮绝、束手就擒了。

许西林从身上掏出一把子弹，扔给王振风，并指指身后的高墙，说了句什么话，却被枪声淹没了。

王振风明白，许西林是让自己翻墙逃跑，给了他一把子弹作防身之用。

王振风很感激许西林，在这种穷途末路的情况下还想着他王振风，一种崇敬的心意油然而生。他压满子弹匣，又对外打了一梭子。

就在这紧张万分之时，从后墙翻过两个人来，嘭嘭几下，对外扔了几颗炸弹，顿时把门外炸哑了，清兵个个趴在地上，半天不敢抬起头来。

许西林一看，原来是张老伯和周大生，他们俩是武林高手，军械所的高墙难不住他们。

张老伯用最简短的语言问道："怎么提前动手了？"

许西林回答："是载奕使的坏！"

周大生说："总部答应了，十八号派人来！"

许西林回答："老天不公，来不及了！"

乘着片刻的宁静，许西林小声命令："大家听着，我们的子弹快打光了，外面的官兵越来越多，再坚持下去就会弹尽粮绝。许西林对不起弟兄们！等一会，请老伯和大生再扔几个炸弹，乘敌人躲避的时候，你们能冲出去的要抓住机会，尽快突围，出去以后不要回家，可以投亲靠友，等待以后的革命机会，听懂了吗？"

学员们听懂了，但是大家都没吱声，在这种情况下，他们不想当逃兵。

有一个学员问道："你怎么办？"

许西林毫不犹豫地说:“我掩护你们!”

另一个学员说:“许老师,要活一起活,要死一块死!”

“糊涂!”许西林说,“革命不是拼死,能活多少算多少。你们年轻,是革命的种子,革命还等着你们成长呢!”

“孩子们,许老师说得对。”张老伯说,“困在里面不是办法,冲出去就是胜利。留得青山在,不怕没柴烧。我们掩护你们,你们做好准备吧!”

说罢,张老伯和周大生把身上携带的炸弹都集中起来,捆在一起,好提高杀伤力。这几颗炸弹,是从南京带回来的,没想到一到义城就用上了。

周大生力气大,把捆好的几颗炸弹分两次扔出去,只听见外面轰轰轰地炸起来,一股浓烟拔地而起,正是行动的好时机。

许西林高声命令:“同学们快走!”

说时迟那时快,几十名学员一跃而起,乘着浓雾向大门冲去,一边喊一边开枪,确实有点震慑作用。清兵的枪哑了声,清兵们大概都卧倒在地抱住脑袋了。

就这一会,冲出去了几十人,这批人大部分冲破了包围圈,绝大多数都生还了。

许西林看看周围,还有十几名学员、张老伯和周大生以及王振风。

许西林埋怨学员:“你们怎么没有走?”

学员们说:“我们和老师共存亡!”

许西林问王振风:“你怎么也没走?”

王振风指指受伤的小腿:“我走得了吗?”

许西林看着现在的形势,知道无论如何是走不脱了。杀死载奕,他的心愿已了,现在他已经抱着必死的决心。他不想拖累任何人,不愿让更多的人做无谓的牺牲,能保存一份力量尽量保存一份力量。

他好言相劝:“同学们,你们年轻,又刚刚学会杀敌的本领,你们不应该死守在这里,应该到社会上去,去做更大的事业。你们离开这里,是老师的最大愿望,也是你们给我的最大安慰。时间不多了,你们互相帮助,赶快越墙而去吧,让老伯和大生掩护你们!"

说着,许西林又对外开起枪来。

大家还在迟疑,周大生说:"要走就一块走吧,我们还有机会。"

学员们也说:"老师跟我们一起走吧,现在还来得及!"

"我们的火力弱了,现在已经来不及了。你们必须一个一个地翻墙出去,出去以后分散走开,尽快离开义城,别在这里磨蹭了!"许西林下着最后的命令。

看见大家还犹豫不决,许西林突然做出一个惊人的举动,他把枪口对准自己的太阳穴,用绝命的口气说:"你们不走,我就自杀了,我不想看见你们死在我的面前!"

事到如今,大家知道已经没有挽回的余地,只好按照许西林的要求做了。周大生蹲在墙下,让学员们蹬上他的肩膀,然后他再站起来,上面的人正好可以扒住墙头,两臂一用力,脚下一蹬,就跨上了墙头,墙外面是一片草地。他们顺着围墙慢慢下沉身体,然后轻轻松手,人就落地了。学员们就这样一个一个地离开了。

墙内只剩下了四个人:许西林、张老伯、周大生和王振风。

许西林一边对外开枪,一边对王振风说:"你赶快走吧!"

王振风说:"我怕什么鸟?他们敢把我怎么样?我看还是你们快走吧,再不走真的来不及了。"

许西林头脑十分清醒,他说:"你如果在围墙外面,谁也不敢把你怎么样,你是守备,你可以说是革命党把你打伤了。但你现在是在围墙内,怎么说也说不清楚,更何况你还打死了那么多清兵。赶快走吧,让老伯和大生帮你。"

"要走一起走!"张老伯恳求地说。

"四个人都走要有一点时间,现在只要枪声一停,敌人很快就会攻进来,我们一个都走不了。我得掩护，你们走得越快越好。”说着，他抓起两把手枪集中开火，把大门紧紧封住。墙外的清兵不愿冒死，所以一时不敢上前。

张老伯知道许西林铁了心，不敢再怠慢，他对周大生说：“我先出去，在墙下接应你们。”说罢一纵身就上了墙头，一闪身就稳稳地落在草地上。

墙里边，周大生如法炮制，先用肩膀把王振风扛起来。王振风也是习武之人，一耸身就上了墙头，墙外面由张老伯托着他受伤的腿，慢慢把他放在草地上。

最后，只剩下了周大生，他跪下来，向许西林叩别，然后一纵身也上了墙头，然后飞身而下，悄无声息地落在了墙外。

为了给越墙的人多赢得一点时间，许西林仍然坚持在那里开枪，一会用手枪，一会用步枪，做出墙内还有很多人的样子，尽量拖延清兵逼近的时间。但可惜的是，很快子弹就打光了，包括长枪和短枪。

这边枪声一息，那边的清兵就一拥而上。看见院墙内只有许西林一个人，他们都呆住了，一时僵在那里，不知所措。

许西林堂堂正正地站在那里，双手还拿着枪。面对许多清兵他开了一枪，有人应声倒地。他叫道：“来吧，开枪吧！”

清兵还站在那里，不知如何是好。

许西林用另一支手枪又开了一枪，又一个清兵应声倒下。他知道，最后两颗子弹都打光了，他想引诱清兵开枪，故意站在明处，还当众开了两枪。

但是清兵还是没动，他们被许西林大义凛然的气魄镇住了，不知是害怕还是崇敬。

一个当官的等不及了，他朝着许西林开了一枪，子弹打在许西林的腿上。许西林震颤了一下，仍然坚持站在那里，又喊了一声：“来吧，开枪吧！”

当官的见许西林手握双枪但没有扣动扳机，大叫一声：“他没子弹了，抓活的，有一百块大洋的赏钱啦！”

这时，清兵们才一哄而上，将许西林死死地摁住。

第九章

义薄云天

惊魂未定的藩台死死地盯着军械所那边的消息。对许西林,他一是仇恨,二是害怕,必欲除之而后快。他没想到,堂堂一个警署的总监居然是个革命党人,身为警察学堂的督学竟然率领学员造反,真是大逆不道,匪夷所思。他深感革命党的厉害,他们居然像孙悟空一样,钻进铁扇公主的肚子里来了,太可怕、太可恨了!

他随时随地追问许西林的消息,听说已经活捉了这个"光汉子",他悬着的心才落了下来。至少,他不会死在许西林的枪下了,他为已经了结性命的抚台载奕感到可惜。

他要亲自审问许西林,看看他的心是怎么长的。

审问在藩署大堂进行。藩台将惊堂木一拍:"把许西林带上来!"

许西林已经被戴上了手铐和脚镣,在手铐和脚镣之间有一根沉重的铁链连接着,足足有几十斤重,许西林只能慢慢地挪着脚步。

进了大堂,许西林立而不跪。

"大胆,见了本官为何不跪?"

许西林见藩台色厉内荏,一副虚张声势的样子,感到可笑。他现在已经准备承受一切,哪里看得起藩台这个蹩脚的样子?想起多日前曾经烧了藩衙,那时候藩台犹如丧家之犬,又想想今天上午他在警察学堂被吓得趴在地上做狗趴状，许西林不觉轻蔑地说道："男子汉大丈夫，上只跪天地，下只跪父母，让我跪你，简直是痴心妄想！"

"你连朝廷都不跪了吗？"

"你们那个朝廷，对外不敢抵抗洋人，对内只管欺压百姓，这样的朝廷，寿终正寝也罢，还跪它干什么！"

藩台实在搞不懂，许西林吃了什么药，如此与朝廷作对。他说："听说你也是富家子弟，在朝廷捐了个道员，到义城之后，抚台大人又把全城的警务交给你，要位有位，要权有权，为什么非要造大清的反呢？"

"不错，我的确是个富家子弟。"许西林说，"我家有良田百亩，在绍兴还开了绸庄和油坊，我一家过着富庶的生活。可是天下呢？老百姓连年受灾，天灾加上人祸，可怜的百姓民不聊生，饿殍遍野，生有何益？死有何惧？这样的百姓不值得同情吗？这样的朝廷难道还不应该去反吗？"

藩台有一肚子问题弄不明白，他问道："你同情也罢，造反也罢，你在绍兴已经捐了道员，为什么不在绍兴造反，跑到义城来干什么？"

许西林知道，革命者四海为家，在哪里抛头颅、洒热血并不重要，重要的是机会和命令。他用革命党筹措的资金捐了道员这个职位，目的是打入官场内部，好伺机行动。正好许西林的一位亲戚是义城抚台载奕的上司，由于他的推荐，许西林在义城才可以谋一个实实在在的职位，所以才当上了警察总监，在这个位置上终于方便地做了许多革命工作，这些当然是藩台做梦也想不到的。

"我到义城来造反，目的就是杀掉载奕，可惜的是现在还在这里与你饶舌，否则连你一起做掉！"

"大胆！"藩台大怒，"与我掌嘴二十！"

于是一个衙役上前，抽了许西林二十个嘴巴，许西林的嘴角顷刻间鲜血直流。

许西林啐了一口，说道："你是个胆小鬼，只能在锁我手脚的时候侮辱我。有种你放开我,看看我怎么把你撕成碎片!"

藩台实在不理解,瞅这个许西林,也就是长长的身条,一副瘦弱的样子,文质彬彬的,既不像强盗,也不像土匪,哪来这么大的气势?真的是走火入魔了,否则怎么会对抚台下手呢?

"抚台大人对于你,也算是恩人了,你为什么不思涌泉相报,反而恩将仇报呢?"

许西林知道这些当官的会问他这个问题,因为他们的脑子里只有旧道德,他们哪里懂得革命的大道理?许西林义正词严地说:"抚台于我有恩,那是私恩;我与抚台有仇,那是公仇,岂能以私恩代替公仇乎?"

藩台不能理解革命党人的怪逻辑,更搞不清既然要刺杀抚台,许西林进进出出有许多机会,为什么不单独下手,非要在大庭广众之下,将自己置于危险境地呢?

许西林知道现在已经没有保密的必要,反而可以借审问的场合宣传宣传革命党人的思想。他说:"不错,我刺杀抚台本来是举手之劳,我可以私下里在没人的情况下对他下手,但是那样做意义不大。我就是要在大庭广众之下,在百官的面前,代表革命党将他处决,为革命党报仇,给大清朝敲一敲警钟,让大家看看我们革命党人的勇气和力量!"

"疯了疯了,简直是疯了!"藩台大摇其头,说,"十个抚台也抵不上一个疯子,十个疯子就可以把大清朝一扫而光!"

许西林这时突然冒出一句:"抚台怎样了?"

藩台想也没想,答道:"你还敢问抚台怎么样?抚台大人早被你们打死了,否则抚台不来扒掉你的皮!"

许西林原来不知道抚台的死活,当时现场混乱,抚台又被人背走了,他始终心里惴惴,不知刺杀成功与否。现在听藩台证实抚台已死,他哈哈大笑起来,说道:"抚台死了,我的目的已经达到。来吧,你们杀我好了,即使把我撕成碎片、千刀万剐,我一人当了。冤有头,债有主,你们找我一人算账就行了,千万不要冤杀学生,不要滥杀无辜!”

审到这里,已经没有必要再问下去了,藩台命令将许西林收监,然后到抚衙,将审问的情况告诉了抚台夫人。

抚台夫人哭得两只眼睛像两只红杏,她抽抽泣泣地问道:“大人打算怎样处置这个叛贼?”

“当然是斩首示众了!”藩台说。

“那可不行,”抚台夫人说,“许西林欺师灭祖,恩将仇报,上忤逆朝廷,下欺杀百官,是十恶不赦的大罪。砍头太便宜他了,应该将他凌迟处死,挖出他的心肝来,看看是红的还是黑的。”

藩台说:“此事下官不敢做主,须报两江总督审议后才能定夺。”

藩台把审判情况和抚台夫人的要求报告给两江总督端方,并提醒可否参照前清的刺马案裁定执行。

所谓刺马案,指的是同治九年轰动朝野的刺杀案。当年的七月二十六日,也是两江总督、封疆大吏这样的高官,名字叫马新贻,在校场阅兵完毕时,被刺客张文祥刺杀,这一事件后被称为刺马案。因慈禧太后的干预,说张文祥是“漏网发逆”“复通海盗”,将其剜心处死。

端方对革命党恨之入骨,他知道革命党刺杀载奕之后,第二个刺杀对象就是自己,所以他点了头,认为援引刺马案的审判是可行的,同意以剜心的手段处决许西林。

第二天中午,抚衙门外摆开了刑场。刑场周围,站了一圈带枪的清兵,个个荷枪实弹,面对着黑压压的、拥挤的百姓。百姓们自发来到这个令人断肠的地方,送许西林最后一程。刑场的中央,临时搭了一个台子,台子上立了一根又粗又长的木桩。木桩两边各站了两个刽子手,他们赤裸着上身,头上扎了根红布条,裤腰上系了根红裤带,手上握着把鬼头刀,刀柄上也系了根红布条。他们正叉开双腿站着,把鬼头刀扛在自己的肩膀上。

行刑台的对面,摆着一张长条桌子,桌子上铺着一块红布,红布上放着一个令箭筒子,筒子里插着一支令箭,令箭上写了一个大大的“杀”字,杀字外围用红笔画了个圆圈。桌子后面坐着三个监斩官,分别是藩台、臬台和知府,在他们身后站着一排府官和县官,王振帆也在其中,王振风因为腿部受伤没有参加。

是时,一通锣响,一群马队和徒步士兵押着囚车走来。人群让开一条通道,让囚车经过。许西林立在囚车之内,脑袋露在囚车之外,双手也被铐在囚车上,脚上戴着沉重的脚镣,整个身子困在囚车内,无法动弹。

许西林神态自若,他四处张望着,仿佛在和乡亲们告别。他没有悲伤,没有怯懦,有的只是视死如归的气势。

路过之处,乡亲们多数都悲切地望着他,有的含着热泪,有的微微招手致意,有的咬住嘴唇,有的掩面而泣。整个刑场出奇地安静,静得每个人都能听到自己的心跳!

囚车拉到刑场上,有兵丁过去打开囚车,把许西林架下来,然后又把他拥到刑台上,用绳索把他和木桩绑在一起。

这时的许西林,被剃光了头,裸着上身,被绑在木桩上,看起来只是个瘦弱的读书人。

人群中唏嘘不已。

藩台站起来宣读判决书,他嗫嚅地念出了许多可怕的名词,其中包括聚众谋反、推翻朝廷、丧尽天良、狠下毒手、大逆不道、天诛地灭、处以极刑、以儆效尤等等。停了一会,他按照惯例,问道:“罪犯许西林,你还有什么话说?”

令他没有想到的是,许西林忽然高叫一声:“抚台载奕真的死了吗?”

藩台不知许西林的用意,不置可否地回答:“抚台大人真的死了没有?”

许西林轻蔑地说:“你正面回答,是,还是不是?”

藩台这才明确回答:“是,当然是,所以今天要用你的心脏,来祭奠抚台大人的亡灵。你害怕吗?”

许西林哈哈大笑起来，说道：“我害怕？你也太小看我了。我来义城一年多，就是为了做这件事，取载奕的头颅，给大清朝敲响丧钟！如今，我的愿望实现了，目的已经达到！你们奈何我不得，纵然将我千刀万剐，撕成千片万片，我的心愿已了，我高兴还来不及呢，何惜一颗小小的心脏？区区小事，我何怕之有？”

藩台不得不说：“你死到临头了，还如此猖狂，真是不可理喻！”

接着，照相馆来人给许西林拍临刑照。

许西林又说：“什么人生长短，什么功名富贵，都是粪土一堆，今天我能如愿以偿，虽死无悔矣！”

从许西林的脸上，看不出一丝害怕和悔意，老百姓偷偷地竖着大拇指，心里充满着崇敬之意。

藩台抽出令箭，忽的一声扔到地上，高喊一声：“行刑！”

他们今天准备的刑法，是最残酷、最灭绝人性的，人们从未见过。

两个刽子手拾起地上的铁锤，一前一后站在许西林的腹前和背后，抡起铁锤对着许西林的睾丸砸去。这几十斤重的铁锤，被两个大汉抡起，砸在人的身体最软弱的地方，那种被砸碎的痛苦，是任何人都难以忍受的。许西林惨烈地叫了一声啊，感到万箭穿心，痛彻全身。

老百姓不忍目睹，一个个用手遮住眼睛，有的用牙齿撕扯着手帕，仿佛要替许西林忍受痛苦。

刽子手拎起地上的水桶，对着许西林的头部浇了一桶冷水，使许西林激灵灵又苏醒过来，继续忍受煎熬。

一个刽子手拍拍许西林的左胸，揉揉那里的肌肉，使血液循环急促起来，让他的心脏跳动更快。接着，另一名刽子手舀了一瓢冷水猛地泼在许西林的左胸上，许西林又打了一个激灵。这时刽子手握住一把剔骨的尖刀，从许西林左胸肋骨中插进去，又一阵转动，只听见许西林大叫一声，他的心脏被刽子手生生地挑了出来，还在刀尖上一下一下地颤动！

“啊!”全场一片哗然,不少人哭出声来。刑场一片混乱,刽子手的行为令人发指,人们对几个监斩官恨得咬牙切齿。

“安静,安静!”藩台站起来,维持现场秩序。行刑还有一道程序没有完成。此时的许西林已经牺牲了,但是他们还要将已经死过的人枭首示众,以维护他们仅有的一点权威。

正当刽子手举起鬼头刀的时候,忽然,人群里响起一阵哀乐声,唢呐、笙、笛子响成一片。

所有的人都感到奇怪。

藩台也感到奇怪,自己没安排这道程序呀,怎么回事呢?他侧脸去看,原来从人群中走出一支队伍,都披麻戴孝,执着招魂幡和路引,举着黑白无常的纸扎像,就像一支出殡的队伍,足足有四五十人。

这支队伍里,还抬了两口棺材。

藩台一看苗头不对,马上命令:“卫兵,将他们拦住!”

可是,卫兵已经拦不住了,老百姓主动给这支队伍让了道,还挡住卫兵不让靠近。于是几十人的送殡队伍就来到刑场中央,放下两口棺材。

藩台这才看清,队伍的为首者是一个六七十岁的老人,身后跟的是一群人,有男有女。他们全穿着白衣、戴着白帽,手里还拿着哭丧棒。

“咄!大胆!什么人,竟敢闹我法场!”藩台气呼呼地责问。

“回大人,”为首的老者说,“我是许西林的叔父,受许西林的父亲,也就是我哥哥的委托,前来为许西林收殓。许西林的父亲年迈,不能亲自来了。”他用手指了指身后的人群,“这些都是街坊邻居,是我请他们来帮忙的,我一个人忙不了。”

“咄!”藩台又咄了一声,说道,“你知道许西林是朝廷要犯吗?竟敢聚众闹事!”

老者不慌不忙、不卑不亢,仍然平静地说:“我们不是闹法场,我们是来料理后事的。大人已经行刑完毕,不管他是什么犯人,朝廷也没说不准收殓吧?”

围观的百姓看见有人为许西林出头,气势也长了许多。有人高声叫道:“人也杀了,心也挖了,还不能让人入土为安吗?”许多人随声附和:“对对对,入土为安,入土为安!”

藩台用手往下一压,想平复刑场的喧闹声,他说道:“行刑还没有结束,还要枭首示众,你们不要坏了规矩!”

从送殡的队伍里站出一个人来,对藩台拱拱手:“大人,俗话说,杀人不过头落地,从未听说杀人不过心落地。如今许西林心都被挖了,人已经死过,何必再补上一刀,让百姓看见不落忍呢?”

“大胆!你是何人,胆敢出头为死囚说话,你就不怕本官责罚你吗?”

“大人,”还是老者说话,他把话头接过去,“大人要责罚就责罚我吧,我是许西林的亲属,这些乡邻都是我请来的,如有不妥,老朽一人承担!”

“你又算什么!不要倚老卖老。王法无情,你扰乱刑场,我照样可以杀你!”

老者仍然面不改色,说道:“老朽知道大人会有此意,所以今天多备了一口棺材,一口收殓许西林,一口收殓我自己。”老者的声音铿锵有力,正气凛然,压得全场透不过气来。

围观的人群中有人发话了:“大人,人都死了,积点阴德吧!”

有人说:“死的已经死了,活的人不要把事做绝吧!”

大家高声呼叫:“收殓!收殓!收殓!收殓!”

收殓队伍里又一个人站出来说话:“大人,民意不可辱,事已至此,不如网开一面,与人方便自己方便啦!”

藩台又要动气,王振帆上前一步,抵前附耳说道:“大人莫气,刚才说话的人,是进士第一条街德仁银行的行长,先前说话的那位,是进士第一条街最大商户魏家庄的魏老板。我细看了一下,送殡的人大多是进士第一条街的商户,可能是商会组织他们来的。对商会要给点情面,他们是义城的纳税大户,官府用银子,还得靠他们哪!”

王振帆也认出了张老伯、英姑和周大生,但他们都是小门小户,不值得一提。

王振帆的话,藩台倒是听进去了,他也不想和富商们较劲,要是真的把银子搞黄了,吃亏的还是自己。只是事到如此,已经转不过弯,下不了台了!

送殡的老者看在眼里,忽然做出惊人的动作。他单膝跪地,双手抱拳,冲着藩台说:“大人,逝者已去,再加责罚,于事何补?生者犹在,如加责罚,于事何益?不如顺了民心,从了民意吧,望大人三思!”

藩台一看,得,借坡下驴吧。他长叹一声:“好啦,看你这把年纪,已是古稀之人,还跪求于我,再加上乡里乡亲的面子,我就网开一面吧。反正罪犯已经明正典刑,剩下来的事,就由你们亲属办吧,本官就不再追究了!”

此话一出,大家都松了一口气,官员和亲兵们都撤进抚衙了,送殡的队伍和热心的百姓都赶过来为许西林收殓。大家看着许西林的惨状,泣不成声,用极尊重的态度把他收殓好,盖上棺木,然后出城,一路上吹吹打打,送殡的队伍越走越长,人们都想送英雄最后一程。

大家将许西林送到凤凰山,入土之后,立了墓碑,上面写着“许西林先生之墓”,立碑人的名字写着“亲朋好友”。

诸事完毕之后,老者一抱拳,说道:“感谢各位乡邻行侠仗义,老朽代表许先生的亲属给大家磕头了!”

大家见老人要下跪,慌忙拦住,纷纷说道:“不可如此,不可如此。我们都是许先生的景仰者,老人家冒着这么大的风险来给许先生收殓,我们非常佩服。老人家节哀顺变,多多保重。”

等人群散尽,只剩下张老伯、周大生和英姑的时候,老者揭掉贴在脸上的假胡子,原来此人是杨绍文。

杨绍文在南京闻此噩耗,受同盟会总部之托,来给许西林料理后事。他和张老伯等人商议之后,决定利用商会的力量来闹法场,非如此不能达到目的。正好,商会刚刚成立,也想在政界显示一下实力,所以冯德仁和魏老板都亲自参加了,他们是商会的会长和顾问。这中间,张老伯和周大生做了不少工作。

再说王振帆从刑场离开后,回衙门办了点公事,然后回家。他走到进士第一条街时,看见满街的店面都挂着白绫子,他很惊讶,问商家是怎么回事。商家说,看见魏家庄挂了,大家都挂起来,都是商会的会员嘛!

王振帆走到自己的家门口,看见门楣上也挂着白绫子,还坠了两只白绣球。他一是生气,二是惊恐,高声问道:“谁? 是谁让挂白绫子的?”

家人们低头不语,不敢乱说。

王振帆生气了:“是谁呀? 都哑巴了?”

“是我让他们挂的。”说话的人是王振风。

王振帆见王振风一点都不在意的样子,说:“哥,你糊涂啊,许西林是钦犯,你怎么为他戴孝呢?”

王振风说:“为谁戴孝我管不着,我只看满街都挂着,我们当然也要挂了。”

“这不是什么好事,你挂我也挂了。这是非常犯忌的事,你难道不明白吗?”

“我怎么不明白呢? 满街都挂了,就咱们家不挂,不太显眼吗? 我这叫凡事从众,你明白吗?”

“我们是什么人家? 是朝廷命官,我们家挂了白绫不太刺眼吗? 要是有人向上告我们一状,我们受得了吗?”

“有什么受不了的? 抚台大人受伤之后,不是你舍命把他背出来的吗? 你这样见义勇为,还怕别人说什么吗?”

“哥,我知道你和抚台大人不对付,当时不是情况紧急吗? 你要是在场,也会背起大人跑的。”

“哥没有那么好的德行,哥绝不会背着那个半死不活、该死不活的抚台大人跑!”

“你这是个人意气,在官场上要吃亏的,弟弟得提醒你。”

“哥哥在官场上混够了,看透了,你刚刚从政,我倒要提醒提醒你!”

兄弟俩争执不下,声音越吵越大,惊动了王老夫人。她迈出房门走到院子里,看见两个儿子面红耳赤地吵个不停。她没见过这种场面,以前两个儿子是很和睦的,怎么现在年龄长了,官当大了,反而恶语相向了呢?

王振帆高声吩咐家人:“把这些白绫子、白绣球给撤了!”

王振风也高声说道:“看谁敢,谁敢我打断谁的手!”

王振帆自己跳起来,扯下一只白绣球。

王振风一个箭步冲上去,抓住王振帆的手,拧到背后,疼得王振帆直叫娘。

王振风说:“你给我挂上去!”

王振帆说:“你这是同情乱党,是要杀头的!”

王振风说:“我先卸了你这只胳膊,再去杀头!”

“哥,你这叫不懂事理!”

“你连民心民意都不知道,还懂个屁!”

王老夫人见状,急火攻心,大叫一声:“逆子,都给我住手。”说罢,急得晕了过去。

第十章

夜袭官衙

当夜，月黑风高，夜幕低垂。梧桐叶在微风中沙沙作响，像是有人在低声哭泣。猫头鹰古怪的叫声，让人不寒而栗。大院里刺鼻的香火味，弥漫在空气中，让人窒息。抚衙内因为没了主心骨，到处充满着死亡的气息。

灵堂内，一口硕大的棺材特别显眼，漆黑的楠木显示着死者身份的高贵。灵堂的中央挂着一块白布，白布上写着一个大大的“奠”字。棺材两旁挂着许多白色的帷帐，上面写着关于死者的溢美言辞。灵堂周边摆满了花圈。棺材前面放着供桌，供桌上照例放着米饭和水果，在米饭碗里插着正在燃烧和已经熄灭了的香火。还有一个大大的盘子放在供桌之上，盘子中放着一个人的心脏。抚台载奕的黑色照片靠在棺材头上，他戴着眼镜，正在看着这一切。

夜深了，已经没有了吊唁的客人，只有四个亲兵守护着灵堂，其中两个充当了今天的刽子手。

还有两个人没有离开灵堂，一个是抚台夫人，一个是藩台大人，他们还有一道程序没有完成，一直坚持到这个时辰。

“已经供了八个时辰了，该动手了。”藩台大人说。他沙哑着嗓子，熬红了眼睛。经过两天的折腾，他已经心力交瘁了，他的神经绷得紧紧的，还没有走出被刺杀的梦魇。

“那就做了吧，我要亲眼看见。”抚台夫人说。她觉得丈夫死了，要用尽所有的手段为丈夫报仇，不怕别人说她阴毒。

藩台对两个亲兵一挥手：“端了去，让厨子做好。”他不用说什么东西，亲兵们自然明白。

一个亲兵端好盛放心脏的盘子，一个亲兵跟着，一前一后地离开了灵堂，另有两个亲兵继续守护着。他们都已经疲倦了，勉强撑着。

“非这样，不解我心头之恨。”抚台夫人咬牙切齿地说。仇恨让她扭曲了脸，披头散发的，十分难看。

藩台附和说：“诚然诚然！如今剜也剜了，供也供了，再让亲兵啖之，便告圆满，夫人也好歇息了。”他知道劝走了夫人，自己也可以溜之大吉了。

抚台夫人说：“谢谢，谢谢大人的安排。”

不一会，出去的两个亲兵又回来了，捧盘子的亲兵仍然捧着盘子，不过上面的心脏已经变成了肉片，还冒着腾腾的热气。另一个亲兵手上抓着一把筷子，还有几个酒杯和一壶白酒。

“来来来，”藩台大人招呼道，“你们四个人一起，一边饮酒，一边把这肉片吃了吧！”看着吃人心肉片，也许很刺激，也许有点惶恐。

抚台夫人说：“看看这个人的心脏究竟是苦的还是酸的！”她倒是很坚决，不达目的决不罢休。

“好嘞！”四个亲兵一边说，一边吃喝起来。他们人微言轻，浑浑噩噩，别人叫干什么就干什么，没有选择。

正在这时，灵堂里忽然飞进一个黑衣人来，此人身手极快，手上握着一把扁叶尖刀，一刀一个，割了两个刽子手的喉咙。两个人一声未吭，就像一堆干草一样倒下了。杀了这两个人，黑衣人一把攥住藩台的衣领，把利刃架在他的脖子上，厉声说道：“都别动，谁动我就杀了谁！”说着，黑衣人把藩台的领口勒紧，把尖刀贴近他的脖子。

“都别动，都别动。”藩台颤抖着嗓音，说道，“好汉饶命！好汉饶命！”他本已绷紧的神经完全崩溃了，怕得要命。

黑衣人说："你这狗官，坏事都让你做绝了，杀了人还要炒人心下酒，哪朝哪代有这种酷刑?"黑衣人气愤已极，恨不得一刀宰了藩台。

抚台夫人吓傻了，一屁股坐在地上，正要哭出声来，被黑衣人一脚踏住，呵斥道："别出声，要哭就踩死你!"

抚台夫人早已变成一摊烂泥，彻底倒在地上。

这时，从外面又闯进一个黑衣人来，同样是黑衣黑罩，只露出两只眼睛。他进门一看，顺手一刀，抹了一个亲兵的脖子，那个亲兵抓住一双筷子还没松手。

另一个亲兵看大事不好，马上爬起来就往门外跑，没想到还没跨出一步，又被一个黑衣人逼了进来。此人的打扮，与前两位黑衣人差不多，也是蒙面持刀，一刀宰了一个。

现在只剩下藩台和抚台夫人了。

三个黑衣人不期而至，当然都蒙了脸，但从身材和眼神来判断，三个人很熟悉：头一个进来的是周大生，中间进来的是张老伯，后面进来的是杨绍文。他们共同竖了竖大拇指，表示打过了招呼。

周大生用刀片敲了敲藩台的脸，说道："你这狗官，太不明事理。抚台被杀，那是他杀人太多，恶贯满盈。革命党与你无冤无仇，你竟然痛下杀手，做下伤天害理之事。今天本想取你的性命，但杀了你，就像宰了一头猪，也脏了我的刀。留你一条性命，让你办三件事：一是不准声张，不准上报，今天的事就此了结。你若上报，上报之日就是你的死期。第二件事，许西林的事，今天也就此了结，不准再牵扯他人，伤及无辜。第三件事，今后不准追查革命党人。大清的气数已尽，你睁开眼睛看看，谁与革命党人为敌，谁就会自食其果！这几条，你能做到吗?"

"能能能，一定能!"藩台苦苦哀求，"好汉饶命，你说的话，我句句在心，今后再不与革命党为敌，否则……否则，死无葬身之地。"

“这样就好。”周大生说，“但是死罪好免，活罪难饶，今天割下你一只耳朵，让你长点记性。”说罢，周大生手起刀落，割下藩台一只耳朵，扔在酒杯里。

藩台杀猪般地叫了一声，便被张老伯捂住嘴。张老伯又从亲兵身上撕下一块布来，塞进他的口里，然后，三人一齐动手，把藩台捆在一根柱子上。

办好这一切，三个人又倏然而出，越墙而去。

义城接二连三出事，先是朝天门码头扔炸弹，接着是马炮营起义，再是许西林造反，弄得全城沸反盈天。这些事传到朝廷，龙颜大怒，说革命党太过猖狂，竟敢对朝廷命官屡屡下手，鼓噪新军叛变，是可忍，孰不可忍！

两江总督端方负有领导责任，他当然想把大事化小、小事化了，好给自己保全位子。他上报朝廷，说乱党已经肃清了，乱党头子已被正法，乱党的骨干力量死的死，逃的逃了；警察维护治安不力，已经被解散了；警察学堂已经关闭，警察学堂的毕业生也作鸟兽散了。再就是地方武装守备不力，对维护治安没起什么作用，应该追究责任，他建议将县守备王振风削职为民，另选贤能。鉴于同知王振帆深明大义，危险之时挺身而出，是可用之人，又是末科状元出身，可以升任知府一职。原知府可接替藩台，原藩台可接替巡抚。端方说，这样调整对地方震动不大，基本上还是原班人马，他们熟悉地方情况，让他们戴罪立功，可保无虞！

皇帝准奏。端方化解了屁股底下的地震，也防止了连锁反应，求得了一时的安宁。

消息传到义城，大家很为王振风鸣不平，说一个小小的守备能有多大的能耐？他怎么能对义城的治安负责？事情都是抚台和藩台造成的，他们惹的祸怎么让别人擦屁股？抚台死了倒也罢了，藩台为什么还升官？一只耳朵能当巡抚吗？与其叫抚台，不如叫“单耳”吧！

反正是，进士第一条街上议论纷纷，几家欢喜几家愁，但说来说去，还是当官的说了算，老百姓只能说说新抚台到底是两只耳朵还是一只耳朵而已。

王振风闭门谢客，居家思过。他扪心自问，当官数年，并无什么劣迹。没有欺压百姓，没有党同伐异，只是与抚台交恶，得不到重用，反而屡受压制，所以自己早有去意，并不想赖在这个芝麻官的位置上不走。这次被解职，是一种解脱，自己并无多少怨言，只不过是面子上难看一点而已。

他这几天急火攻心，头有点晕，心有点恶，脚有点轻，一个习武的汉子有点消沉。

妻子周氏看在眼里，心里倒还算想得开。她劝丈夫说："罢罢罢，这个芝麻官不当也罢，赚不到钱还担惊受怕。让别人去干！我看你因祸得福，不如专门到商会去干，那里能赚到金子，人家下聘礼，一次不就是十条'小黄鱼'吗？"

周氏的唠叨让王振风心烦，他说："你叨叨来叨叨去，说来说去就是个钱！那'小黄鱼'是给谁的？是给守备的，不是给我王振风的！如今我不是守备了，那'小黄鱼'还会来吗？真是妇人之见！"

周氏被抢白一顿，知道丈夫心烦，便不再作声。她并不贤惠，说不出多少道理，只好嫁鸡随鸡、嫁狗随狗，顺着王振风罢了。

这些，王老夫人看在眼里，急在心里。两个儿子，一个升官，一个贬职，住在一个屋檐下，有说不清道不明的感情问题。作为老母，手心手背都是肉，两个都是好儿子，只有大小之分，没有高低之别。可是他们自己，还有周围的人，都有所想、有所说，这些都给振风，也给自己这个做母亲的添堵。

她踱到大儿子的房间，看见振风还躺在床上，轻声叫道："风儿，还睡着呢！"

王振风一看是母亲来了，马上翻身而起，给母亲请安："母亲，您怎么来啦？"

母亲说："为娘看你这两日吃喝很少，脸上有些憔悴，想必心里不舒服，过来看看你。"

"没事的，母亲。"振风说，"儿子这两天是有点心烦，在这里闭门思过呢,想想父亲和母亲对儿子的教导,有点惭愧呢!”

“越是心烦,越是要四处走走,憋在家里很容易生病的。”母亲理解儿子,不图儿子荣华富贵,只望儿子平安就好。

“我知道,母亲不用担心,我会很快好起来的。”儿子理解母亲,所以顺着母亲的心意表态。

母亲继续开导儿子:“儿啊,古话说天有不测风云,人有旦夕祸福,这是人之常情。古代的许多人,升官的贬官,贬官的升官,也不知有多少,都是平常事。你没听说过吗? 宋朝有个宰相,得罪了皇帝,被罢了官,人家提得起、放得下,马上收拾包袱回家。等他和书童步行回到老家的时候,皇帝知道错怪了他,马上派人快马加鞭赶过来,重新让他回去当宰相。这种机缘巧合的事太多,不如想开点,当官就当官,做老百姓就做老百姓,知足常乐,随遇即安,不也是可以好好过日子的吗?”

王振风听了母亲这番话,知道老人家很费心思,觉得过意不去。自己都快四十岁的人了,孩子都读书了,还让老娘操心,真是不应该。

他抖擞抖擞精神,笑呵呵地对母亲说:“母亲的一番话,儿子听了,如醍醐灌顶,大梦初醒! 您老人家放心,我也一定提得起、放得下,做官做民,都一样高兴,一样孝顺老娘!”

母亲前脚离开,弟弟后脚跟进来了。

“兄长,小弟给你请安来了。”

振风连连摇手:“不可不可,你都是当知府的人了,怎么好如此说话? 以后咱们说话办事要讲规矩,知道吗?”

振帆说:“这不是在家里嘛,长兄为父、长嫂为母的规矩总还是要的吧。就是在大庭广众之下,弟弟给哥哥请个安,也是应该的呢!”

“贤弟,”振风说,“俗话说,家无常理,以前怎么着,今后还怎么着就行了,为兄也不会再与你为公事争执。你这官,来得不容易,要珍惜。为兄的官,丢了也罢,芝麻粒儿大,无所谓。一升一降,从全家来说,也不算吃亏。

今后,你多为公事忙忙,孝顺老娘的事交给我,我一定把这个家操持得好好的!”

听振风这么一表态,振帆倒无话可说了。哥哥是聪明人,又长自己几岁,无须多费口舌劝说了。

“为官之道,小弟才入门,不及哥哥那样看得开、看得透。我只是感念皇上的恩典,给我们家点了两个进士,所以要用行动来报答。我也感觉到,如今的大清已不是康乾盛世,外面的诟病极多,振作起来也非易事。小弟凭良心办事,今后有不妥之处,还望兄长多加指教。孝敬父母,是我们俩的责任,我也一定会尽心尽力!”

“看来老母的身体也不如以前了,说到底已垂垂老矣。为了老人家安心一点,贤弟,今后我们在家少谈国事,像上次为挂白绫的事而争吵,今后不应该再有了。”

振帆说:“兄长说得对,小弟记下了,下不为例。”兄弟俩都是聪明透亮的人,该说的话都说了,点到为止,心知肚明就行了。

接着,又来了两个慰问者,是意料之中的,他们是周大生和英姑。

周大生人未进门,声音先进门了:“姐姐、姐夫在吗?我看你们来了!”

姐夫还未回答,姐姐先应声了:“大生吗?进来说话!”

英姑见了周氏,问候着:“大姐好!”

“啊,小妹也来啦!”周氏应和着。

“我爸让我送油酥饼来啦,刚出炉的。”英姑说。

一听说油酥饼,王振风便从里屋出来了。张老伯烤的油酥饼,又香又松又脆,金黄金黄的,有芝麻馅和干菜馅的两种,吃起来绝对香甜爽口,是义城一绝。许多南来北往的人,都慕名前来品尝,没有一个不说好的。

“师父还好吗?”王振风小腿中枪还未痊愈,记着师父那天助他越墙逃离之事,心存感激。否则他和许西林两人留在围墙之内,还真有点麻烦。

那天出了院墙,外面围观的人很多,乱糟糟的,分不清你我,王振风逢人就说中了革命党人的乱枪，后被送到医院取出子弹，张老伯和周大生又把他送回家中静养，一场危机就这样化解了。

“师父还好，在家牵挂着你呢！”英姑的身份有点特殊，跟着周大生，可以叫王振风姐夫，跟着王振风，又可以把父亲称作师父，因为父亲也教了她武艺，她和王振风是师兄妹。

周氏见来了客人，故意把家庭气氛调和得轻松些，嘻嘻笑着说：“我想吃老伯的油酥饼，更想吃你们的喜酒。什么时候办大事呀？告诉姐，姐还要去帮忙呢！”

“姐，”英姑红着脸，“还没影呢，每次见面你都说这个，烦不烦啦！”

“不烦不烦，”王振风说，“你也老大不小了，大生又长你三岁，该办了。我和师父商量过，等过了今年的中秋节，就给你们把婚事办了。”

周大生在一旁盯着英姑，呵呵地笑着，两只眼睛像灯泡那样闪着光。

“干什么？包办婚姻呀！我还没同意呢！”英姑噘着嘴说。

周氏咯吱起英姑来，一边挠着她的腋窝，一边叫着：“就包办就包办，看你怎么着！”

英姑最怕这一招，她一边笑着，一边躲到周大生的身后。大生双手一张开，就把姐姐拦住了，说：“姐，她是还没答应呢，老是顾不上。”

王振风说：“不能再拖了，中秋节以后就办。”停了一会，他又说，“你们整天打打杀杀的，叫人不放心哪！”

说到这里，周大生知道该进入正题了。他让英姑陪着周氏唠叨，自己拉王振风进到里屋，掏出五十两银子，放在桌上，说道：“这是革命党总部送来的慰问金，聊表一点心意。”

“你这是干什么？我又没为革命党做什么，怎么能收这慰问金？”王振风断然拒绝。

周大生说：“那天在军械所，你为起义军受伤，又帮起义军消灭了不少清兵，一直到最后，你也没出卖许西林，那时候的悬赏，藩台最后开出的价格是九千块大洋呢！”

“我能那样没良心吗？”王振风说，“人家连身家性命都不要了，不就是要替老百姓出口气吗？那载奕是什么东西？死有余辜！我对许先生是怀有敬意的，可惜我自己做不到而已。”

周大生安慰说：“你那天表现很不错，出手不凡，许多逃出去的学员都这么说。后来我和老伯都亲眼见了，你是同情革命的。这点钱太少，是给你疗伤用的，请收下吧！”

“不成不成，”王振风还是拒绝，“革命党人经费很缺，我知道，这些钱都是你们自己捐的，要花，就花在有用的地方吧。我这里确实不缺钱，这番美意我心领了，就这样吧！”

说着，王振风把银子塞进周大生怀中，最后又关照说：“我知道，你和师父、英姑都是革命党，凡事要多加小心，千万莫要出岔子。姐夫也帮不了你们什么，还是早早把婚事办了吧。”

第十一章

兵来将挡

进士第这条街商家多、同行多,同行是冤家的也多。

这条街上,原来有家恒大布店,生意做得很好。这家布店的后面,有个自己的作坊,纺纱织布,织的是色织布,红黄蓝白黑青紫七色彩丝齐备,织出的布样又鲜艳又大方,很适合当下的消费水平,四里八乡的老百姓都到这里光顾。尤其是大姑娘、小媳妇都喜欢来扯几尺布,做件细花小袄,缝条草绿长裙,真的很漂亮、很时尚。老板的流水也日日增加,小日子过得很红火。

有生意就有竞争。不久,在恒大布店的斜对面,也开张了一家布店,店名叫恒太。恒太刚开张,恒大就不满意了,这两个店的名字太像了,多那么一个小点,怎么就变成一家新店了呢?而且也是个布店,这不叫鱼目混珠吗?更严重的是恒太慢慢抢了恒大的生意,也卖起了色织布,那布的样式、色彩并不比恒大的差,而且价格也不比恒大的高。这样一来恒大吃不消了,但也不好说,各人有各人的名字,你叫"大",就不允许别人叫"太"?你卖色织布,就一定要别人卖平布?而且都在一条街上,家里都有伙计,你想怎么样?

恒大想来想去,只好打价格仗了,同样的布,你卖一两银子一丈,我只要九分。你卖三分银子一尺,我只要二分五。这么一改价,行了,客人又回来了,老百姓要的就是这种蝇头微利,积少成多呀,谁不会算账过日子?

恒大这一招很损,但恒太也可以用,你降我也降,看谁能熬过谁。于是一两价的,恒太改成八分,二分五厘价的,恒太改成二分,反正比恒大低一点,低一点恒大的顾客又奔恒太来了。顾客巴不得他们天天干仗,天天降价,那才得实惠呢!

两家的店老板开始谈判,结果谁也不让步,谈崩了。两家店的伙计都挽着袖子,准备拿算盘和尺子做武器了。一直闹到恒大一开店,门前有一堆死老鼠,恒太一开门,一条死狗躺在那,弄得两败俱伤,大姑娘、小媳妇都不敢上门了。

不是成立商会了吗?两家都到商会告状,说得唾沫星子满天飞,连脏话都骂出来了。

魏老板是会长,会长就得秉公说话,人家都交了银子当会费呢,你能不处理纠纷?魏老板也头痛,他是卖药的,也不卖花布,不过隔行不隔理,叫和气生财,总不能损人不利己吧,还弄出死猫死耗子的!

魏老板憋不出好办法,为了解决纠纷,他来了个同行业统一定价,由商会裁决。同样的货色,不论是油盐柴米酱醋茶,同质同价,不论是张家还是李家,一视同仁,明码标价。违反者,逐出商会,一切责任咎由自取。

这样一来,大面子上是摆平了,但小矛盾多,小摩擦常有,魏老板变成了消防队,有点吃不消。

有一天,商会办公,魏老板向冯德仁诉苦,说这些杂七杂八的事,影响他做生意,没时间赚钱了。

冯德仁很超脱,开钱庄的少,小钱庄也不敢和他拼。他仙人指路似的说:“你不是要找帮手吗?”

魏老板说:“是呀!我整天当婆婆,那哪儿行哪?”

“那你就再成立个组织。”

“组织?什么组织?”

“可以叫商会保安团。说好听一点,叫维护进士第一条街的治安;说直白一点，就是你的打手。”

“啊，明白了。”魏老板说，“我让他们打杂，我自己好赚钱。”

“要不然，你怎么叫魏老板呢？哪有老板干杂活的？”

“这个主意倒不错，你看叫谁挑头呢？”

冯德仁一口回答：“王振风！”

魏老板一听很高兴，觉得是个好办法。他说：“妙！这是个最合适的人选！你老兄真是个高人！”

冯德仁说：“高人是你，你又得去三顾茅庐了！”

过了一天，魏老板登门拜访。

“王守备在家吗？”

王振风一见是魏老板，拱拱手：“在下是一介平民，早已不是守备了，指名道姓就是了。”

“爽快，爽快！振风兄这么一说，我们更近乎了，心里暖呼呼的呢！”

客套一番过后，魏老板问道：“振风兄贵恙安好否？”

王振风拍拍小腿，说道：“托福托福，一点皮肉伤，幸好子弹没有伤着骨头，早已痊愈了！”

“伤好了，何必在家闷着，出去走走可好？”魏老板建议。

“好久未出门了，都不知去哪儿好了。”

“走走走，小弟带你泡泡澡去。华清池，新开张的，又干净又雅致，松松筋骨有好处！”

“华清池”这个名字，当然是借用杨贵妃洗凝脂的地名。它虽然没有杨贵妃专用的那么华贵，却也不像那四面通风的亭子，走进去倒是温暖如春。

开浴池的人都认识魏老板，马上领他们进了雅座，就两张睡榻，供两位客人使用。

伙计给二位客人换了新毛巾和干净拖鞋，二位宽衣之后，径直去浴池泡澡。

浴池是封闭式的，四面是墙，只留了一个小门，进门之后立即关门，就像进了蒸笼一样。热水冒着腾腾的水汽，弄得视线模糊。大家赤条条地泡在水里，只留个脑袋在水面上，彼此相认不相识，倒也相安无事。

王振风和魏老板享受着涓涓的暖流，心里感到很惬意。

王振风说："你今天找我来，不单单是泡澡这么简单吧？有什么事尽管说，趁我现在心情好！"

魏老板嘻嘻地笑着，说："振风兄贤明，什么都瞒不过你。我们想请你出山。"

王振风有点意外。和生意人打交道，他不太习惯，自己也不懂买卖，出山干什么呢？他有点懵懂。

"我出山？干什么？打架？"

"你贤明，是打架，不过不是你打架，是请你管打架。你往大街上一站，一声呵斥，谁也不敢打架，谁打架你拆了谁的骨头架子。"

"你把我说成钟馗了吧？我有那么凶吗？"

"没错，你就是钟馗，你出山管事，小鬼都不敢露面。"

王振风想了想："你让我当警察？警察是衙门里的人，我已经不干衙门了。"

"还是你说得对，"魏老板说，"请你干民间警察，当进士第保安团团长。"

"你想成立保安团？那可是花钱的买卖，人少了不行，人多了你养不起。"

"不是我养，是大家养，每个商户都交会费，薪水从会费里开，需要多少开多少，只要管事就行。不过你老兄的薪金归我开，每个月这个数。"他伸出一只手在王振风面前晃了晃，又翻了一翻，接着说了声，"'小黄鱼'！"

王振风有点心动，倒不完全是"小黄鱼"的吸引力，他还不算是贪财的人。吸引他的是有人请他做事，说明他还是有用之人。他是习武出身，就怕赋闲，否则全身的功夫就废了。再说了，被朝廷罢了官，民间请他出山，面子也好看一些，多少也还有点地位，又有丰厚的收入，何乐而不为呢？

“我可以干，”王振风说，“要干我就干点正事，保老百姓平安没问题，但流氓打架的事，你另请别人！”

“哪能呢，振风兄多虑了。那些偷鸡摸狗的事叫下人去管，你只管大事、正事就行了，商家安心做生意，那不就算烧高香了吗？”

“行，成交，君子协定，不怨不悔！”

谈到这里，他们已经汗如雨下了。魏老板说，出了汗得搓个背，前胸后背搓一遍，那才叫一个爽呢！

于是魏老板打个手势，马上过来两个搓背工。魏老板指指王振风和自己，说道：“两位，全搓！”

搓背工说：“得嘞，二位爷！”

搓背工从早到晚泡在浴室里，穿着短裤衩，弯着腰、弓着背，给客人从头搓到脚，又从脚抹到头，先用拧干的毛巾搓，搓得污垢滚滚，再打上肥皂，搓得全身冒白沫，然后再端起水盆给客人冲个够，自己累得直哼哼，呼吸的全是污浊的水汽。搓好了一位，拍拍客人的后背，小声地说声“爷，搓好了”，然后给客人一个小竹牌子，那就是分账的凭据。客人按小竹牌到房间付几个铜板。

出了浴室，又有伙计引着魏老板和王振风回到雅座，还有伙计很快递来滚热滚热的毛巾让客人擦汗，伙计还用毛巾帮着擦擦背上的水珠。伺候好了，两个人分别躺在卧榻上，盖上一块浴巾，休息休息。

这时候，魏老板朝着伙计打了个响指。伙计明白，马上出去了，再进来时，手里端着一个托盘，托盘上放了两份烟具。

伙计把烟灯、烟枪和熬好了的烟膏放在茶几上，一人一套，摆好后说道：“先生慢用。”

魏老板说：“振风兄，来来来，吸两口，解解乏。”说道，他拿起一杆烟枪，递给王振风。

王振风一看，蹙着眉头说："这里怎么有这东西?"

魏老板呵呵一笑，说："振风兄有所不知，如今这东西普遍得很哪，茶坊、饭店、药店、旅馆等等，到处都有。这是社交的一种方式，不足为怪的，谁喜欢谁就吸两口，吸完了给点钱走人，很方便的。"

"这种东西吸上瘾，那还了得，不吸不吸!"王振风拒绝着。

"其实，少吸一点，是健身强体的。"魏老板劝说着，"只要不上瘾就没事。"

王振风当然知道吸大烟的厉害，说不上瘾是假的，一上瘾就闹得家破人亡、妻离子散，自己还落个"鸦片鬼"的诨号，弄得骨瘦如柴，人不人鬼不鬼的，严重的还会丢掉性命。所以他坚决拒绝，说："要吸你吸，我得走了，澡钱我付。"说着就要掏钱。

魏老板连连摇手，说："别别别，别生气呀，不吸就不吸了，你是个正人君子，魏某佩服！你掏个什么钱呢？这华清池是我投资的，我占着股份呢，洗个澡要什么钱？我也是不会吸的，原来想招待你，既然你老兄不乐意，咱们不吸就是了。躺一会躺一会，身上的汗还没干呢，躺一会再走。"

于是，伙计过来收拾了烟具，重新沏了一壶茶来，又端了几盘花生米、瓜子、点心之类的来，算是专门的款待。

就这样，王振风当了保安团团长，手下有五十人的名额。他先找了十来个人，每天对他们进行训练，教会他们一些摸爬滚打和擒拿格斗的本领，并对他们的行为进行规范，只能看家护院、维护公平，不能吃拿卡要，祸害百姓，等等。保安团一下子形成一种震慑力量，进士第一条街的社会治安好了起来，商家们都很高兴。

有一天，英国水手又来了。亨特要和魏老板做生意，个把月就会来一趟义城。

英国大兵每登陆一次，都在当地吃喝玩乐、惹是生非，到了义城也一样。

进士第一条街，他们太熟悉了，从朝天门码头开始，一步一个台阶地往上爬，每隔几个台阶，就有门对门的两家商店，他们在恒大买了花布，又在恒太比画了半天，买了哔叽呢，然后又买了膏药、蚕豆酱和油酥饼，在悦来酒店喝了酒。英国人不胜酒力，偏偏欣赏中国白酒，喝得东西南北分不清，敲了店家的几个盘子才算了事。店家不敢惹，没让他们赔钱，自认倒霉。有人说去找保安团，店家说保安团也奈何不了鬼子兵，多一事不如少一事，认栽算了。

鬼子兵往回走，走的是下坡路，几个人勾肩搭背，像螃蟹那样横行马路，几乎把街面堵死了，正好把挑江水上坡的英姑堵在面前。

英国兵是认识英姑的，上次在烧饼店没占着便宜，这一次又冤家路窄碰上了。他们把英姑团团围住，英姑怎么躲也躲不开。

英姑气得胸脯一颠一颠的，挑着水桶颠得更厉害，一条粗壮的大辫子在屁股后面甩来甩去的，打得屁股叭叭响。

英国兵连眼睛都看直了，嬉皮笑脸的，不断咽着口水。

一个兵伸手摸了摸英姑的脸蛋，被英姑顺手扇了个耳光。

另一个兵乘英姑不备，捏了一把她的屁股，英姑顺势用水桶一扫，水泼了那人一身。

英国兵看见便宜没占着，反倒吃了亏，便去夺英姑的水桶，结果后面的水桶被摁住，前面的水桶翘起来，一桶水正好泼了英姑一身。

英姑的身上湿漉漉的，曲线明显地凸现出来。英国兵吹着口哨，啊的一声欢叫起来。

英姑气得没办法，拿起扁担横扫起来。几个水手没防备，被打得嗷嗷叫起来，手中拎的货物也被打得乱飞。

两旁的店家看傻了眼，有的鼓起掌来，说打得好，也有冷静的店家对伙计打招呼，赶快去叫保安团来。

等保安团赶到时，英姑果然吃了亏。

对方是十几个当兵的壮汉，又是酒后撒泼，一个女孩子纵然有一身本领，也一人难敌四手。虽然东闯西突，打得英兵鼻青脸肿，但她还是被他们死死地摁在地上，动弹不得。

这一顿打，更刺激了英兵的神经，他们成了胜利者，对“俘虏”恣意侮辱，掀起英姑的内衣，乱揉乱搓起来。

保安团来了七八个人，他们正在巡街，听到有人报案，也来不及去找团长，就直接沿进士第一条街奔过来。现场一看，英姑吃了大亏，他们大喝一声：“住手！”“他妈的，跑到这里来撒野，找死啊！”

保安团手上都有棍棒，一齐动手，对准鬼子兵劈头盖脸打起来。

英国兵被打疼了，捂着脑袋站起来，看见几个中国人拿着棍棒对峙着，酒有点醒了。他们开始分析形势：中国人少，自己人多；中国人有棍棒，自己人有手枪；更重要的是，中国人扫了自己的兴，自己人还意犹未尽。

有个领头的兵说了句什么，十几个英国兵突然反击起来，他们受过训练，打过拳击，反击起来动如雷霆、行如疾风，很快把保安团的棍棒夺了去，反过来打起保安团的人。保安团的人刚刚受过几天训练，也还算年轻力壮，尽全力还手，虽然互有胜算，但最终保安团抵挡不住，慢慢处于劣势。

这时，一个洪钟般的声音响起来：“闪开、闪开！”

保安团的人回头一看，喜出望外，个个叫道：“师父师父，打打打，打他个王八蛋！”

王振风捏捏手关节，只听见关节叭叭作响，他一摆手，对保安团的人说：“你们都让开！”

几个徒弟一听，一字排开，闪到王振风身后，站成一堵人墙。

王振风指着带头的那个英国兵说：“听得懂中国话吗？听得懂赶快道歉，趴在地上磕头，饶你们一命！”

那个兵看来是听得懂中国话的，回答道：“那要看它愿意不愿意！”说着，指了指自己的拳头。

另一个英国兵当然懂得头儿的意思，乘王振风不注意，一个猛冲，向王振风偷袭过来。王振风站在那动都不动，等到那个英国兵冲到自己面前，只用一只手掐住对方的手臂，在空中画了一个圈，就把这将近两百斤的胖家伙抡翻在地。那家伙四脚朝天，嗷嗷叫着，半天爬不起来。

保安团的人直拍巴掌，叫道："打得好！打得好！"

英兵头儿一看，一个人不是对手，他两只手一招，两个英国兵站出来，做出打拳击的样子，紧紧地捏住拳头，一颠一颠地跳动着双脚，做着进攻和防守的准备。

见王振风不动弹，两个英国兵冲上来，直取王振风的面门。

王振风还是不躲闪，双掌出迎，分别扭住他们的胳膊，然后双手一合拢，将两个兵的脑袋碰在一起，只一砸，就差点让他们晕过去，然后又猛地将他们推开，让他们重重地撞在后面的墙壁上。

英兵头儿看见不对劲，一招手，十几个英兵一齐上，几根棍棒同时打向王振风。

王振风见棍棒打来，用胳膊朝上迎去，只听见嘎吱一声，棍棒断成两截。他夺回一只断裂的棍棒，横扫了一下，几个英军的脸上都出现了被划破的伤口。王振风单腿飞起一阵旋风，踢在几个英兵的脸颊上，几个英军顿时眼睛发黑，晕倒在地。王振风再来个秋风扫落叶，就地来了个扫堂腿，一个圈转下来，所有的英军都趴下了。

王振风还是指着那个英兵头儿，说："听得懂中国话吗？赶快道歉，跪下来求饶！"

那个英兵头儿不但没下跪，反而爬起来，猛地从腰间拔出手枪，对准王振风，说道："你要问它愿意不愿意！"

王振风正要出手，却被后面一个人一把扯住，说："这个小虾米，让我来对付，免得脏了你的手。"

王振风回头一看，原来是周大生。

周大生原来在码头上干活，听街道上吵吵嚷嚷的，不知道发生了什么事情。不一会，有个工友赶过来，对周大生说："快去救人吧，几个英国兵在调戏英姑呢！"

周大生闻声，飞步赶到现场，只见王振风在教训几个英国兵。他把英姑扶进一家绸缎庄坐着，好生安慰了一番，然后走出布店，正赶上英军头儿掏枪。

周大生说："乖乖的，跪在地上，饶你不死！"

英军头儿抖动着手枪，枪口对准周大生，还是那句话："那要看它愿意不愿意！"

周大生嗖的一下，从腰间摸出一支飞镖。这飞镖是极小、极锋利的小刀片，看起来不起眼，但如果用足够的力气扔出去，可以有足够的杀伤力。

周大生说："那好，那就看是你的子弹快，还是我的飞镖快！"

英国兵当然不相信周大生的话，他只信任他的手枪，这支枪不知让多少中国人丧了命，当然也不怕多眼前这一个。

英国兵点点头，像决斗那样拉开架势，稳住枪口。周大生也让后面的人闪开，用两个手指夹住飞镖，一双鹰隼般的眼睛盯着英国兵的一举一动。

英兵头儿想先发制人，不管三七二十一，扣动了扳机。周大生瞅准了他的动作，在他扣扳机前的一刹那，将镖扔出去，直奔他握枪的手腕。结果英兵头儿大叫一声，手腕抖动，枪口偏离了目标，枪声响了，但子弹偏离轨道，打到一个商家的门板上，把店里的伙计吓得够呛。

英兵头儿握着受伤的手腕，还想再开第二枪，周大生已经扑到他的面前，又一支飞镖顶住他的喉咙。英兵头儿知道这东西的厉害，乖乖地举起了双手。

周大生缴了他的手枪，把他的两只胳膊拧到身后，从身上掏出细细的麻绳，将他的双手捆住。

周大生对围观的人群喊道："这个英国人开枪杀人，大家说怎么办？"

有的人说:“英国人调戏妇女,打断他们的手!”

还有人说:“用刀划破他们的脸,反正他们不要脸!”

王振风看见群情激愤,提醒周大生说:“适可而止,不要动利器。”

周大生小声回答:“我知道。”然后又抬高声音说,“他们既然不要脸,那就让他们游个街吧,好让大家都认识他,下次来了再招待招待他!”

有人听此一说,马上表态:“好,这个办法好,让这件事传到英国去,羞死他姥爷!”

其他几个英国兵或躺或卧或倒在地上,已经顾不上他们的头儿了。

正在这不可开交之际,又听见有人喊道:“且慢! 且慢!”

大家回头一看,原来是冯德仁、魏老板和亨特赶来了。

亨特挤进人群,学着中国人的样子,对周大生和王振风拱拱手说:“对不起,对不起! 我们道歉,我们道歉!”同时,他又对周围的人群说,“请原谅,请原谅!”

周大生看见魏老板,说道:“你看,是游街还是送警察局?”

魏老板轻声地说:“亨特先生已经道歉了,我看就到此为止吧!”

周大生有点不满:“这是你的地盘,你是会长,人家来砸盘子,又调戏妇女,你能坐视不管? 还来帮人家讲话?”

魏老板说:“人家是外宾,外宾总得给点面子。”

周大生气愤地说:“我要不是给面子,早就把他废了,他开枪杀人哪!”

听说开枪,亨特狠狠地抽了兵头儿一个巴掌,训道:“还敢开枪? 杀死人怎么交代? 你脑袋叫驴踢啦? 让你滚回英格兰养驴去!”

骂了一通,亨特又对王振风说:“尊敬的王先生,您是保安团团长,能不能帮着、帮着说句话,让这件事像天上的、天上的云彩,随风飘走吧?”

“不行,我不是保安团的。”周大生说,“我是老百姓,老百姓的事,老百姓处理! 这家伙在中国的地盘上打人伤人、调戏妇女、开枪杀人,不磕头道歉就送衙门去办。”

“磕头的不行，”亨特叫道，“大英帝国的士兵从来不磕头。你们上次炸死我们、我们一个英国兵，我们吃亏了，还没找你们算账呢！”

周大生越听越气愤，说：“你们英国人什么时候吃了亏？八国联军打到北京你们吃过亏吗？火烧圆明园你们吃过亏吗？在三元里杀人你们吃过亏吗？你们死了个兵，那是偶然的，是你们抢着上朝天门码头碰上的，我们的外交部向你们道了歉，财政部向你们赔了款，你们还吃亏了吗？你们不道歉也行，让你们的外交部来说话！”

周大生的一番话，说得亨特哑口无言。围观的老百姓情绪也上来了，纷纷说道：

“英国人欺侮人！”

“不能便宜了英国佬！”

“不磕头不让走！”

“不赔钱就送警察局！”

“各位，各位，请安静，请安静，能否让我说句话？”冯德仁说，“中国人有句话，叫冤家宜解不宜结。我们是礼仪之邦，过去的事都过去了，得饶人处且饶人。刚才，亨特先生已经代表英国人道过歉了，礼节呢，人家也做到了，更何况亨特先生是来和我们做生意的，做生意就和气生财嘛，买卖不成仁义在嘛！对不对？我看，也别磕头了，外国人没这习惯，让他们来个三鞠躬，保证今后不再发生类似事件就行了。杀人不过头落地，认输就行了，穷寇莫追嘛！大家看怎么样？”

大家听冯德仁说话绕来绕去有点那个意思，再加上他是进士第一条街的银行家，谁家的生意都离不开他，所以也就不言语了。

魏老板见有了转圜的余地，想乘机了却这桩麻烦，求助似的说：“振风，就这样吧，你是我们商会的名誉会长，又兼着保安团团长，你的担子很重，你说句话吧！”

王振风与周大生咬了咬耳朵，而后说：“我和大生商量了，看在冯行长和魏老板的面子上，再给亨特先生一次机会，磕头就免了，按你们英国人的习惯，来个三鞠躬也行，并保证今后不会再犯，我们也就不再追究了。生意人，和为贵嘛！”

说罢，他赶紧给亨特递眼色。

亨特命令那个兵头儿：“这祸是你带头闯的，你三鞠躬吧，请求大家原谅，今后再这样，就革你的职！”

那个兵头儿被逼到墙角了，没有翻身的余地，打也确实打不过人家，只好不吃眼前亏，脱了帽子，向大家三鞠躬，并且咬着牙说：“请中国的老百姓原谅我们的鲁莽，接受我的歉意，今后在义城，不会再有同样的事情发生，请相信我们。”

嘴里这样说着，他心里想：下次有机会我弄死你！周大生！

好了好了，魏老板赶紧拐弯下台，说：“凡是刚才挨打受伤的，都到我魏家庄免费治疗；凡是误工的，商会给补贴。大家不打不相识，今后还是生意场上的朋友，有财大家发，有钱大家赚，啊，哈哈，都散了吧，散了！”

这场风波才告平息。冯德仁和魏老板怕亨特不高兴，影响他们私下的交易，于是，他们拍拍亨特的肩膀说：“你今天来的货，价格提两成，不让你吃亏。”

亨特握握王振风的手说：“请王团长多担待点，我不会忘了你的好处！”

王振风则拍拍周大生的腰板说：“当我的保安团副团长吧，多带一些码头工人，我要个个都像你这样的！”

第十二章

沆瀣一气

风波过后，周大生和王振风送英姑回家。一路上英姑咬牙切齿，珠泪滚滚，愤愤不平。

“真应该送衙门去办他们，欺人太甚！”英姑说。

“英姑娘，”王振风说，“你以为送进衙门就办得了他们吗？不行！哥哥我在衙门待的时间长了，什么底细不知道？”王振风想起几年的官场生活，不由得摇头叹息，“那些当官的，上从老佛爷到李中堂大人，下到知府县令，没有一个不怕洋鬼子的。他们有枪有炮有军舰，动不动就开到天津卫，大炮对着北京，中堂大人又要去谈判，割地赔款还道歉。所以送进官府是白送，还不如像今天这样，让老百姓打他一顿出出气。这就叫官怕洋鬼子，洋鬼子怕老百姓，老百姓怎么样呢？老百姓土生土长的，谁个不怕官？你有什么办法呢？”

周大生说：“所以老百姓得团结起来，来他个天不怕、地不怕！”

王振风听出了周大生的弦外之音，赶忙加以阻止。

“哎哎哎，我的舅老爷，你可别惹事，说话小心点，别让官府听见了找麻烦！”

周大生不以为然，悻悻地说：“怕什么？你越怕他，他就越欺负你；你要是不怕他，他就该怕你了！”

王振风还是拦住他的话头："话虽如此，但不要乱说，小心祸从口出。"

周大生冷静一想，觉得与王振风较劲于事无补，便表示理解似的说："姐夫当了几年官，胆子越来越小了，你原来不是这样的人。不过，姐夫说得也对，今后我注意就是了。"

说话间已经回到烧饼店。张老伯一听事情经过，气愤不已，一掌劈断了三块砖头。"下次碰上我，非宰他几个不可！"老伯恨恨地说。

"也怪我。"王振风说，"我的保安团人数少，身手又不济。要是多几个像大生这样的，别说十几个英国兵，就是上百个英国兵也不在话下。"停了一下，他又说，"大生，到保安团来当副团长吧，帮姐夫一把！"

周大生与张老伯对看一眼，有点意味深长，对这个建议颇感兴趣。

周大生没说干，也没说不干，他倒是建议："赤手对空拳，别说上百人，再多一点，凭我和老伯的身手，也不会输给他。问题是人家有枪，真正开起枪来，赤手空拳就是一堆肉，义和拳的教训，不正是这样的吗？"

"所以，我们也得弄枪。"王振风说。他要去找魏老板，不配枪保安团干不了。

最后说到英姑，王振风说："师父，英姑是百里挑一的好姑娘，大生是千里难找的好汉子，该给他们办婚事了，办了婚事，您老人家也就放心了。"

老伯说："我早有此意了，就是这段时间兵荒马乱的，顾不上。"

大生和英姑都知道，"兵荒马乱"是个什么意思。

大生和英姑可说是青梅竹马，长大以后，又志同道合，特别是参加同盟会之后，更是同生死、共患难，完成了许多至关紧要的任务，本该早早成婚。主要是大生怕连累英姑，每次执行任务都很危险，他怕爱英姑反又害了英姑。英姑尽管似出水芙蓉，常年保媒的人络绎不绝，许多富家子弟都趋之若鹜，但英姑表示非大生不嫁，如此这般就拖了下来。现在大伯和王振风都着急了，张罗着让他们中秋成亲。

这次大生和英姑都想好了，一是都老大不小了，二是不能辜负了长辈的美意，所以中秋就中秋吧，二人都默认了。

这件事谈好，王振风就回家了，一墙之隔，迈几步就到了。

随后，张老伯和周大生商议起保安团的事情来。

二人想这是个机会。在这之前，周大生在码头上已经秘密成立了码头工人纠察队，发展了一些同盟会会员，准备随时策应革命党的行动。平时，他们就和码头上的霸头做斗争，保护码头工人的合法权益，这个组织在工人中很有影响力和威信的。但这个纠察队没有正式名目，没有活动经费，平时办事主要靠队员捐赠，所以行动有些困难。

如果加入保安团，这两个问题就都解决了。平时以保安团的身份存在，名正言顺，特殊时期招之即来，完成革命党交代的任务。同时，正常活动的经费也在保安团里解决了。一举数得，为什么不参加呢？

张老伯说："去吧，当他的副团长，多带点人过去。"

周大生说："我把工人纠察队都带过去，平时正好有机会把大家训练一下，对维护治安也有好处。"

"很好，"老伯说，"明天你和商会去谈，要管就全面管，连码头、协会的事也管着，让保安团不离开码头，可以多争取码头工人的支持。"

"看来今天这一架打得好，打到保安团里来了，看那些洋鬼子和流氓霸头还敢怎么着！"

与此同时，魏老板和冯德仁也在与亨特谈着交易。

魏老板的魏家庄生意有多大，只有他自己最清楚。他雇的几个账房先生，只能各顾一块，整体的流水账没人搞得清。别人把大账交给他，他自己做总账，每月的利润有多少，开支有多大，全在他自己的心里，外人是不知道的。别人只看见他花钱如高山流水，永远没尽头。

他的主业，看起来是药业，这是他的金字招牌。魏家庄的药铺在义城最大，东西南北的药他都有，品种齐全，质量上等，凡是别的药号配不齐的药，在他这里肯定能配齐。药好价格也贵，所以人家以为他富在中草药上。俗话说黄金有价药无价,全凭卖药的一句话嘛!

其实不然,药铺只是他的障眼法,不仅不赚钱,而且赔钱。为了挣得个好名声,他往往贴钱卖药,使买药的不感到吃亏,也使同行不感到有压力,以便在药界、在百姓中游刃有余。

那么,他靠什么赚钱呢?这在进士第一条街是个谜。

反正这天晚上,魏老板不是在药铺招待亨特和冯德仁,而是在他的另一个行业——逍遥楼,陪吃陪喝。

逍遥楼不是一般的酒店,一般人也不知道有这个酒店,只有少数富绅和达官贵人进得了这个地方。这个地方只占了魏家庄的一部分地皮,当然是重要的一块地皮。

从魏家庄药店的大门,当然进得了逍遥楼,但那要穿过药店,还要七弯八转绕几道弯子,越过几道遮挡用的照壁墙,要伙计带着,才能找到地方。非常熟悉的人可以不走大门,只过一道侧门就行了。这道侧门就是逍遥楼的侧门,看起来与寻常百姓家没有两样,同样是个障眼法。这样的侧门有几处,也就是魏家庄的秘密生意有几处。

亨特和冯德仁是从药店大门带进来的,他们也以为魏老板是在哪家客店里设宴招待他们,别的客人各自有各自的包间,隔间设备也好,彼此是不见面也不闻声的。

宫殿般的包厢里,设施非常豪华。房间的正中,摆着一张大圆桌,上面放着鲜花和餐具。墙壁是用金黄色的木板装饰的,几乎僭越了皇宫的颜色。四壁上挂着名人字画,画的是山水和仕女,写的是唐诗和宋词。大包间里还有两个小包间,一间屋里摆了一张八仙桌、四把椅子,桌上放着一副骨质麻将牌和一堆筹码,另一个小包间放着两张睡榻,睡榻间放着一个茶几,茶几上放着两副烟灯、烟枪和烟土。一看就知道,在这里不出门就吃喝玩乐齐全了。

魏老板说:"今天时辰尚早,二位先生要不要小试两把,亮亮手气?"

亨特吹了声口哨，表达着兴奋之意。亨特是个中国通，当然懂得打麻将的意义。他知道请他打麻将，他只会赢不会输的。

亨特说："贵国的麻将太神奇了，可以让人流连忘返。不过，打麻将三缺一不行，没趣。"

魏老板说："这好办，人我已经给你备好了。"

魏老板拍了拍巴掌，就像在西餐厅打响指那样，立即从套间里出来一个女人。这个女人年龄不算小，看起来三十来岁，但风姿绰约，衣饰华贵，明眸秋波，荡人心魄。她说声："我来了，就什么都不缺。"

亨特又吹了声更响的口哨，兴奋点又提高了，马上走到那女人面前，礼貌地点了点头，托起女人的一只手，在上面轻轻地吻了一下。为了烘托气氛，魏老板和冯德仁鼓了鼓掌。

那女人扭了扭腰肢，走了几步，显示着自己的丰乳肥臀。这在西方是顶尖的美人了，可以招摇过市的，但在义城不同，只能藏在这深闺里，如果走在大街上会招惹怪异目光的。

亨特当然不讲客气，他觉得英国人是世界上的霸主，在弱小的国家为所欲为，就像探囊取物一般。他走上去搂住女人水蛇般的腰肢，色色地说："感谢上帝，今天是他给我、给我送来的最美好的礼物，上帝就在我心里。"

魏老板觉得这样单刀直入进展太快了，干咳了两声，说道："亨特先生，四个人到齐了，我们先打几圈，换换脑子好吗？"

亨特这才有点不情愿地松开手，说了声："很好很好，打两圈打两圈，让我给美女赢一堆钱。"

魏老板让女人坐在亨特的上手，冯德仁坐在女人的旁边，而自己坐在亨特的对面。

开牌了，魏老板早让人做了手脚，第一牌让亨特输，以后每牌都让亨特赢，让他赢个痛快。

牌一上手，亨特就觉得不利，牌很散，风头又很多，他有点憋气，侧过头，去看女人的牌。女人在他耳朵上拧了一把,说道:“不行的,不许偷偷摸摸,要光明正大的。”

这一牌,打得亨特糊里糊涂,上手打的牌他吃不着,下手打的牌他碰不着,自己摸的牌连不着。只几个来回,那女人说了声:“和了。”把牌往下一放,果然赢了副大牌,清一色,一条龙。

亨特当然不气恼,故意查点着女人的牌,看看是不是“诈胡”,乘机在女人的大腿上摸了一把,说道:“不错不错,很正点!”

女人也不推托,把大腿往亨特的大腿上一靠,说:“别说在中国,就是在你们英国,我也是正点的。”

亨特又在女人的大腿上拧了一把,说:“现在还可以,要看你下面的表现了。”

反正魏老板和冯德仁心领神会,睁一只眼闭一只眼看他们调情。

从第二牌开始,亨特的牌顺起来,要什么有什么。女人打的牌,多是喂他吃的。他吃得多了,高兴起来,说:“你现在让我吃得多,一会儿我还你,让你吃个够。”说着,干脆把长毛的手在女人裤裆处掏了一把。

女人有点委屈,又让他赢钱又让他占便宜,心里有点不乐意,但是想到事毕后魏老板给她的“小黄鱼”,也就逢场作戏,乐享其成了。

几圈牌打下来,三个人都输了,就亨特一个人赢。亨特不傻,他当然知道是怎么回事,也知道下面会干什么。他抓起一把银圆,扯开女人的领口,把银圆哗啦啦地投进去,顺便在她的乳房上摸了摸,哈哈大笑道:“装满了,装满了。”

女人没想到亨特玩这一手,几十块银圆兜在腹部,凉凉的、鼓鼓的,掏出来不是,不掏出来也不是,一时尴尬起来。

还是魏老板脑瓜灵,他对女人说:“还不去方便方便,快回来陪亨特先生喝酒。”

“好嘞!”女人趁机去处理银圆了,回来时胸脯挺得更高,裸露处露得更多。

喝酒时还是打牌的次序，让女人坐在亨特旁边，好让他们方便行事。

魏老板说：“今天遇到点小事，中国人不懂规矩，让朋友受惊了，我代表乡邻们赔罪，以酒补歉！来，亨特先生，咱们干杯！”

说着，魏老板、冯德仁和女人都站起来，唯独亨特坐着不动，只把酒杯和大家碰了碰，一口干了。

魏老板心里清楚，这个外国孙子太摆谱，敬酒都不站起来，太没礼貌，不把我们中国人当回事，这个龟儿子！

但是没办法，魏老板有求于他，只得任他不礼貌，还得任他胡作非为。

亨特说：“今天我是给你们面子，给足了，道歉了。要是在别处，我们用机枪一嘟噜，你们那些人、那些人都得趴下了，到上帝那里做客去了。”

冯德仁一直没说话，打牌也好，喝酒也好，都是他使眼色，魏老板办事。现在他说话了：“那些人粗鲁无礼，好斗心很强，要不是我们去现场弹压，他们是会跟贵军玩命的！但是我想，有事好商量，做生意主要讲和气，和气生财嘛。只要咱们和和气气的，财源不就滚滚而来吗？”

“对对对，和气生财。”魏老板指着女人说，“和气生财，你还不赶快陪亨特先生喝一杯，亨特先生可是世界级的大老板啊！”

亨特知道魏老板是在胡吹，什么世界级的大老板，不就是看上自己手上的那些鸦片嘛，有奶就是娘，我有鸦片他们就得装孙子。

女人很听话，站起来敬亨特：“能敬亨特先生的酒，那是小妹的荣幸。什么时候亨特先生带小妹到全世界走走，那小妹就更加高兴了！”

这一回，亨特倒是站起来了，一手搭着女人的肩膀，一手端着酒杯说：“按照你们中国人的习惯，我们俩喝个、喝个交杯酒，那就成交，你看怎么样？”

此言一出，亨特的眼里泛着淫光，另外两个男人拍着巴掌，女人以一个红烧脸应付着，半推半就地喝了个交杯酒。

喝完,亨特还搂着女人亲了一下。

冯德仁打着圆场,说:“没关系没关系,这叫中西合璧,一边喝酒,一边接吻,这是礼节,隆重的礼节。”

听说是礼节,女人用高跟鞋在亨特的脚面上踩了一下。

亨特很受用,在桌子下面捏住女人的手,摩挲着。

魏老板装瞎,视而不见,说:“亨特先生走遍全世界,何在乎那点货呢?只供给我们三箱,是不是太少了点?而且价格还那么贵。”

说起生意,亨特一点也不糊涂,女人和酒还没发挥作用。他说:“No,no!不是三箱,只有两箱,每箱五十万!”

“何必呢?亨特先生!你们大英帝国允许生产,我们跟你们签过条约,可以买卖,这是多好的条件呢!义城的烟民很多,销路不成问题,亨特先生卖给我们,肯定比卖给别人赚钱多!”冯德仁在关键时刻是要说话的。

魏老板是听鼓下桡的,知道冯德仁的意思是多要点,便附和说:“上次亨特先生卖给我们五箱,已经很少了,这次不能再少了,至少得保持上次的水平。”

“不行不行。”亨特再次坚持,“我从上海一路过来,已经卖掉不少,后面还要到武汉,那可是大码头,货少了是不行的。”

冯德仁见一下子谈不拢,马上转圜:“来来来,喝酒喝酒,不要谈到生意忘了交情,交情重要,交情重要!”

女人心领神会,说:“要说交情,不能没有我。今天我第一次见到亨特先生,和你有缘。中国有句古话,叫有缘千里来相会。刚才喝了交杯酒,就算是老朋友了。来来来,我们再喝三杯,谁不喝谁就不算英雄好汉!”

男人在女人面前,不管是谁,都想当英雄好汉。看见女人当面挑战了,亨特怎么也不愿装孬,他要显示自己是“大丈夫”,把桌子一拍,差点把酒杯震翻,说道:“你说什么呢,不就三杯酒吗?这能难倒我?敢说我不是、不是英雄好汉?”

魏老板起哄:“喝呀,喝呀,别老是说呀说呀!”

亨特说:“我喝三杯,她怎么办?”他用手指指女人。

女人本想说,你喝三杯我也喝三杯呀,马上一想,不对了,亨特的意思,是醉翁之意不在酒,我干吗要喝酒呢?把自己灌倒了后面的活怎么办?还是少喝为妙。于是她说:“三杯酒喝下去,你想怎么办就怎么办。”

“呵呵,”亨特听女人一说来劲了,“我喝三杯酒,你让我亲三次!”

看见亨特上火了,冯德仁和魏老板挺高兴,马上怂恿说:“君子一言,驷马难追。亲三次,亲三次!”

女人想:不就亲三次吗?谁怕谁呀?

她说:“一言为定,不许反悔!”

亨特一听,当然来劲了,马上端起酒杯,一仰脖子,吱溜一声,高度白酒进肚里去了。

他一把抱住女人,马上就要亲嘴。

女人用手捂住亨特的嘴,使劲往后推他的脸,还扭着脖子说:“不行不行,得三杯一起喝,喝完再亲。”

魏老板极力附和:“对对对,一次喝完,喝完再亲,说话算话。”

亨特极力想亲,女人极力回避,低着头,用脑袋顶住亨特的脖子,他累得不轻,没有得逞,只好作罢。

喝酒的人都知道,几杯酒分次喝跟几杯酒一次喝差别很大,一次喝容易醉,现在女人的任务就是让他醉,醉得越迷糊越好。

亨特没办法,他知道还有两杯酒没喝光,便宜占不到。今天被女人弄得火烧火燎的,他不想放弃,他想当男子汉大丈夫。冯德仁和魏老板又一个劲地旁敲侧击,几乎是连劝带灌地把剩下的两杯酒送到亨特肚子里去了。

酒喝猛了,胃发烧,脸发热,脑子不做主,想做主也做不了。

亨特一脸酒气,连胡子上的酒水也不擦,一把搂住女人,恶狠狠地亲起嘴来。

女人以为亲嘴像小鸟一样,啄一下,点到为止就算了。谁知亨特像饿虎扑食,逮住嘴唇又撕又咬,一口气亲下去,足足有两分钟不抬头。可怜的女人,几乎被憋得背过气去,差点休克了。

太野蛮了,女人想,一点也不文明,一点也不怜香惜玉,简直是一个大流氓!

女人好不容易挣脱出来,嘴里装满了亨特的唾液,她恶心极了,拼命吐着唾沫。

刚刚喘了一口气,亨特又扑上来了,说:"第二次,第二次,刚才算是第一次!"

女人实在受不了,一边躲一边绕着桌子转圈,告饶地说:"谢谢了,亨特先生,一次就够了!"

"不行,你够我还没够呢,说好了三杯酒亲三次的……"

冯德仁和魏老板哈哈笑着,乐观其成,反正对他们无碍,谁赢都行。

女人知道躲不了,咬咬牙,将一杯烈酒喝进嘴里,等亨特扑上来的时候,顺势把酒吐到亨特嘴里,而且用自己的嘴顶住亨特的嘴唇,并且顺手挠挠亨特的胳肢窝。这一挠,亨特受不了,一张嘴,酒就咽了下去。

亨特吃了亏,一把将女人摁到桌子上,嘴对嘴地压下去。女人有点受不了,嗯嗯嗯地摇着头,但是嘴被亨特死死地堵住,动弹不得。等亨特过足了瘾,女人差点晕过去了。

亨特擦擦嘴,满意地坐下了。但是经过这么持久的折腾,他的酒劲上来了,酒分子上了头,脑袋已经不做主了。

魏老板趁热打铁,说道:"亨特先生是英雄好汉,说话算话,卖五箱货给我们。"

亨特有点不识数了:"什么四箱五箱、七箱八箱的?"

女人缓过劲来了,她喝的酒不多,只是憋气太久了,脑子还管用。她知道自己的任务还没完成,便顺势一滚,倒在亨特怀里,摸着他的胡子说:"你是英雄好汉，说话算话，卖五箱就五箱，对你来说，小菜一碟！”

亨特被女人挠得痒痒的，顺手把长毛的巴掌放在女人的胸脯上游走着，醉眼蒙眬地说：“说话算话，说话算话……”

女人趁热打铁：“五箱，啊？”

亨特重复着：“五箱、五箱……”

冯德仁赶快说：“签合同，摁手印！”

女人对着亨特耳朵说：“要签合同的，得按手印！”

亨特重复着：“签合同，按手印……”

就这样，亨特在半清醒半糊涂的状态下签了字，一只手摁了手印，另一只手还没忘记控制女人的胸脯。

齐活了，魏老板拍拍合同，对女人说：“小桃红，今天你的功劳最大，快把亨特先生扶到卧室去，剩下的事交给你了……”

第十三章

穷 官 难 当

王振帆时运不佳，当上知府的第二年，就碰上了长江大水。

每年当梅子成熟之际，在长江中下游，来自南方的副热带高压携带的暖湿气流，与西伯利亚来的冷空气，必然在此相遇，形成滂沱大雨，称作“梅雨”。“腾云似烟涌，密雨如散丝。”这个季节就叫梅雨季节，持续时间大约一个月。

这一年的梅雨季节特别长，冷暖气流交汇的次数多，反复时间长，雨量特别大。长江上游来的水被海水顶托着下不去，本地下的雨水又都积聚在长江里，“云翻一天墨，浪蹴半空花”。不断高涨的江水冲破圩堤，形成万马奔腾的波涛，冲毁了村庄和田野，淹没了道路和民房，一时间弄得尸横遍野，一片汪洋。

灾民们携老扶幼、拖儿带女地拥进义城，除少数人投亲靠友之外，多数流浪者蜗居在大街小巷，搭上窝棚，过着乞讨的生活。恶劣的环境造成的时疫，在灾民和市民中间传染，整个义城满目疮痍，令人望而生畏。

面对这样的压力，王振帆组织码头工人帮助抢险堵口，又开仓放粮，搭棚施粥，花掉了国库中的最后一两银子，但仍然是杯水车薪，根本解决不了问题。

王振帆放下脸面，到藩台那里哭穷求助，但藩台说自身难保，爱莫能助。

无奈之下，王振帆进京向户部报实，写奏折向皇帝禀报，总算得到一笔救灾银两，可解燃眉之急。

可是救灾银子到了藩台手上，被扣去大半，明里说是除了义城之外，还有其他灾区需要救济，实际上是藩台本人克扣了救灾款，中饱私囊。王振帆据理力争，不但没有效果，而且还招来藩台的斥责，说他是“无能之辈”。

眼看着灾民们吃尽了树皮草根，甚至到了易子而食的地步，“听雷声千嶂落，看雨色万峰来”，王振帆一筹莫展，愁断肝肠。

一天，吃饭时，王振风见王振帆愁肠百结的样子，问道：“贤弟不思饭食，莫非为救灾事吗？”

王振帆说：“除了此事，还有比这更难的事吗？朝廷拨来的银两，还未到手就去了大半。”

王振风说：“这样的结果，为兄早就料到。前几年，我吃的苦，跟这也差不多，所以朝廷罢了我的官，我也少受点气，也好。你正处在风口浪尖上，日子更苦些。”

“早知如此，愚弟也不求功名了。如今功名是有了，什么事也干不成，还得受气挨骂！”

“这就是大清不济的道理，病入膏肓，冰冻三尺，非你我之力所能为的！”

“可是百姓们饥肠辘辘，遍体鳞伤，奈何？”

王振风建议：“不妨找商会商量商量，兴许有救。”

王振帆拍着脑袋：“对呀，我怎么忘了这一招呢？”

第二天一早，王振帆来到商会，问道：“会长先生在否？”

马上有人通报魏老板，他立即赶到，说：“不知府台大人驾到，失礼失礼，万乞海涵！”

王振帆说：“哪里哪里。王某此来，是求助商会的呢！”

“大人何出此言？有事只管吩咐，哪有求助的道理？”魏老板非常客气，知道知府大人要的是什么。当初请他当名誉会长，送十条“小黄鱼”他都没收，今天却放下身段登门求助，这样的机会当然不能错过。

“现在正值灾荒时期，百姓饥饿待哺，有伤待疗，而国库空虚，我是有心无力，无奈之下，只好登门求助，希望商会同人能伸出援手，救灾民一把。”王振帆诚实地说。

“大人情系百姓，心劳神疲，在下十分理解。”魏老板说，“大人所说之事，魏某定当效力。不知大人要银子还是要实物？”

这时候的王振帆，什么都需要，还有什么挑拣的呢？他说：“银子和实物都行，米面衣物之类灾民都需要，商会业主请便就是了。”

第二天，魏老板召开商会同人大会，请戏班子赈灾演出，一边演出一边捐款捐物。魏老板带头捐款纹银一千两、粮一千石、衣被一千套，其他各家纷纷仿效。霎时，大家热情高涨，人人慷慨解囊，捐出大批钱粮衣物，连王振风也捐出“小黄鱼”五条，王振帆更是倾囊相助，捐了十两黄金。

这些东西真的救了急，王振帆按户、按人分配救济物品，总算让灾民有口饭吃，有了衣穿，不用再卖儿卖女，勉强度过了灾荒。

王振帆感念魏老板和商会的好处，让人立了个碑，亲自撰文表彰，还刻了捐款捐物人的姓名和数量，以期流芳后世。

自此，魏老板与王氏兄弟算是结了缘。魏老板知道王振帆难以撼动，便从王振风处下手。

魏老板说是王振风给他创造了机会，在义城扬了名，为了表示答谢，请王振风在家吃饭，由冯德仁作陪。

这次饭局，的确是个家宴，没有安排在逍遥楼，也没有小桃红陪酒，看起来就是至爱亲朋的聚会。

重头戏不在宴会上，而在宴会之后。

吃饭时，大家推杯换盏，兴高采烈，喝了不少酒。王振风是主角，你敬我敬的，当然喝得更多。

酒罢，魏老板邀请客人进内屋休息片刻。除了奉茶之外，又摆上了烟灯、烟枪。

魏老板说："今天没有外人，又是在我家里，不妨吸两口。这东西不能多吸，少吸绝对有效，对强身健体有好处。"

不等多劝，冯德仁先爬上烟榻，他说这东西不可不吸，不吸会后悔的。魏老板亲自给冯德仁烧起了烟泡，冯德仁躺在那里，显出十分惬意的样子。

王振风本能地想拒绝，谁都知道不能抽大烟，抽上了十之八九会倾家荡产，家破人亡。上次在洗澡时他就拒绝过。

这一次不同，一是在魏老板家里，环境不同；二是在酒足饭饱之后，能量有点过剩；三是由冯德仁带头，估计不会有什么问题。所以王振风在多次邀请之下，也躺上了烟榻。

魏老板亲自给王振风点燃了烟灯，在烟枪里给他装上顶级的烟土，亲手递到他的嘴边，告诉他怎么烧、怎么吸。反正这种东西技术含量不高，王振风看着冯德仁的样子就学会了。

烟这种东西，初吸起来的确爽口提神，王振风有了一种从未有过的感觉，先是感到全身舒适，润肺通肠；接着觉得身轻如燕，飘飘欲仙；再就是如梦如幻，如诗如画。这种极好的享受，让王振风领教了烟土的魔力。

"这东西真的很怪，居然有做神仙的感觉。"王振风感叹地说。

"所以嘛，这东西吸多了是疯子，不吸又是傻子！"魏老板补充说。

"我是随便来两口，从不多吸，所以我是不会上瘾的。"冯德仁证明说。

王振风有点担心："不过，这东西还是不碰为好，特别是我们习武之人，筋骨特别重要。"

魏老板也不多劝，他知道这东西吸了第一次，就想吸第二次，然后第三次、第四次就在等着。只要上了瘾，铁打的金刚也会软化。只要王振风有一点点软弱，一定可以用烟土控制他。

果然，第二次魏老板邀王振风到麻将馆搓了一天麻将，让他赢了个满盆满罐,吃饭都没下麻将桌,魏老板好吃好喝地招待着。临了,魏老板建议:“要不要吸两口,松松筋骨?”

这次王振风没有拒绝,熟门熟路地又“吸了几口”。这几口已经不同于第一次的那几口,第一次的感觉是被动的、模模糊糊的,这一次可是主动的、清清楚楚的感觉。他觉得很新鲜,但已经没有了很可怕的警惕。他想,吸烟也不过如此,哪里有什么倾家荡产的可能?别是自己吓唬自己吧?

第三次,已经在逍遥楼吸烟了。这一次,魏老板让小桃红给王振风烧烟泡。小桃红一个劲地夸王振风“英雄气概”“威震江湖”,惹得王振风烟也飘飘,人也飘飘,只觉得烟好,女人也好,大有相见恨晚的感觉。当然,小桃红也只是侍候吸吸烟而已,并没有其他,魏老板得计算成本,不能一次性地把牌都出完。

再以后,魏老板送了一套油光铮亮的烟具给王振风,附带还赠送了半斤烟土,说是让王振风劳累的时候“补补身子”。

王振风没有拒绝,他觉得魏老板很够朋友,这个会长很大方,而自己这个保安团团长当得也很称职。凡是魏老板交代的事,他都出面摆平。谁要是和魏老板过不去,他就和谁过不去。只要他出面,魏老板也就没有过不去的坎,双方都觉得很好,值了。

魏老板特别相信,这半斤烟土吸进去,王振风算是彻底上瘾,再想戒掉,除非有孙悟空七十二变的本领了。

有一天,王振风又躲在家里抽烟,他觉得不抽不行了,不抽时不但没有了飘飘欲仙的感觉,而且好像还有千万条虫子在身上乱爬,甚至有阿猫阿狗在咬着骨头,不说鼻涕一把眼泪一把的了,那都是小儿科了。这个时候,他才知道什么叫烟瘾了,但是想不吸已经来不及了,他不是什么铁打的金刚,只是一个凡夫俗子,抵抗不了顽疾的侵害,他只能一点一点地省着抽大烟了。

这种见不得光的东西,有一次终于被老婆周氏发现了。她发觉丈夫关着门有点异样，进了门有一种从未闻过的气味，一直到最后终于把丈夫按倒在烟榻之上，她才知道丈夫已经沾上万恶之源了。

周氏好言相劝："这东西是败家子，有多少金银财宝都保不住的，还是戒掉吧！"

王振风说："我这是不花钱的，有人白送给我。"

连周氏都知道，天上不会掉馅饼的，出去混，总是要还的。她说："天下哪有这样的好事，也不知人家安了多少心眼呢！"

王振风不屑地说："这种事你们女人别管，我是堂堂的武进士，难道连女人的见识都没有？我不知道的事难道你还知道？"

周氏回答："别人给你好处，就等着你给他好处，你想想这一点就明白了。"

王振风试着戒了一下，结果越戒瘾越大。周氏知道劝已经没用了，那就得闹。女人的本事是一哭二闹三上吊，她哭着对丈夫说："你这样吸下去，身子骨也垮了，家也肯定要败，我和儿子也没有指望了，不如死了算了！"

周氏左手拿着绳子，右手拿着剪刀，威胁王振风。

王振风一把夺过绳子和剪子，还推了周氏一把："去去去，老娘们没事躲一边去，装什么傻，要死要活的！"

"那我就死给你看！"

"要死你去死，长江又没盖子，想什么时候去就什么时候去，又没人拦着你。"

"好你个没良心的东西，我嫁到你家来，给你侍候老娘，给你生儿子，给你洗衣做饭，你现在嫌弃我了，我好命苦啊，哇哇哇！"

女人一哭，男人一般就要心软的，但这种武器在王振风这里也不管用了，烟土的吸引力太大，女人的眼泪算什么？

女人使出了杀手锏："你要不戒，我就告诉娘去！"

王振风抽烟，就瞒着老娘一人，他绝对不能让她老人家知道，否则不用一哭二闹三上吊，老娘就会活不下去的。母亲的身体已经日落西山，哪禁得起这种打击？两个儿子是她的命根子，她要是知道王振风抽上了鸦片，那还了得！

所以王振风也拿出杀手锏："你要是告诉老娘，我马上休了你！"

周氏打了个寒战，"休了你"对一个女人来说，是最后一点脸皮，如果连这一点脸皮都不给，算是夫妻情分已尽了。一个打算休妻的男人，是铁了心的，是不顾一切的。周氏知道完了，她这个男人着了魔了，这个家已经没有任何指望了。她也不敢去报告老夫人，真的告了状，怕是老夫人也就一命呜呼了。

王振帆的日子过得也不痛快。

为这百年不遇的洪水，他已经弄得筋疲力尽了。退水之后，要堵口复堤，被冲毁的道路要修复，灾民回家了要修房子，要有口粮，还要有过冬的衣被，补种粮食还得要种子。城里一片狼藉要清扫，有许多尸体要处理，环境还要消毒，疫病还要防治，等等，每一件事都要有人有钱才行，他这个知府当得焦头烂额。

有一天，巡抚召他去训话。

巡抚，对他理事很不满意，什么见事迟、出手慢、遗留问题多等等，统统都是他的错，要他尽快把事情都办好。他听着听着走了神，已经不知道抚台大人在说什么，他听得太多，已经麻木了。他只觉得巡抚的一只耳朵在抖动，随着口型的增大和变小，那唯一的耳朵也在跳动和停止。他甚至想到只有一只耳朵肯定不平衡，不如把两只耳朵都割了去方便。因此他对革命党很有看法，为什么不把巡抚的手术做干净点？

末了，王振帆提请巡抚，能不能从国库中拨点银子让灾民过冬。

巡抚说："朝廷不是拨过银子了吗？"

王振帆不敢说银子被藩台大人克扣了，没准中饱私囊了，他只能说到手的太少，杯水车薪，大量的银子也不知上哪去了。

巡抚有点多心,说道:“你是说本台私吞了银两?你有什么根据?诋毁上司是要犯法的!”

王振帆说:“小人可没这么说,那是大人您说的。”

巡抚怒气冲天,训斥道:“你目无上司,争功诿过,办事不力,才能不佳,应当闭门思过,限期改正,否则本台要上报朝廷,治你玩忽职守之罪!”

王振帆不敢顶嘴,唯唯诺诺,知难而退,他知道说得再多也是无济于事的。他满腹心事地回到知府衙门,忽然衙役通报:“有客人来访,在签押房等候。”

王振帆问:“来者什么人?”

衙役说:“他自称姓杨,其他不知。”

王振帆眉头一皱,不想见又不好不见,便说:“让他过来谈谈!”

在花厅,王振帆见到了来者。来人四十开外,满脸机警,又饱经风霜。

客人自报家门:“在下杨绍文,给府台大人请安!”

王振帆很纳闷,问道:“我们见过吗?”他怎么也想不起来了。

杨绍文答:“见过,只是我知道府台,府台不知我而已。”

王振帆眉头又皱了一下:“所来何事?”

杨绍文说:“我给大人献计来了。”

“啊,你有何见教?”王振风很警惕,说话很简单。

“我知道大人处境很艰难,下面问题很多,上面问题也不少,大人夹在中间很难做人。”

“何以见得?”

“下面问题多是显而易见的,百年不遇的水灾,把义城快压垮了,到处民怨沸腾。”

“那又怎样?”

杨绍文诚恳地说:“民怨沸腾,不是埋怨大人,大人已经尽力了,百姓们心里有数。但是单靠大人一人之力是不行的,要当官的上下一致,共同努力，才能青山不老，绿水长流。”

王振帆问：“你何以知道？”

杨绍文说：“如今的形势，明眼人一看就知道，政府官员不以百姓为重，只图个人私利，他们贪赃枉法，逍遥自在。俗话说，源清则流清，源浊则流浊。多数人不努力，一个官员本领再大也无济于事。”

王振帆被说到痛处，自然有同感。他觉得眼前的人一定有什么目的，所以更加小心。

“你有何见教？”王振帆问。

“我以为，朝廷已经控制不了局面。”杨绍文说，“时下外敌经常入侵，朝廷自身难保，靠割地赔款过日子；对下已经政令不通，官员们只求安稳度日，根本没有心思办正事。所以不少地方都在谋独立，想自寻生路。”

王振帆听明白了，眉头皱得更紧，说：“先生是革命党吧？”

杨绍文说：“我是不是革命党并不重要，重要的是大人何去何从。俗话说，良禽择木而栖。像大人这样有才能的人，是跟着无能的上司一条道走到黑，还是另谋出路呢？”

“我不是一个人，我还有商会，还有许多见义勇为的仁人志士。”王振帆话虽这么说着，但心里不是滋味，“向来忧国泪，寂寞洒衣巾”。

“怕是未必呢！”杨绍文继续说，“我知道魏老板捐了不少银子，但是大人可否知道他的那些银两是从哪里来的？我可以负责地告诉大人，他出的是黑心钱。这个魏老板看起来有点行侠仗义，实际上他是勾结英国人做鸦片生意的，他赚的是老百姓的血汗钱，是老百姓的卖命钱！”

王振帆听此一说，大吃一惊。他只知道魏老板带头捐了很多钱，但从未想过这些钱的来历，更不知道这是贩卖鸦片得来的黑心钱。

“你这么说，有什么依据？”

“依据当然有，大人只要去查查魏家庄就知道了。受魏家庄的影响，大人知道否，义城的烟馆已经有几十处了！”

这一说让王振帆出了一身冷汗,他怎么也想不到,在自己的眼皮底下有这么大的问题。他不得不说:“若如此,我定当严办!”

杨绍文说:“大人,杨某明人不做暗事,我是革命党,现在的革命党人到处都有,革命党所做的事并不是坏事,也不是为了个人,而是为了劳苦大众。小人今天说的话都是肺腑之言,大人何去何从,请三思而行!”

第十四章

三探魔窟

杨绍文说魏老板是大烟贩子，这话一点也不假。

魏老板自己开了大烟馆，同时又贩卖烟土给中小烟馆。由魏老板供货开在义城的中小烟馆有几十家，甚至有“土店多于米店”“烟馆多于酒馆”的说法。

一般来说，烟馆多与赌馆、酒馆、妓馆挤在一起，最是消耗钱财、形销骨立的地方。

小烟馆规模比较小，里面的烟榻比较大，设备比较简单。一个大大的烟榻，并放着十几二十几个烟桌，烟桌上放着各种烟枪、烟灯，榻下有一个放鞋的小桌。客人来了，躺倒在卧榻之上，脱了鞋，端起烟枪，点上烟灯，就可以烧泡了。一般每位客人的旁边，都有一个伙计专门帮助点烟泡、剔烟油，做着侍候的活计。一般这种小烟馆装潢不甚讲究，环境比较差，烟具也比较粗糙，烟土质量也比较次。这种烟馆费用比较低些。

费用高一些的那就是中等烟馆了，装潢比较漂亮，有专门的铜床或铁床供顾客躺卧，烟灯、烟枪比较新，服务比较周到。这里有雅座和散座，散座就是那种大开间的，几十个人一道吸。雅座就是单间的，一张烟榻，两个人并排使用，多是朋友交往或者老板谈生意用的，服务也高档一些，可以随意叫酒菜，甚至可以叫“条子”，也就是召妓了，顾客可以同时满足烟欲和淫欲。

吸烟的顾客,上自王公贵族,下至贩夫走卒,几乎什么职业的人都有。吸烟上瘾的人,往往都变成了鸦片鬼,面黄肌瘦,精神萎靡,懒惰成性,最终家财丧尽,非偷即盗,甚至卖儿卖女,死无葬身之地。

魏老板是给这些中小烟馆供应毒品的人。他的烟土,是从英国人亨特那里买来的,一年要销售几百箱。魏老板掌握着烟源,控制着全城的烟土市场,甚至借此控制着赌场和妓院。他所获得的利润,那是按几十倍来计算的。除此之外,他还为许多私人供货。有些有头有脸的人,不好意思进烟馆去吸,就在家里备上烟灯、烟枪,靠魏老板供应烟土。魏老板就雇人将烟土夹在报纸当中,每次定时定点送到私人手中,这样,利润当然要更高一些。

听说魏老板是鸦片贩子,王振帆很吃惊,他有点不敢相信,决定派人去查。

他把警局的总监叫来,给他布置了任务,说:“到底是真是假,你去给我查清楚。”

总监用怀疑的口吻说道:“魏老板不是大善人吗?为什么去查他?”

王振帆说:“我也说过他是大善人,许多人都知道,但是大善人不一定都是做善事的,有事还是要查一查。”

总监说:“我们警察出面去查,有点不方便吧?”

“为什么呢?”王振帆没想到,在第一个关口就碰到了难题。

“警察出面,不就是有违法嫌疑了吗?对这样的大善人,出动警察我怕不合适。”

“没有什么不合适的,你们去查吧,碰到问题由我来担当。”

王振帆说得如此坚定,才算把警察派出去了。他不知道总监是不敢查还是不愿查,他不希望魏老板把手插到警察中来,那样问题就更严重了。

总监没有出面,他派副总监带队去魏家庄,同时他又派人提前到魏家庄报信去了。

副总监带了十来个警察,且行且慢地来到魏家庄,走进药铺的大门,对着掌柜的拱拱手:“打扰了!”

掌柜的停下手中的算盘,扶了扶眼镜,问道:“警察大人要买什么药?灵芝、银耳、野山参,小号这里都有的,价格公道。”

副总监说:“对不起,我们不是来买药的,我们奉命前来检查检查!”

“那样更好,看看小号这里是不是货真价实。我们魏家庄的药,可是金字招牌呢!”

副总监坐在店堂的座椅上,命令几个警察四处翻翻看看,自然是白翻白看了。上百种的药,都装在匣子里,每个抽屉里的都不一样,谁也看不出什么问题。

警察自己也不知道查什么,只是虚张声势,做做样子而已。

店堂里看不出什么,副总监说:“到院子里去看看!”

正说着,院子的门打开了,出来好几位伙计,一个个都身强力壮、牛高马大的,比警察要威武得多,看样子是得到总监的口信集合起来的。

领头的伙计说:“院子是制药的作坊,闲人免进,请警官大人止步吧!”

副总监头一次被人叫作“闲人”,倒是来劲了,问道:“你说说,我们是闲人吗?闲人会戴着帽子背着枪吗?”

带头的伙计说:“那是,在我们这儿,你就是扛着大炮来,也是闲人一个!”

副总监用手戳戳伙计的胸脯:“你小子胆够大的,敢这样跟爷说话?”

伙计一点也不含糊,用手拨开副总监的手指,指指自己的胸脯:“爷从来就是这么说话的,你看得惯不惯吧!”

副总监还是头一次碰到这样的刺儿头,他想,魏家庄的伙计也太胆大了吧,敢对着警察称爷?敢阻拦警察执行公务?

“爷今天没工夫跟你斗嘴,爷今天就是要进院子搜查,爷是奉府台大人的命令来的!”

掌柜先生见冲突要升级,马上调和说:“大人别生气,小号是做药材买卖的，讲究的是货真价实，如果人多糟蹋了作坊，是要出人命的。俗话说膏汤猛如虎嘛！"

"我们就是要看看，你这里有没有要人命的东西，如果有，那可是要了你们的命了！"副总监一步一步地紧逼。

"那你就先把爷的命拿去！"带头的伙计扯开衣服，露出胸脯。大家一看，胸脯上文了一条龙，摇头摆尾的样子，有点怕人。

副总监今天算是开了眼，知道了什么叫不怕死的。他用手枪顶着龙的脑袋说："这条龙瞎了眼，爷今天给他开个眼眶！"

带头的伙计还把胸脯往上顶顶，说道："有种你就开枪！"

正在这剑拔弩张之际，忽然从店堂外边跑进一队人来，也是统一着装，也扛了枪。一个头目模样的人说："干吗干吗？谁在这里耍横？"

带头的伙计一看是保安团来了，顿时气壮起来，叫道："团爷，警察在这里耍横呢！"

被称作"团爷"的人说："啊，原来是警察兄弟啊！我们是进士第一条街保安团的，我是小队长，负责这里的治安。"

"那好，"副总监说，"我们是奉命来搜查的，请你们协助一下。"

"那可不好办啦，警察兄弟。这里有个规矩，治安方面的事，由我们保安团负责，保安团对警局负责，这事你们总监都知道，你不会不知道吧？"

"我们这次是奉府台大人的命令来搜查的，原来的规定不管用了，这你清楚了吧？"

小队长说："那好办，我们保安团先检查，检察完了再去警局报告，行吗？"

"不行！"副总监断然拒绝。

这时，从外面又走进一个人来，高声喝道："谁在这喧哗，影响社会治安哪？"

大家一看，都认识，王振风来了。

掌柜的心中一喜，知道救星来了。他真怕警察闯进院子里去把烟土暴露了，所以死皮赖脸地扛着，王振风一来就好办了。

“团长大人来了好啊。”掌柜的说，“警察兄弟和保安团兄弟有点误会，正在这商量呢！”

小队长看见王振风来了，当然底气更足了，他说：“报告团长，警察兄弟要进院子搜查，我怕坏了规矩，所以……所以我们在这陪着！”

副总监当然是认识王振风的，说话的口气也缓和了许多，他说：“报告王大人，小人是奉府台大人的命令来的，小人也不想多事，但是……”

王振风拍拍副总监的肩膀，和气地说：“兄弟办事认真，是个好警察。这里的事由保安团负责，有问题拿我是问。这话是我说的，你回去报告府台大人，有什么话让他跟我说。”说罢，王振风话锋一转，叫道，“掌柜的，警察兄弟办事不容易，去拿点辛苦钱，请警察兄弟喝杯茶吧！”

掌柜的应声说好，马上取了五十块大洋塞进副总监手里。

副总监已经无话可说，他打着哈哈，说了一声：“王大人，回见。”然后，掂着银圆，收队回去了。

魏家庄算是逃过了一劫，店堂里当然没有烟土，那东西全在院子的仓库里躺着呢！警察一走，伙计们赶快转移了赃物，警察再来就扑空了。

王振帆听说是哥哥插了一手，知道事情更复杂了。如果把事情挑明，兄弟俩意见不一致，少不了一场口舌，自己又没拿到真凭实据，很难让王振风罢手。如果碰硬，除非自己带队，否则谁还敢去魏家庄？

王振帆也知道警察靠不住，不是有“警匪一家”之说吗？

明察不到，那只有暗访了。派谁去暗访呢？王振帆想起一个人：张老伯，非他莫属！

王振帆将事情原委告诉了张老伯。老伯说：“此事我早有耳闻，不知道是真是假。魏家庄房屋高大，门脸很小，一般人进不去，待我去探探也好！”

张老伯在魏家庄附近观察了两天，察看那里的地形。他看见魏家庄的门脸就是个药店。药店不大，也不算奢华，但药品齐全，这是人人都能看到的。看不到的是院子，从墙外来看，店堂的院子里有三幢建筑物，每幢之间都有院墙相隔。要想进入这些建筑物，一个办法就是从药店的前堂依次进入前院、中院和后院，这是直线的走法。另一个办法就是走横线，因为三个院子都有侧门通到大街上，不过这些门白天都是关着的，夜晚才有人进出，且把守很严，敲门有暗号，随开随关，看样子有专人看门守院。

这天晚上，夜黑之后，张老伯来到魏家庄院墙之外，一边来回走动，一边仔细观察敲门的诀窍。他发现有人敲门，就放慢脚步仔细听着，原来是"三、二、三"的节奏，就是先敲三下，停一会，敲两下，再停一会，再敲三下，就有人开门，问几句什么话，答对了，就可以进门，进门之后随即关门。

张老伯听不清问答的话语，不敢轻易敲门，只好想了一个"挤"进门的办法。

他看见有个人想进前院的门，那人敲了"三、二、三"的暗号，张老伯随即贴上去，装作两个人同时要进去的样子。

门开后，里面站着两个彪形大汉，一个开口问道："你拜哪个庄？"

进门的那人回答："我拜魏家庄。"

又一个大汉问："你找什么爷？"

那人回答："我找财神爷！"

两句话都答对了，开门的人说："快进来！"

张老汉贴在那人身后，一道挤了进去。守门的大汉以为他们是一道来的，也没有深究，挥挥手，说："快去吧，里面的人都满了。"

进了宅院，就看见一幢房子。房子立在黑影中，一点灯光都没有，黑黝黝一片，恰是"晚趁夜色渡人去，满树黄叶雁无声"。

张老伯紧跟着前面的那个人。那人熟门熟路的，走到这幢房子的门前，马上有人应声开门，看上去像个门厅，又有两个大汉站在门前。这两个人什么也不问，用手对地下指了指。张老伯一看，是一个地下通道，原来秘密全在地下,地上连一盏灯都没有,但地下却是灯火通明。

张老伯沿地下通道走下去,下面豁然开朗,是一个又宽又大的地下室,整个地下室里吆五喝六,麻将、牌九击打得啪啪作响,赌徒们一个个红着眼睛盯着筹码,一场赌博大战正在进行着。

张老伯既然来了,也不得不装模作样地换了点筹码,放在手上摆弄着,到各个角落里转了转。

赌场里分为三个区,一个区赌麻将,一个区赌牌九,一个区赌掷骰子赢大小。赌徒们挤在一起,有玩的有看的,个个都非常认真。跑堂的伙计四处给赌徒端茶递水送毛巾。还有的叫了酒菜一边打牌一边吃喝,看样子是在赌场里泡了很长时间。眉飞色舞的赌徒有,但多数人是愁眉苦脸、气急败坏的神情。赌场里十赌九输,只有坐庄的老板是赢家,还有那些放高利贷的,坐在赌场的暗处,兴高采烈地挠着痒痒。

张老伯知道,真正的大老板是魏老板,他坐地分赃,才是真正的大赢家。要不然,谁有这么大的兴致开个地下赌场?

出赌场的时候,张老伯借着月光朝院子里扫视了一下,发现院子里有道门通向中院,院门是紧闭着的,看样子又得敲击什么别的暗号才能叫开的。这一天来不及了,他决定明天再到中间的院子里看看究竟。

第二天晚上,他先是顺利地进了前院,因为他已经知道了暗号和暗语。进了前院之后,他没有再进赌场,而是沿着赌场绕了一圈,走到与中院连接的地方,虽然有门,但是他不敢敲,不知道又有什么样的暗语。他采取了绿林好汉的做法,运用轻功,身子一纵,上了墙头,在墙上蹭了一下,轻巧巧地飘进了中间的院子。因为天黑,没有被人发现。他觉得这个办法挺好,比警察的办法管用多了。

在中间的院子里,有个两层楼的房子,房子里倒是灯火通明的,没有发现地下室什么的,但房子里的生意,却让张老伯大吃一惊。

走进楼房,马上有侍者上前问道:“先生是要雅座还是散座?雅座楼上请。”

张老伯沉着地说:“先看看再说吧!”

侍者回答:“先生请便。”

看来一楼是散座了,他想,因为侍者说雅座在楼上。他走进一楼以后,凭嗅觉就知道,这是个大烟馆,因为空气里飘散着烧烟泡的气味。果然,他看见一个可以容纳五六十人的散座。这里的散座规格不低,首先是装潢比较讲究,就像是高档的酒店。房子高大,烟具整洁干净,卧榻上镶嵌着玻璃的或大理石的镜片。烟枪是老枪,烟杆是钢杆,烟盘很光洁,还给烟客提供烟茶和毛巾,每个烟榻前都有专人烧泡。张老伯看见,偌大一个大厅,几乎是客满为患了。看客人,老老少少都有,卧于横榻之上,享受着青灯美味,“呼吸烟霞、消磨岁月”,殊不知毒性腐肠,他们已经病入膏肓了。

张老汉摇摇头,上楼进了雅座。雅座是一个个的小隔间,每间有一两张烟榻,烟榻比散座的更讲究,有的是钢丝床垫,有的是红木躺椅,有的是藤萝摇靠。烟灯、烟枪精巧无比,烟灯、烟杆和一切小零件都是用上等的白铜制成,有的还是白银的。烟枪有象牙的、湘竹的和甘蔗枸杞藤的。雅座里备有整齐的桌椅,供客人坐着聊天,并提供点心茶果。榻前烧烟泡的,是一色的年轻女性,是专门从妓院里招来为客人服务的。张老伯想,这种富丽堂皇的大烟馆,一天不知要吸掉多少人的财产和血汗。

张大伯绕了一圈,借口人多不宜,给了侍者一块银圆的小费,出了大烟馆。抬眼望去,还剩下后院的那栋小楼了。

暗访进行到第三天,张老汉还是施展拳脚功夫进了后院。院子里有个三层小楼,门楣上挂着匾额,上面写着“逍遥楼”三个大字。

张老伯不敢贸然进去了,因为楼前站着一班女人,迎接着宾客,然后把客人送上楼去,而且,来宾多是男女混搭的。张老伯认为自己不像宾客,进去了又没点包房,岂不马上露馅?

他在院子的周围转了几圈,看见楼上都是灯火辉煌的,唯独有两间房是黑的,里面透出一点微弱的灯光,看样子是用厚厚的窗帘遮住了。

这两间房子为什么有点特殊呢?他问自己,难道有什么不可告人的秘密吗?

他决定去看看。

走正门肯定是不行了,他还是施展轻功,不一会就贴在三楼的窗户外面了。

他从窗帘的空隙中对里面瞄瞄,首先是一个女人的脸进入自己的眼帘,那女人虽已是徐娘半老,但风韵犹存,举手投足,娇艳无比。

背对着自己的人,看不清面孔。侧面坐的两个人倒是看清了,一个是魏老板,一个就是英国人亨特。

这几个人搞在一起,张老伯并不奇怪,他们都是生意场上的人,喝顿酒吃餐饭没什么可怀疑,为什么把窗帘遮得这么紧呢?难道有什么见不得人的秘密吗?

亨特从地上拎起一个手提箱,放在桌上打开,从里面拿出一个纸包,递给魏老板。魏老板小心地打开纸包,原来是一个黑色的块状物。魏老板用鼻子闻了闻,用牙签挑了点放在饭桌的烛台上烧了一下,只见一股青烟冒了出来。魏老板很享受地闭了闭眼睛,然后说:“货色不错,价格照旧。”说着,也拎起一只皮箱放在桌上,推给亨特。亨特打开看了一眼就关上了。张老伯也隐约看见,那是一箱银圆。

张老伯终于看明白了,他们是在做秘密的鸦片交易,一手交钱,一手交货。

这样看来很清楚了,魏家庄用药材生意做掩护,开了赌场、烟馆和妓馆,难怪他生意那么好,赚钱那么多,出手那么大方,原来羊毛出在羊身上啊!

他想,府台大人的怀疑是对的,市面上的大烟原来是英国人卖进来的。魏老板是个鸦片贩子,他们串通一气,坑害义城的老百姓。

张老伯想,得把这个情报告诉王振帆了,让他派兵来围剿,警察根本进不来的，说不定警察也被魏老板收买了，他们也可能坐地分赃呢！

正在这时，张老伯被人发现了。几个巡逻的伙计看见三楼的窗户上贴着一个蜘蛛人，吓了一跳，他们高声喊道：“有贼！三楼有贼！”

这一喊，把张老伯吓了一跳，他的手脚一松，从三楼上坠落下来。张老伯武功极高，在落地之前，顺手在二楼的栏杆上撑了一把，然后轻巧巧地落在地上。

几个伙计围上来，将张老伯堵在楼下。这时巡逻的保安团也闻声赶来，十几个人将张老伯团团围住。

这几个人哪里是张老伯的对手，交手几下，就被张老伯左右开弓打趴下了。

正在这时，不知从哪里冒出四个英国兵来，大概是亨特带来保驾的，现在倒派上用场了。

四个英国兵，用四支长枪顶住张老伯。张老伯毫无惧色，因为他知道，人在近处长枪不好使，再加上逍遥楼里人比较多，谅几个英国大兵也不敢乱开枪。

张老伯前后左右地环顾着，做着随时进攻的准备。四个大兵紧张地移动着，既不敢上前，也绝不退后。

不一会，魏老板和亨特赶下楼来，看见大兵们围住一个黑衣人，正对峙着。

魏老板说：“你是哪路英雄好汉，请报上名来，有何贵干？”

张老伯拉拉面罩，当然不说话。

魏老板又说：“好汉缺钱还是缺物？说句话，魏某定当奉送，交个朋友！”

张老伯依然不声不响，并伺机突围。

魏老板再说：“如果你再不说话，又不露相，坏了江湖上的规矩，可别怪魏某不客气。”

张老伯知道，今天发现了他们的秘密，无论说不说话、露不露相，都凶多吉少，他们无论如何也不会放过自己。

趁英国大兵不注意，张老伯夺下一个人的枪支，用枪托当武器，横扫英兵和保安团，所到之处，个个头破血流。大兵们后退了，就把亨特和魏老板暴露在眼前。张老伯一个箭步上前，用铁砂掌在亨特肩膀上砍了一下，亨特像一袋米似的倒了下去。不过，不幸的事情发生了，亨特在倒地的一刹那，他手中的枪响了，子弹打中了张老伯的头部，老伯踉跄了一下，也轰然倒下了。

魏老板赶紧上前一步，掀开面罩一看，呀了一声，说："原来是他！"

冯德仁也凑过来，看了一下说："应该是他，别人哪有这样的功夫！"

魏老板埋怨亨特："你怎么开枪呢？这下麻烦大了。"

亨特说："我再不开枪，就死定了，你让他砍一掌试试。"

魏老板有点着急，说："铁砂张是王振风的师傅，他的女儿英姑、英姑的未婚夫周大生，都是进士第这条街上的名人，都是武林高人，得罪了他们，以后的日子不好过了。"

亨特不屑一顾，他说："什么武功高人，在我的手枪面前，就是一堆肉！没有什么大英帝国的枪支干不了的事情。"

魏老板指指躺在地上的张老伯，问道："眼下的事情怎么办？"

冯德仁冷冷地说："有什么不好办的，像我们这样做大生意的，杀几个人算什么？有麻烦就杀，再有麻烦就再杀！量小非君子，无毒不丈夫！把尸首扔到码头上去，看看王氏兄弟敢怎么样！"

魏老板有点迟疑："王氏兄弟可是你的表兄弟呢！"

"表兄弟算什么？亲兄弟又怎样？只要碍手碍脚的，一律放倒。"冯德仁冷冰冰地说。

魏老板骇然，没想到文质彬彬的冯老板，内心竟如此狠毒！

第十五章

秘密狩猎

父亲一夜未归,可急坏了英姑。

她找到周大生,说父亲晚上出去了,也没说干什么,一连三个晚上都是这样。已经深更半夜了,到现在还没回来,实在急死人了。

周大生说:“我们出去找找吧,老人家年纪大了,晚上出门不方便,别出了什么岔子。”

于是他们两人一道,找遍了进士第一条街的拐拐角角,所有能去的地方都找了,还是不见人影。英姑越发紧张了,这是过去从未有过的情况。

天都快亮了,还是没有着落。周大生见英姑又急又累,劝她休息一会,说凭老伯那样的身手,应该不会有什么问题。

英姑刚上床没多一会,天就蒙蒙亮了,忽然听见急促的敲门声,并且有人喊道:“英姑! 英姑! 快开门!”

英姑猛地惊醒,翻身而起,披衣下床,鞋子都没穿好,急急忙忙跑下楼来,打开门一看,原来是街坊邻居。

邻居结结巴巴地说:“快去看看吧,老伯、老伯他……”

英姑一下子明白了,头脑发涨起来,她问:“在哪? 我爸……”

邻居说:“在码头上,快去!”

英姑撒腿就向码头跑去。在朝天门码头,一群人正围着什么,议论纷纷。

英姑拨开人群一看，正是自己的父亲，他躺在地上，头部有个枪洞，血水渗出来早就凝结了，有点发黑。

英姑马上扑下去，摇着父亲的身子，哭喊着："爸，爸！这是怎么回事？怎么会这样？天啦！"

父亲静静地躺在地上，身子已经僵直了，一动不动，任女儿怎么哭喊，也无法回答她了。

英姑哭得撕心裂肺、死去活来，她一头撞在地上："爸，爸！是女儿不孝啊，女儿该死！"邻居赶忙拉住她，怕她做出傻事来。

人们惋惜着，一代武师，一位好老人，竟这样撒手人寰了。

有人说："这肯定是被人害的，头上有个洞！"

有人说："这么好的人，是哪个杀千刀的对他动手！"

有人说："肯定是偷偷摸摸下手的，凭张老伯的身手，十个八个也近不了他的身！"

有人说："可怜，英姑还没成家。"

不一会，周大生赶来了，是码头工人报的信。他扑通一声跪在地上，自责地说："爹！大生来迟了，大生该死，大生没有保护好您老人家！"

大生说罢，泣不成声。他用拳头擂着自己，后悔不迭。

接着，王振风、王振帆兄弟俩也闻讯赶来。

王振风分开众人，看见师父孤零零蜷缩在地上，往日的风采荡然无存。他想到师父的许多好处，教他武艺，培养他成才，待他如再生父母，恩重如山，自己还没怎么报答，师父就撒手而去了。他痛彻心扉，扑通一声跪倒在地，磕头不止。

王振帆仔细观察着老伯的遗体，老人家衣衫不整，身上有多处伤痕，说明生前曾经历过激烈的搏斗。他的致命伤在脑部，那是枪伤，一枪毙命。如果不是枪，休想制伏张老伯。是谁开的枪呢？打死了人还暴尸街头，威胁谁呢？老人是奉命行事的，他的死肯定与魏家庄有关系，他不该派老伯去干这冒险的事。他在心里说："对不起，老伯，是我害了你。我一定调查清楚，替你报仇！"

王振帆的妻子刘氏也赶过来，在张老伯的遗体旁烧了纸。她用一块白布盖在老人脸上，把英姑搂在怀里，说道："妹妹，不要哭伤了身体，节哀，保重！"

看见刘氏烧纸，许多人家也赶过来烧纸，大家都感念老人的好处，用这种方式送老人一程。

由王振风出面张罗后事，周大生披麻戴孝，尽了孝子之义，家家户户也都出面，把老人厚葬在凤凰山上。

魏老板压抑着心中的恐惧，也装模作样地到英姑家吊了孝，随着大伙给张老伯"送老归山"。一连几天他都睡不好觉，一闭眼就是亨特开枪的样子，他怕总有一天会遭到报应。

冯德仁倒不觉得有什么内疚，他练就了一副铁石心肠。只有钱是他最喜欢的，其他什么亲情、友情都可以出卖，都可以用来换钱。但他善于隐藏，表面功夫绝对说得过去。他不仅到英姑家吊了唁，送了丧仪，出殡时甚至还掉了几滴眼泪，以至于人们也把他当作大善人。

只有王振帆心里放不下这事。他很想惩办凶手，但他没有真凭实据，虽然官居知府，但和抚台大人在一起他就觉得没有权力，力不从心，心里很痛苦。

一天晚饭后，他踱到王振风的厢房里谈心。吃饭时喝了点酒，他心里有点燥热。

他问王振风："你不觉得张老伯死得蹊跷吗？"

王振风说："谁不这样说呢？他的头上有枪洞。"

"谁有枪呢？而且是手枪。"他又问。

王振风说："警察有手枪，保安团有手枪，还有哪个私人也有手枪那就不得而知了。”

“谁敢对张老伯开枪呢?”他再问。

王振风说:“我也想了很久,怎么也想不出这个人来。老伯人缘好,没人想害他;老伯身手好,没人能害他。他的死,真不知和谁有联系。”

“所以说,老伯的死,不是私仇。”王振帆说,“会不会与公事有关系呢?”

“公事?张老伯有什么公事啊?他卖了一辈子烧饼,也没见他干预过公事啊!”

“魏家庄组建保安,算不算公事呢?”

一说到保安团,王振风心里咯噔了一下。保安团的团长是自己,难道王振帆的弦外之音是与自己有关系吗?

“保安团是商会组建的,与魏家庄有什么关系呢?”王振风的语气中透着不快。

王振帆进逼一句:“可是,谁都知道,保安团主要是替魏家庄办事的!”

“笑话!魏家庄是商界大户,他家的事多,保安团多管管,有什么不对吗?”王振风反驳着。

“多管管是对的,就怕管得不是地方。”王振帆仍然不放松。

“既然是这样,那你去多管管不就行了吗?你是当官的啊!”王振风反唇相讥。

“可是,”王振帆说道,“张老伯是你的师父呢!”

这句话戳到了王振风的痛处,他就怕别人说他无能,不能给师父报仇。但是这个仇怎么报呢?他也想到魏家庄,但是他觉得魏老板不会干这种事。另外,自己和魏家庄已经扯不清了,每个月还享受着魏家庄的烟土和金条呢。

“你不会怀疑我吧?这么旁敲侧击干什么?你是不是我兄弟?”王振风有点生气。

王振帆:“我是说张老伯是你师父!”

“你是说我要对师父的死负责了?”王振风一拍桌子,“义城出了这样的事,你这知府该负什么责任呢?”

王振帆说:“我正在向你调查。”

“有你这样调查的吗？把你亲哥哥当作调查对象?”

“错！我和你把魏家庄当作调查对象!”

“我调查不了,有本领你自己调查去!”

听见两个大男人越说越激烈,都以为他们吵架了,家里的三个女人都赶了过来,她们是王老夫人、周氏和刘氏。

老夫人看见两个儿子面红耳赤,相持不下,有点着急了,说道:“两个大人了,还像小孩子一样,吵来吵去的!”

周氏说:“有话不能好好说吗?”

刘氏说:“让邻居听见多不好,还当官呢!”

王振风辩解道:“人在家中坐,祸从天上来,我倒成了罪人了!”

王振帆也辩解道:“这话是你自己说的,我可没有说!”

年纪大的人,都希望家庭和睦、平安无事,最怕的就是你争我斗,天下不太平。如今两个儿子都成家立业、为人父母了,今天居然吵起架来,王老夫人实在想不通。她觉得世道有点变了,她不太懂,也管不了,她觉得自己是多余的人了。

她说:“你们不要吵,要吵等我死了以后再吵!”

王振风赌气地说:“不是我要吵,我坐在家里没有动!”

王振帆也有说法:“我过来商量商量事,他突然拍桌子!”

周氏劝自己的丈夫:“你是老大,也不让着点!”

刘氏也是贤惠之人:“和大哥商量事情还喝酒,不知道酒后失言?”

王振风、王振帆在这个问题上倒一致起来了,同时说道:“我们的事,女人少管!”

看见两个儿子互不相让,连自己的话也不听了,老夫人既生气又无奈,她拍了一下桌子,说了声:“气死我也。”忽然就晕了过去。

这一下把大家都吓坏了,众人手忙脚乱地把老夫人抬上床,有的掐人中,有的喂水,折腾了好半天,老夫人才悠悠地缓过气来。

王振帆知道自己错了,他说:“母亲,今天是儿子不对,喝了酒,不应该找大哥论事!”

王振风也很后悔,说:“儿子这两天心烦,弟弟说的是公事,我没有听进去!”

老夫人看见两个儿子都认了错,平和了一些,她叹口气说:“儿啊,为娘老了,不能像你们小时候那样,给你们吃喝,帮你们评理了。那时候你们互相帮助,一文一武,光耀了门庭,给你们的父亲挣足了面子,他在天之灵也感到欣慰了。可是,他要是看见你们这个样子,一天不如一天的,他该有多难过!我老了,也可能是世道变了,拢不住你们,也说不好你们了。但为娘还是希望你们兄弟和睦,好好过日子,把这个家维持好,我就是死,也死得瞑目了!”

老太太的一番话,说得大家都很辛酸。母亲年轻时含辛茹苦的样子,都呈现在他们眼前,没有母亲的付出,也不会有哥俩的今天,他们愈发觉得对母亲的回报和安慰少了。

王振风说:“母亲放心,儿子一定听您的,我和弟弟一样,一定会孝顺您老人家的。”

王振帆也说:“母亲没有老,我们也没变,变的是这个世道。大清朝变老了,许多事糊涂了,弄得我和兄长也不明白了。公事我们也管不了,家里的事我们会好好维持的,您老人家放心好了!”

周氏听了很有同感,她指着王振风说:“世道在变,我看你也在变,变得让我们娘儿俩都担心了。日子好起来不容易,反过来就快了。我这辈子指望谁呢?就指望你了!”

刘氏很赞成周氏的话,她说:“嫂子说得对,不管世道怎么变,你们两人不能变,我们这个家不能变,我们孝顺母亲不能变!"

老夫人长长地叹了口气,微微点了点头。

再说义城门外,有个狩猎场,里面有不少马牛羊、鸡犬豕,都是散养的,供达官贵人们练靶子闹着玩儿。

有一天,巡抚大人带着一班兵丁前来打猎,他们有的用枪,有的射箭,跟在这些动物后面追,把动物们吓得心惊肉跳的,巡抚大人也累得不轻。

巡抚使的是枪,他恨不得将动物一枪毙命,然后让兵丁们大呼小叫地扑上去,抬着战利品回来向他报喜。他兴奋得满面红光。

巡抚忽然发现天上有飞鸟掠过,他瞄了一眼,看出是只野鸡,马上端枪射了几发子弹。只见那野味一头栽下去,掉在树丛中没影了。

兵丁们呼啸着追过去,想最先找到那只倒霉的野鸡,好向巡抚大人请赏。

谁知等他们赶过去一看,已经有个人站在那里,手上正拎着一只野鸡。

"咄!大胆!竟敢抢我们大人的野鸡!"

那人是个中年汉子,看上去文质彬彬的,站在那里一动不动。

"这不是你们大人的野鸡,是天上飞的野鸡。"那人说。

"胡说!分明是我们大人用枪打下来的!"

那人把野鸡提到兵丁面前,说道:"各位兵爷看看,这鸡究竟是枪打下来的,还是弓箭射下来的?"

大家一看,野鸡的胸脯上插了一支箭,倒没有中枪的痕迹。

那人从身上的箭壶中抽出一支箭,与野鸡身上的箭对比了一下,说道:"你们看,是不是我的箭射下来的?"

众兵丁看傻了眼,居然发现巡抚大人的枪法还不如这人的箭法,有点扫兴。

但有的兵丁仍然蛮不讲理:"咄!明明是大人打下来的,我们亲眼所见!"

有的兵丁还说:"一定是我们大人放枪把它吓掉下来,然后你用箭插上去的!"

"对对对,是你用箭插上去的!"

那人一看,秀才遇到兵,有理说不清,便道:"我和你们一道去见巡抚大人,如何?"

兵丁们一下子抢过野鸡,拎在手上,说:"去就去,小心抚台大人赏给你一粒枪子!"

一行人见到巡抚,兵丁们如此这般地说了一通,然后把野鸡献上。

巡抚大人看了一番,说道:"好箭法! 谁射的?"

那人单腿下跪,说道:"小人冯德仁,叩见抚台大人!"

抚台打量了一番,问道:"你是干什么的? 怎么在此狩猎?"

冯德仁回答:"小人是在进士第一条街开银号的,听说大人今天来此打猎,便早早在此等候,刚才顺手射了一箭。"

抚台一听是开银行的,有点另眼相看。他说:"这样说来,你是专诚在此等候我的了?"

冯德仁说:"正是,大人!"

抚台一听,话中有话。此人是个开银行的,不是一般的草民,居然能打听到自己今天来打猎,肯定在衙门里面有人,又说专门来拜见的,必然有要事相告,否则不必费这么大的周折。

"既然有事,为什么不到衙门里找我?"

"俗话说侯门深似海,哪是小民们能进的? 再说,衙门里人多眼杂,不方便说话。"

抚台想,这荒郊野外的,人烟稀少,一般人又进不来,倒是个说话的好地方。看来,此人很有心计,不知他到底要说什么。

"这么说,你有求于我?"

“不是,小民的事哪敢麻烦大人？小民是有要事相告!”

“那好,你就说来听听。”

冯德仁看了看那些兵丁,犹犹豫豫地说:“请大人屏退左右。”

巡抚也犹豫了一下,后来一想,自己人多,不至于有什么不测,便叫兵丁们离远一些,自己手上有武器,胆子也壮一些。

“有什么你就说吧,别出什么花样。”

“大人听说过叛逆者杀亲兵的事吗?”

巡抚一听此言,眉头皱了起来。这件事他岂止听说过,自己的一只耳朵还丢在现场呢！他下意识地捂了捂那个没有了耳朵的地方,想着那晚在载奕灵堂里突然出现的三个黑衣人,以及他们动手杀人的样子,仍然有点不寒而栗。

巡抚有点不快:“提那事干什么？难道与你有关?”

冯德仁连忙解释:“那事与我无关,但干那事的人与我有关。”

“啊?”巡抚有点意外,“说来听听!”

“那三个黑衣人,是不是有人的手臂上有什么标记?”冯德仁问道。

“你说呢?”巡抚反问。

“听说那人的手臂上有刺青,刺了一只老鹰?”

“这你也知道?”

刺青是巡抚亲眼所见,他当时是藩台,正在载奕的灵堂里看着四个新兵吃许西林的心肝,忽然闯进三个黑衣人,其中一人割了自己的耳朵,在那人动手的一刹那,他借着灵堂里的烛光,看见那人的手臂上刺了一只老鹰。这事自己没有说过,贴身的也没有几个人知道,这个消息是怎么传出的呢?

“这你也知道?”巡抚重复了一句。

“是的,小人也是听说的。”冯德仁回答。

巡抚越发感到这个人不简单,他肯定在衙门里有眼线,不然这么机密的事他怎么知道？想到这,巡抚也有点惶惶然。

“你到底想说什么？别绕弯子！”巡抚有点生气。

“是，大人！”冯德仁说，“小人向大人报告，前几天死了的那个烧饼店老板，人称铁砂张的，手臂上就有刺青，是只老鹰。”

“啊？”抚台一下子警惕起来，“你亲眼所见？”

“是的。”冯德仁说，“那天给他收殓时，小人亲眼所见。”

难道三个黑衣人里就有这个铁砂张？此人武功了得，自己也是听说的。难道自己的耳朵是他割的？自己与他无冤无仇呀，难道他是革命党，为许西林报仇？现在，他也被人暗杀了，那么他的仇家又是谁呢？他一下子想不明白。

“既然已经死了，还提这事干什么？”巡抚觉得冯德仁的葫芦里总还装着什么。

“他是死了，有的人还活着！”

“这不是废话吗？谁都可以这么说！”

“我是说，还有活着的人，手臂上也有刺青！”

这一说，让巡抚更加警惕起来了。自己暗中调查了很长时间，就是想把三个黑衣人找出来，杀了他们报仇雪恨，现在终于有了线索，他兴奋起来。

“这就是你今天来找本台的目的？”

“是的，大人明鉴！”

“那人是谁？”

“是王振风，在进士第一条街当保安团团长。”

“王振风？”巡抚当然熟悉这个名字，也知道是被自己革职的县守备。他有点不信，割耳朵在前，革职在后，不至于是王振风报复的。“他怎么也有刺青？你怎么知道？”

“我是后来知道的。他是我的表兄，有一次喝酒时他挽起袖子，我看得清清楚楚，他可是武林高手，烧饼店的铁砂张，就是他的师父。”

冯德仁越说越像，简直就像看见过三个黑衣人。

巡抚听听也有道理,师徒二人共同动手,既然没有私仇,那肯定就是革命党了。私仇也罢,革命党也罢,都是要抓的,决不能放任自流,他心里有数。

“王振风是你的表兄,你今天举报他,是大义灭亲的行为吗?”

“小人是心甘情愿为大人效劳的。”

巡抚知道,狗摇两下尾巴,也是要啃骨头的。此人举报自己的表亲,绝不是表忠心那么简单,肯定是另有所图的。

“你这么忠心效力,本台该怎么奖励你呢?”

“效忠大人是冯某的本分。本人是商人,在商言商也是小人的本分,小人愿为大人的国库效劳,也愿为义城的商会效劳,这都是可遇而不可求的事。”

一根骨头还不够,还要两根呢,巡抚想。但他嘴里却说:“冯先生经商很有经验,理应嘉奖,今后国库的银两就存在你的银行里。除了进士第一条街商会以外,义城马上要成立商会了,这个会长就让你当了!”

冯德仁双膝跪地,说道:“谢谢抚台大人栽培,滴水之恩,冯某当涌泉相报!”

第十六章

媒婆上门

父亲去世,对英姑打击太大。她自幼母亲早逝,是父亲一手把她拉扯大的,她与老父亲相依为命,是进士第一条街人所共知的。现在父亲被人暗害了,英姑的悲痛与仇恨交织在一起,她度日如年,真的是“灭烛怜光满,披衣觉露滋”。

父亲肯定遇到了仇家,但是英姑怎么也想不起来,仇家是谁呢?

父亲的为人是令人敬重的,他总是扶老携幼,从不恃强凌弱。父亲武功盖世,但从不轻易出手;所教的几个弟子,也都个个成才,看不出有什么不祥的样子。

不错,父亲是革命党,那是周大生劝他加入的。他们都疾恶如仇、满腔热血,愿意报效国家,扶助贫苦百姓。但是他们行动很周密,活动很谨慎,以前从未失过手,如果失手,早被政府发现了,还能等到现在?

那么,父亲是被谁暗害的呢? 英姑百思不得其解。“大雁哀鸣夜夜飞,女儿眼泪双双落。”

她和周大生也探讨过多次,都不知道师父遇害前几天干了些什么,只知道师父昼伏夜出的,总在干什么大事,可惜师父对他们都保了密。看来,师父干的事很重要,肯定招惹了哪个大人物。

他们反复想,终究想不出这个人是谁。

英姑整天悲悲切切的，茶不思饭不想，“玉容寂寞泪阑干，梨花一枝尽带雨”，烧饼店也关张了。

这一天，英姑正坐在父亲的遗像前低首垂泪，忽然听见敲门声。

英姑以为是周大生来了，开门一看，原来是邻居金二嫂。

这个金二嫂是以保媒为生的，整日东家进西家出，专门干保媒拉纤的活，吃的是一碗嘴皮子饭。

她来英姑家干什么呢？

英姑也有点纳闷，但出于礼节，英姑还是让金二嫂坐下，给她奉茶。

金二嫂既有点兴奋，又有点忐忑，不知道此番说辞是否有效。

她是受魏老板的委托，前来说媒的。

前一天，魏老板差人把她叫了去，一见面就给了她二十两银子，说请她说个媒，说好了再给二百两。

金二嫂心里一喜，说谁家的姑娘有这么好的福气呀！

魏老板说，他看上英姑了，虽然家里已经有了几房太太，但一个都不生不养，老魏家快要绝户了。他看见英姑又年轻又漂亮，身子骨又好，想娶过来生两个胖儿子。

一听说是英姑，金二嫂眉头皱紧了。

“人家父亲刚走，哪能说这种事呢？”

魏老板不以为然，说：“正是他父亲去世了，她才要人照顾呢。进了我的家，她就穿金戴银、平安无事了，何乐而不为呢？”

“话虽是这么说，但各人有各人的秉性。英姑是我看着长大的，这孩子性子倔，心气也高，怕说不动她呢！”

“你不是很有本事的吗？”魏老板说，“谁都知道你那张嘴厉害，死的能说成活的，活的也能被说成死的。在你那里，板凳能爬上墙，灯草能打破锅。我这样家大业大的老板，还有你不好说的吗？”

“说是可以说，她不还有个周大生嘛！他们青梅竹马的，怕很难拆散他们,弄不好他们会跟我翻脸呢!”

魏老板又拿出二十两银子,说:“辛苦钱我给你加倍,成功后的酬谢钱,我也给你加倍,好吗?”

俗话说,有钱能使鬼推磨,重赏之下必有勇夫。冲着这四百四十两银子,金二嫂横下一条心,这才进门说项来了。

金二嫂进门以后,先向张老伯的遗像磕了三个头,还上了一炷香,英姑在旁边还礼。

坐定以后,金二嫂先开了腔:“张老伯是个大好人,进士第这条街上,大人小孩,谁人不知,谁人不晓?”

“谢谢金二嫂对家父如此看待。”

“谁家有苦有难,只要开口,张老伯总是出手相帮,侠肝义胆,乡亲们都竖大拇指呢!”

听见金二嫂这么夸赞父亲,英姑也有同感。想起父亲的诸多好处,她不由得长叹一声。

金二嫂也陪着惋惜,说道:“这世道,真是好人不长寿,坏人活千年呢!不知哪个该千刀万剐的人,对张老伯下如此毒手!”

英姑垂着泪说:“老天有眼,总有找到凶手的那一天。善有善报,恶有恶报吧!”

金二嫂说:“相信,我相信总有那么一天,坏人总是要遭报应的。”接着,她话锋一转,说道,“英姑娘千万保重,留得青山在,不怕没柴烧。只要身有所靠,总能等到扬眉吐气的那一天!”

听金二嫂说到“身有所靠”,英姑自然而然想到周大生,一股安全感油然而生。

金二嫂开始引导:“像英姑娘这样的人品,要模样有模样,要身段有身段,手勤腿勤,会过日子,打着灯笼也找不到,不知谁家的男人有这个福气呢!”

英姑听到这里,马上想起了金二嫂的身份,不由得想道:“她是来吊唁的呢,还是来提亲的?”

金二嫂耐不住地说:“像英姑娘这么好的条件,要嫁就得嫁一个有钱有势的人家,吃喝不愁,又有人保护,再生个一儿半女的,就终身有靠了。到那时候,张老伯地下有知,也就瞑目了。”

金二嫂越说越明显,英姑也越听越明白了,她说:“二嫂今天是有备而来的吧?想给我提亲?”

金二嫂顺竿子爬起来,说:“是的,是的。我看英姑娘孑然一身,张老伯不在了,总得有人照顾,所以想给姑娘提门亲事,乐得个成人之美。”

英姑开始反感起来,父亲去世不久,尸骨未寒,居然就来说媒嫁人,这也太不近人情了吧?说什么成人之美,有点趁火打劫了吧?

“家父仙游,还没有过七,怎好说这些事情呢?”英姑说。

“这些事是有讲究的。”金二嫂又动起如簧之舌,“张老伯新去,在丧期之内有喜事相冲,那倒是好事,有冲喜之说。如果过了丧期,那至少得再等三年了,那样反而把姑娘耽误了,划不来呢!”

英姑皱了皱眉头:“这事又不是做生意,说什么划得来划不来呢?金二嫂是替人保媒说惯了话吧,我可是一点也没想这些事呢。”

“英姑娘,别犯傻了!”金二嫂说,“碰上个大户人家很不容易,看上你是你的福气呢,过了这个村没了这个店了呢。”

听这口气,金二嫂好像与人谋划好了,只等自己入瓮了。英姑很生气,但在父亲遗像前她忍住了,冷冷地说:“谢谢了,什么大户人家,英姑是无法消受的了。”

“别呀,我还没提人家的名字呢,一提那人的名字,没准你会喜出望外了呢。”

“不提也罢,何必呢?”

“告诉你,是魏老板!”金二嫂说,“魏老板看上你了。他有万贯家财,在义城是数一数二的大老板,什么生意都有,店都开了十几盘。跟着他,吃的是山珍海味,穿的是绫罗绸缎。虽然他有了几房太太,但都没有生儿育女。你身体这么好,保准能生儿子,没准他还会给你扶正呢……”

没等她说完,英姑把茶水泼到地上,只说了一个字:“滚!”

金二嫂被英姑赶了出来,气呼呼地跑到魏老板那里,一五一十、添油加醋地说了一遍,说得魏老板一拍桌子,冒出一个字:“滚!”

魏老板当然不服输,在商界,他弄得风生水起;在黑市上,他独霸了烟、赌生意;在暗算方面,他又除掉了铁砂张!他有什么办不到的?现在他看上了英姑,就一定要把她收入囊中!

他垂涎英姑的美色由来已久了,过去碍于铁砂张活着,他不敢下手,现如今把铁砂张除了,收拾一个黄毛丫头,还不是手到擒来吗?

他必须玩她几年,生一两个儿子,然后再废了她,免得她成为祸水。

媒婆说不动她,自己去说。

他决定亲自出马。

他带上两个保安团团丁,封了四百块大洋,去敲英姑家的大门。

英姑开门一看,意想不到,一下子愣在那里。

魏老板拱拱手,说道:“英姑娘,魏某专诚造访,不必远迎了,不必多礼。”

魏老板自说自话,也不等英姑开口,径直闯入店堂坐下,如入无人之境。

两个团丁跟在左右,站在魏老板身后。

英姑一时说不出话来,她还没见过这样的造访者。

魏老板说:“英姑娘,请坐吧,听我把来意说明。”魏老板反客为主,反倒叫英姑手足无措起来。

“我的意思,想必金二嫂已经跟你说过了,我也不再重复,我是来跟你谈条件的。”

英姑还是不知说什么好,只得听魏老板自说自话。

"魏某对令尊大人一向高看一眼,没想到他被奸人所害。听说英姑娘的烧饼店也关张了,生活一定拮据,魏某特地备了四百块大洋,算是与英姑娘的见面礼。"说着,一摆手,团丁将四百块大洋放在桌子上。大洋用红纸裹着,一封一百块,四个大红卷,裹着结结实实的银子,放在桌子上嗵嗵作响。

英姑只瞟了一眼,说了四个字:"不必不必!"

"应该的应该的,乡里乡亲的嘛!"魏老板接着说,就像谈生意一样,"我的意思,英姑娘已经知道了,如果姑娘同意呢,我有几个条件。"

英姑还没说同意不同意,魏老板就继续往下说了。他说的"如果姑娘同意呢"这句话,并不是征求英姑的同意,而是他认为肯定同意,或者必须同意。

"第一,我有几房太太,你过去了,也不必论资排辈,我让你单独住在逍遥楼里,那里吃喝玩乐都是现成的,你不用动手,动动嘴就行了,所以你是自由的,不受前几房太太的约束。"

英姑听了眉头一皱,头皮都发麻起来。

魏老板也不看英姑的表情,接着说:"第二,我给姑娘的月份钱,是每月一百块大洋,这笔钱够姑娘日常开销了,买个脂膏花粉,添件衣裳什么的,绰绰有余了。如果姑娘临时有什么大的开销,只管跟我说,我魏某是从不小气的。每年到年底,还有一千块大洋的红利,这是我们家的规矩。英姑娘是新来的,又年轻漂亮,我看把这规矩改一改,给姑娘加倍吧,这就是你的私房钱。"

魏老板说得头头是道,好像开股东大会讨论分红一样,一笔一笔地说得清楚明白。

英姑越听越生气,脸色发白,要发作的样子。她没见过这种自以为是的人,也没见过拿人来做买卖的人。

"第三,"魏老板继续说,"如果姑娘给我生个一儿半女的,还有另外的赏钱。生个女儿,奖励五千大洋;生个儿子,奖励一万大洋。这是明码标价,决不会亏待姑娘的!"

魏老板奉行的是有奶便是娘的原则,只要给钱,什么都干,什么都能干成。他自己就是这样的,只要有大把的钱财好赚,杀人放火都干。他以为别人也是这样,只要肯下血本,讨个小娘们还不容易吗?更何况这是一个孤苦伶仃的女孩子。

"所以呢,"魏老板做结论了,"你要是想签合同呢,也可以。三天之内,我派人带着合同、抬着花轿来接你过门。你看呢?好吧,就这样吧!"

魏老板以为,像自己这样的大老板,又有这么好的条件,肯屈尊就驾,来跟一个小娘们定亲,那还不是给了天大的面子?还有什么办不成的事?只要说完就行了,已经够隆重的了,可以得胜回朝了。

可是他没想到,这个英姑远远不是他估计的那种人。听他独自说了这么一大套,英姑早就轻蔑极了,多余的话她一句也不愿说,跟这种人没什么好谈的,否则就变成讨价还价了。她知道,自己的父亲死了,别人欺侮到家了,指着自己的鼻子说三道四了,连自己的终身大事居然也有人越俎代庖了。她的气愤写在脸上,脸色发白。她的气愤表现在行动上,她抓起放在桌上的四百块大洋,对着迈出门槛的魏老板,说了一声"滚"。四百块大洋砸在魏老板的后背上,银圆滚落了一地,引得围观的人们啧啧称奇……

第十七章

飞来横祸

听了冯德仁的密报，巡抚摸着那个没有了耳朵的地方，痛定思痛，恨之又恨。他咬牙切齿，决心报复。

他知道王振风绝非等闲之人，一个当朝的武进士，现在虽然被罢了官，那肯定也是不肯俯首就擒的。打草惊蛇，那就反而不美了。

他与谋士们反复商量，都认为只能智取，不宜强攻，绝不能派兵捉拿，否则走漏风声那就后患无穷了。

请他到抚衙议事的办法也是不行的，他已经被免了职，没有道理再找他议事；再者，巡抚大人与王振风从不来往，贸然召他进府也是难免让人起疑的。

他们决定密捕。

还是由冯德仁出面。那一天，冯德仁邀请王振风到逍遥楼喝酒。这在表兄弟之间来说，是一件平常的事。

届时，当然是冯德仁先来到逍遥楼的雅座，巡抚派来的总兵率领二十个身强力壮的亲兵，已经在酒楼候着了。

冯德仁让总兵带领亲兵先在三楼埋伏，自己先和王振风饮酒，待酒醉之后由总兵带人下到二楼包围雅座，相机捕获王振风。

这边刚刚安排妥帖，那边王振风已经到了楼下。跑堂的伙计对二楼发出暗号:“王大人到!”

王振风笑笑说:“我已经不是王大人了,喊我王先生就行了。”

伙计说:“那怎么行呢?您本来就是大人嘛,武科进士不就您一个嘛!”

接着,伙计又喊了一声:“王大人到!”

上面的伙计听见了,马上回应:“得嘞!”意思是说:知道了!

冯德仁一挥手,亲兵们都隐藏起来了。

冯德仁走到楼梯口,拱手道:“表兄驾临,小弟在此恭候已久。”

王振风哈哈一笑:“老弟,你太客气了,咱自家兄弟,何必恭候呢?”

冯德仁也打着哈哈,说道:“恭候是必需的,谁让你是兄长呢!”

这时候,小桃红迎上来,走一走扭三扭,就像腰肢上安了弹簧一样,弄得屁股一颠一颠的,很惹人注目。

小桃红一上来就勾住王振风的胳膊,甜蜜蜜地说:“爷怎么才来呀?等得我急死了,心儿都扑通扑通跳得快呢!”

王振风也是见过吃花酒的人,一把搂过小桃红的腰肢,说道:“现在不是你在扑通扑通地跳,而是我在扑通扑通跳呢!”

冯德仁打趣地说:“英雄遇美人,哪有不动心的?今天你们二人都扑通扑通吧!”

说笑间,三人落座。王振风首座,冯德仁末座,小桃红打横,照顾两个男人。

桌上已经摆了四个冷盘:一盘卤牛肉、一盘白斩鸡、一盘花生米、一盘拌海蜇。

一会儿,开口汤上来了,是银耳羹。冯德仁说:“喝吧喝吧,喝完开口汤,咱们再开口。”

王振风品尝着银耳羹,滑溜溜的,进嘴之后,一直滑到胃里,很是熨帖。他说:“这汤好,是男人都想喝!”

冯德仁证明:“这汤滋阴补肾的,大补!”

小桃红喝了一口，故意放下勺子，嘟嘟囔囔地说："你们男人都想大补大补的，补得我们女人受不了，我们女人拿什么补呢？"

冯德仁接过话头，说："那你问问王团长。"

王振风知道小桃红想听荤段子，就说："男人们都补过了，还能少得了你们女人吗？"

"你坏你坏！"小桃红佯怒着，又拍又打王振风，"我可不要你补！"

王振风很受用，连忙说："好好好，不补不补。"然后用脚踩了一下小桃红的脚尖，说道，"少补一点行吗？"

小桃红故意一惊一乍地叫起来："哎呀，你们男人真坏，怎么上下一起来呀？"

冯德仁被逗笑了，说道："小桃红，你别光说不练，先侍候王团长的嘴巴，喝酒喝酒！"

小桃红很听话，端起酒杯说："爷，我先侍候你上面的，先喝酒，下面的别着急啊，不然我可受不了！"

王振风哈哈笑着："不急不急，你别老是说下面的下面的，不然我可受不了！"

调笑间，王振风已经喝了好几杯。

像小桃红这样的女人，是专门用来降服男人的，越是雄赳赳的男人，越容易被驯服。因为她下的是猛药，句句话都叫你头晕目眩。王振风明知如此，也乐此不疲，很是受用。

不一会，雅座的门被推开了，一下子进来一群叽叽喳喳的女人，小桃红知道，一共是十个。进来的女人说："好你个小桃红，居然霸着王大人，躲在这里好消受哇！让我们姐妹们怎么着？独守空房呀？也该把王大人让给我们，大家一道同喜同乐嘛！"

"说得对，说得对！大家同喜同乐，王大人一视同仁，你们每人敬王大人一杯！"

十个女人就像领了圣旨一样,左拉右扯的,纷纷缠住王振风喝酒。王振风已经被小桃红灌得差不多了,酒胆反而大了起来,搂住女人一个个地喝交杯酒,直喝得云天雾地的,快乐得像个小马驹。

冯德仁借这个机会,像不经意似的,捋了捋王振风的衣袖,想最后确认一下,免得出错。

王振风的衣袖被捋起之后,手臂露了出来,上面明明白白刺了只老鹰,做雄鹰展翅状。

冯德仁心中一惊一喜,知道自己观察得不假,自己给抚台大人的密报是真的,不会出问题。

冯德仁对小桃红说:“你看,王团长身上的这个刺青多漂亮,简直就是高傲的雄鹰!”

小桃红故作惊讶地说:“啊呀,真的是雄鹰呢,可怕极了。我是属鸡的,老鹰抓小鸡呢!”

王振风听罢此话,抓起酒壶,咕嘟咕嘟地喝了满嘴的酒,然后扳住小桃红的脸,做老鹰状,嘴对嘴地灌起小桃红来。

冯德仁一看差不多了,王振风已经丧失了自我控制能力。他一挥手,总兵带着二十个亲兵进来,把王振风死死地摁在地上。王振风已经烂醉如泥,毫无还手之力,任他们捆了个结结实实。

女人们见状,早就尖叫着作鸟兽散了。

亲兵们将五花大绑的王振风抬了出去。

酒醒之后,王振风头痛欲裂。

他想用手去揉揉太阳穴,但是手不听使唤,还没够着太阳穴,就被什么东西碰着脸。他睁眼细看,大吃一惊,原来身上戴上了枷锁,已经行动不便了。

怎么会这样呢?他怎么也想不起来,大脑一片空白。

他看看四周,地上铺着稻草,他就蜷缩在稻草上。四面的墙壁相距很近，空间很小。正面有个小铁门，上面落了把大锁。这不是牢房吗？他嗅着，牢房里的霉味、血腥味直冲脑门。他皱紧眉头，一阵眩晕，脑袋就像炸开了一样疼痛。

这是怎么回事呢？他问自己。

他绞尽脑汁想了想，终于想起自己吃花酒的事情来了。小桃红，一大群女人，还有谁……想不起来了，真的想不起来了。

他吃力地爬起来，扑到小铁门前，使劲地敲着铁窗栏，有气无力地喊道："有人吗？来人哪。"

在这种地方，不吵不闹是没人管你的。

他使尽全身力气，又是砸，又是叫："有人吗？人都在哪儿呢？"

敲了一阵，果然有人来了。一个狱卒隔着铁栅栏问道："王大人，有什么事吗？"

"什么事？我怎么在这里？"

狱卒回答："小人不知。"

"我怎么进来的？"

"回大人，是亲兵们把你抬进来的。"

"哪儿的亲兵？"

"抚台衙门里的！"

"抚台衙门？抚台衙门管我干什么？"

"小人不知。"

看样子是问不出什么了，他挥挥手，让狱卒去了。

他又坐在稻草上，一股尿骚味直冲脑门，他赶忙捂住鼻子。

遭人暗算了，他想。但想不起是被谁暗算的。

抚台衙门抓我干什么呢？我和他们往日无冤，近日无仇的，而且已经被免职了，还缠着我干吗呢？

他又想起了昨天喝酒的事，是谁和自己喝酒呢？小桃红，女人，女人，一大帮女人，女人真是害人精啊，否则谁能抓到自己呢？

还有谁呢……对了，还有一个冯德仁，是冯德仁请自己喝酒的，难道是冯德仁设的局？不可能呀，我不是他的表兄吗？

冯德仁这个人，平时八面玲珑，狡猾狡猾的，但他害我干吗呢？没道理呀！

正当他百思不得其解时，牢房的门打开了，总兵走了进来。

总兵一拱手："对不起王大人，用这种方式把你请进来！"

"果然是你，我倒是想过，除了你，还有谁能降伏我。"

"明人不做暗事，我也降不住你，是你喝醉了酒，自己降伏了自己。"

"难道是你设的局？"

"非也，设局的另有其人。"

"是谁？是冯德仁这家伙？"

"这就不方便说了，说了也没有意义。"

王振风长叹一声，后悔莫及。

总兵说："到了这个地步，你就不要怨天尤人了。抚台大人要我问你，你有没有做对不起他的事？"

王振风听了很惊讶："没有哇，我和抚台大人没有瓜葛呀，我能做什么对不起他的事呢？"

总兵提示："是关于他自身的事，问题很严重。"

"那就更不会有了。巡抚大人上任前是藩台大人吧？那时我在县里当守备，和藩台大人够不上呢！藩台大人担任巡抚以后，朝廷就把我革职了，我早就不问政事了，怎么会得罪抚台大人呢？"王振风极力辩白。

"这就是了，"总兵说，"是不是你心怀不满，把免职的仇恨记在巡抚大人身上了？"

"天打五雷轰。"王振风说，"革职是朝廷的事，与抚台大人无关，我干吗要记恨他呢？没有的事呀！"

“那你是不是记恨朝廷,迁怒于巡抚,所以加害于他?”

“加害于他?怎么加害?在哪儿加害?越说越离奇了,我都听糊涂了。”

王振风的确听糊涂了。他感到这个事情不简单,谋害巡抚,那还得了,那可是死罪呢,不能马虎了。

总兵见问不出什么名堂,就说:“你不要装糊涂,混是混不过去的,我劝你还是早交代了,免得皮肉受苦。”

“皮肉受苦?”王振风更加惊讶了,“你还敢对我动刑?你想办个冤案?”

“冤不冤的我说了不算,抚台大人说了算。你好生想想,聪明点,好汉不吃眼前亏!”

“你说什么呀,眼前亏我不能吃,眼后亏我也吃不起呀,你总不能搞莫须有吧?”

“今天就说到这里,你好自为之吧!”总兵说罢,扬长而去。

王老夫人听说大儿子被抓了去,急得像热锅上的蚂蚁,她拄着拐杖在房间里打转转,有点撑不住了。

周氏和刘氏这两个媳妇也陪着老太太着急,一筹莫展。

老太太让人把王振帆叫回来,颤巍巍地问:“帆儿,你说,你哥哥是怎么回事?”

“禀告母亲,儿子也正在打听,听说是抚台衙门把他请了去,只是问问话,没有怎么样,母亲大人放心,嫂子也请放心。”

老夫人说:“哪有问话问了几天的呢?听说他是被几十个兵抓了去的,为娘怎么能放下心呢?”

周氏也说:“他这几年办什么事都不顺,是不是得罪什么人,拿他问罪呢?”

王振帆说:“哥哥这几年也只是在商会办事,挂个名而已,不可能得罪上面的人,我看是误会了,澄清了就好了。母亲和嫂嫂放心,我现在就去巡抚那里,一定问出个究竟。”

王振帆知道,哥哥这几年在商会当差,靠的是武进士的名声,混口饭吃而已。要说小毛病,可能有;要说犯大事,那也不可能。自己这几年也在官场上混,还没听说有什么大事牵扯到哥哥的,他有个大概的估计。

听说哥哥是被总兵抓去的,所以他先找总兵探探口风。

总兵看见王振帆来了,当然知道什么事,满脸堆笑地说:“知府大人光临,肯定是为了令兄的事情,这事可不怪我。”

王振帆也说:“当然当然,总兵大人也是听鼓下桡,自然不关总兵兄的事。”

“还是知府大人明察秋毫,我只是奉抚台之命,把令兄请来的。”

“现在人在哪里?大人好说便说,不好说便罢,千万莫勉强。”王振帆说。

总兵想了一下,说:“既然是府台大人要问,我就实说了吧,已经关在大牢里了。”

“却是为何呢?”

总兵又犹豫了一下,说:“听说与他手臂上的那个刺青有关系。”

“刺青?什么刺青?”

“令兄的手臂上不是有个刺青吗?你能不知道?”

王振帆想了一想,说:“知道知道,好像刺了只鹰什么的,那又怎样?”

总兵压低声音:“听说这个刺青与巡抚大人有点什么关系,巡抚大人很在意,实际是怎么回事,我也不清楚。问了令兄,看样子令兄也不明白。”

王振帆点点头,说:“知道了,谢谢总兵大人指点,我一定帮着把这件事查清。”

临走时,王振帆又说了一句:“我能见见家兄吗?”

总兵有点为难:“按说是不能见的。”

王振帆再次恳求:“只是给他送点吃的,家母很不放心。”

“那好吧，时间不能长。”

“知道知道，谢谢谢谢！”

当晚，王振帆准备了些酒菜，到牢房去看王振风。兄弟俩见面，唏嘘不已。平时在家整日相见，觉得无话可说，今天在这种状态下见面，又觉得有话说不出。

振风说：“你怎么来了？”

振帆答道：“母亲和嫂子很不放心，让我来看看你。”

振帆摆出酒菜，让振风吃。

振风想想那天喝酒的事，有点懊恼，对振帆说：“这酒真不能再喝了，那天要不是喝酒了，几十人也拿不住我。今天落得锒铛入狱的下场，都是酒和女人害的。”

振帆看见振风忏悔的样子，安慰地说：“兄长不必过责，酒这东西，多喝误事，少喝无妨。”

振风长叹一声，说：“我就不明白了，喝酒又不犯罪，拿了我干什么呢？”

振帆说：“这年头真有点说不清，说犯法的不一定真犯法，说不犯法的不一定真不犯法，就看说话的人谁嘴大嘴小罢了！”

振风有点感慨，觉得弟弟已经位居知府，都有这样的看法，无怪乎别的什么人了。他喝了一杯，说：“此番如能出狱，为兄一定把这酒戒了。”

振帆说：“戒酒也得戒个明白，兄长到底为了什么事入狱的呢？今后也好有个说法。”

“我就是不明白呢，要死也不能做冤死鬼啊！”

“兄长不要说不吉利的话。咱们仔细想想，平时有什么犯忌的地方？”

王振风仔细想想，卸官之后这几年也没做什么事。要说不干净的事，就是替商会，实际上是替魏老板扛扛事、消消灾。平时混口饭吃、占点便宜钱花花而已，怎么着也够不上牢狱之灾呀。

“我实在想不出什么。”王振风说。

“你身上有什么犯冲的东西吗?”王振帆问。

“身上?身上有什么东西?不都是两只胳膊、两条腿、一双眼睛、一张嘴?我还能变成猪八戒不成?”

说到胳膊,王振帆捋起王振风的衣袖,露出粗壮的胳膊,一看,果然有一处刺青。

“这是什么东西?”王振帆问。

“这不就是个刺青吗?”王振风答。

“这刺青是怎么来的?”

“这刺青的来历?太简单了!师父当年有个刺青,我们学着也刺了一个,和他的一模一样,是只老鹰,习武的人常常这么做的。”

“你们指的是什么意思?除了你还有别人?”

“有哇,还有周大生,可能还有别的人。”

王振帆点点头,说:“原来如此,我有办法了。”

第十八章

直捣黄龙

被英姑打了出来,魏老板气急败坏,他觉得受到从未有过的侮辱。在进士第这条街上,他已经颜面扫地,气得脸色发白,坐在逍遥楼上捶胸顿足。

这件事让冯德仁知道了,过来看他,见他垂头丧气的样子,觉得很可笑。

魏老板见冯德仁皮笑肉不笑的,很不高兴,问道:“有什么可笑的吗?”

冯德仁说:“当然啦!堂堂的魏大老板,被小女人戏耍了,气成这样,不是天大的笑话吗?”

见冯德仁幸灾乐祸的样子,魏老板越发不高兴起来,说:“这事没让你撞上,要是撞上了,你也得自认倒霉。”

“我撞上了?我撞上了可不像你这屄样!”

“那你还能怎么着?”

冯德仁听他这么一说,知道他真的没辙了。冯德仁很看不起他,但又离不开他。因为做生意需要这样的合伙人,太精明了不好利用,太正经了又用不上手,只能用这种有贼心没贼胆的人。

冯德仁说:“你真想知道我有什么办法?”

魏老板想:你小子有什么呢?整天抱个账本算来算去的,还能比我有办法?但嘴里却说:“想听你老兄指教呢!”

冯德仁平静地说:“你魏老板有钱有枪,能买就买,买不来就抢呗!”

“抢?”魏老板吓了一跳,“抢人可是犯法的呢!”

“你认为你现在不犯法? 你魏老板做的生意,赌场、烟馆、妓院,哪一种是合法的? 还不犯法呢!”

魏老板示意冯德仁闭嘴,说:“轻点轻点,干吗大声嚷嚷? 你是嫌别人不知道是吧?”

“你看你的样子,敢作不敢当! 许多犯法的事都做了,还怕多这一件? 看上小女人就行了,抢过来就用呗,霸王硬上弓,上了不就妥了?”冯德仁指点着。

魏老板心眼活起来。是呀,英姑现在独身一人,抢了不就抢了,自己人多势众,她还有什么办法?

“也是,明天我就派几个人去,抢回来就拜堂!”魏老板自言自语。

“你还想明抢呀?”冯德仁揶揄着,“你还嫌进士第一条街的人不知道? 大白天强抢民女可是要犯众怒的。要抢就得暗地里干,神不知鬼不觉。”

“你是说绑架?”

“为什么不绑? 绑来了也不用拜堂,拜堂太招摇,摁在那里不就行了嘛!”

魏老板一听高兴了,这办法既简单又实惠,还保险。他拍了一下桌子:“就这么办! 还是冯兄有办法,难怪背后有人喊你‘鬼见愁’呢,我看不是小鬼,就是阎王爷见了你,恐怕也得让你三分呢!”

冯德仁摇摇头:“非也非也! 我不是鬼见愁,我是人见喜!”

这天早晨,天刚蒙蒙亮。月亮落下去了,太阳还没升起来。英姑挑着担子,出来担江水。街道上空无一人,江面上船只还未起锚。走在空空的码头上,英姑心里很苦。父亲走了,没了依靠,但日子还得过,生意还得做,烧饼总是要卖的。炉子已经开了,火正在生起来,她趁早去担江水。这是每天必干的活计,她已经做了十几年了,都习惯了,只是现在人更累、心更苦了。

正当她挑着水桶往回走的时候,突然从拐角处跑出几个人来,她还没来得及看清是什么人，就被他们死死地控制住了。她正想喊叫，却被一块脏布塞住了嘴，接着一只麻袋从头往下套在自己身上。

她尽力挣扎着，想施展拳脚，但已经来不及了，一是事情来得突然，一点思想准备都没有；二是麻袋困住了自己的手脚，有力无处使。不一会，麻袋被扎上了口，英姑觉得被人扛在肩膀上，她摇晃着身子，想挣脱这种围困，但是越挣扎觉得空气越少，她被弄得快要窒息了。

过了好一会，她才被重重地摔到地上，有人解开了麻袋扎口，她才慢慢缓过气来。她摇动着身子，从麻袋里挣扎出来。

她看见一群男人围在自己身边，别的人她都不认识，唯独认识一个，那就是魏老板。

她这才知道，是被魏老板绑架了。她很生气，嘴里呜呜地叫着，想扑过去，但很快被人揪住了，动弹不得。

看见英姑气呼呼、恨嘟嘟的样子，魏老板越发生出怜爱之心，他觉得美人儿就是美人儿，连生气的样子也楚楚动人。他伸手在英姑的脸上摸了一把。英姑后退一步，甩了甩脸，好像要把摸在脸上的感觉甩出去。

魏老板笑嘻嘻地说："何必呢，摸一把又不少你一块肉，你英姑娘还是英姑娘嘛，我就是很欣赏你，想娶你过来当个姨太太。我提过亲，还亲自上门送聘礼，你为什么不赏脸，敬酒不吃吃罚酒呢？你看看你，弄成这个样子，好叫人心疼呢！"

英姑的嘴里塞着抹布，只能呜呜地叫着，身子被人控制住了，只能剧烈地摇晃着。

魏老板想听听她说什么，叫人把抹布从英姑的嘴里拽出来。

英姑憋了好长时间，第一个动作是呸呸呸地吐着唾沫，第二个动作就是把口水啐了魏老板一脸，接着说："不要脸的老东西，竟敢在光天化日之下绑架我，你就不怕犯法吗？你这个流氓！"

魏老板看见猎物已经到手，心里踏实多了，他也没指望英姑马上就范，否则那就不是英姑了。他做了充分的思想准备，甚至很享受英姑生气的样子，弄得心里痒痒的，比那些投怀送抱的女人更有趣味。

“不要这样嘛！”魏老板劝道，“女人嘛，嫁汉嫁汉，穿衣吃饭，谁不是这样？你嫁给我，绝不吃亏，穿得好吃得好，要比别的女人强多了！别人呢，我还看不上。谁不知道我有万贯家财，都变着法子想嫁给我？我就是喜欢你一个，万贯家财给你用，你还有什么不满意的呢？”

“呸！”英姑又呸了一次，“你那些万贯家财都是骗来的、抢来的，应该天打五雷轰，让老天劈死你！”

魏老板越来越温和地说：“老天是不会劈死我的，只会帮我招财进宝娶美人。要不是老天所赐，你今天怎么来到这逍遥楼呢？你英姑就是上天赐给我的好礼物，让你来做我的四姨太。不过你放心，我是专宠你一个的，天天陪你度春宵！”

“呸，你这个老流氓、老淫棍、老不死的！”英姑想不出更确切的词语，只能这么骂着解恨，“你要是落到我的手上，一定打得你满地找牙！”

英姑骂得越狠，魏老板越高兴。“骂吧骂吧，”他说，“打是亲骂是爱，你骂得越狠，就是爱得越深，你这个样子，实在是爱杀我了！”

说着，魏老板控制不住，扑上去捧着英姑的脸蛋就亲，亲得口水四溅。

英姑被人摁住，左躲右闪动弹不得，索性一脚蹬在魏老板的下身，一下子把他蹬出好远。

魏老板哎呀一声叫得很惨，弯着腰，捂住下身，痛彻心扉。他咬牙切齿地说：“你这个小娘们，狠毒，踢了爷的命根子，将来怎么和你生儿育女？怎么和你共度良宵？”

就这样，魏老板还没有忘记他的根本目的。

几个打手啪啪地扇了英姑几个耳光。魏老板连忙叫道：“别打了别打了，打得我好心疼，我还指望她好手好脚地和我进洞房呢！”

听罢，英姑又骂道：“休想，我就是死，也不会让你得逞！”

魏老板以为英姑是在气头上，说话绝情绝义。他相信，关她三天，饿她三天，再劝她三天，人是铁饭是钢，她总是要顺从的，不用着急。

“把她带下去，关在包房里，好生侍候！”魏老板命令着。

“是！”打手们将英姑架走了，留下了一串骂声。

魏老板心里有点满足，毕竟是美人到手了，他很感激冯德仁出的这个主意。一大早就把英姑弄来了，外界的人又不知道，就是知道了，又奈我何？女人进了逍遥楼，哪还有一个干净的？

天亮了，周大生赶到烧饼店帮忙，这是他一早的任务。走进店门，看见炉火正旺，案板上的面已经和好了，英姑不在。他看看水桶，水桶也没见，知道英姑担水去了。他洗洗手，系上围腰，开始揉起面来。这个活计他早就熟悉了，有的是力气，所以揉起面来很筋道，烤出来的烧饼也好吃。

过了一会，英姑的表姐刘氏也过来了。自从表叔走后，刘氏也经常过来帮表妹一把。

刘氏一进门就问：“英姑呢？”

周大生说：“担水去了。”

刘氏看见周大生揉好了面，就动起手来，先把面团擀扁，然后搓成条，再一刀一刀切成块，把每块面团擀成长椭圆形的面饼，涂上麻油，撒上芝麻，将面饼烤黄、烤脆，就成了香喷喷的烧饼了。这活计刘氏也会，当然都是跟英姑学的，帮忙的次数多了，技术也就娴熟起来。

第一炉烧饼都出炉了，英姑还没有回来。

“这丫头片子跑哪里去了呢？”刘氏嘴里说话，手可没停着，她用火钳将烤熟的烧饼从炉子里翻转过来，将背面再烤一下，就出炉了。

“可能碰上熟人了吧，在聊天？”周大生一边说话，一边继续揉面。

第二炉烧饼也出炉了，英姑还没回来。

刘氏说：“大生，你去看看吧，挑一担水，要不了这么长的时间呢！”

周大生拍拍手上的面粉，解下围腰，说：“时间是不短了，我得去看看，别摔跤了吧？”

周大生一直走到江边，行人已经很多了，船上的水手也忙起来，起锚的起锚，扯帆的扯帆，热闹的一天开始了。

周大生很奇怪，怎么没见英姑呢？他碰见几个熟人，顺便问了问，都说没见英姑。周大生开始纳闷，一种不祥的预感升上心头。他加快步伐巡视四周，终于在码头上看见了一担水桶，水桶倒在地上，地面是潮的，水桶里还有点残留的水。他抄起扁担看了看，扁担上明明白白地写着两个字：张记。没错，这正是英姑家专用的扁担。可是人呢？

从现场看，水桶不是平放而是歪倒的，扁担也不是平放在水桶上，而是丢弃在一边，看样子情况有点不正常，不是碰见熟人停下来说话，而是突然发生了拉扯的情况，才留下了这种混乱的样子。

英姑会发生什么意外情况呢？

返回烧饼铺，周大生和刘氏猜测着，不置可否。

首先，英姑一大早不会去串门，这是做生意最好的时间，英姑不会傻到连生意都不做。其次，水桶随意抛在地上，一定是遇到了什么特殊情况，来不及收拾。再次，英姑是会武功的，一般的几个人都近不了身，现在突然不见了，一定是遇到了一群人，乘其不备而下了手。非如此，英姑不会一大早连生意都不做了，扔下水桶就跟人走了的，也就是说遇见了迫不得已的情况。

他们把这些情况报告了王振帆，王振帆也感到蹊跷。这件事发生在自己管辖的范围内，失踪人又是刘氏的表妹，还是张老汉的女儿。张老汉惨死的案子还没有破，如今又搭上他的女儿，王振帆觉得案情重大，马上派人调查。

调查人员在水桶丢落的码头上，拿着英姑的画像，进行地毯式的搜索调查。他们走村串户，一处处打听。许多人都说，认识英姑这姑娘，但是那天早晨没见到英姑。也有人说每天都见英姑挑水的，都看成习惯了，但那天确实没见着。

最后，在一个水手那里打听到一点情况。那是一条木帆船上的一个水手，船是外地的，泊在码头上。那水手早晨起来小解，忽然看见一个年轻姑娘挑水上了码头。那姑娘有一条又粗又长的大辫子，走起路来一甩一甩的，水桶也一颠一颠的，看样子有点像唱戏的走圆场，非常漂亮。水手一时看得呆了，就多看了几眼。忽然，一件奇怪的事情发生了，不知从哪里突然冒出五六个大汉来，抢过女子的水桶扔在一旁，用一个布袋套在那女子身上，扛起来就跑了。动作迅速，女子来不及叫喊，人就没影了。他估计是黑社会干的，没敢吱声，一直到现在还感到心里不安。但为时已晚，时间过去了，人也不见了，后悔也没用了。

办案人员一听，肯定是英姑无疑了，遭绑架也是无可否定的了。

在魏家庄附近，也找到一个目击证人。那人是一位大嫂，清早出来倒马桶。她刚拉开门闩露了一点门缝，就看见五六个人像刮风那样跑过来，一个人的肩上扛着麻袋，两个人扶着，看样子麻袋里有活物，在一动一动地挣扎。大嫂以为是魏家庄的人买的一只待宰的猪，这是常见的情况，所以大嫂也没在意，对魏家庄的事也不敢吱声，都养成习惯了。现在官府调查，她才想起来说一说，不知说得对不对。

在分析讨论案情的时候，周大生说这就对了，肯定是魏家庄的人干的。师父去世之后，魏老板派人找英姑说过媒，英姑没答应。后来魏老板亲自出面，也被英姑赶出来了。魏老板是什么人？周大生他们知道他是个有仇必报的人。表面上他是正人君子，实际上男盗女娼，用大善人的面孔掩盖着他的鸡鸣狗盗的事。在进士第这条街上，敢于绑架的人，也只有魏老板一个人，别的人没这个胆量，也没这个实力。

王振帆对魏老板是有好感的。在发大水的时候，他捐过款、赈过灾、修过圩堤，政府还嘉奖过他。后来王振帆对魏家庄有所怀疑，是他做的生意不地道,有人反映他吃喝嫖赌什么都干,王振帆曾经派警察去调查过,结果连门都没让进。无奈之下,王振帆派张老伯去私访,结果张老伯被暗害了,暴尸街头。现在又出了英姑这件事,他不得不怀疑是魏家庄胆大妄为了。

他决定亲自带人去查办。

这天早晨,天刚亮,王振帆搞了个突然袭击,带了三十名警察来到魏家庄。

王振帆让人敲药店的门板,敲了好长时间才有动静。有人问:“干什么？这么早就敲门!”

警察说:“有急病,来抓药的!”

里面的人说:“我们正睡觉呢,你到别处去抓吧,附近的药铺多着呢!”

警察说:“你们家的药好,我们就相信你家的药!”

里面的人嘟哝着:“我们家的药好,哼,够你们相信的呢！不要急,这就给你开门。”

磨磨蹭蹭地,门板终于响了,大门才拉开一条缝,警察就挤了进去。一看来了一大帮警察,里面的人吓呆了,瞪大眼睛说不出话来。

警察们二话不说,直奔后堂,后堂连着三个院子,分别是前院、中院和后院。

药店的伙计试图阻挡,说:“前院是药库重地,不能随便进入的!”

也可能是来得早的缘故,后堂与前院之间的门没有上锁,平时是打不开的,但现在警察们一拥而入,全部站在前院里了。

前院里有座房子,警察推门而入,果然是个仓库,里面储存着许多药物。

粗心的人一看,以为就是个仓库了,但今天来的警察特别仔细,居然发现了地下室。

警察向王振帆报告:“知府大人,发现了地下室。”

王振帆说:“下去搜!”

警察们拥向地下室,赌场的一切尽收眼底,赌具都放在台子上,夜赌的人可能离开不久,地下室里满是烟雾,茶壶中的水还没有凉透。

王振帆也吃了一惊,这么大个赌场,就藏在药店的院子内,竟然没被发现,实在太诡异了。这才想起,上次派警察来调查,为什么伙计们拼死也不让进院子呢,原来院子是个藏污纳垢之所。

王振帆叹了口气,想到同住在进士第一条街上,平日里过来过去的,都没有发现这个秘密,自己还是个知府呢,这失察的责任是不可推卸的。

"把赌场封了!"王振帆命令。

"是!"警察们是带着封条的,给地下室封了个大大的叉。

细心的王振帆发现,前院除了与后堂之间有个连接的院门之外,还有一道门直通到街上,估计赌客们多是从这道门进出赌场的,只是外面的人不知道而已。

王振帆命令:"把这道门也封了!"

"是!"警察们又在门外贴了两个大大的封条。这时,外面开始有了围观的人,大家终于知道魏家庄在做非法买卖。

在这个前院里,还有一道连接中院的小门,警察推了推,小门落了锁。

"快把钥匙拿来!"警察对伙计说。

"没有……没有钥匙。"伙计吞吞吐吐地说。

警察试着用肩膀撞门,门纹丝不动。

前台的账房先生赶了过来,哀求地说:"王府台,王大人,主人不在,千万不要进去,小人担待不起!"

王振帆铁了心,命令警察:"把门砸开!"

"得嘞!"警察趾高气扬,使劲用枪托砸门,不一会,终于把中院的门砸开。

中院里是个两层楼的房子,不用招呼,警察直奔小楼而去。不一会,跑过一个警察来,结结巴巴地向王振帆报告:"报告……报告大人,是烟……是大烟馆!"

王振帆快步走进楼房,掀开门帘一看,一个四五十人的散座展现在眼前,那些烟灯、烟枪横七竖八地放在那里,看样子早晨还没来得及打扫,夜战的痕迹都留在那里。

王振帆捂住鼻子,尽量不让剩余的烟尘钻进自己的身体。他匆匆忙忙上了二楼,雅座的一切如出一辙,只不过更豪华、更奢侈而已。

王振帆摇头叹息,大胆,真是太大胆了,什么生意都敢做,赌场、烟馆都敢开,简直没有王法了!而且,这些东西就藏在自己的眼皮子底下,太不可思议了!伪善,太伪善了!表面上是个大善人,实际上是个恶劣透顶的人!“口言善,身行恶,国妖也。”他想。

“封了,都给我封了!”王振帆生气地说。

“得嘞!”警察受的窝囊气够多了。他们平时对魏家庄毫无办法,这次算是出口怨气了。他们很麻利地将烟馆封住,同时封了中院连通大街的院门。

最后只剩下后院了,中院连接后院的门也锁着。警察知道钥匙是要不到的,伙计们不会给,他们正打算破门,忽然,门自动开了。

警察们吃了一惊,一是没想到门会自动开了;二是看见门里面站了一大排人,个个穿着黑衣黑裤,头上还缠着黑头巾,每人两把盒子枪,插在腰间,目眦尽裂,杀气腾腾,看样子都是看家护院的打手。

这些打手刚刚接到信号,说是警察来抄家了,他们很快聚集在一起,前院和中院已经陷落了,只好集中到后院来守护。

后院的三层楼,当然是逍遥楼了,是魏老板最钟爱的地方。现在他不好亲自出面,只得支使打手们来顽抗了。

打手的头儿敞着怀,叉着腰,拍拍腰间的手枪说:“你们要干吗?”

警察有知府撑腰,当然理直气壮,说道:“我们奉命搜查!”

打手说:“奉命?奉谁的命令?”

警察说:“你睁开眼睛看看,我们是奉了知府大人的命令!”

打手不屑:“知府大人就能闯入民宅,任意打砸?”

警察也不示弱:“你们这是什么民宅?分明是赌窟、烟窟,就该打该砸!”

打手说:“好,算你们能耐,以后再和你们算账!现在你们给我滚出去,这个院子你们不能进!”

警察当然不让步了:“这个小小的院子,为什么不能进?该不是藏污纳垢了吧?别说你这个院子,就是老爷大堂今天也要进!”

打手头儿嗖地一下抽出腰间的手枪,顶住警察的胸脯说:“要进,得问问它同意不同意!”

警察很生气,说:“你们是吃了熊心豹子胆了?敢跟警察耍横?”

“耍横怎么了?要不要尝尝一枪两洞的滋味?”

王振帆看见打手们如此蛮横,心中很生气,他没想到在自己的地盘里居然还有如此不可一世的人。他大喝一声:“大胆!”

王振帆挺身上前,推开打手的手枪,声色俱厉地说:“本府大人在此,尔等何敢如此猖狂!”

打手一见真的是知府大人,马上收敛了一些,说道:“不知府台大人驾到,小人给府台磕头!”

“你家大人平时是怎么调教你们的?对警察也敢如此无礼吗?”

“大人息怒!小人不敢,小人从来都是守规矩的,今天看见警察爷到处乱打乱砸,才上了火的。”

王振帆说:“警察是我带来的,例行公事,刚才已经看见了赌场和烟馆,当然该砸该封!现在搜查你们这个院子,你们让开!”

打手说:“禀告府台大人,这个院不能搜!”

王振帆说:“本府在此,有什么不能搜的?难道你还想干扰公务不成?”

打手说:“府台大人息怒,府台大人要搜可以,请看看这张手谕!”

说着,打手出示了一张纸,上面有字有印。

警察一看,上面写着四个大字:闲人免进。再瞅瞅那个印鉴,居然是巡抚的大印。

警察大惊,没想到他们能拿出巡抚的手令,难道巡抚是他们的保护人?

王振帆也看清了,心中也咯噔了一下,没想到巡抚也干扰办案。他有点为难:要是退回去,英姑还没找到,没有人证,魏老板肯定会反咬一口;如果硬闯进去,毕竟有个上峰的手谕在此,将来也不好面对巡抚。真是进退两难啊!

王振帆想:巡抚为什么出此手谕呢?这个地方,前院是赌场,中院是烟馆,这个后院肯定也不是什么好场所。英姑被绑,当然不会放在赌场和烟馆里,要藏,肯定是藏在这个小楼里了。如果现在罢手,抓不住证据,还得落个私闯民宅的口实,将来魏老板纠缠起来,在巡抚那里也不好办。不如一不做二不休,把人救出来再说。如果有了人证,人赃并获,谅巡抚大人也不敢把自己怎么样。

于是他说:“本府今天有紧急公务,必须进这个小院看看,你们让开!”

看到王振帆硬要闯关,打手也是骑虎难下。他们知道要是放王振帆进去了,魏老板怪罪下来,一定死多活少。为了保命,他们不得不忤逆一次。

打手们举起手枪,对天开了一枪。枪声划破清晨的宁静,显得特别刺耳。

打手说:“府台大人居然连巡抚大人的手谕都不信,那就莫怪小人动粗了!”

王振帆见打手居然开枪,生气至极,他没想到这些打手狗仗人势,竟敢当着自己的面耍横。他本想命令警察开枪,但又担心真的打死人不好交代,那样更给巡抚抓住把柄。

正在为难之际,忽然听见有人高喊“让开让开”,他回头一看,只见周大生带着一班人走了过来。这班人有四五十人,个个戴着防护帽,手持铁棍利器,分开警察,直冲过来。

周大生举了举手中的铁棍，对着打手头儿说："孙二赖，你出息了啊，佩手枪了，会开枪吗？来来来，冲这儿打！"

周大生抬起孙二赖持枪的手，让枪口对准自己的前额。

孙二赖手指哆哆嗦嗦的，不敢扣动扳机。

周大生顺手下了孙二赖的枪，交给身后的人。

"你有枪，爷就没有枪吗？"周大生从腰间抽出自己的枪，抬手一枪，树上的一只鸟儿应声而落。

"爷打枪的时候，你小子还在玩泥巴蛋子呢，现在也敢耍枪吓唬人了？"

孙二赖在周大生面前完全蔫儿了，他嗫嗫嚅嚅地说："我……我这也是没办法，端人家的碗，受……受人家的管，这不是替人消灾吗？"

周大生用铁棍敲孙二赖的脑袋："不管端谁的碗，做人要厚道。你要看看你的主子干了些啥，坏事干多了就会恶贯满盈。你以为警察不敢开枪？打死你也活该！"

"是是是，大哥，是小弟糊涂，投错了门，今天多有得罪，下次不敢了！"

"赶快带着你的人离开这里，否则不用我开枪，我这四五十人就是用铁棍也会把你砸成肉饼！"

"我知道来的人是工人纠察队，个个都是好汉，小弟不敢动手，小弟先撤了。"

周大生从衣袋里掏出几块银圆，塞在孙二赖手上，说："带着兄弟们去喝杯茶，这里的事，我们会向魏老板交代，不会连累你。"

孙二赖很畏惧周大生，一是周大生人很正派，威信高；二是周大生手下有工人纠察队，比警察还厉害；三是周大生是师父，自己的这点拳脚功夫还是早年跟周大生学的。所以孙二赖见到周大生就像耗子见了猫，真是一物降一物。

"你们要的人，在二楼包厢里。"孙二赖卖了个人情，赶快带人撤走了。

有了这句话，周大生带人直扑二楼，撞开包厢的门，只见英姑被捆住手脚,嘴里还塞了块布。原来魏老板知道英姑的拳脚厉害,不这样就拴不住她。

英姑看见周大生来救他,嘴里的布被拿掉后,凄厉地叫了一声:“大生哥!”

周大生一把搂住英姑,拍着她的后背说:“现在好了,不用怕,府台大人来救你了,你安全了!”

王振帆随即进了包厢,见英姑脸色苍白,手臂被捆出道道血印,人都变得恍惚了,非常生气,说:“这个姓魏的,真是人皮老虎,干的这些坏事,人神共愤,天地不容,真是罄竹难书!”

周大生说:“张老伯单枪匹马地去了魏家庄,可能是想调查魏老板,没准也是被害的！在义城,除了他,没人敢这样做!”

“知人知面不知心,画虎画皮难画骨,真的如此!”王振帆感慨道。

“封了,把这个逍遥楼也给我封了!”王振帆命令。

自此,魏老板的赌场、烟馆和妓院都给封了,他的生意受到了沉重打击。

回到烧饼店,英姑垂泪不止。看着冷冷清清的炉灶,往事不堪回首,她叹息声声。

周大生和英姑商量,下一步怎么办？日子怎么过？

周大生深感愧疚,连连说:“英姑,对不起,我没有保护好你!”

英姑抹着眼泪说:“你哪里想得到呢,被那个恶魔缠上了,早晚都是要出事的,防不胜防啊!”

周大生想到英姑单身一人还会有麻烦,魏老板吃了大亏一定要来报复的,他们的日子岌岌可危。

“我们结婚吧,这样我好保护你!”周大生怜爱地说。

“我知道你对我好,大生哥,我这辈子只想嫁给你。但是现在这么一闹,魏某人一定会迁怒于你,他在官府有后台,振帆哥也斗不过他的。他有朝一日报复起来,你和振帆哥都有麻烦。”

“唉!”周大生长长地叹了口气,“如今的世道就这样,坏人当道,老百姓想过个安稳日子都难,不然,哪里会有那么多的革命党?”

一说到革命党,两个人心里一亮,不约而同地想到了一起,一条出路就在眼前。

“投奔革命党,他们就拿你没办法了。”大生说。

“是的,革命党志在四方,他们想找也找不着的!”英姑赞同这一点,心里豁然开朗。

“那就投革命党去,省得提心吊胆过日子。等什么时候天下太平了,我们再结婚。”周大生建议,他觉得这是当下保护英姑的最好办法。

英姑也说:“这是眼下最好的办法了,也很安全,他们再想找我的麻烦也无用了。”

“对的,进了革命党还可以学到不少东西。去投奔杨大哥吧,他在南京。”周大生觉得杨绍义绝对可以信任。

“好的,这事宜早不宜迟,我不想再落到姓魏的手里,去南京投奔光明吧!”

于是,周大生给杨绍文写了封信,又给英姑准备了钱粮和细软,亲手把她送上轮船,挥手而别……

第十九章

拦 轿 告 状

因为是手足之情，也是因为本地出了个大案子，一个朝廷钦点的武进士就这么莫名其妙地被抓了，对义城百姓也不好交代，所以，王振帆硬着头皮来找巡抚大人。巡抚是一省之长，不找他找谁呢？

巡抚虽然不乐意，但还是接见了知府王振帆。一府之长管着全义城的百姓，不见也说不过去。

王振帆不喜欢巡抚，巡抚也不喜欢王振帆。前者因为巡抚克扣救灾钱粮，置老百姓的死活于不顾；后者是因为知府不谙世事、迂腐有余。但是，既然都在官场上混，也就人心隔肚皮地迁就着。

王振帆叩见了巡抚，巡抚命人泡茶。

王振帆说："抚台大人，属下有一事相告。"

巡抚说："讲吧！"

王振帆不敢一下子点明，不好说巡抚密捕了王振风，只能旁敲侧击。

"禀大人，义城最近失踪了一个人，就是钦定的武进士王振风，已经多日不见了。"

巡抚说："此人就是你的兄长王振风吧？"

"正是。"王振帆说。

"令兄不见了，怎么找我要人呢？你可是义城知府啊！"巡抚反问道。

王振帆早料到这一点，巡抚秘而不宣，肯定想私下刑讯，他得点破这一点。

“家兄走失，可能非他所愿。他并非日子过得不顺畅，不会故意离家出走。”

“令兄罢官以来，一直郁郁寡欢，是否弃世而去，也未可知。”

“可是，”王振帆来了个转折，“可是，有人报告，说家兄被人绑架，绑架者不是百姓，而是官兵！”

巡抚心里一惊，想不到王振帆知道得这么快。他想敷衍过去，便说：“竟有这样的事？你可知是哪路人马？”

王振帆见巡抚装样，也只好陪着绕圈子，否则惹得巡抚恼羞成怒，事情就更不好办了。

“属下听说有人看见，有二十来个官兵把家兄绑走，那些官兵既非知县，也非知府所管。”

“那就是巡抚所管了？”巡抚反戈一击。

“小人不敢妄言，还请抚台大人明示。”

巡抚见事情越挑越明，感到有点麻烦，既不好承认，又不好不承认。承认了，就得公开审判，又得把前几年挖心祭奠和割耳朵的事翻出来，让义城百姓议论一番，引起民心波动。不承认又瞒不了多久，因为有人看见，有人报告，私自刑讯又不好下手。

他只好敷衍说：“密捕令兄那还了得？他毕竟当过县守备，又是进士出身，怎么着也得高抬贵手吧？你不要着急，我命人查一查，看看是哪一部分兵干的事，总得有个说法。”

“那就谢谢大人了！”王振帆说，“如果是家兄犯法，当然要依法定罪。如果不是如此，望大人还家兄一个公道。不管如何，属下也好给百姓一个交代。”

巡抚见王振帆话中有话、软中透硬，不得不说：“知府放心，事情查实以后，定当有个说法，本台不会纵容犯法，当然也不会草菅人命。”

王振帆见说到如此地步，也差不多了，便说：“如此甚好，属下专候抚台大人的佳音。”

王振帆告辞以后，巡抚马上通知臬司过来议事。臬司衙门是专审案犯的，巡抚自己不便动手，想让臬司替他直接审讯。

臬司来了之后，巡抚如此这般地说了一番，把几年前的陈案翻了出来，让臬司为他报仇雪恨。

臬司虽然与巡抚级别相同，但实际权限远远小于巡抚。巡抚负责全面工作，而臬司只负责司法，所以臬司得秉承巡抚的旨意。

“请大人放心，属下一定把这个案子审得明明白白，绝不放过蛛丝马迹，给大人一个圆满的交代。”臬司表着忠心。

回到衙门，臬司立即提审王振风，想速战速决。

王振风在牢房里待了几天，怎么也想不透，究竟犯了什么法条，落得如此下场。他也更不明白，和表弟无冤无仇，为什么冯德仁要算计自己，将自己灌醉后抓起来？真是人情纸薄，世事难料。

进了臬司衙门，王振风知道凶多吉少。臬司是个酷吏，死在他手上的冤魂也不知有多少。他想到自己也难逃一劫，决定抗争到底。

臬司坐在大堂之上，师爷站立一旁，八个衙役分站两边，臬台开始问话。

“下站何人？”

“王振风是也！”

“见了本官为何不跪？”

“振风上跪天子，下跪父母，不跪别人！”

“咄，大胆！”臬司一拍惊堂木，喝令，“跪下！”

王振帆立而不跪。两个衙役上来，对着他的腿弯打了两棍。王振风站立不住，猛一下跪倒，复又挣扎着站起，挺着胸脯。

两个衙役又想再打，臬司用手制止，他不想在问话之前就把王振风打趴。连一句口供都还没有呢,他不想做亏本的买卖。

“咄!”臬司又咄了一声,“本官格外开恩,容你站着说话。我先问一句,谁是你的同党?”

“同党?同党是什么意思?”王振风回答,“我既没有结党结社,又没有拜把子兄弟,哪来的同党?我有三百名同年的武进士,都是皇上封的,这算不算同党?”

“大胆!”臬司又一拍惊堂木,“你竟敢狡辩,拿皇帝说话,实为刁民,与我打三十大板!”

不容分说,四个衙役将王振风扳倒,一五一十地用棍棒打起了屁股。可怜的王振风戴着枷锁,一点反抗能力都没有,只好任衙役把他打得皮开肉绽。

三十棍棒打完,王振风裤子破了,皮肉也渗血了,他咬紧牙关,又站了起来。

臬司给了王振风一个下马威,杀了杀他的锐气,然后问道:“你是如何杀死亲兵,又是如何残害朝廷命官的?如实招来!”

王振风一听,这是什么话?什么杀害亲兵,残害朝廷命官,听都没听说过,怎么如实招来?

他说:“你问的话,我头一次听到,根本不知杀兵害官的事,叫我如何回答?”

臬司见王振风态度强硬,只得一点一点地询问。

“你还记得许西林被剜心的事吗?”

“这谁不知道?义城百姓人人清楚。”

“那好,那天晚上藩台大人和巡抚夫人用许西林的心脏祭奠载奕大人,你知道吗?”

王振风想了想,说:“听说过。”

“你没有亲眼见到吗?”臬司又问。

“没见过。”王振风说，又反问一句，“你见过吗？”

臬司自己也没见过，便随口说了一句：“没见过。”

王振风抓住空子，说道：“你身为臬司大人，尚且没见过那场面，我一个小小的守备，怎么能见过呢？”

臬司被他问得恼怒起来，从签筒里抽出一支令箭，扔在地上，说：“竟敢狡辩，与我掌嘴三十！”

衙役们练就的这种本事，只要臬司一声命令，该打屁股打屁股，该掌嘴巴就掌嘴巴。一个衙役走上去，对着王振风的嘴巴，左右开弓扇了三十下，直扇得王振风血流满面，牙齿也掉了几颗。

“我再问你，你当晚去了哪里？”臬司又问。

“当晚……我去了哪里？”事隔几年，王振风想不起来了。

“不许隐瞒，赶快回答，讲！”

衙役们随着臬司的声调，也威风凛凛地呼了一声：“呜——”

王振风绞尽脑汁地想，我那天干什么了呢？先是处死许西林，刽子手挑了他的心肝。后来有人给许西林收殓，来了一大帮人，很讲义气。再后来呢？再后来就回家了呀，然后……然后……

“我想起来了，那天我在家吵架！”

“吵架？”这个回答令臬司摸不着头脑，有点糊里糊涂地问，“跟谁吵架？”

“跟我弟弟吵架。”王振风说。

“你弟弟是谁？”臬司又糊里糊涂地问了一句。

“是知府王振帆呀，连这点都不知道，还当什么臬司呢？”

臬司给王振风绕来绕去，净问了一些无用的话，还被嘲笑着，有点生气，但为这个由头又不好打板子，只好忍气吞声。他想了想，又问：“为什么吵架？”

“是为了挂白绫的事，与别人无关。”

臬司也怕越问越细,捡了芝麻丢了西瓜,便说:“拣重要的说,后来呢?”

“后来吃饭、睡觉了呀,那天晚上睡得早。”

“谁能给你证明呢?”

“我弟弟呀,还有我母亲、我的贱内,他们都知道的。”王振风理直气壮地说。

“家人证明不能算数的,”臬司说,“要有外人做证明。”

“外人谁知道呢?能看着我睡觉?”

“那就说明你可能没睡觉!老实说,那天晚上你是不是去巡抚衙门了?”臬司逼问。

“我晚上进巡抚衙门?白天还进不去呢!我这样的兵头官尾巴,谁待见我呀?”王振风实话实说。

王振风越说实话,臬司越怀疑。因为他们的思路是相反的,真是假来假是真。

“你想进巡抚衙门还用什么人通报吗?一个飞檐走壁不就进去了?”

王振风有点奇怪,他不懂臬司为什么非要让他去抚台衙门。

“你非说我去抚台衙门,我去干什么呢?”

“这就要问你呀!”

“你说我去抚台衙门,有证据吗?”

“有哇,几个人一道去的,还不止两个,而是三个!”

臬司以为兵不厌诈,诈到关键处就会有效果。

没想到,臬司一诈,诈出相反的效果来。王振风哈哈一笑,说:“臬司大人没病吧,编这些瞎话糊弄谁呢?你到底想干啥?”

臬司决定单刀直入,问道:“你是不是杀了亲兵?你是不是割了人家的耳朵?你是不是三人同党?”

这一问,把王振风吓了一跳,原来罪名在这里等着呢!怨不得把自己灌醉下到大狱里了。完全是莫须有呀,欲加之罪,何患无辞啊!

“你这是栽赃陷害，血口喷人！我王振风敢作敢当，是我做的我会承认，没做的事，谁也别想逼我承认！”

“好哇，我倒要看看，是你的嘴硬还是我的家伙硬！”说罢一努嘴。马上有人搬出老虎凳，让王振风坐上，把他的两只手绑在木桩上，顶住他的后背，将他的双腿平伸在长条凳上。

臬司问道：“说不说？”

王振风回答：“没什么好说的！”

臬司命令：“用刑！”

衙役们抬起王振风的双脚，在下面垫了块石头。这当然没有多大压力，王振风哼都没哼。

接着衙役们垫上了第二块、第三块砖，王振风感到膝盖有压力了，疼痛感越来越强，但他咬住牙忍耐着。

加到第四块的时候，王振风感到腿要断了，大颗大颗的汗珠流下来。

这时，臬司又开了口，问道：“这滋味不好受吧，你们习武的人也没练过这玩意儿吧？我问你，招还是不招？再不招，你的两条腿就要废了！”

王振风怒发冲冠，目眦尽裂，骂道：“你这狗官，听信谗言，残害忠良，死有余辜！”

“好好好，我死有余辜，你就好好活着吧！”臬司说罢一挥手，衙役们在王振风的脚底下垫了第五块砖。

王振风也只是血肉之躯，超过极限也是难以忍耐的，他大叫一声，晕了过去。

臬司一看不行了，命令撤去砖头，搬开老虎凳。他也怕把王振风弄死了不好交代，口供还没有坐实呢！

他让人在王振风的头上泼了一盆冷水。王振风一个激灵，摇摇头，耳朵、眼睛、鼻子里都是水，他呛了一阵，醒过来了。

臬司说：“王振风，你也没有多大能耐嘛，五块砖就受不了，算不上什么英雄豪杰嘛!”

王振风喘着气,仍然骂道:“你这狗官,不得好死!”

臬司倒不怕王振风的骂,讥笑着:“到底是你的骨头硬还是我的刑具硬?”

王振风气喘吁吁:“你的刑具再硬,也休想让我认罪。”他说的也是实话,因为他的确没有在那天晚上进巡抚大院,更没有杀人和割人耳朵。

臬司哪知道这些,他只是按照巡抚的要求逼供,撬不开王振风的嘴不好向巡抚交代。

臬司再次问道:“你到底认不认罪?”

王振风咬紧牙关:“不认!”

“好吧,”臬司说,“那就换一种刑具试试。”

说话间,衙役从库房里搬出一条铁链来,咣当一声摔在王振风面前。

王振风低头一看,倒吸了一口冷气。落在他面前的是一条环环相扣的铁链,这种铁链不仅很粗,而且每一环上都有一根粗粗的尖刺,刺进皮肉一定是血流如注,而且肯定会伤筋动骨。

臬司非常自信,这种刑具也不知难倒了多少人,再坚强的英雄好汉,到了这个刑具面前都会望而却步,什么口供都能逼得出来。他觉得王振风的血肉之躯也不会比好汉们硬多少,也一定会乖乖就范的。

“王振风,你看好了,横在地上的是什么东西。你再不老实,就让你尝尝跪铁链的滋味,你好好想想吧!”

王振风想,今天落到这个酷吏手里,不死也得脱一层皮了。师父教过自己一些硬气功,但今天可能用不上了,这铁刺太粗太尖锐了。

臬司声色俱厉地说:“王振风,本司最后问你一次,你招还是不招?”

王振风一看,知道难逃一劫了。招了,什么杀人割耳,也是死罪。不招,也是酷刑难忍,死路一条。不如拼个你死我活,也要对得起武进士的名声。

想罢,他对准铁链,一下子猛跪下去,只见血流如注,淌了一地。

这一下将臬司吓傻了，他看看铁链，那又尖又长的铁刺，居然被王振风的骨头砸弯了，地上满是鲜血，但王振风跪在那里一动不动，就像一尊铁塔。

衙役们也慌了手脚，七手八脚地将王振风从铁链上拉起来。王振风站立不住，一屁股坐在地上。这时他们才知道，原来武进士真的有一股豪气。

臬司知道审不下去了，再审就得出人命了。他一摆手，说道："拖下去，收监！"

这次审讯的结果，王振帆很快就知道了。他有自己的耳目，有人给他传递情报。从审讯的情况看，他断定王振风无罪，否则他不会那样硬气。

那就应该是巡抚大人草菅人命、制造冤案了。

既然是冤案，他就决心将它戳穿。他搜肠刮肚，冥思苦想，终于想出办法。他把周大生找来，如此这般地交代了一番，周大生领命而去。

这几天，巡抚的心情特别好。他告诉属下，第二天要到郊外踏青去，顺便看看农田里桑麻长得怎么样，给农户留个"青天大老爷"的好名声。

第二天上午，他命人大操大办，鸣锣开道，举着"肃静""回避"的牌子，带着一班大小官员做着出巡的样子。作为知府的王振帆，当然也位列其中。巡抚坐着轿子，其他人步行着，浩浩荡荡地下乡去。

队伍还未出城，忽然停住了，一行人被堵在城门内。

巡抚有点奇怪，正准备掀开轿帘问个明白，忽然听见有人大喊："冤枉呀，青天大老爷！"

巡抚细听，喊冤枉的还不止一人，似乎是一群人，因为喊声并不整齐，此起彼伏的，噪声一片。

拦轿告状，巡抚想。他皱紧眉头，觉得坏了今天的计划，但听人喊"青天大老爷"，心里又有点高兴，心想，下乡踏青不成，做一回青天大老爷也无妨，反正不吃亏。

"喊冤者何人？"他连轿子都没落，便伸出脑袋发问。

开道的衙役跑过来报告:“回大人,是一群平头百姓,领头的是个年轻人。”

这时候,又传来一阵鼓噪声:“青天大老爷,冤枉啊!”

巡抚正犹豫着,那群平头百姓已经拥上来了,侍卫们拦不住,很快就挤到轿前了。

轿夫们怕冲击了轿子,赶紧落轿,让巡抚大人稳稳地坐下来。

巡抚不得不掀开轿帘,一看,心里一惊,这班平头百姓人数众多,足足有几十人,不仅拦了轿子,而且把轿子包围了,再加上看热闹的过路行人,已经把街道堵得水泄不通。后面的随从官员也叽叽喳喳地议论着,所有人的眼睛都盯着巡抚。

糟了!巡抚心想,弄不好今天这一关过不去呢!是谁走漏了风声,让这群百姓有备而来呢?

他尤其纳闷的是:这班人所为何来呢?

他看见领头的人跪在地上,手举过头顶,捧着几张纸,看样子是诉状了。

“你是何人?所为何事?”

那人答道:“小人周大生,状告臬司衙门。”

巡抚有点奇怪:“臬司衙门与你何干?”

周大生回答:“臬司衙门刑讯逼供,草菅人命,快要打死人了!”

“啊,居然有这等事,你怎么知道的?”

周大生说:“小人与衙役相识,是衙役亲口告诉我的。”

巡抚问:“他怎么说?”

“他说先打板子再掌嘴,接着上老虎凳,最后跪了带刺的铁镣,人已经折磨得要死了!”

“大胆!”巡抚在众人面前不得不摆出公正的样子,否则自己会下不了台,“臬司衙门如此大胆,本台为你做主,你把状纸呈上来!”

周大生把手臂伸长,递上状纸。

巡抚先是注意状纸，后来因为周大生裸露着双臂，他无意中瞥见周大生臂膀上有一个特殊的东西。

巡抚对这东西太敏感了，因为那是一块刺青，刺的也是一只展翅的老鹰！

巡抚接状纸的手停在那里，问道："你为何人申冤？"

周大生说："小人的姐夫，王振风！"

巡抚一听，脸色大变："咄！你这刁民，竟敢为要犯说话，看来你们是同党无疑！"

周围的气氛一下子紧张起来，随行的官员都不说话了，王振帆的心也提到了嗓子眼。

"大人说的话，小人不明白。王振风本身无罪，又何来同党之说？"

巡抚撇开这个问题，猛然问道："你的手臂上刺了何物？"

"回大人，我的手臂上有块刺青，是只老鹰。"

不待周大生说完，巡抚突然翻脸，叫道："来人，把他与我绑了！"

听见巡抚命令，马上过来两个亲兵，动手要绑周大生。

周大生立即站起来，双手一分，将两个亲兵推到两边。

"敢问大人，小人所犯何罪，为何要拿小人？"

巡抚心想，那天晚上遭遇了三个黑衣人，一个死了，手上有刺青。抓住了一个，手上也有刺青。这一个明明白白地也刺上了老鹰，不正好是三个凶手吗？这就叫踏破铁鞋无觅处，得来全不费工夫，太巧了！

"就冲你这块刺青，便知道你与王振风是同党，是杀害亲兵的凶手。我找你找了多少年，今天你自己送上门来了，还不束手就擒？"

听说"束手就擒"，又过来四个亲兵，打算将周大生摁倒。

四个人哪里是周大生的对手，他左右开弓，不用费力就将四个亲兵推开。"慢着，"周大生说，"大人明鉴，就凭这块刺青，便能证明我是杀人凶手？"

“当然,我亲眼所见,有这块刺青的肯定是三个人,你就是第三个,难道想抵赖不成?”

“那好,那你就看看!”周大生说,“你看看有刺青的到底有多少人,是不是都是杀人凶手!”

说话间,跟在周大生后面的几十人,都捋起袖子,露出手臂,大家一看,每人的手臂上都有刺青,而且赫然刺着一只展翅的雄鹰!

周大生问:“这些人都是凶手吗?大人都要将他们绑起来吗?”

巡抚没想到会有这一招,他也看花了眼,看晕了头,他嗫嗫嚅嚅地说:“这……这是怎么回事?”

这回该轮到周大生神气了:“大人有所不知,凡习武之人,都喜欢在身上刺青,有刺龙刺凤的,有刺飞虫走兽的,还有刺人头的,这是江湖上的习惯。卖烧饼的张老伯,是武林泰斗,他在手臂上刺了只鹰,王振风是他的徒弟,当然学着师父的样子也刺了只鹰。我们今天来告状的,都是习武之人,我们都仿照张老伯的样子刺鹰。大人请看,刺鹰的人何止三个?是不是刺鹰的人都是凶手?都得交给臬司衙门刑讯逼供?小人是不是应该状告臬司衙门草菅人命?”

说罢,周大生问随行人员:“大家说可不可以刺青?”

几十人同时哄叫:“刺青!刺青!”

周大生又问:“刺青的人是不是凶手?”

更多的人回答:“不是不是!”

周大生还问:“应不应该状告臬司衙门?”

大家一片声地叫道:“应该!应该!”

随行官员们也开始议论纷纷。有人说:“就凭刺青,证据不足吧?”

有人说:“原来说三个,现在看三十个也不止呢!”

还有人说:“臬司衙门也是,没证据就动大刑,太草率了吧!”

王振帆趁这个机会高声说了一句:“今天的事,百姓们都看见了,到底有没有王法啊?”

火算是点起来了,一半是因为周大生,一半是巡抚自己点的,当然,领头者是王振帆。

王振帆知道,法不责众是最常见的道理,当官的也忌讳这一条,谁都不愿意犯众怒。

巡抚今天算是掉到井里了,自身难保。他必须抓根稻草,把自己捞出来。

“臬司何在?”他高喊一声。臬司衙门的负责人又叫臬司。

“属下在。”臬司说。

“你听说过这个案子吗?”

“没听说过。”

“你们那里审案子动过大刑吗?”

“没有。”

“你能回去调查一下,如果有这案子能把它撤销吗?”

“能!”臬司一声声回答,就像个受委屈的小媳妇。

“那就这样吧,这个案子撤了,天下太平,大家散了吧!”无奈之下,巡抚大人如此宣布,众人一哄而散。

第二十章

巧舌如簧

臬司回到臬司衙门,气恼不已。

分明是巡抚让自己严办的案件,在大庭广众之下却诿过于自己,弄得自己面子难看。

这不是推卸责任吗?抓是巡抚抓的,他却说不知道。

抓的原因,是王振风的手臂上有个刺青。现在出现这么多刺青,抓谁呀?

抓也抓了,打也打了,恶人做了,将来怎么面对王振风呢?他的弟弟可是知府啊!

看样子还得放,迟放不如早放。不过王振风被折腾得不成样子,总得治一下吧,赶快给他敷上金疮药,还得请他喝酒吃饭,希望他出去少说坏话。麻烦啊,这次可是上了巡抚的当了!

就这么着,王振风被放了回来,结论是:事出有因,查无实据,就此释放,不再追究。

王振风被抬回来的时候,老夫人差点哭晕过去。她没想到,自己老了,还看着儿子受罪。也没想到,儿子大了,官也当了,居然还吃官司。原以为儿子犯了什么滔天大罪,却原来什么事也没有,平白无故地被打得遍体鳞伤。老夫人弄不明白了,她觉得世道变了,变到自己家里来了。

周氏也是悲痛万分,自己的男人被折磨成这样,一日夫妻百日恩,叫自己怎么不心痛?丈夫回来以后,一句话都不解释,什么事都埋在肚子里。自己是个女流之辈,男人的事又不好多问,怕男人心烦。但她也隐隐约约地感觉到,这几年丈夫变了,自从当了保安团团长,他成天在外应酬,又是喝酒又是打牌,有时还带着脂粉的香气回家。丈夫在外面有女人了,她不敢问,她害怕,也心寒。她怕闹开了让老夫人受气,也让孩子受罪。她甚至觉得日子过不下去了,真不知道如何是好。

据说,丈夫是在跟女人喝酒时被抓去的,肯定喝得烂醉如泥,否则凭丈夫的身手,不会轻易被擒的。一定是栽在女人手上了,她也不敢提,提出来自己会颜面扫地,在家里更没有地位了。女人哪,是男人的一双鞋,穿旧了就换新的,旧的扔进垃圾堆。

王振风被放了出来,知恩图报,让周氏整了一桌饭菜,请王振帆夫妇和周大生赴宴。

王振风端起酒杯,勉强站了一站就坐下了,他的腿伤一时难以恢复。王振风说:"为兄这次大难不死,全仗二位贤弟鼎力相助,振风这辈子铭记在心,没齿难忘!"

振帆说:"兄长言重了,你我同胞兄弟,有福同享,有难同当,还分什么彼此?兄长的事也是我的事。"

周大生拱拱手说:"姐夫客气了!那昏官拿刺青说话,实在是浑蛋透顶。早知如此,那个黑衣人一刀将他结果算了,免得如今害人!"

振帆见周大生口无遮拦,说道:"贤弟说话须谨慎,别让人抓住把柄,又遭无名的陷害!"

周大生说:"兄长说得是,小弟记住了。"但他心里却想,那天晚上割了巡抚两只耳朵就好了,反正他也没有耳性,留着何用?

王振风喝了一口酒,酒是温过了的,但心是寒的。他说:"我身为进士,为官多年,没有功劳也有苦劳吧?没想到因为这一小块刺青,就平白无故地栽赃陷害,抓我入狱,企图置我于死地,实在令我心寒。大清没有王法,义城没有清官,除贤弟之外,难道还有什么说理的地方吗?"

周大生说:"说理?大清已经病入膏肓了,还说什么理?说理就得靠老百姓,就像那天工人纠察队拦轿告状一样,要不是人多势众,那巡抚能轻易认输吗?"

王振帆见周大生说话有点冲动,又提醒说:"话虽如此,但大生兄弟不要这么说,说了容易留下口实,于自身不利。"说完,他话锋一转,"兄弟我也有些疑惑。想当年金榜题名,我也热血沸腾,总想知恩图报,上报答朝廷,下荫庇百姓,多做点利国利民的好事。谁知当官之后,事与愿违,掣肘的不是朝廷就是上司,弄得你焦头烂额,什么事也干不成。百姓的苦处我也能看到,但做起来却无能为力,实在有愧!早知如此,也不必在官场上混迹了,免得落个庸官的骂名!"

见几个男人唉声叹气的,周氏说:"好了好了,你们几个大男人都尽力了,问心无愧就行了,该吃吃、该喝喝,别操那么多心了!"

刘氏也说:"嫂子说得对,我们都是人微言轻,朝廷和大官们也不待见我们,莫如做一天和尚撞一天钟,把钟撞响一点就行了!"

王振风苦笑着对振帆说:"也只能如此了,我顾我的吃喝,你顾你的撞钟吧。还是大生自由,一人吃饱全家不饿。大家都混吧,混一天算一天吧!"

王振风被放了出来,冯德仁紧张了,他怕告密的事暴露了,自己没法在进士第一条街混下去。他原以为王振风就是夜闯灵堂之人,报告巡抚之后,好帮助巡抚报了割耳之仇,将来在义城混迹会有更大的靠山。没想到告密告错了,巡抚大人会生气,王振风知道了会更生气,自己在进士第一条街会混不下去的。他得想办法转圜,把事情瞒过去。

他去找魏老板商量,没想到被魏老板骂了个狗血喷头。

"你这家伙,干了坏事还敢来找我?你就不怕我扒了你的皮,抽了你的筋?"

冯德仁连连作揖,赔着笑脸说:“魏兄息怒,魏兄息怒!这次我本想做件好事的,没想到马失前蹄!”

魏老板不依不饶,说:“你想拍巡抚的马屁,你拍就是了,为什么要利用我的逍遥楼,用我的小桃红呢?现在好了,赌场、烟馆、逍遥楼给一锅端了,连本带利都蚀光了,你看这账怎么算吧!”

冯德仁一想,不对呀,王振帆带人来查封逍遥楼,并不是因为王振风,而是因为搭救英姑,怎么把这笔账都记到自己头上呢?这个魏老板,也太狡猾了吧?

“好你个魏老板,你想移花接木哇?知府抄你的家,救走的是什么人?不是你金屋藏娇吗?如果不是为了英姑,王振帆和周大生会砸了你的赌场和烟馆?你自己犯的错,何必赖我?”

魏老板知道冯德仁说的是事实,抄家是因为自己失算,没想到王振帆这么厉害。可是秘捕王振风的确是在逍遥楼办的,现在王振风给放出来了,他不会迁怒于我魏老板吗?

魏老板非常不高兴地说:“你在逍遥楼把王振风灌醉,他又不是傻子,他不会来找我寻仇吗?”

“所以呀,”冯德仁说,“我们俩是难兄难弟,谁也逃不了干系。只有我们联起手来,才能过这关,才能在进士第这条街待下去。”

“怎么个化险为夷法呢?我伤透脑筋了。”

冯德仁说:“王振风只是个赳赳武夫,他没有多少花花肠子。我们只要死不认账,把责任都推到巡抚身上,就说都是巡抚设的局,我们是平头百姓有什么办法呢?”还是冯德仁点子多,他转了转眼珠子,又把绳子套在魏老板的脖子上。他眨巴眨巴眼睛说:“然后再把他从家里弄出来,到你那里养伤,让小桃红去服侍他,没准他就把前账忘了,后账都是他欠我们的了!”

“你这不又让我做蚀本的买卖吗?我又得把他当作爷来伺候着?”

“舍不得孩子套不着狼!你想想,你的赌场、烟馆、妓院都给封了,一时半会休想开张。下一步依靠什么赚钱？只能靠贩烟这一条路了，走这条路还少不了王振风这个护身符的，你算算账，是不是吃小亏占个大便宜？"

魏老板也不是个智商很高的人，他做生意多半靠的是冯德仁的主意，以后做烟土买卖，少不了还得仰仗冯德仁，所以他只好接受冯德仁的建议。

"那该怎么对付王振风呢？他现在被打得半死不活的！"魏老板没辙，只好听冯德仁的。

冯德仁回答："这就得你魏老板亲自出马了，他不是你商会的保安团团长吗？"

过了几天，魏老板备了一份厚礼，无非是人参、燕窝之类，又揣了十根"小黄鱼"，登门拜访王振风。

他把礼物放在桌上，拱拱手说："振风兄这次受惊了，魏某特来看望，顺便把这个月的月俸给你送来。"说着，他掏出十根金条，交给周氏，又说，"嫂夫人请收好，这是团长应得的份额。"

俗话说，伸手不打笑脸人。见魏老板如此谦恭的态度，王振风暂时把在逍遥楼的不快搁下了，再者，他在逍遥楼被捕那天，魏老板并不在场。

王振风说："这次大难不死，全靠乡亲们鼎力相助，王某感激不尽。"王振风想到的是拦轿告状的事。

"当然当然，这是我们乡亲们应该做的。"魏老板想把功劳往自己头上拉。

王振风也不计较这些，他现在已经死里逃生了，死过一番的人才知道生的可贵，他也不想再得罪人，更何况魏老板也没有得罪自己，他觉得。

"谢谢魏老板了，王某无以为报，实在惭愧了！"

"哪里哪里，王兄在商会做了许多事情，大家都铭记在心，今后商会的公事，还得仰仗王兄多多出力呢！"

周氏插了一句嘴，说："恐怕不行了，他的身子骨伤得厉害，两条腿都站不起来了。"

“交给我交给我。”魏老板来了个顺竿爬，“我那里有上好的金疮药，也有著名的坐堂医生，虽不敢说是华佗再世，但手到病除那是一点也不假的。改天我把王兄接到我们药房去，在那里住店养伤，肯定可以痊愈，保你还是一个武林高手。”

话说到这里，都非常客气。王振风也认为魏老板够朋友，没有提逍遥楼的事，甚至也没提英姑的事。因为英姑是刘氏的表妹，英姑的事是王振风下狱后王振帆办的，王振风也不是很清楚。

如此一来，魏老板下了套，王振风又入瓮了。过了几天，魏老板用一台小轿将王振风抬到如意轩。

如意轩，是逍遥楼被封之后魏老板新开的一家酒楼，这个酒楼不对外营业，只用作内部招待，专门接待达官贵人。

魏老板把王振风迎到一个包间。王振风一看包间的名字叫“鸳鸯阁”，便知道又是吃花酒的所在。

进了包间，有个人迎上来，对着王振风深深鞠躬，头也低着，腰弓成九十度，嘴里说着：“振风兄恕罪，振风兄恕罪！”

王振风一看，原来是冯德仁。

王振风很生气，准备拂袖而去。

魏老板一看情况不妙，连忙拉住王振风的手臂，说道：“振风兄留步，振风兄留步！”

王振风想起逍遥楼的事，如果不是冯德仁把自己灌醉，那十几个亲兵休想制伏他，他也不至于受多日的皮肉之苦。

王振风指着冯德仁说道：“小人！无耻小人！”

任王振风骂了一阵，冯德仁才抬起头来，拱手说道：“兄长骂痛快了就好，其实，小弟实实在在冤枉！”

这时的王振风脑子是清楚的，他说：“你冤枉什么？分明是你与那巡抚勾结好的！”

冯德仁知道，必须把巡抚的关系说清楚，否则不可能取得王振风的谅解。

“兄长明鉴，那巡抚是何等人，小弟怎么能和他结交呢？再者，他那样的位高权重，小弟想巴结也巴结不上呀！”

王振风想，冯德仁说的最后一句话倒是真的，当官的见巡抚都难，何况老百姓呢？不过他还是怀疑，怎么那么巧，他这边喝醉了，那边就来了总兵？他还是怀疑冯德仁做了手脚。

“我平时待你不薄，说起来咱们还是表亲，你怎么能坑害我呢？”

冯德仁可不这么想，人活在世上，只有自己是唯一重要的，其他什么七大姑八大姨，都是利益共同体，有用就利用，没用就不用，说什么表亲不表亲，就是至亲又怎么样？

冯德仁心里这么想，嘴里却说：“你看你看，你这样就见外了。你是我嫡亲的表兄弟，又是义城的名人，我奉承还奉承不过来呢，怎么会坑害你呢？天地良心，那天就是个巧合，我也不知道有人埋伏在那里，要是知道，打死我也不会约你去逍遥楼吃饭的。”

冯德仁知道，只要自己死不认账，王振风也是莫奈何的，因为他并不知道底细。把好话说尽，笑脸赔够，铁杵都可以磨成针的。

魏老板也帮着说话：“振风兄多心了，那天真的不能怪他。他请你吃饭连我都没有招呼，我也是蒙在鼓里，谁知道那些兵等候在那里呢？冯老板真的是好心办了坏事，一场误会。”

王振风还是痛定思痛，没有缓和的表示。

这时传来一个女人的声音：“哟，王大人真是大人有大量，不和我们一般见识呢！”

王振风一听，就知道是小桃红来了。他原来也是生小桃红气的，不知怎么，一听她娇滴滴的声音，那气儿就泄掉了，就像一只瘪了气的皮球，任人搓、任人捏了。

小桃红一步就扑到王振风的身边，用手拂着他的胸脯，软软地说："这胸脯好硬啊，那天压在我的身上，我的气都喘不过来咯，差点给你压扁了呢！"

王振风知道小桃红说的是假话，但是他爱听，他就喜欢听女人说他是赳赳武夫，这是他的骄傲。

王振风的气被小桃红挑逗着，已经泄了许多，但他仍然责怪说："小桃红，我知道你和冯德仁是一伙的，那天故意把我灌醉！"

"啐！"小桃红做作地啐了一口，说，"我说你和冯老板是一伙的呢，你那天一会干杯，一会放鼍子，最后还压在我身上，嘴对嘴地喂我喝酒，我醉得一天一夜醒不过来呢。你真是害人，是个害人的大坏人！"

小桃红怎么耍赖，怎么撒娇，都是不为过的。王振风就吃这一套，明知不是真的，也只好不当假的相信了。他宁愿相信小桃红没有和冯德仁勾结，进而也没有和总兵勾结，所以他那天被抓纯属偶然，与魏老板更无关系了。

就这样，王振风原谅了这几个人，大家又像亲朋好友般举起杯来。这一次王振风没有多喝，其他人也没有多灌，因为没有必要了，此一时彼一时，各有各自的妙用。小桃红竭尽挑逗勾引之能事，将王振风逗得浑身酥软酥软的，仿佛酒不醉人人自醉了。最后魏老板宣布：王大人就留在鸳鸯阁养病了，日吃三餐、夜眠一宿的任务，就交给小桃红了，病不好不归，病好了不想归也不归！

王振风认为这是理所当然的，小桃红也没有认为是不应该的，魏老板和冯德仁知道是算计好了的，一切就这么勾搭成功了。

可怜的是王老夫人和周氏，一个看不见儿子，一个再也看不见丈夫了。

第二十一章

恩断义绝

魏家庄的赌场、烟馆、妓院被封以后，警察又去搜查了一番，把赌具、烟具和剩余的烟土都收缴了。魏老板不仅损失了一大笔钱，关键是生意做不成了。警察已经盯紧了自己，再想开张营业，几乎是不可能了，他烦恼不已。

烟土销售的渠道还是存在的，但是货源断绝了。剩余的鸦片被抄没，亨特的船也好长时间没停靠了。英国人的毒品过不来，他束手无策。

还是冯德仁有办法，他似乎是无所不能的，总能从夹缝中长出枝条来，然后开花结果。

魏老板一筹莫展，向冯德仁请教："下一步该怎么办呢？"

冯德仁也是魏家庄的股东，二者是一损俱损、一荣俱荣的关系。一只鸡飞走了，那只蛋也会打破。

"罂粟是可以自己种的。"冯德仁轻描淡写地说。

魏老板很惊讶："自己种？在哪种？怎么种？"

冯德仁哈哈一笑："这你就孤陋寡闻了吧？"

罂粟这种东西，被称作"快乐的植物"。它的花非常漂亮，有各种各样的颜色，绚丽多彩，很受人喜爱。

古希腊人早就赞美过罂粟，他们崇拜的司谷女神，手上就捧着一枝罂粟花。那个统管死亡的魔鬼之神，在酣睡中显得很安详，因为他的儿子守在床前，手中就捧着罂粟果。

罂粟的茎和叶里，含有少量生物碱，晒干以后许多人把它切成烟草吸食，可以治病。那些未成熟的罂粟可以割开来，取其汁液，凝固后可用烟袋锅的长管吸食。成熟的罂粟果割裂以后，它的汁液凝固于果壳之内，就成了鸦片的原体。罂粟果里甚至有对健康有益的油脂，用于世界各地的沙拉中。

但是罂粟是一把双刃剑，吸食多了就会成瘾，变成慢性中毒，严重的变成“鸦片鬼”，最终因呼吸困难而丧命。所以它和大麻、古柯一起，被称为世界三大毒品。

其实，人类的祖先早就认识了罂粟。在新石器时代，在地中海东海岸的群山中就偶然发现了这种植物。五千年以前，苏美尔人就称罂粟为“快乐的植物”，认为是神灵的赐予。公元前三世纪，古希腊的书籍中就把它称为“忘忧草”。

问题出在十九世纪后，罂粟成了悬在人类头上的达摩克利斯之剑。在使人们忘却痛苦、寻找快乐的同时，它也让人的生命在麻醉中枯萎，在迷幻中走向毁灭。早期殖民者的贪婪，把灾难引向了全人类。而他们在本国禁止吸食鸦片，而在缅甸的东部地区却种植罂粟，并形成被后人称作“金三角”的制烟地区。这个金三角，就包括缅甸、泰国和老挝边境的三角地带。

最早用工业方法提取鸦片的殖民者不是别人，正是英国人。

英国人强迫金三角地区的土著人种植罂粟，在当地制成鸦片，然后销往世界各地以攫取高额利益，却给这些地区带来无穷的灾难。

罂粟是公元七世纪由波斯地区传入中国的，鸦片战争后英国人开始向中国大量输入鸦片。当时的中国已经有不少人染上了毒瘾，成了名副其实的瘾君子。

“其实，在中国，在义城，都是可以种植罂粟的。”冯德仁总结道。

魏老板很感兴趣，如果在本地可以种植罂粟，自己加工提炼鸦片，那样成本就可以低很多，利润就更加可观了。

“在什么地方种罂粟合适呢？”

“在江心洲最合适。”冯德仁早就想好了。

江心洲是位于长江中的一个岛屿，面积不大不小，以种植水稻和油菜为主。这个小岛四面环水，只有小船通达义城，把农产品卖到义城，从城里买回生活必需品。那里的农民很闭塞，没有船出不了门，有的人一辈子就生活在小岛之上，从未进过城。

“在那里让农民不种粮食，改种罂粟，许以高于粮食的利润，种地的人肯定会乐于从命的。”冯德仁说。

魏老板的脑子也在飞快地转着，他打算在那个闭塞的小岛上就地加工鸦片，神不知鬼不觉，运进城也比较方便，只要保密工作做得好，就可以坐收渔人之利了。

“用当地人种、当地人加工，用王振风和周大生的保安团押运，一定可以万无一失。”魏老板说。

“你真是太聪明了！”冯德仁知道，自己的主意在魏老板心里扎根了，自己只等着收银子了。

说干就干，魏老板开始了自己的发财梦。

他雇了一只小划子，带了一名伙计，从江边上船，向江心洲划去。

那只小划子，是一种只能乘坐两三个人的小船，两头尖尖，船身很轻，吃水很浅。到了江中间，波浪起伏，这一叶扁舟就像漂在江面上的荷叶一样，飘忽不定，全靠船老大的驾驶技术，在颠簸中求生存。如果一不小心就会连人带船倾覆下去，人就可能喂鱼。

魏老板坐在这种小船上，胆战心惊。但见众多的小划子在江面上来来往往，看水天一色，倒也是一番景致。再加上求财心切，魏老板也就忍耐下去了。

好不容易划到了江心洲，船老板往岸边搭了块跳板，魏老板付了银子，这才一颠一颠地走过跳板，一脚踏在地上。他这是第一次乘坐这样的交通工具,想一想还心有余悸。

上岸一看,江心洲还真是一个世外桃源。这里没有城市的喧哗,也没有人来人往的拥挤。田野里种着一色的油菜,油菜花盛开着,金黄金黄的,空气中还弥漫着清清的香气。岛上的人住着典型的徽派房屋,白墙黑瓦,飞檐翘角,马头墙骄傲地耸立着,一派升平气象。各家各户都晒着渔网,看样子在种地的同时,还以捕鱼为生,颇有点农家乐、乐陶陶的景象。

岛上人看见来了生人,又似大老板模样,都另眼相看。魏老板点着头,和善地打着招呼,请教着族长的住处。有热心的后生把他带到族长的家里。

族长的房子比别人家更大,门头更高,墙刷得更白,家具更讲究。族长听说来了城里人,便在客厅迎接。

族长已经高龄,看样子有七十来岁,胖胖的脸上显着红润,一把白胡须飘在胸前。族长说:"不知贵客光临,老朽有失远迎,失礼了!"

魏老板说:"哪儿的话,魏某初次拜访,有点唐突,请族长见谅。"

魏老板放下礼物,喝了一口茶,开口说道:"魏某这次专诚拜访族长,是想和族长谈一笔生意,谈成了,对乡民们是有好处的。"

族长有点兴趣,说:"老朽愿闻其详。"

魏老板算过一笔账,乡民们种一油一稻,或者种一麦两稻,年收入一亩地最多两块银圆。他打算让乡民们家家户户种罂粟,每亩地除了付两块银圆的成本外,再付两块银圆的利润。种的罂粟全部由魏老板收购,歉收由魏老板承担,销路由魏老板负责,乡民们只要坐收双倍的银圆就行了。

"如果丰收了,我还可以给乡民们一些奖励。"魏老板说。

族长捋了捋胡须,闪烁着锐利的目光。他发现魏老板的眼睛深处隐藏着某种东西,这种东西肯定对魏老板有利,否则他也不会亲临江心洲开出如此诱人的条件。

"你收购罂粟做何用处呢?"族长问。

"做药。"魏老板马上回答,"我们魏家庄是做药材生意的,罂粟是一种良药。我们自己种植，自己加工，药品的质量有保证，成本可以低些，价格也可以实惠，用户也能得到好处。”

族长一听，没有什么破绽，反正收入可以加倍那是肯定的了，仅这一条乡民们一定满意。再者，种坏了也不用乡民负责，何乐而不为呢？

“我看可以吧，接受魏先生的条件，先种一年试试？”

“一言为定，这茬油菜收割后，就种罂粟。我马上把罂粟种子送来，再派几个技工来指导种植。”

“那样更好，我们就签个合约吧。”族长答应了。

计划进行得很顺利。不久，罂粟果就在江心洲这块土地上发芽了。到了春天，花开灿烂，姹紫嫣红，十分好看，江心洲就成了花的海洋。乡民们看着这种漂亮的植物，颇有点赏心悦目、心旷神怡的感觉，觉得比种粮食轻松多了，也愉快多了。

这期间，魏老板也在江心洲建起了加工厂房，将罂粟果和罂粟的茎叶都收购来，加工成不同的产品，特别是提炼出纯度很高的鸦片，然后进行包装、打捆，除了他自己之外，谁也不知道这是什么东西。

魏老板不想亲自押运鸦片，他感到不安全，一是害怕翻船，他不会水性，二是怕鸦片露馅。他找到王振风，请他派保安团押运货物。

“什么重要货物，还要保安团押运？”王振风问道。

魏老板还是瞒着王振风的，他不希望外人知道这个发财的秘密。“是上好的食品，由保安团的人押运比较稳妥，要是周大生亲自押运，那就更好。”

王振风就安排周大生去做这件事。周大生也以为是江心洲长出来的什么农产品，雇了一只大船，将整包整包的鸦片和成捆成捆的茎叶，从江心洲安全地押运到如意轩，交柜了事。

有了这批货物，魏老板和冯德仁就搭建了贩卖鸦片的平台，以如意轩为基地，对全城的药商、烟馆、饭店、妓院进行批发供货，同时也为私人送货上门,以源源不断的鸦片撑持着全城的毒品市场,赚来滚滚银圆,与冯德仁坐地分赃。

因为有了货源,义城的烟馆有了爆发性的增长。那些大大小小的烟馆、那些人来人往的散座和雅座,与赌场、饭馆、妓院混在一起,发展很快,不管是达官贵人还是凡夫俗子,都有人问津,而且乐此不疲。

开设烟馆的大多是地痞、流氓、恶霸。还有一些被吸烟弄得倾家荡产的人,为了偿还巨额债务,也来铤而走险。严重时,城镇集市、人口集中的地方,特别是风月场所附近,都成了藏污纳垢的地方,成了恶势力敛财的主要场所。在城区,凡旅馆、商店、妓院、浴场都配有烟具,供客人吸用。甚至有的戒毒医院,名为戒毒,实为贩毒,挂羊头卖狗肉,实在无孔不入。商界拉生意,官场拉关系,往往先到烟馆结交,再说其他。就连许多人的家里,都备有烟榻、烟灯、烟枪供贵客使用,否则就是待客不善,礼数不周。

烟馆的老板最会两面待人,有钱人来了,一律待为上宾,吃喝拉撒睡全包,一条龙服务。一旦把客人的钱财榨尽,立即翻脸不认人,扫地出门。到最后,吸烟人成了不能自拔的大烟鬼,成了一个废人,眼泪、鼻涕、口水一起流,哈欠不断,浑身无力,面黄肌瘦,精神空虚,懒惰成性。为了得到一口烟、一袋白粉,他们能卖妻女,甚至抢劫、偷盗,无所不为。真所谓一旦吸毒,十年戒毒,终生想毒,十分顽固,以致早殇。

魏家庄的贩毒生意做成这样,弄得民怨沸腾,但也没办法,一个愿买,一个愿卖,公平交易,你奈我何?再者魏老板卖出的烟,自己生产,自己加工,就地取材,就地供货,没有什么欺诈行为,政府只好睁一只眼闭一只眼。民间虽然怨声载道,老老少少抽烟的人不少,但因为魏老板交烟捐、贴印花税,倒是帮了政府的忙,官商也就这样两清了。

王振帆明知烟毒猛如虎,也想早日取缔,但是他孤掌难鸣,那些高官不理不睬,终日掣肘,他也没有办法。

王振风已经被彻底拉下水了。他在鸳鸯阁养伤,吃的是山珍海味、飞禽走兽,喝的是玉液琼浆,吸的是上等好烟,整个人都变了。他每天在这里为冯德仁、魏老板和一班狐朋狗友谈生意提供保护,有空就打麻将、抽大烟,又有小桃红不离左右地服侍着,过的是神仙日子,实在有点乐不思蜀了。

他早把母亲和妻子、儿子忘了。

直到有一天周氏找上门来,他才大吃一惊。

周氏已经独居多日,她已经觉得无所谓了。她知道丈夫在外面有女人,拉是拉不回头的了,更何况一个妇道人家,怎么办?逼紧了只会换来一纸休书,她只能忍气吞声。但是家里上有老下有小,老夫人谁去伺候?儿子谁去教养?家里过日子开支从何而来?她只知道冯德仁和魏老板把他接走了,去哪儿了?干什么事?病好了没有?她不知道,也见不到神出鬼没的冯表兄和魏老板。

她费了好大劲,才从周大生那里了解到一点情况,才知道王振风过着花天酒地的生活。

当她走进鸳鸯阁的时候,小桃红正在伺候王振风抽大烟。小桃红凑近烟灯给王振风烧了好大一个烟泡,王振风正享受着清香迷幻的感觉。他的一条大腿伸进小桃红的怀里,小桃红正揉着,看见周氏来了,她把王振风的脚藏进裤裆里,面不改色心不跳。

倒是王振风一屁股坐起来,手拿烟枪说:“你怎么来了?要不要也抽一口?”

王振风把腿从小桃红的裤裆里抽出来,尴尬地说:“这是小桃红,是魏老板的人,专门安排来照应我的。”

周氏的心冰冷的。那个小桃红,年纪又轻又漂亮,还风骚成性,注定要勾去王振风的魂儿的。她不便发作,只想把王振风弄回家去再说。

“你也不回去看看你娘,过几天是老人家七十大寿了,你这个做儿子的,不会不记得吧?”

“啊?七十大寿?母亲大人?”王振风找着措辞,“记得,当然记得,太记得了，我正准备给老太太办寿礼呢！”

“办寿礼不重要，你只要回去吃顿饭就行了。”

“一定去，老太太都七十了，容易吗？不给老太太做寿那还叫儿子吗？”王振风信誓旦旦。

周氏知道他在说瞎话，如果这次她不来，他肯定忘记了，每天混在女人堆里吃喝玩乐，当然比在家里面对老的老、小的小强多了。这次能不能回去就看他的良心了。她甚至已经不计较他的良心了，因为她自己的心基本上凉透了。

后来，老太太的七十大寿还是办了，因为没有王振风，还有王振帆操办呢，而且办得很热闹。来贺喜的，大部分是进士第的街坊邻居，还有周大生那一班工人纠察队的朋友们，还有一些王振帆的同僚。王振风也回来了，回来就给母亲磕头，献了两支人参和两盒燕窝。

大家都给老太太磕了头，鞠了躬。老太太连说“不敢当、不敢当”，说自己已是古稀之人，能有这么多亲朋好友念着自己，实在是三生有幸。这个恩情，以后由两个儿子来回报，自己也会在观音菩萨面前为大家祈福，祝大家阖府平安，云云。

酒宴之后，老太太把儿子、儿媳们叫到跟前，做了交代：“我已经被黄土埋到脖颈了，快要去见你们的父亲了，有几句话要对你们说一下。第一，从你们父亲开始，我们家就是老实人家，大家要洁身自好，不要与市井无赖为伍。第二，我们家虽然不富，但也不穷，吃饭过日子绰绰有余了，不要图外来之财，不贪嗟来之食，否则，欠债总是要还的。第三，夫妻恩爱是居家之要，虽不能举案齐眉，但也必须坦诚相待，给子孙们做个榜样。你们若能做到这几点，我也就可以安安心心地去见你们的父亲了。”

母亲没有要求儿子大富大贵，只祈求平安幸福，图个家和万事兴。

两个儿媳唯唯诺诺，谨听着婆母的教诲。听起来这些话十分平常，但周氏明白，要想让王振风做到，可就不那么容易了。

周氏知道,丈夫的心早就不在家里了。他的仕途不顺,处世又没有原则,总想做点什么事,以证明自己还是有为之人。他所结交的朋友,利用的就是他的名声。他们把他捧高,以便狐假虎威,做一些非法之事,而他自己浑然不知,落入别人精心编织的温情网中,还自得其乐,自认为是男子汉大丈夫。

自从母亲训诫之后,王振风收敛了一些,回家的次数也比过去多了一些。但是他把鸳鸯阁里面的豪华烟具也带回来了,烟瘾一犯,立马让周氏点烟烧泡,他就吱溜吱溜地猛吸一场。他的烟土从来不缺,也没有花过钱。周氏知道,要是自费吸烟,王振风的家产恐怕也要卖尽了。更让周氏恶心的是,王振风偶然回来一趟,总是带着女人的脂粉香,她知道那是小桃红的,甚至不止一个女人的。周氏拿出女人常用的办法来对付,一哭二闹三上吊,一点也没有用,别说举案齐眉了,他根本就不在家吃饭,跟谁举案,跟谁齐眉去?

周氏知道,这个家无可奈何花落去了。周氏不敢报告老夫人,那样会让老人家受不了的。周氏不想担待这个名声,一个人强忍着。

但老太太不仅管家很严,而且是极明白的。她不问自己的儿媳,她知道周氏是不会说的。她从大侄子冯德仁口里探到了一些蛛丝马迹,居然搭了一乘小轿,不声不响地来到如意轩,上了三楼,直奔鸳鸯阁。一见这名字,老人家就紧锁眉头,一推门进去,正看见一对野鸳鸯在做那苟且之事。老夫人一怒,冲上去扇了小桃红两个嘴巴,又指着王振风的鼻子骂道:“你、你、你……你这个毫无廉耻的不肖子孙!”

小桃红可不是个善茬,她见老太太不敲门就进来撞破了她的好事,还被赏了两个耳光,马上野性大发,撒起泼来:“你这个老不死的,懂不懂礼貌?不敲门就往里闯?找死呀你?”

老太太说:“跟你这种不入流的女人说话,还讲什么礼貌?你配吗?”

小桃红一听,火更大了:“咦!今天是撞见鬼了,还从来没有人和姑奶奶这样说话呢,今天是反了天了!"

"你是谁的姑奶奶?我偌大年纪跟你说话,你这是礼貌吗?你不是泼妇是什么?"

小桃红哪肯让步:"我就是泼妇,泼妇就是你的姑奶奶,你是老泼妇,姑奶奶今天要教训教训你!"

说着,小桃红扑上前,一手揪住老太太的发髻,一手左右开弓,噼里啪啦抽起老太太的嘴巴,然后将老太太的头往下摁,摁在自己的裤裆以下。

年已七旬的老太太哪是小桃红的对手,不一会就被折腾得气喘吁吁,话都说不出来了。

这时,王振风却似没有人性地说:"轻点轻点,老太太有病,经不起折腾。"

小桃红不依不饶,仍然不松手:"她经不起折腾我就经得起折腾了吗?我要不折腾她,她就会折腾我,活该打死这个老瘟婆!"

王振风急了,喊道:"住手,这是我母亲!"

小桃红说:"我知道是你母亲,不是你母亲我还不治她呢!将来我进了你家的门,是她服侍我,不是我服侍她,这件事要拎拎清楚!"

王振风实在看不过去,使劲掰开小桃红的手,结果她的手上揪出一把头发,老太太的发髻散了,头发掉了一块,头皮都发红了。

王振风把老太太抱在怀里,呼叫着:"妈,妈!你到这里来干啥?"

老太太睁眼看了看儿子,气息悠悠地说了一句话:"你、你真是个好儿子!"说罢,晕了过去。

这时,周氏正好赶来,看见这一幕,火冒三丈,先是抓住小桃红一阵暴打,两个女人揪在一起,互相扯着头发。一个骂道:"打死你这个婊子!"另一个说:"你是婊子,你家老太婆也是婊子!你一家就出婊子!"周氏腾出手来,在小桃红脸上抓了一把,抓出五个血道道。小桃红一摸脸蛋,又痛又辣,知道毁了容。她气从心上起,恶向胆边生,伸出一只手,抠在周氏的眼窝里。

周氏大叫一声，马上血流满面。然后两个女人都气急败坏，互相往死里整，越厮打越惨烈。

王振风先抱住母亲，把她平放在沙发，这才回过头来看看这两个女人，厮打得已经不成人样。他不知帮谁是好，先是尽全力把两个女人分开，他的臂力过人，当然不是两个女人应付得了的。两个女人分开后，一个倒在柜子边，脑袋磕出一个血块；另一个头磕在墙上，口中吐着白沫。

王振风先去照顾小桃红，见她满脸是血，便用毛巾擦了擦，看着五道血印，知道是毁了容了，她看家的本领可能要低得多了。小桃红睁眼一看，见是王振风，叫道："你要是爷们，你就给我去杀了那个婊子！"王振风安慰着说："别生气别生气，生气出血更多，治起来不方便。"

王振风再过来看看周氏，周氏捂着一只眼，眼珠子都暴出来了，她呻吟着，疼痛难忍。王振风说："好好的，你跑到这里来干啥？"周氏说："我是来找妈的，谁知这个小婊子……如此狠毒！"王振风说："算了算了，相吵无好言，相打无好拳，谁让你先动手呢？"周氏说："她把妈都打成那样子了，你还怨我先动手？"

说罢，周氏挣扎起来，又向小桃红扑去。王振风看苗头不对，从后面一把扯住周氏的衣领，骂道："你还嫌闹得不够呀？非要死人才罢休吗？"周氏说："对，今天有她没我，有我没她，总得做个了结。"说着，挣脱王振风的手，奔过去抓住小桃红的头发。

王振风真的生气了，一步跳过去，揪住周氏的头发，噼噼啪啪地打了起来，一边打还一边骂："你这个黄脸婆，泼妇，净坏我的好事，打死你也不冤。"王振风说得兴起，下手也重，周氏捂着的眼珠子也被打飞了。周氏哀号一声，差点晕了过去。

小桃红看见这一切，幸灾乐祸地说："打得好打得好！打死她，打死她！"

王振风见小桃红嚣张起来，也走过来赏了她一个耳光，骂了一声：

“闭嘴!”

周氏看见王振风绝情绝义,不但不顾自己的伤痛,反而将自己的眼珠打掉,再看见老夫人也晕死过去了,她对王振风彻底寒了心。她觉得丈夫早已是陌路人了,不敬老不爱小,有家不归,无事可为,整日抽大烟、嫖女人,已经成个废人了。今后的日子怎么过?靠他维护家庭是不行的了,自己又不能独立养家,看来这个家要散了。她想,迟散不如早散,也免得自己多受罪。她已经受够了,现在连眼睛都瞎了,疼痛难忍,一种剜心剖肺的感觉使她精神崩溃,她大喊一声:“王振风,你这没良心的东西,老天有眼会惩罚你的,你好好养你的儿子吧!”说着,她爬起来,推开三楼的窗户,一头栽了下去……

第二十二章

长天遗恨

英姑到南京找到了杨绍文。英姑诉说了父亲被害和自己被绑架的情况，杨绍文义愤填膺，怒火中烧。他说只因清王朝腐朽无能，才会发生这样的事，这个仇一定要报，而且报仇雪恨的日子也不远了。

杨绍文介绍英姑到革命党总部工作，学习革命道理和革命方法，经常让她参加革命活动，锻炼提高她的革命能力。英姑的眼界逐渐开阔起来，思想也逐步成熟。慢慢地，她已经成为一个革命者了！

有一天，英姑在总部机关看守电话，杨绍文去送一个下线人员离开南京。

这个下线已经暴露了，杨绍文告诉他，为了组织和他个人的安全，让他立即转移。但这个下线说，他家里还有一笔活动经费，需要拿出来交给组织。实际上这是个借口，下线是舍不下老婆，想回去和老婆告别。

杨绍文不同意，让下线当晚住到旅馆去，不要回家，也不要自己去取经费，以后由组织派人去取。双方约好第二天中午在码头见面，船票由杨绍文负责。

这个下线按要求在旅店租了间住房，晚上一个人喝酒解闷。喝着喝着，他突然想家了，妻子美艳无比，是个从良的妓女，他非常着迷，到了一日不见如隔三秋的地步。

这个下线想到此次离开南京，还不知何日相见，甚至不知还能不能相见。他的心空落落的，越想越不是滋味。于是，他穿好长衫，戴好礼帽，走下楼去，沿着大街向自家方向走去。

他一边想着组织的告诫，一边想着自己的妻子，思想矛盾着，步子走得很慢。他知道回家会有风险，但又不相信会那么巧。明天就走了，难道今晚会遇到警察？

终于，他走到自家的那条弄堂，走近家门口了。他看看周围，静悄悄的，一个人也没有，也没听到什么声音。他抬头看看自家的窗户，心中一喜，那盆玫瑰还放在窗台上。那是安全标志，只要家中平安无事，妻子就会把那盆玫瑰放在窗台上。他放心了，决定回家和妻子度过临别前的最后一晚。

他掏出钥匙，打开大门，然后锁上，心想，这下子安全了，谁也进不来了。

他走进客厅，里面黑乎乎的，他知道妻子可能睡了。他打开电灯，将自己的衣帽挂在衣架上，然后抬步上楼。

忽然，他听到一点窸窸窣窣的声音。他停住脚步，仔细听了一会，那声音又没有了。他放心地走上楼梯，经过走廊，走近卧室。他怕惊醒了妻子，轻轻推开房门。正准备打开电灯时，电灯突然自己亮了，眼前的一切让他心惊肉跳，魂飞魄散！

屋里有四个警察，一个靠门站着，打开电灯的就是他；一个在窗口站着，很容易看清街上的一切；另两个警察紧挨妻子坐着，妻子被夹在中间。茶几上放着一堆金银首饰和钞票，那就是活动经费了。

他看见苗头不对，想返身逃跑，结果走廊里的电灯也亮了，三四个警察抱着胳膊堵在那里。他这才知道，不听杨绍文的话，一切都完了。那个他日思夜想的青楼女子，将他出卖了。

为了保全自己的性命和他的那个所谓的家，他很快就叛变了，经不住恐吓利诱，他什么都交代了，包括当天中午的码头之约。

下线叛变的消息，革命党中午才知道，赶紧给杨绍文打电话，但杨绍文已经出发了，怀揣着那张船票。

电话是英姑接的，她的头脑发涨。她知道杨绍文去赴约，那就是羊入虎口了，等待他的是叛徒和警察形成的包围圈。怎么办？她该怎么办？

必须阻止他们见面，必须赶在杨绍文到达码头之前，否则后果不堪设想。总部的安全、联络点的存在，都将受到极大的威胁。

英姑决定去送信，阻止杨绍文与叛徒见面。她学着革命党人的样子，迅速化好装，穿上男人的长袍，戴上礼帽和眼镜，贴上胡子，就出发了。她没有手枪，兜里只有几支飞镖。父亲教过她飞镖绝技，她能百步穿杨，百发百中。

英姑搭上一辆黄包车，车夫很年轻，她让车夫尽量快跑，说是可以加倍付费。车夫觉得这个客人性子太急，自已跑得跟马一样快了，客人还在抽鞭子，真的把自已累死了。

码头上有很多人，她也不认识谁是下线，她只能找杨绍文。

杨绍文也化了装，扮成一个码头工人，和扛包的工人混在一起，他也在观察着周围的情况。

下线早就来了，他站在明处。今天他是个钓饵，没有必要隐蔽，越是位置明显越能引鱼上钩。

杨绍文已经发现下线了，他一边用毛巾擦着脸，一边向下线走去。下线正在向远处张望，居然没有认出眼前的“码头工人”。

英姑认出杨绍文了，她快步走上前去，用文明棍戳了杨绍文一下，说：“喂！我那里有只箱子，你去帮我扛一下！”

杨绍文觉得很奇怪，在这种场合，他对每一个人、每一个动作、每一句话都是敏感的。他看了看面前的这个男人，文质彬彬的，只是个子有点瘦小。

“看什么看？还不跟我去干活，少不了你的工钱！”说着，用眼睛瞪了瞪杨绍文。

杨绍文当然认出了英姑，但一时猜不透她为什么而来。既然来了，就不会是什么好事，他知道。他瞥了下线一眼，转身跟英姑走了。

从杨绍文瞥的那一眼中,下线认出了他。下线喜出望外,伸开双手去拉杨绍文。这个动作被英姑看见了,她情知不妙,情急之下,她挥了一下手,谁也没有发现,一支飞镖已经插进了下线的喉管。下线呜呜地叫着,一个字也说不出来,双手抓住自己的喉咙,极端痛苦地呻吟着,不一会便扑倒在地。

这时,埋伏在周围的便衣警察才发现有异,扑过去,问下线怎么回事。下线已说不出话来,只用一根手指头指向前方。便衣警察抬眼一看,前方已经有很多人,男女老少都有,当然不知道下线所指何人了。

杨绍文跟着英姑迅速走出人群,在拐角处停了下来。英姑紧张地说:"下线叛变了,我接了电话就赶过来了。"

杨绍文说:"这个该死的叛徒,叫他不要回家他偏不听,这一下害人害己了。"

英姑说:"我用飞镖封了他的喉咙,这叫一箭封喉,就是不死也会变成哑巴了。"

杨绍文说:"赶紧撤,回去之后,总部和一些重要的联络点都要转移,叛徒不会说话还是会写字的,转移要紧。"

英姑正要叫黄包车,杨绍文说:"不用叫了,我就是拉黄包车来的,你坐上,我拉你。"

英姑说:"那怎么行呢?你坐上,我拉你吧!"

杨绍文笑笑说:"你看看咱们俩的这身打扮,谁坐车、谁拉车合适?"

英姑不再客气,坐上车,放下布帘。杨绍文用毛巾搭着头,飞快地离开码头。

这时,码头上乱成一团,警笛声、枪声响成一片,大概是警察发现下线死了,正在封锁码头抓凶手呢!

自从老夫人在如意轩气急发病,周氏跳楼自尽之后,王振风压力很大。街坊邻居都议论纷纷,说他"对老人忤逆","对妻子没良心","吃喝嫖赌,五毒俱全”。儿子也避开他，并且在同学面前抬不起头来。

王振帆苦口婆心地劝说王振风，让他迷途知返。王振帆说：“母亲大人也好，嫂子也好，她们出了事，就坏在你的两件事上——一嫖二毒。这两件事可是杀人不见血的刀子，兄长要远离才好。想当年，你也是响当当的男子汉，威震义城，谁人不知？谁人不晓？如今落下诸多骂名，多么可惜可叹！希望兄长像条汉子，哪里跌倒哪里爬起来，给祖宗一个交代。”

在振帆面前，振风更是自惭形秽，他觉得没脸见人，不仅难以面对家人，而且难以面对进士第一条街的老老少少。他想洗刷自己身上的污点，重新做个好人，但是来不及了，他已经陷入泥潭太深，难以自拔。毒瘾已经戒不掉了，小桃红缠上了自己，要他对她的下半生负责，因为她为他破了相，尽管破相并不严重。他已经欠了魏老板很多钱，包括日常生活和吸毒、嫖娼的钱，债台高筑。实际上他已经变成魏老板的一个打手，一个下三烂，要想重新抬头挺胸谈何容易！

他一不做二不休，要欠债就欠到底了，还不起钱就还人情了，不是说人情大似债吗？今后只要为他们多办事，哪怕做条看门狗，也算是还债了。

他当然知道，人微言轻，当了官就位高权重了。他想买个官当当。这在当时是很普遍的，清政府捐官是明码标价的，只要钱捐得好，不仅可以买个虚职，就是买个实职也不是不可以的。

有一天，他找到魏老板，说：“魏兄，我有一事相求。”

魏老板感到很奇怪，因为王振风从未用过这种口气跟自己说话。过去他虽然被罢了官，但说话办事仍然摆谱，瘦死的骆驼比马大，更何况他的确是武进士出身。如今他沦落到说话求人的地步，魏老板一下子还习惯不起来。

“大人有话只管说，何必带个‘求’字呢？”

魏老板仍然把王振风称作“大人”，因为他要在王振风的沉沦中加以利用，同时他又在利用中加速王振风的沉沦。

王振风直来直去，说："我想捐个官当当。"

魏老板先是一愣，继而说："何必呢？俗话说无官一身轻，你现在不做官不问事，是个名副其实的逍遥王，多痛快呢！"

王振风觉得，魏老板是在怜惜银子，因为捐个官，至少在千两以上，捐得多，官才当得大。魏老板是怕自己还不起这个债吧？

"魏老板没听说过吗？一年新知府，三千雪花银。你还怕我赖了你的债不成？"

"不是不是，"魏老板连忙解释说，"我是为大人着想，闲云野鹤惯了，当个家雀不自在呢！"

"我现在就不自在！"王振风说，"现在除了你魏老板以外，有几个人把我当人看呢？进士第这条街南来北往上万号的人，有几个不知道我是负义之人呢？我如果不当官，谁把我放在眼里？"

魏老板在脑子里飞快地打着算盘，权衡利弊。他觉得如果借给王振风银子，官是可以捐到的，朝廷正在卖官，但这银子出去是回不来的，王振风肯定还不了这笔债，那就是肉包子打狗了。但是，王振风还是有用的，且不说他原来是个武进士，也当过守备，就凭现在他的知府弟弟，那影响也是够大的。一荣俱荣嘛，谁敢不把王家当回事？尽管王振风最近声誉不佳。如果帮王振风捐了官，王振风一辈子就是欠了自己的，自己说往东，他不会往西的。现在做鸦片生意，风险太大，靠自己的力量是做不到万无一失的，如果手里攥个官儿，那就不一样了，有个五六品官儿当保镖，还怕生意黄了不成？再者，捐官所花的银子，多做两笔生意就赚回来了，何乐而不为呢？

想好这一切，魏老板说："成呀！王大人本来就是当官的出身，现在重新出山，那还不威震江湖吗？捐官的事，就包在我身上了。你也不用向我借银子，你自己也不用跑腿，这种事让我来办。魏某就是做生意的，熟门熟路，也不怕露脸找人。你就在鸳鸯阁静候佳音吧！"

听到有这么好的事，王振风当然喜出望外，连连说："知我者，魏兄也！"

不久,魏老板真花银子给王振风捐了个总兵之职。这个官不大不小,在地方上也可以与知府坐在一条板凳上了,手上握有兵权,还是个武官,符合王振风的特点,也适合魏老板的需要。这个官也就是家乡的官,不会调到外地去,否则魏老板就收不回成本了。算盘打到如此程度,那也就算买卖公平了!

从此,王振风也不回家了,他说家里有周氏的鬼魂,住不下去。他另外买了一处房子,把小桃红接了过去,正式过起了姘居的生活。当然,这一切也是魏老板安排的,魏老板的投资是一定可以得到回报的。

在江心洲种植罂粟,已经是第三个年头了,原来不懂鸦片的,现在也懂了;原来懂得鸦片的,现在更明白了。遍地绽放的美丽花朵让人又爱又恨,族长觉得压力很大,不好做人了。

现在,江心洲几百户人家,家家都种罂粟,因为种罂粟赚钱,比种粮食、油菜、棉花强多了,谁怕钱多咬手啊?同时,家家户户都有人吸鸦片了。魏老板就地办了个加工厂,时间一长,大家都明白了,原来罂粟的果实和茎叶都是好东西,吸上了就有一种强烈的香甜气味,产生从来没有过的、欲仙欲醉的快感。所以罂粟除了卖给魏老板之外,大多数人家都留一点自己吸食了,而且吸食者多为青壮年男子,他们吸了以后浑身是劲,无所不能了。

但是,接踵而来的悲剧是,吸食者多半上了瘾,隔了三十六小时左右不吸,毒瘾就会发作。犯瘾时犹如万蚁啮骨、万箭穿心,难以忍受,痛不欲生。这些男子为了吸食鸦片,得自己花钱去买了,有的甚至说,就是抽一口大烟就枪毙自己,自己也认了。原来农家乐、乐陶陶的家庭,现在弄得支离破碎了。

家长们都去找族长哭诉,说这种东西不能再种了,再种下去江心洲这个富庶的小岛就灭掉了。族长看出了问题的严重性,知道当初接受魏老板的建议是上当了。为了江心洲的生存,为了挽救家家户户的男子们,族长命令铲除罂粟,不准再种这些害人害己的东西了。

江心洲的变故传到魏老板那里，轮到他着急了。没有了江心洲的货源，他的鸦片生意就一落千丈，他投入的资金就血本无归，他也不可能再维持很大的开销，包括供养王振风在内。

他觉得到了索取回报的时候了，他找到王振风，希望王振风帮助解决这个棘手的问题。

踌躇满志的王振风，第一次碰到显示本领的时候。他见魏老板求他办事，心里有一种满足感。他知道魏老板也好，冯德仁也好，都是离不开他的，离开了他王振风就寸步难行，他想。

王振风到江心洲走了一趟，带着许多兵，扛着许多枪。他知道，老百姓怕官，只要官兵出面，老百姓便束手就擒。更何况他下乡不是去抓人，而是命令各家各户按合同办事，继续种植罂粟，继续卖给魏老板，继续赚大钱。至于各家各户有人吸食鸦片怎么办，他说政府没规定，吸得起就吸，吸不起不吸就是了，这是各家各户自己的事，政府不管。政府管合同，不履行合同是要罚款的，罚到倾家荡产还要罚。

这么一强制，江心洲的罂粟又种了起来，魏老板的腰包又鼓起来了，但是江心洲的问题变得越来越严重了。

族长觉得对不起乡亲，是他把江心洲引上邪路的，他有责任恢复江心洲的宁静。他颤巍巍地坐着小划子，提心吊胆地渡了江，来到如意轩找到了魏老板，希望魏老板网开一面，放江心洲一条生路。

魏老板装出很同情的样子，说："老人家亲临寒舍，一定有难言的苦衷。当初签订合同，是让乡亲们卖的，不是让乡亲们吸的，怎么就上瘾了呢？这不是我的初衷啊！"

族长说："当初不知道这东西的厉害，这就是毒药啊，早知如此，打死我也不会同意的。请魏老板高抬贵手，让我们把这东西灭了吧！"

魏老板不以为然，他装出无辜的样子说："老人家此言差矣！我们是买卖关系，你们种了，要卖，我就去买。我不管毒品不毒品，我是买来做药的。

你们要是不种，没有了果子，我也就不去买了，就这么简单。种与不种是你们的事啊！”

“可是，”族长战战兢兢地说，“可是大兵一去，又让我们种上了，不种不行啊！”

“那就是大兵的事了，大兵的事我管不了，只有总兵大人才能管呢！”

族长在魏老板这里碰了个软钉子，只好去找总兵大人。族长听说总兵大人就是当年的武进士，他住的地方叫进士第。于是族长到处打听，终于找到了进士第。

老人家胆战心惊地敲进士第的大门，敲了好一会儿，才有人出来问道：“你找何人？”

族长说：“请你通报一下，我找总兵大人。”

那人回答：“总兵大人不在！”

族长问：“总兵大人去哪儿了呢？”

那人回答：“不知道。”

“总兵大人什么时候回来呢？”

“不知道。”

“那我就等在这里吧，总兵大人总是要回来的。”

那人说：“你要等，坐到远处等，不可以坐在门口的。”

族长说：“那是，我不会挡住门的，这规矩我懂。”

族长很自觉，他在离进士第不近不远的地方，找了一个有凉棚的处所坐下，耐心地等着总兵回家。

族长等了一整天，也没见到总兵大人。他每次敲门叩问，得到的回答都是两个字：“不在。”

看门人的回答并没有错，王振风确实没有回家，一连几日都是这样。看门人没有把这情况对族长说清楚，也许他认为自己也说不清楚吧！同时，看门人也没有把情况报告给老夫人和王振帆，因为他觉得人家是来找总兵大人的，与老夫人和王振帆无关，所以也就截留了这个信息。

族长年纪大了，心血管有毛病，在外奔波苦等了一天一夜，又冷又饿，他感到体力难支、心力交瘁了。他怕等不着总兵大人了，又忘不了江心洲乡亲们的委托，最后他从内襟里撕下一块白布，咬破自己的手指，在白布上写了几个大字："请总兵大人放过江心洲吧！"他把这块布掖在胸口，好让总兵大人看到。他捋了捋白白的胡须，靠在无人过问的凉棚上，沉沉地睡了过去。

直到第二天日过三竿了，才有人发现这个白胡子老头，人已经僵硬了。不明不白地死了个人，那可是大事，大家把地保找来。地保围着尸体转了一圈，发现了一块带血的白布。他扯开一看，上面清楚明白地写着："请总兵大人放过江心洲吧！"

地保说："这个老人是找总兵大人的，怎么死在这凉棚里呢？"

有人猜测："是没见着总兵吧？"

"是向总兵告状的吧？"

"是被总兵赶出来的吧？"

最后有人说："不管咋回事，这个老头的死与总兵有关，抬到总兵的家门口去吧！"

于是，地保和大家七手八脚地将族长的遗体抬到进士第门口，就地放下。

地保敲了门，还是那个看门人出来了，看见眼前的一切，他犯傻了，不知如何是好。

地保说："通知你家总兵大人吧，这事与他有关。"

看门人说："总兵大人不在家，好几天没见过他了。"

地保说："那怎么办？你就向你家主人通报一下吧！"

看门人说："我家知府大人去衙门了，家里就一个老夫人主事，可是老夫人年纪大了，也正生着病呢！"

地保说："那怎么办呢？现在出人命了，是找你们家总兵大人的！"

围观的乡亲们也发话了：

“让总兵大人出来吧，出人命啦！”

“人命关天呢，怎么没人出来说话？”

“是不是躲起来啦？躲得了和尚躲不了庙啊！”

众人正在议论纷纷时，又来了一班人，是江心洲的老百姓。他们见族长一夜未归，放心不下，十几个人约在一起，顺着路子找到了进士第。他们看见族长已经直挺挺地躺在地上，便放声大哭起来。

哭声惊动了王老夫人，老夫人问道：“外面何事喧哗？”

看门人说：“外面死了一个老人。”

老夫人问：“到我家门前哭喊什么？”

看门人如实回答：“那老人是找总兵大人的，大人一天一夜没回来，所以那老人……”

“快，快扶我去看看！”

老夫人一说，刘氏赶快过来，扶着老夫人打开大门一看，一个死人直挺挺地放在门口，一些农村来的乡亲跪在地上，地保和许多邻居们在围观着，大家七嘴八舌议论纷纷！

地保见老夫人出来了，便说：“禀告老夫人，有个乡下老人病死在这里，身上留有遗书，是找总兵大人的。”

有人哭喊起来：“还我族长，还我族长！”

有人说：“请总兵大人出来说话！”

还有人叫道：“族长死了，要总兵大人偿命！”

老夫人听见如此议论，心跳加快，头脑发晕。她强打精神说道：“各位乡邻，莫要吵闹，人命关天，非同小可。大家说与我儿有关，我们王家一生坦坦荡荡，能做能当，待我儿回来，一定给乡亲们一个交代，请大家少安毋躁！”

大家听老夫人说话有理，又是偌大年纪，身子骨也弱，便不再吵闹，只是小声叽咕着。

老夫人感到心口疼痛,大概是心脏不适了。她很生气,对这个不争气的大儿子。她没想到人这么怪,小时候条件很苦,给点吃喝孩子就乖了,襁褓中更是如此,只要喂喂奶,孩子就长大了。谁知道长大成人后如此麻烦,已经娶妻生子,又有了功名利禄,这日子怎么过得越来越烦呢?现如今,大儿媳走了,含着冤。儿子又当上官了,还是个总兵,怎么就出了命案呢?说到底,是自己无能,教子无方,落得王家让乡邻耻笑。她觉得这辈子太不成功了,就是去阴曹地府也难以向丈夫交代。她心力交瘁,快要站不住了,只因刘氏撑持着才没有倒下。

好在不一会,总兵王振风没找到,倒把知府王振帆找回来了。他带着几个人,赶回家来处理事故。

众人一看,知府大人来了,也不再多嘴,由地保说话。地保说:"这位老人是江心洲的族长,昨天来此寻找总兵大人没见着,就坐在凉棚下等候,一夜之间突然去世了,留下这份血书,请知府大人过目。"

王振帆一看,的确是血书,也马上知道族长为何而来。一看围观的群众,有城里的、有乡下的,便知道城里人是来看热闹的,乡里人才是事主。这件事当然是事出有因的,他想,但是也事出偶然,虽然与他的总兵哥哥有关,可也不全是总兵的责任,因为王振风并不知道族长来访,不知者无罪嘛!但是,在众人面前他不便说这些话,他知道越解释话越多。本着息事宁人的态度,他提出了处理意见。

他说:"族长大人为民请命,是高风亮节。昨天没有见到总兵本人,也属偶然,总兵昨天没有回家,也不知族长在找他。族长昨夜偶然病故,实在叫人痛心。乡亲们悲痛,我也感到悲痛,总兵知道了也一定感到悲痛。我们对不起老人家,虽然这不是故意的。我想,请地保准备一口上好的棺木,将族长入殓后,请乡亲们带回老家去入土为安。为了奖掖族长先生的高风亮节,由进士第赠送一个匾额,另赠纹银五百两。今后江心洲的乡民们种什么,不种什么,由乡民们自己做主,不会再有官兵下去干涉,这一点,我和总兵可以做出保证。大家意下如何?”

乡邻们一听,来龙去脉清楚了,族长是好人,着急劳累犯了病,没人知道,也不是有人故意而为之,所以也只能算是偶然发生的意外。知府和总兵大人还是同情乡邻的,不仅褒奖了族长,而且免种罂粟了,这样族长的使命也完成了,大家的心愿已了,已经没有必要再围观了,该怎么办就怎么办得了。

还有乡民说:“对不起知府大人,打扰打扰了。谢谢知府和总兵对族长的安排,也谢谢知府和总兵放了江心洲一条生路。”

一场纠纷结束了,剩下的事有人去做,进士第的大门又关上了。王振帆扶着母亲回到厅堂,给母亲奉上香茶。

这时候,王振风终于闻讯赶来了,他对母亲说:“儿子闯祸了。”

老夫人用拐杖戳着地面,喝道:“跪下!”

王振风一愣,知道母亲生气了,只好跪下。

老夫人数落着:“你这个逆子!好事做不了,净做一些伤天害理的事。那鸦片是好种的吗?为什么强迫人家种鸦片?”

“种鸦片是要交税的,是交给政府办事的,不然政府收入少了,也就不能为百姓办事了。”

“你这是狡辩!大家都变成鸦片鬼,政府能给他们治吗?谁不知道抽大烟害人害己?你这是助纣为虐,替贩卖大烟的人说话!你堂堂一个男子汉,什么事情不好做,偏做这伤天害理之事!”

王振风知道理亏,说道:“儿子错了,儿子再也不问种大烟的事了。”

“还有,”老太太越说越生气,“好好的一个家,自己的媳妇不要,偏要去嫖妓,弄得周氏自尽,家门无光,连我这张老脸都没处搁!这次倒好,连死人都闹到家门口来了。你说说,这样做,于己何益?于家何益?”

王振风知道解释是多余的,一切都是事实,他不得不承认:“是儿子不孝,惹母亲生气了,儿子愿意自罚!”说着,他开始抽自己的嘴巴,左一巴掌,右一巴掌,抽了好几下。

老太太又用拐杖在地上顿了一下,说道:“免了,自罚不如自纠!从今天起,你给我搬回来住,这里才是你的家!回家以后,娘再给你说一房媳妇,好好安个心。公家的事,可以好好做,不要再和那些狐朋狗友来往了!”

王振风觉得,只要母亲消气就好,所以他什么都答应,什么都说好,也不管做到做不到,先答应了再说。

“你能做到否?”老夫人问。

“能做到。”儿子回答。

“能从今日起?”老夫人紧紧追问。

“能从今日起。”儿子保证说。

发生这件事之后,王振风的确改正了一下,也陆续回家住了两日。至于办公事,老夫人也看不见,他该咋办咋办,依然故我。时间稍长一点,小桃红不干了,不让他回进士第,否则她就去闹。她还说老夫人不是她的对手,她们俩早就较量过了。王振风是一步错,步步错,他上了魏老板的贼船,只能听魏老板,包括小桃红的摆布了。他故态复萌,早把老太太的交代抛到九霄云外去了。

老夫人身体越来越差,连说话都心慌气短了,她天天为王振风生气,却又无力回天。她觉得儿子没用,儿大不由娘;自己也无用了,教子无方,落得被人耻笑的下场。她想到活着没有什么意思,活着还不如死了干净,眼不见心不烦,由他去吧!

在一个风雨之夜,老太太沐浴更衣,带着恨,带着自责,带着对天国的希望,悬梁自尽了。

第二十三章

义城易帜

清政府的腐败无能，不断激发内忧与外患，政府与人民群众的矛盾不断激化，各地的革命党人纷纷举行武装起义。当时的大清王朝，就像刚刚煮开的一锅粥，到处冒泡，火烧得越旺，泡冒出得越多。

1911 年，清政府又办了一件大错事。为了讨好外国，政府把广东、四川、湖北、湖南等地的商办铁路收归国有，然后再卖给英、法、德、美四国银行团。这无异于火上浇油，激起了湘、鄂、粤、川等省人民的坚决反对，掀起了全国性大规模的“保路风潮”，矛头直接指向清政府，尤以四川闹得最为激烈。

清政府为了镇压四川的保路运动，派大臣端方率领部分湖北新军入川镇压。这在湖北就留下了一个缺口，革命党人在清军的这个薄弱环节进行起义准备。湖北的文学社和共进会这两个民间团体，在同盟会的推动下，建立起统一的起义领导机关，正式敲响了大清王朝的丧钟。

1911 年 10 月 10 日夜，六岁的宣统皇帝溥仪，和他的父亲摄政王载沣听见了辛亥革命的第一声枪响。结果不到一天，武昌就失守了，堂堂的湖广总督瑞澂竟然乘船逃走，带兵的第八镇统制张彪也退出武昌。又过了两天，到 10 月 12 日，汉阳和汉口也光复了。起义军占领了武汉三镇，正式成立了湖北军政府，称“中华民国”。这是对清王朝发动总攻击的突破口，在全国燃起了燎原烈火,大清王朝岌岌可危,朝不保夕了。

湖北军政府对各省发出通电,号召各省拿起武器,脱离清政府,向封建王朝发起最后的进攻。

革命浪潮波及义城,革命党人和人民群众欢呼雀跃。巡抚、藩台和臬司衙门胆战心惊,他们想采取高压手段,但他们害怕像四川一样。四川的荣县宣布独立,就像插到他们心脏的一把尖刀,让他们惶惶不可终日。他们知道义城的兵力不足,又有前几年新军起义、刺杀载奕的教训,巡抚们不敢轻举妄动,整日里如坐针毡。

这时候,革命党总部派了两个人,到义城来做起义的准备工作。这两个人就是杨绍文和英姑。

他们首先找到周大生,这是革命党起义的中坚力量。周大生秘密组织的工人纠察队已有一千多人,他们的外围组织还有五千多人,真正行动起来,估计有万把人,只要对他们进行武装就行了。

义城的新军自上次起义之后,又进行重新组建,但极受限制。巡抚对他们很不放心,经常收缴他们的子弹,让他们佩空枪。越是这样,新军的意见越大,上级的压制反而刺激了他们起义的决心。新军里革命党人很多,只要把他们的武器装备起来,仍然是刺向抚衙心脏的尖刀。

对于官府的中间环节,也就是知府王振帆了,他们对他也进行了分析评估。这个王振帆,是个末代状元。最初,他是效忠清王朝的典型代表,他反对过革命党,主张严惩许西林烈士,在前任巡抚载奕中枪后,是他背起载奕逃离现场的。他是希望清王朝长命百岁,永不凋谢的。这与他的出身有关,他是个既得利益者。

但是,当他真正当了知府之后,现实教育了他,清政府是不可靠的,上司是自私的,他们克扣救灾钱粮中饱私囊,完全不顾百姓死活,这些事是他亲眼所见的。他承受过饿殍遍野、民不聊生的压力,他尽力为百姓做过一些好事,只不过力量有限而已。他还没有搜刮民财、巴结权贵的毛病,他在巡抚那里也是个不被看好的角色。这个人还有点正气,想必对清王朝也有了起码的认识,让他给清王朝去陪葬估计他是不会干的,因此这个人可以争取。

王振风这几年大起大落,在官场上是没有立足之地的,尽管现在当个总兵,那也是花钱买来的。他对朝廷没有好感,是被巡抚罢了官的人,所以他对上级官员们是有逆反心理的。他的毛病是被富豪劣绅收买了,充当了冯德仁和魏老板的打手,堕落成看门守院的家丁。但早期他同情过革命党,现在手中握有一定的兵权,要是争取过来,就会减少一部分阻力,增强一部分助力。所以,争取一下也是好的。

对于冯德仁和魏老板这样的一些大老板,革命党认为也是可以利用的。他们只是想上下勾结买通官府,把生意做好,多赚几个钱。只要保障他们的利益,他们有奶便是娘,也是不会与革命党为敌的。

分析过后,他们先去找王振帆做工作。

晚上,杨绍文和英姑去了王振帆的家。见到刘氏,英姑亲亲热热地叫了声:“姐姐!”

刘氏连忙放下手中的活计,扳住英姑,左看看、右看看,嘴中还说:“你这个小丫头,一出去就好长时间,连个音讯都没有,真的急死我了!”

英姑笑笑说:“天无绝人之路,我不是好好的吗?这次回来,专门看看你和姐夫,感谢姐夫的救命之恩!”

王振帆听见英姑说话,也迎出来,看见英姑一扫过去的满面愁云,人也爽快多了,心里非常高兴。忽然,他看见英姑身后的杨绍文,便问:“这位是谁?面善得很!”

杨绍文主动上前,双手抱拳,说道:“知府大人好!我和大人有一面之交,我可是知道大人的,从你金榜题名一直到现在,我都是了然于胸的。”

王振帆有点吃惊,又有点高兴,也拱了拱手:“幸会幸会。里面请,里面请。”

坐定之后,还是英姑先说话,她说:“我离开义城之后,到了南京。这位是南京的杨先生，他是办报纸的，是杨先生收留了我，一直到现在。”

王振帆打量着杨绍文，见他面带笑容，文质彬彬，像个文化人，又见他英俊中透着坚毅，坐在那里身子笔直，却又像个军人。至于他为什么收留英姑，现在忽然登门造访，王振帆心里多少有点疑惑。

“原来杨先生是办报的，怨不得消息灵通呢！”王振帆说。

杨绍文见王振帆虽然官居知府，但为人倒还和气，没有官场上的那种戾气，更没有铜臭气和霸气，心中立马对他有点好感。

“大人为百姓奔走呼号，上自朝廷，下至平民，自己带头捐出黄金，筹集一批又一批善款，救济了灾民，修好了圩堤，这是功在后世的好事，我们报馆谁人不知，谁人不晓啊？大家发了不少文章，在南京影响不小呢！”

“杨先生过奖了，那是王某应该做的，可惜的是心有余而力不足，好事没有做好，留下许多遗憾罢了。”

王振帆知道，报社的记者是无孔不入的，你干了什么好事坏事，都是会见诸报端的。一张报纸，成也萧何，败也萧何，是得罪不得的。他不想舆论怎么宣扬他，但也怕舆论误解他，一不小心，便会有口难辩。

杨绍文觉得应该往正题上引了，便道：“知府大人听说武昌的事了吧？那里可是报纸的热门话题呢！”

王振帆一听，原来是为这件事来的。他摸不准杨绍文的身份，更不了解为什么英姑也跟在后面。这种敏感的话题在陌生人面前是不好谈的，否则祸从口出，那就百口莫辩了。

“武昌事大，义城百姓不但知道，而且都成了茶余饭后的谈资呢！”

杨绍文见他打起了太极拳，表示理解。毕竟大家不熟悉，初次见面是不宜谈得太深的。

“报社知道，武昌起义之后，许多省都收到湖北军政府的通电，黎元洪都督改称中华民国，摒弃了清政府，这件事非同小可呢！”这已经是公开的秘密了，说说这个话题，好让王振帆放松一下。

作为知府，王振帆不但知道这个消息，而且正在反复思量呢！他不知道巡抚是什么态度，也不知革命党的力量有多大，更不知朝廷有多大力量去镇压湖北的起义军队，这一股革命风浪究竟能不能坚持下去。像过去的广州起义、义城的新军起义，都发生过，但都失败了，湖北这次能成功吗？他不敢说，这个问题太敏感了。

“这个问题一要看朝廷，朝廷已经派陆军大臣荫昌赴湖北开战了，现在的阳夏之战打得正酣。二要看义城的巡抚，他是义城最高头目，他说往东大家不敢往西，他说往南大家不敢朝北，现在他按兵不动，三缄其口，属下们正在环顾左右呢！三要看革命党成不成气候，武昌是武昌，义城是义城，二者不能相提并论。所以，湖北之事，在义城是不敢妄言的。”

杨绍文听出王振帆的话外音，他并没有不赞成湖北，也没有按湖北的样子比照义城，他是拿不定主意，也做不了义城的主。他是在观察风向，风往哪边吹他往哪边倒，这对于混迹于官场的人来说，是不得不考虑的，杨绍文能够理解。

“报社的同人们都在议论，”杨绍文说，“水满则溢，月赢而亏，这是最普通的道理。大清王朝已经延续了两百多年，康乾盛世早就过了。如今的皇帝竟是六岁小儿，他的父亲载沣有什么能力摄政？一个保路风潮，就遍及全国各地，大清王朝就像坐在火药桶上一样，武昌起义、湖北独立已经点燃了引信，这个火药桶很快就要爆炸了，各省都会独立，只不过早一天晚一天罢了。识时务者为俊杰，甘心为两百多年封建王朝殉葬的人估计不多，那些遗老遗少的顽固派肯定是不得人心的。知府大人年富力强，官声尚好，如能登高一呼，肯定是从者云集的。我与大人有缘，今天和英姑一道前来拜访，把湖北之事与大人说说，希望大人明鉴。”

这些话，王振帆都听进去了，他也不傻，虽然清政府对他有恩，但事到如今，他也无回天之力，也不愿为之殉葬，最后的选择自然是宣布独立，拥兵自重。只不过他对自己的影响力估计不足，他还不想当这只出头鸟。但是，有这种找上门来的机会,他也不愿放弃。

王振帆想了想,说道:“杨先生想必是革命党吧？英姑也是?”

英姑知道这种身份迟早是要亮出来的,不亮身份,高谈阔论一番起不了什么作用。再者,她也不相信王振帆会出卖他们,这点基本估计她还是有的。

“是的。”英姑点点头,“杨先生是革命党总部派来的,专门会见姐夫。”

英姑故意把“姐夫”两个字说得重重的,以加重家庭式的气氛。

“果然如此。”王振帆说道,“我见杨先生气度不凡,知道肯定是个高人。想必杨先生对义城的革命党也有所了解吧?”

至此,杨绍文对王振帆提出的问题不好不说,也不好多说。不说,显得见外,也无法真正把王振帆说服。说多了,又显得不够稳重,反而引起王振风的犹疑。

“我在义城已经来往多年了,从知府大人海外归来开始,到马炮营起义,再到刺杀巡抚载奕,还有灵堂割耳一事,杨某都身在其中。义城的革命形势就像一堆干柴,只缺一点火种了。只要一声令下,举火为号,革命党顷刻之间就能占领全城,犹如探囊取物一般。”

这番话说得有理有节。杨绍文自动暴露身份,是对王振帆的信任,相信他不会出卖自己,这就一下拉近了两者的关系。对于革命党的实力,杨绍文用了一些比方,虚虚实实,让王振帆充满想象,这对他具有相当的诱惑力。

所以,王振帆说:“杨先生可钦可敬,若如先生所说,义城有幸,百姓有幸!”

英姑见说到如此程度,可以收场了。她说:“姐夫是杨先生看重之人,也是革命党看重之人,请姐夫善自为谋,必要时,我还会陪杨先生来访的。”

杨绍文点点头,拱拱手:“今天的话请知府大人三思,如能携手,则义城有幸矣!”

王振帆很感动。革命党负责人亲自来访,而且以诚相待,说明革命党是信任自己的,也给自己留了一条后路。他的胆子大了一些,说道:“为了义城百姓,王某会弃暗投明,责无旁贷。”

为了推动起义,杨绍文在义城秘密成立了机关部,召开革命党会议,决定分头联络各方面力量,继续发动起义。

周大生和英姑负责联络、说服王振风,因为他是总兵,手上握有兵权,必须争取他起义。

此时,湖北军政府针对义城形势,发布了一篇号召书——《檄安徽文》,历数义城多年来的革命功绩,希望义城各界高举义旗,弃暗投明,争取民主,走向共和。这篇檄文在义城影响极大,引起各界人士的强烈思考。

周大生和英姑怀揣檄文,来找王振风。

王振风见到周大生,面带愧色。周氏的死,使王振风时感内疚,见到大生他当然有些自责。

对于英姑,在魏老板绑架时他也是有责任的,虽然他自己不知道,但参与绑架的人是他的保安团成员,他有点助纣为虐的嫌疑。所以见到这两个人,他感到难堪。

周大生说:“姐夫最近过得好吗?”

听周大生还喊他姐夫,想想周氏平常的好处,王振风心里有点酸楚。他敷衍着说:“还行吧,往日不再,一言难尽啊……”

英姑见小桃红不在,便说:“姐夫要保重身体,有些不该沾的东西就不要沾了。”

王振风深感惭愧地说:“鸦片,全是鸦片惹的祸,我这辈子全毁在鸦片手里了!”

“姐夫把鸦片戒了吧,有许多大事还需要你做呢!”

王振风想,自己虽然当个总兵,也就是捐来的一个职务,别人是瞧不起的。自己离了鸦片,什么劲头也没有。抽了魏老板的鸦片,不过是为他们的生意打包票而已,自己还有什么用呢?

王振风说:“承蒙二位还看得起我,哥哥实在惭愧,哥哥无用,哥哥是个废人!”

周大生知道,经过几件事,特别是老夫人之死和江心洲族长的事故的折腾,王振风无法抬头做人,他处于人生的低谷时期。如果这个时候拉他一把,让他有个重新露脸的机会,也许可以改变人们对他的看法,他也好从过去的错失中跳出来,重新找到自己生活的起点,这对革命和他本人都有好处。

英姑拿出《檄安徽文》,递给王振风:“姐夫看过这篇文章吗?”

王振风接过一看,便说:“看过,大家都看过,都在议论何去何从呢!”

大生说:“姐夫的意思,何去何从呢?”

王振风知道,这是周大生在套他的话。这种话不能乱说,说得不好会掉脑袋的,对于这一点他是清楚的。他早就明白,周大生是革命党,从大生的言谈举止和平时的所作所为,他确信周大生必是革命党的负责人。如今与革命党谈这个敏感话题,他需要谨慎,他并不傻。

“依贤弟之见,哥应该何去何从呢?”王振风反诘一句。

周大生觉得应该步入正题了,他说:“依愚弟之见,姐夫还是改换门庭,弃暗投明为好。从公事来说,姐夫虽然小心谨慎,但仍然得罪了巡抚,当初罢你的官不说,后来又以刺青说话,将你折腾得死去活来。尽管你现在捐了个总兵,在他们眼里,姐夫仍然是圈子外的人,横竖不受信任,再尽心竭力也不行。从私事来看,魏老板和冯德仁笼络着你,他们是生意人,要的是你的回报。他们把你的人格当作筹码,拿鸦片和女色与你交换,一旦筹码不平衡,你就会被他们抛弃。依我看,与其求人,不如求己。现在正好有一个独立自主的机会,可以让人刮目相看的!”

王振风听得明白。周大生把自己摸透了,一切利害关系都说得清清楚楚。周大生给自己指出一条明路,那就是独立,独立就是造反,造大清的反,造巡抚的反。造反能成功吗?不成功可是全盘皆输的,什么官职、鸦片、女人都没有了。老百姓说你好是没有用的,生杀大权掌握在巡抚手上。他有点犹疑。

“你是革命党吗?”王振风正式发问。

“是的,明人不做暗事,我就是义城革命党的负责人,英姑也是。割巡抚耳朵的,不是你,他们抓错了,那个人是我。当初手下留情,没有割了他的气管,早知如此,当初连他的脑袋一道割了算了。”

“你敢作敢为,哥哥佩服!”王振风说,“你再说说,革命党成功的把握有多大?”

周大生知道王振风怕打虎不成反被咬,这个担心每个当官的都有,没有也是不现实的。

“革命是有绝对把握的,现在的革命形势,就像星火燎原一样,武昌起义之后,数天之内,就有几个省宣布独立。六岁的小皇帝和五十多岁的摄政王,怎么可能把持天下?湖北一带头,肯定势如破竹。在义城,有工人纠察队,有保安团部分力量,有新军炮营,他们联合起来攻占小小的抚衙,力量足够了。如果再犹豫,那就太胆小了!”

王振风听着觉得很有道理,他正站在人生的十字路口,推一推、拉一拉,东西南北的方向都可以走的,他自己想把握一下后半生的机会。

“还有,我的小老弟怎么样呢?他可是知府大人啊!”

英姑说:“振帆哥哥和你一样,也在举棋未定中。不过,只消一两天的工夫,他就会答应举义了。因为形势不等人,革命形势发展得太快了,识不识时务,也就是眨眼之间的事了!”

“好的,只要振帆起义,我就紧紧跟上,把我的兵全部带上,助革命一臂之力!”

至此,对于王振风的策反,算是基本成功了。

与义城外新军的联系,是杨绍文亲自出面的。新军的兵士多为年轻人,早就有反清独立的倾向,新军头目大都是革命党人。杨绍文一出面,大家不约而同,共同达成起义意向。为了吸取过去的教训,杨绍文亲自检查了武器和弹药,防止紧急时刻掉链子。

就这样,杨绍文又在机关部秘密召开会议,听取了各方的联络汇报,特别是与新军、王振风、王振帆、工人纠察队和码头工人的联络情况都很好,杨绍文决定于10月31日举行起义。

这天晚上,新军首先开始行动,六十一标炮营集中炮火对城门进行轰炸。城内见炮声响了,周大生马上举火为应。工人纠察队打开城门,新军蜂拥而入,许多码头工人手拿铁器跟随其后。王振风、王振帆兄弟俩带着亲兵,分别包围了抚台、藩台和臬司衙门。经过短时间的交战,起义军很快占领这些地方。

王振风、王振帆兄弟俩联合发表独立声明,脱离清政府,支持革命党。义城的咨议局见大势已去,也宣布效忠革命。起义军赶走了巡抚,高呼口号:"革命胜利万岁!""打倒清朝政府!""建立新的政权!""民主共和万岁!"

这次起义成功了,它也是辛亥革命的一部分。从此,义城结束了两千多年的封建帝王制度和两百多年的清王朝统治,随即成立了新的军政府。大家推举杨绍文为都督,王振帆为都督助理兼军政府秘书长,王振风保留原官职不变。

自此,义城的历史揭开了新的一页。

第二十四章

明令禁烟

武昌起义之后，湖北军政府为了阻止清军南下，从 1911 年 10 月 15 日起，与清军激战了四十一天，史称“阳夏保卫战”。在这四十一天中，湖南、陕西、江西、山西、云南、浙江、贵州、江苏、安徽、广西、福建、广东、四川等省，先后宣布独立。1912 年 1 月 1 日，中华民国临时政府在南京成立，孙中山被推举为临时大总统。1912 年 2 月 12 日，清帝溥仪宣布退位，清朝正式宣告灭亡。

孙中山到任后，正式任命杨绍文为安徽都督，王振帆为都督助理兼安徽军政府秘书长。

义城各界举行集会游行，庆贺革命胜利。游行队伍里有龙灯、狮子舞、高跷、龙船、花灯，还有军人方阵、学生的鲜花队，以及数以万计的手持三角彩旗的群众队伍。最长的龙灯要数码头工人的黄龙了，整个龙身有三十米长，龙头足足有四十斤重，龙身由四十名壮汉舞动，龙头由四名青年轮流舞动。这条黄龙，一会昂首呼啸，一会在水中翻腾，一会直冲云霄，一会在人间摇滚，把百姓们高昂的情绪表达得淋漓尽致。在学生的鲜花队中，有王振风的儿子崇文，他在义城大学读书；有王振帆的女儿崇武，她是女中的学生。这两所学校毗墙相邻，崇文、崇武都在游行队伍中表演体操。周大生是游行总指挥，英姑是女子方阵领队。游行队伍从黄家操场出发，经双井街，东行过孝肃路，再往南经状元府、三牌楼、进士第、大南门，西行沿街至大观亭，再往西经墨子巷至四牌楼，最后由倒扒狮行至都督府解散。一路上各家商店张灯结彩，鞭炮齐鸣，给龙头披红挂彩，热闹非凡，表达着人们在挣脱封建枷锁之后的无比轻松和快意。

杨绍文上任后的第一桩公案，就是吸鸦片烟杀人案。

这个案子牵扯到两户人家。汪姓与吴姓本是邻居，多年相好，平安无事。谁知汪姓男子吸烟成瘾，卖尽了家里所有值钱的东西，仍然不能收手。一天，汪姓男子趁吴家无人，潜入吴家偷盗银两，恰好被吴家女子发现。汪家男子情急之下，勒死了吴家女子，不小心留下了物证。吴家男子发现后，手持板斧找汪家男子算账，结果汪家男子不在，吴家男子报仇心切，手刃了汪家祖母。汪家孙子一怒之下，又点燃了吴家房屋，烧死了吴家祖父和孙儿。两家都弄得家破人亡，而汪家男子因在烟馆抽烟反而幸免于难。这一案四命全是鸦片造成的恶果，无人不扼腕叹息。

杨绍文掩上案卷，痛定思痛。自从在朝天门码头刺杀巡抚以来，他就与英国人亨特打交道。那一天，如果不是亨特带的士兵从中干扰，他刺杀的任务就成功了，后来就不会搭上许西林的性命了。亨特来义城的目的，主要是做鸦片生意的。无能的清王朝，自鸦片战争以后，被迫允许英国人在中国销售鸦片，而在他们本国，只准生产鸦片，却绝对禁止英国人自食。英国人把鸦片卖到中国来赚钱，而把中国人变成“东亚病夫”，这是强盗行为。现在，中国人不仅吸上了英国的鸦片，而且自己种上了鸦片，并吸上了自己种的鸦片，造成了妻离子散、家破人亡的血泪后果。

他把王振帆找来，商量如何办。

王振帆知道，鸦片的危害是触目惊心的，在义城是人所共知的，不看别人，看看王振风就行了。他犯烟瘾的样子，简直就像个神经病，鼻涕一把，眼泪一把，又是撞墙，又是撕被单，猥琐得像个废人。抽上一两口之后，马上精神百倍，兴奋异常。而且，他吸食的量越来越大，越来越不过瘾了。除了吸食之外,已发展到扎针了,也就是直接把毒品稀释后注射到身体里。这种毒品带来的快感只能维持三十六个小时,过了这个时间又要吸食或注射。所以,吸大烟的人,哪怕有万贯家财也是支撑不住的,因此而诱发的案件奇多。王振风如果不是魏老板养着,他早就与乞丐为伍了。

王振帆知道,种植罂粟不是难事,义城的江心洲有人种,在城外农村也有人种。除了义城,在安徽各地都有人种植。因为赚钱多,不少人趋之若鹜,鸦片市场越来越大,上瘾的人越来越多。这不仅引发了许多社会矛盾,而且还会影响子孙后代,义城人民就很难摆脱“鸦片鬼”和“东亚病夫”的骂名。

“该禁了。”王振帆说,“不仅要禁吸,而且要禁种,禁开鸦片馆。凡是种烟、卖烟、吸烟的行为,都要入刑,一律予以铲除,非如此不足以解决前忧后患,请大人三思!”

听了王振帆的话,杨绍文拊掌称快,说:“好好好,我们想到一块去了。处理吸烟的案子,一案好断,万案难防,只有从根上解决,我省没有了鸦片踪迹,烟案也就自然了断了!”

他们商量的结果,就是向各地发布禁烟通电,宣布“禁种禁吸,期根杜绝”。在清政府的时候,巡抚是收烟税的,他们把种烟、卖烟、吸烟当作重要的财政来源,一年大概有几十万银圆的收入。杨绍文不惜放弃这项收入,宣布停止征收土税、膏税,一年内完全禁止,不给烟土生意留下口实。除此之外,杨绍文还下达手令,重拳出击,在全省范围内实行“禁吸、禁种、禁运”,取消所有烟照,查封所有烟馆,铲除所有烟苗。杨绍文下文通知各县,从5月份开始执行,11月派军队下去严查严办,凡发现种烟苗百株以上者,即行枪决,并对该县的县知事严加惩罚。

杨绍文懂得,抓禁烟,必须从头目抓起。第二年,他与各县知事签订责任状:如果3月份之前发现烟苗的,立即将县知事撤任。4月份发现烟苗的,知事除县撤任以外,还须坐牢。5月份以后还发现烟苗者,对县知事罢官之后还要严加惩办。相反，对于做出成绩的官员，提请总统予以奖励。

将当官的管住之后，杨绍文又采用铁腕手段来执行。有一次查烟时遇阻，有人抗命不遵。杨绍文派兵前往，当场枪杀十几人，并强行铲除烟苗。这一招让各地诚惶诚恐，纷纷自行了结。一霎时，全省烟苗、烟馆禁绝干净，成了“无烟区”。

与此同时，杨绍文上报总统府并电告邻近各省，安徽要建“无烟区”，请各地监督并予以配合。这就向国民政府立了军令状，军中无戏言，军令如山。

义城是省会，是杨绍文亲自坐镇的地方，在戒烟问题上本应做得更好。但是，由于有个王振风的存在，问题变得复杂起来。

魏老板和冯德仁合伙开的烟馆早就被王振帆查封了，后来他们不开烟馆，专做源头生意，自己种、自己制、自己卖鸦片，风险更小，利润更高，自然可以维持花天酒地的日子。他们把王振风当门神一样供着，给他们当后台老板，而且一直很顺当，屡试不爽。

现在，二人听说民国以后，将原来的革命党改组成国民党了，而且杨绍文、周大生、英姑等人成了第一批国民党党员，就连王振帆后来也入党了，他们变成了党国的骨干。冯德仁嗅觉很灵，觉得国民党党员是个鲜亮的标签，是一尊保护神，所以，按照冯德仁的建议，就像过去的捐钱买官一样，魏老板他们投了大笔银子给慈善机构，然后由慈善机构推荐，他们也被批准为国民党党员。自此，他们觉得有了保护伞，做起事来更加有恃无恐了。

他们还在江心洲种植罂粟，只是改了个说法，叫“自愿种植”，不再像过去那样每家每户强制种植。由于乡民们有多年的种植经验，加上种罂粟有可观的利润，又加上王振风有国民党党员的头衔保护，江心洲的大部分人家还在种罂粟，魏老板仍在那里加工熬制鸦片，他们有恃无恐，自视特殊，不把禁烟令放在眼中。

时间到了 3 月，县知事听说江心洲还有万棵烟苗没有铲除，急得像热锅上的蚂蚁。他知道这些烟苗是有背景的人种的，要铲掉它们，得费九牛二虎之力，而且不得善终；如果不铲除，都督怪罪下来，是要撤职的，而且到了4月，还要坐牢。县知事愁肠百结，彻夜难眠，在万不得已的情况下，只好亲自率兵去铲烟苗。

到了现场，早就见几百个乡民拦在村口，他们手拿阳叉、铁锨和木棍，不准县知事进村，只让他们远远地看着遍地生长的烟苗无法下手。

县知事让人宣读了禁烟通告，还没念完，就被乡民们打断了，他们说：“别念了，这些话我们比你们清楚，谁不知道那布告是做做样子的呢？我们这可是有大官保护的，不归你们县官管，你们还是请回吧！”

县太爷很生气，在自己的地盘上，乡民们竟敢说这样的话。这不是欺侮到老爷头上了吗？就是想放你们一马我也放不过呀，放了你们谁放我一马呢？

县知事见说好话不行，干脆来硬的，让当兵的来个强制铲除。他一挥手，说了声“上”，当兵的拿着铁锨就上去动手。可是，当兵的还没沾着田边，就被乡民们摁住，压倒在田埂上抽了一顿屁股。

当兵的有枪不敢放，因为县太爷没下这个命令。县太爷有这个权力，但他不敢下令开枪，他怕打死人了更是骑虎难下。他好说歹说，软硬兼施，都没有效果。无奈之下，他只好草草收兵，垂头丧气地回到县衙。

县知事过不了关，自然而然地去找王振帆，王振帆于公无私也不好不接见。

接见后，县知事也不敢把责任都推到王振帆头上，只得贬低自己，称自己无能，解决不了老百姓的问题，弄得禁烟禁成个大包袱。

听县知事大吐苦水，王振帆表示理解。自己也当过知府，上司不支持，下级就是忙死、累死也无济于事，更何况支持种烟的不是别人，而是总兵王振风。魏老板和冯德仁正是扛了王振风的招牌，才敢在江心洲放出话来：“只要自愿种植，保险没事，官不敢来，兵不敢到，谁敢来敢到把谁打跑！”

王振帆对县知事劝慰了一番，给他鼓鼓劲、打打气，让他回去再做工作。

王振风对于王振帆来说，也是绕不开的难题。姑息他，不好办，禁烟之事马上卡壳，一个地方禁不了，别的地方也甭想禁。公事公办，又会伤了兄弟和气，传出去，对办事也不利。所以他只好来找杨绍文商量。

杨绍文是一省之长，所有的棘手问题都集中到了他那里。他知道，大清刚完，民国刚立，许多新旧矛盾、新旧习惯都同时存在，要想办成一点事情，必须移风易俗，强力推进，否则，庞大的关系网和守旧力量，会拖得他筋疲力尽，终将一事无成。

杨绍文知道，禁烟必须过王振风这一关，他如果带头顶住，就休想在全省推开；反之，解决了他的问题，就没有解决不了的困难。

所以，杨绍文要求王振帆找王振风再谈一次，谈得好，皆大欢喜。如果谈不好，那就执行纪律，绝不姑息。

那一晚，王振帆叫刘氏炒了几个菜，请王振风过来喝酒。

王振风过来了，儿子没有来。

“崇文呢？怎么没过来？”刘氏问道。

“崇文住校。现在的大学生，跟父母都说不到一块，吃不到一块，他们要自由。”王振风说。

刘氏说：“我们家也一样，中学生，也住校，几个人一个房间，动不动就谈民主、谈自由，跟我们没话说。”

“你们家崇武读高二了吧？快升大学了。”

“她就想读义城大学。崇武和崇文的学校只隔一堵墙，大学生对女中学生影响很大。”刘氏说。

王振风开玩笑地说：“这些孩子挤在一起，说说笑笑倒没什么，只要不打架就好！”

王振帆接茬说：“咱俩是亲兄弟，说话归说话，千万别动手，要动手，十个王振帆也敌不过一个王振风啊！”

“那当然那当然，咱们是君子动口不动手。”王振风说。

说罢，两个人共同举杯，一饮而尽。

刘氏说：“喝慢点喝慢点，喝快了伤身子。”

王振帆说：“女人之见，一端酒杯就唠叨。”

“女人都这样，这叫关心，不像某些女人……”王振风说到这里，想起了小桃红，她是个另类，不把男人灌醉不罢休的。所以，说了一半他就停住了。

“你也该找个合适的女人，再续一房算了，免得连个端茶递水的人都没有。”王振帆说。

“难哪，再找，也很难找到像你嫂子那样的人，我有愧呀！”

“大哥别着急，人的缘分总是有的，什么时候让我的姐妹们帮你访访，访到好的就帮你娶一房。”刘氏说。

“谢谢弟妹，看缘分吧！”

兄弟俩又干了一杯。振帆说：“兄长，不是我说你，你老是住在外面也不是个办法，不如搬回家来住，你弟妹照顾你也方便一些。”

王振风自己干了一杯，想想这个家，心里有点酸楚。这个家太让他伤感了。一进门，没有了老娘，老娘是为他自尽的，伤心啊，为人之子，弄成这样，是为不孝。回到自己的房内，周氏也没了，也是为他跳的楼，为人之夫，做成这样，是为不义。不孝不义之人，再搬回进士第，有何脸面啊？

“难啊，现在进这个院子，没脸见人啊！”

王振帆当然很理解，所以安慰说：“别这么想，进士第是我们的根，你搬回来，在天有灵，娘也会高兴的。”

“再说吧，谢谢兄弟的好意，谢谢弟妹的关心。”王振风也不知道会不会再回到这个辉煌了数十年的老院子，便应付地说。

说到这里，王振帆知道该劝劝哥哥迷途知返了。他现在完全被魏老板和冯德仁控制着，成了他们的打手和保护神，而且越陷越深。江心洲种鸦片，如果不是王振风支持，魏老板是根本不敢下手的。

王振帆端起酒杯，说："兄长，咱俩再干一杯，小弟有句话要说。"

王振风知道他要说什么，干了一杯，冷静地回答："说吧，我听着呢！"

"我劝兄长离魏老板和冯德仁远一点。这两个人，其中一个还是我们的表亲，据我多年的观察，他们和我们不是一路人。俗话说，君子喻于义，小人喻于利。这两个人是唯利是图的小人，千万不要被他们利用。"

王振风何尝不知道魏、冯是两个小人，表面上慈善，冠冕堂皇，实际上是伪君子，一肚子的男盗女娼。多少年来的是是非非，他也看在眼里，记在心里。但是有一点他很惭愧，他沾上了毒瘾之后就说不起硬话，如果不是魏老板帮衬着，他的好日子马上就到头了。所以他是上了贼船下不来了，他成了一只喂不饱的狗！

"为兄并不是不知道，走到这一步，也不是为兄的本意，他们把我跟他们捆在一起了。"

"现在就碰到这个难题了，你们在江心洲种的罂粟，是铲还是不铲？铲了，你对魏老板不好交代；不铲，你就违反了军政府的禁烟通告，那就面临着撤职的危险。你说怎么办才好？"王振帆恳切地说。

王振风早就想到这个问题，他猜想到，吃这顿饭，会遇到怎么也绕不开的话题。他很难，让他自己决定他也无法选择。

"真的没有第三路好走？"他问。

王振帆说："第三条路，就是让魏老板自己去铲苗，由他去承担铲苗的损失，还可以赢得禁烟的好名声。"

王振风觉得这条路走不通。对魏老板来说，铲苗等于是割肉，是扒他的皮、抽他的筋，他自己怎么会去干呢？

"真的非要撤我的职？"王振风问。

王振帆很为难，但还是说："现在是清朝已废，民国初立，正是百废俱兴、百事待举的时期。军政府如果不能言出法随，何以面对全省父老和社会各界？如果也是贪赃枉法、徇私舞弊，又与大清何异？所以，杨都督是下了决心的，作为属下，我又不能不支持他，否则，我不又是尸位素餐了吗？”

王振风点点头，他也知道当官的难处，更知道自己深陷泥淖的后果。既然他不能带兵去铲除罂粟，就让都督把他撤了吧，撤了他对全省种烟者是个交代，对魏老板也是个交代。

“既然如此，那就把我撤了吧。我这个官，本来就是花钱捐来的，就算是魏老板白花了银子吧，我也不必再为此摇尾了，我打算把烟戒了！”

这一说，倒让王振帆感动起来，他说：“仁兄决定戒烟，那是大好事，愚弟一定帮助成全，一切戒烟事宜，均由愚弟安排。”

刘氏也说：“戒了烟，也好再成个家。”

不几日，都督府下令，鉴于禁烟不力，将总兵王振风撤职，以儆效尤。并且，由都督亲自带兵，将江心洲种烟基地扫平，同时发布告示，凡愿种粮、种棉、种菜者，所需种子由政府提供，一律免费。

自此，铁腕都督的名声就传开了，百姓们争相传告，魏老板也只能仰天长叹了。

王振风被王振帆绑着，送进了戒毒所，住进单间，由专门的医生和护工管理，开始了漫长的戒毒过程。

起初，王振风凭着自己的意志，强忍着两三天没有吸烟，弄得萎靡不振，茶不思饭不想，眼泪鼻涕一大串，人不像人，鬼不像鬼。后来几天，他实在忍不住，全身奇痛奇痒，万箭穿心。他揪住自己的头发，大把大把地揪下来，连头皮都撕破了，并且用脑袋撞墙，把房子里的东西都砸毁了。王振帆看见很心痛，但是没办法，只能强制戒毒。王振帆让医生将王振风捆绑在病床上，任他折腾号叫，也不放开他的手脚，否则功亏一篑，后果不堪设想。为了让王振风平息，医生给他注射镇静剂，让他处于沉睡状态，然后给他吊水补液，增加营养，同时服用代用品，以减轻戒毒的痛苦。

经过这样无数次的反复，无数次的精心治疗，王振风的病情逐渐好转，他的忍耐力和自制行为也逐渐增强，他慢慢熬过了最痛苦的时段，向着好的方向发展。王振帆每隔一两天来探望一次,嘱咐医生用最好的药、最好的方式巩固戒烟成果。到了后期,王振风的精神状态也好了,对毒品的依恋已经不再,几乎成了一个正常人。在王振风的主动配合下,戒烟取得了最佳治疗效果。再经过半年多的持续治疗,王振风终于经受住了考验,完全摆脱了毒品的羁绊,成了一个正常人。

出院那天,王振帆和刘氏来接他回家。王振风喜极而泣,跪在王振帆夫妻面前,表示感谢。王振帆拉起哥哥,兄弟俩紧紧拥抱在一起,庆祝王振风的新生。

第二十五章

码头缉私

江心洲的烟苗一铲，魏老板和冯德仁就惨了，鸦片断了烟源，就像婴儿突然断奶一样，麻烦就大了。一些用烟大户，原来是签着合同的，现在停止供货，魏、冯是要赔偿违约金的。一些用烟散户，人数更多，每天挤破了门，争着要烟，弄得如意轩人满为患，变得十分显眼。没有烟就没有收入，只等着坐吃山空了。

他们埋怨王振风，说他胆子太小，没有顶住压力，把种烟基地丢了。王振风说："就为你们那点烟，把老子的官职都撸了，还谈什么基地不基地?"

魏老板说："那好吧，我的烟也没有了，你这大菩萨我也供养不起了，你佛光普照去吧!"

王振风说："爷正准备戒烟了，我就成全你吧!"

魏老板和冯德仁打听杨绍文的来历，得知这个人是孙中山任命的，也是成立革命政府时大家拥戴的。这个人办事，怎么有这么大的力度？一点面子都不给，六亲不认，大刀阔斧，一言九鼎，言出法随，怎的如此厉害？一打听，说当年在朝天门码头扔炸弹行刺载奕的那个人就是他，怪不得办事不留后路呢，身家性命都不要的人，你还指望他徇点私舞点弊，搞法外开恩？他连王振风的面子都不给，说撤就撤了，这可是王振帆的哥哥呢！王振帆和王振风是联合起义的人，就这样，王振风抽点鸦片也不行，看样子是要把鸦片往死里整了。

从杨绍文在朝天门码头炸死英国兵开始回想,他们再一次想到他们的老伙计亨特。魏老板和冯德仁自种罂粟之后,自己有了货源,与亨特的买卖越做越小了,现在“断了奶”,他们又不得不重新去找亨特这个“奶妈”了。

他们截住亨特的“华生号”,请他到如意轩吃饭。当然,吃饭是为了谈生意,魏老板和冯德仁都参加,同时也少不了小桃红一伙人。

酒过三巡之后,亨特搂着小桃红就要告辞。小桃红说:“急什么嘛,酒还没喝好嘛!”

亨特说:“不能再喝,再喝就不是酒了,是鸦片了!我自己都不够、不够卖的了,哪还有货卖给你们?”

魏老板说:“亨特先生是非常豪爽的生意人,是生意兴隆通四海的,何在乎义城这点小小的需求呢?再说,我们从来就不缺钱,而你可是缺小桃红的啊。小桃红是中国的国色天香,可不是你们英国摩登小姐所能比的哦!”

亨特点点头,哈哈大笑起来,说:“魏老板狡猾狡猾的,专门寻找人的弱点。你们的强项就是、就是小桃红,拿小桃红来进攻我的、我的弱点,那是百发百中的!冲这一点,我分给你们二成货,但价格要涨、涨四成。”

魏老板一听,头都要炸了,这个英国鬼子也太狠心,知道自己缺货,故意宰一刀。什么小桃红等,都是假的,英镑才是真的。

“我看最好是这样,你分给我们四成货,价格涨两成。咱们是老朋友了,绝不会让你吃亏的。”

“No!No!No!你魏老板真的不够朋友。要知道我的货不多,要供应上海、南京、芜湖、义城,还有武汉,根本没法分配,我每个月都要、都要回伦敦提货,费用都在涨,货再不涨价,我可要穷、穷死了。”

“做作!”魏老板心想,“你英国生产的烟土,巴不得卖给中国呢。中国人多,是个大市场,你舍得中国大把大把的银子吗?装穷!”

冯德仁插话了:“我们是亨特先生的老主顾,和亨特先生有缘啦,你带来的大兵,哪一次在义城吃喝玩乐不开心?我们不论过去、现在还是将来,都是你们忠实的合作者,没有比我们全方位合作更愉快的事了!关于货和价格问题,就按‘三’这个数字来确定吧,你们给我们供货增加三成,我们给你的价格也涨三成,这算是公平交易了吧?”

“哎呀呀,你们的冯老板太厉害了!”亨特夸张地说,“我的一点小小的盈利都被你们赚去了,你们中国人太、太会做生意了!”

协议就这么达成了,货源又滚滚而来。英国人从来就不缺鸦片,他们在缅甸、泰国、老挝金三角地带种了可以倾销全世界的罂粟。他们把鸦片主要卖给中国,是看准了中国市场的需求,也看到中国市场的混乱和失控,把整箱整箱的鸦片推向沿江市场,成本低,价格高,利润是巨大的,他们赚的是中国人带血泪的银圆。

义城的禁烟运动是有效的,烟苗铲了,货源慢慢枯竭,烟馆大都关门了,烟民们除了少数接近货源的以外,大部分不得不戒烟了。老百姓的反映也好起来,认为军政府办了一件大事。

但是,杨绍文的做法引起了一些土豪劣绅和保守势力的反对,他们列举许多不实之词,报告中央,对杨绍文进行围攻。以魏老板为首的一些烟商,联名举报杨绍文的三个问题。一是在用人问题上拉帮结派,排除异己,把大权授予一些不良之人,让私人占据重要岗位。二是攻击禁烟令,抓住在运作上的一些不当之处,认为没有经过议会讨论就直接发布了禁烟手令,从而否认禁烟令的合法性。三是以商会的名义提出种种理由,对禁烟讨价还价,进行阻挠和破坏。对此,杨绍文态度坚决,不为所动,坚持到底,毫不通融。他重申禁烟条规:凡私种烟苗二十株以上者,一律处以死刑。凡私运烟土者,一律从重惩办,绝不姑息。凡开烟馆、土膏店者,一律勒令关闭。凡商会所提禁烟之事,一律驳回勿议。

烟商们对杨绍文又怕又恨,又无可奈何。

事隔不久,烟市又死灰复燃起来,魏老板的如意轩又门庭若市了,一些被封闭的土膏店和小烟馆，又重新开起来，明里暗里的供烟渠道又活跃起来。

杨绍文感到奇怪，他把王振帆和周大生找来，询问情况、商议对策。

杨绍文问："最近市面上的烟土，是从哪里来的呢？"

王振帆也感到奇怪，烟苗都铲光了，库存的烟土也告罄了，怎么又火起来了呢？

周大生因为每天在码头上做工，工人纠察队的队伍也在迅速扩大，这方面的渠道比较畅通。他们发现最近英国商船"华生号"来往频繁，每次都有成箱货物靠岸，收货者主要是魏老板和冯德仁，他觉得是不是这里面有什么猫腻呢？

"魏老板与亨特联系很频繁，亨特每次来都在如意轩花天酒地，双方都很高兴，是不是私下交易违禁物品？"

"完全可能。"杨绍文说，"市面上控制这么严，本该不会有烟土生意了，可是现在都在悄悄开张，打击起来又是一场风波。当务之急是把烟土的来源查清楚，先打掉源头，再控制其他。"

周大生领命而去了。他向工人纠察队布置任务，主要目标是烟土，随时随地监督，如有发现，随时报告。

过了一个星期，"华生号"又来了，靠在江边，等着卸货，收货人是魏老板。

魏老板亲自到码头接货，跟随而来的还有一些烟土店的小老板。周大生接到情报，也到了现场。

第一箱货卸下码头，周大生立即上前，指挥工人将货物围住。周大生说："开箱验货。"

魏老板说："大生兄弟，请高抬贵手。这是我从英国进的一批咖啡，都是老规矩了，就免了这道手续吧？"

周大生转念一想，这些货还没卸完，先不急于下手，等货到齐之后，再突击检查。

“好说好说，让我的兄弟们运快一点，货齐之后，核核单子就行了。”周大生说。

“谢谢大生兄弟，多上些弟兄，快卸快装，完了就好。”

周大生吆喝着：“快上快上，多上些人，把魏老板的货卸下来！”

码头工人心里有数，一下子上了三四十人，抬的抬、扛的扛，不多时就把货卸齐了。周大生数了数，总共是七大箱二十包，每箱五十包，总数是三百七十包。

周大生一拍手，三四十名码头工人将货物围住，连魏老板也围在圈子里。

周大生命令：“开箱验货！”

魏老板很惊讶：“刚才不是说过了吗？是咖啡，从英国进口的。”

周大生说：“咖啡也要检查，这是军政府的规定，我们照章办事。”

正说着，水上巡警也过来了，他们也说：“进口货物必须检查，请魏老板当场验看一下。”

魏老板拦住周大生，说：“大生兄弟，你看我们都是朋友，放兄弟一把吧，店里等着用货呢。你们也忙，多一事不如少一事吧！”

“魏老板，你怎么啦？”周大生说，“这么紧张干什么？验一箱看看，走一个程序，然后让弟兄们给你送到如意轩就是了。警察兄弟也在，你就别妨碍他们公务了。”

魏老板没有办法，码头工人人多势众，又有巡警在场，这是合法检查，阻挡是没用的，他只好认栽了。

码头工人撬开一个箱子，里面装了五十包货物，打开其中一包，是一块纸包的东西，每一块有砖头般大小，撕开其中一块的包装纸，里面现出黑色的块状物。工人闻了闻，又抠了一小块放在嘴里尝尝，报告说：“不是咖啡，是烟土。”

巡警立即拔出手枪，说："再查！"

工人又打开一箱，取出其中的一包一块，撕开包装纸，抠下一小块尝尝，仍然说："不是咖啡，是烟土！"

这时，魏老板已经彻底傻眼了，违法交易暴露在光天化日之下。

周大生说："让亨特船长过来！"

一位巡警负责人说："好的！"他叫了两位巡警一道，向"华生号"走去，上了船，对亨特说："先生，您的货可能有点问题，请您上岸去看看。"

亨特见状感到不妙，急忙从船上走到码头，分开众人，问道："怎么回事？谁让你们开箱检查的？"

"船长先生，这是从您船上卸下来的货物，请您确认一下。"周大生说。

亨特不用看，因为包装箱上明明白白写着"咖啡，发货地点：伦敦"。

"你们无权拆看我的货物！"亨特强调。

"请您再确认一下，您的货物不是咖啡，是烟土。"周大生继续说。

"这是大英帝国的合法交易，你们管不着！"亨特厉声厉色地说。

"可这是在中华民国的土地上，是在义城，不是在伦敦！"周大生说，"我受义城军政府的委托，扣押您的这些烟土！"

"我抗议！你们无权这么做！"

"请您走开，别妨碍我们执行公务。抗议请上外交部！"

巡警和码头工人共同动手，将这批烟土搬上车，送往警察公署。

亨特和魏老板面面相觑，气急败坏。

亨特问周大生："你们想怎么处理这批货？"

周大生回答："这要由义城军政府来决定，我无可奉告。"

说完，周大生率领一大批码头工人离开了。

亨特叫起来："我抗议！我警告你们！我要让你们赔偿损失！"

周大生走远了，睬也没睬他。

"亨特先生，你看怎么办？"魏老板说。

“你得付钱!”亨特说。

“可我们没有拿到货。”魏老板说。

“那是你们内部的事情,我不管。”

军政府的这一招,使亨特和义城的商界都大惊失色,他们没想到禁烟竟敢禁到洋人头上。大家议论纷纷,有表示理解的,有表示反对的,有采取观望态度的,看军政府如何处置。总的来说,大家都在挑战新建的军政府,考验政府的能力,检验新都督的策略和手段。对于魏老板和冯德仁来说,他们和政府是一场较量,只要政府向洋人服软,那么鸦片将再次打开义城的大门,生意兴隆和财源滚滚将成为他们的现实。

第二天,杨绍文亲自主持军政会议,讨论烟土风波。社会各界人士都参加了,讨论非常热烈,意见很不一致。

有人说:“洋人的烟土卖到中华民国的土地上了,应该没收。”

有人说:“新政府刚刚成立,最好少惹点麻烦,把鸦片还给人家。”

有人说:“这桩生意违反了禁烟令,要禁就得禁到底!”

有人说:“禁烟令是针对全省民众的,不适合洋人,前清政府都这么说过,我们一省有什么办法?”

有人说:“洋人是和省内商人勾结的,不把这种勾结打掉,后患无穷!”

有人说:“做生意是正当的,应该保护,内外有别!”

听了这些议论,杨绍文让王振帆发表意见。

王振帆说道:“我是英国人的学生,但英国人的做法让我很诧异。在英国,吸毒是要判刑的,甚至判到死刑,但是他们却明目张胆地把鸦片卖给中国人,他们根本不把中国人当朋友,他们不把中国人当人!如果我们今天服了软,那又会割地赔款花银子,那么中华民国与前清政府有什么区别?我们又怎样能保护自己的老百姓?所以我认为这次不能服软,必须据理力争,这样才对得起义城的百姓!”

“说得好!”杨绍文带头鼓起掌来,他很需要王振帆这样的人支持。王振帆去过英国,了解英国人的强盗逻辑,他们的做法,就是强者欺负弱者,他们在全世界横行霸道。王振帆的话很有说服力,可以起到醒耳醒脑、澄清事实的作用。杨绍文说:“我们也套用一下英国的法律,在英国,贩卖这么多的鸦片,是要判无期徒刑乃至死刑的,那么同样都是人,在中国为什么就不是犯罪,不应该没收,不应该判刑?所以,英国人的民主是假的,他们的友好是虚伪的,他们是把中国人当劣等人!如果我们这次不能销毁这些鸦片,那么下次会有更多的中国人妻离子散、家破人亡!如果我们连这点事都不能替老百姓做主,我们还当什么父母官,还吃什么皇粮?凡是有点爱国之心的朋友,请你们支持政府!”

杨绍文义正词严的演说,得到了大多数人的拥护,大家报以热烈的掌声。

听说杨绍文要焚烟,亨特又气又急,赶快跑回领事馆向领事报告,说这一次损失大了,又丢面子又失里子,得拿点厉害给中国人看看了。

领事布雷斯非常生气,没想到鸦片买卖在义城遭遇滑铁卢,他决心找回往日的威风。

没两天,布雷斯带着一艘军舰和一艘鱼雷艇,气势汹汹地赶到义城,停在江面上,威风凛凛。这一下惊倒了全城百姓,大家担心又要像鸦片战争那样开起仗来。

杨绍文不慌不忙,说:“兵来将挡,水来土掩。来而不往非礼也,咱们来个先礼后兵吧!”

杨绍文先派秘书长王振帆按外交礼节去迎接。王振帆登上军舰,向布雷斯说:“我受都督杨绍文先生的委托,前来欢迎布雷斯先生。”

布雷斯傲慢地点了点头,表示知道了。

王振帆又说:“领事先生到义城履行公务,我们都督先生邀请您今天晚上共进晚餐,以表示欢迎。”

布雷斯又傲慢地摇了摇头,表示不愿意。

王振帆有点纳闷:这老头听不懂中国话?

布雷斯是个五十多岁的秃顶老头,胖胖的脸上架着一副金丝眼镜,嘴唇上面长着两撇翘翘的胡子。

“领事先生要是听不懂中国话,我可以用英语再说一遍。”接着,他用流利的英文复述了一遍。

布雷斯竖起一根手指摇了摇,开始说道:“你们中国人喜欢饶舌,一上来就喋喋不休。我们英国人喜欢用行动说话,行动高于一切!”

王振帆点点头,表示理解。他说:“领事先生用行动告诉我们,你们是来索取鸦片的。可是我们中国人在三天前就用行动说过了:你们的鸦片被没收了,没了。”

王振帆摊开双手,耸耸肩,很有点英国绅士派头,还有点幽默感。

布雷斯摸了摸发光的脑袋,突然问道:“你们这儿有牙签吗?”

“这是在您自己的船上,布雷斯先生。”王振帆提醒领事先生。

“啊,忘了忘了。”布雷斯拍拍手,歪了歪脑袋,表示自己糊涂了。他居然伸出细长细长的指甲,去剔他的牙缝,大概是早餐吃的肉排卡着牙缝了。

对于这种不文明的动作,王振帆感到恶心,他仰起头,看着船舱的天花板。

“该吐的得吐出来,”布雷斯说,“该赔的还得要赔,否则,要我们领事馆干什么?”

“可惜呀领事先生,用指甲剔牙缝,不仅是不文明的,也是不高明的,更何况,鱼雷又不能当牙签使!”

“我很欣赏你的聪明,但是聪明不能当枪使,也不能当钱花。聪明反被聪明误,这可是你们中国人说的。”

“布雷斯先生很聪明,知道拿了人家的东西手软,吃了人家的东西嘴软,所以连友好的晚餐都不敢吃了,真的有失风范!”

“你们拿了我们的鸦片,难道手不软?”

“你们拿了我们圆明园里多少东西呀，请领事先生回去看看自己的大英博物馆吧！”

布雷斯又用大巴掌摸了摸发亮的头顶，说：“我很欣赏你的智慧，但是不欣赏你们都督的晚餐！”

“那就明天开始工作，我们在都督府恭候领事先生。”

初次见面，双方绕着弯子表明了态度，为第二天的谈判做着准备。

后两天，双方分别在都督府和军舰上进行了两轮谈判。谈判很艰苦，双方都据理力争，不肯让步。布雷斯态度蛮横，要求归还鸦片，赔款道歉，并且保证今后不再发生类似事件。他身挎手枪，言辞严厉，大有强国欺侮弱国的派头。

王振帆代表都督进行谈判，针锋相对，寸步不让。

他说英国的鸦片运到中国的土地上交易，应该按中国的法律办事。在义城有都督的禁烟令，凡私运鸦片者全部没收，并要负刑事责任，该坐牢的还要坐牢。因此不存在赔偿问题，一个主权国家在自己的领土上执行公务，按本国的法令办事，是符合国际法的，根本无须赔偿。

再者，中国和英国，都是主权国家，相互之间本不存在谁为谁做保证的问题。但英国人在中国进行违法交易，须做保证的应该是英国，中国有权根据国际法追究英国的责任。

谈判进行了两天，无果而终。

在这两天里，亨特私下活动频繁。

他在如意轩找到魏老板和冯德仁，对他们软硬兼施，要他们去找杨绍文说情，企图釜底抽薪。

亨特说：“损失了鸦片，我不好交代，你们也脱不了干系。如果不把这事摆平，我就把咱们多年来、多年来的秘密交易，公之于众，叫你们从此、从此也翻不了身。”

魏老板和冯德仁知道，如果亨特真的公布秘密，他们俩在义城就彻底翻船了，赚再多的钱也没用，谁也救不了他们。

他们也知道，对杨绍文进贡“小黄鱼”是无用的，此人油盐不进、刀枪不入，用这种办法反而会弄巧成拙。他们觉得还是公事公办为好，以工商联的名义说话。

他们约见了杨绍文，在都督府谈话。

杨绍文说：“二位是工商界名人，有何见教，请说。”

魏老板和冯德仁先表态，都说都督禁烟禁得好，现在人心大快，有口皆碑，工商界特别高兴，只要走上正轨，生意越做越好做，云云。

杨绍文知道，这两个人说的话言不由衷，无非是把都督吹捧一番罢了。他对这两个人是警惕的，特别是听说那一次查封了魏家庄的赌场、烟馆和妓院，知道他们并不是守法商人，所以才下决心要端掉他们的饭碗。这一次又是魏老板与亨特在现场交易时被逮住，所以，他认为这个魏老板是个不法商人，是应该治罪的。

魏老板知道杨绍文在想什么，所以主动说道：“这一次，我被英国人害苦了，他把鸦片混在咖啡里卖给我，让我变成有罪之人了。我是来向都督请罪的，请都督责罚。”

杨绍文一听，一针见血地说：“知罪就好。亨特不是把鸦片混在咖啡里，而是故意把鸦片说成咖啡，里面没有一丁点咖啡，这一点你比我更清楚。”

魏老板点头如捣蒜，说：“对对对，大人说得对，我一时糊涂，被他蒙骗了。我就是想和他做点生意，用点舶来品，繁荣繁荣市场，为军政府的市场繁荣出点力。没想到他偷运违禁品，触犯了禁烟令，那我就要和他划清界限了。”

冯德仁知道循着这个路子说，魏老板很快就说不下去了。他打了个岔，说：“我们银行界，讲究的是货币流通要快，资金周转两次，相对于周转一次，甚至一次都周转不过来，那效益的差别是很大的。和外国人做生意有个好处,现金交易,现买现卖,从不挂账,一个钱可以当两个钱用,银行是满意的,也愿意为这样的商家贷款。所以,外国人是没有必要得罪的,得罪了他们,吃亏的还是我们自己。”

杨绍文一听,知道这两个人是来为英国人当说客的,事情一定牵连到他们自己,否则没有必要冒这么大的风险来说项。他觉得,现在首先要对付的是布雷斯和亨特,没有必要把打击面弄得过宽,对这两个人,该拉拢拉拢,该利用利用,不能把他们都打到亨特一边去。

“二位说得有理,与外国人做生意是好事,生意兴隆通四海,财源茂盛达三江嘛。呵呵,我是主张和外国人做生意的,但要合法,合法就好,哈哈!”

杨绍文打着哈哈,听他讲的话也掰不出毛病,似是而非,绵里藏针,令你开着心,又有点不放心。

“那我们商界的事,就拜托杨都督了!”魏老板说。

“和洋人打交通,就靠杨都督的智慧了!”冯德仁说。

“好说好说,公事公办,大家努力。”杨绍文应付着。

魏老板和冯德仁都听得出,这番话说是说了,说不上无用,也说不上有用。

无奈之下,他们又想到王振风这个棋子,觉得应该利用利用。不管怎么说,大家曾经都在一条船上,王振风也没少得到他们的好处。

他们拿出几块烟土,用报纸包好,拴上红线,来见王振风。

在王振风那里,再也见不到小桃红,这个女人早就搬走了。她觉得王振风不能再给她带来好处,她当然要另择高枝了,她是为好处而生的。

王振风对这些已经心灰意冷,包括对鸦片。

当他看见魏老板和冯德仁拿着烟土来时,他冷冷地说:“我已经戒了。”

“别呀,戒什么呢?这东西来得快去得快,提提神、换换气总是有用的。什么时候有个小病小痛的,抽几口还是治得了的。留着慢慢用吧,用光了只管说,兄弟这点忙还是能帮的。”

王振风不再推让，问道："有什么事？说吧！"

冯德仁觉得，王振风现在变得不可捉摸了，也许他经历的事太多，受到的打击太大，变得深沉了。

"是有点事想请你出马，只有你老兄能解决问题了。"冯德仁说。

"是鸦片的事吧？"王振风说。

"还是你有先见之明，我们想到一块儿去了。"魏老板说。

王振风摇摇头："王振帆是什么人，你们也不是不知道，他能听我的？"

冯德仁抱着死马当作活马医的态度，说道："试一试吧！怎么办呢？我们只有求你了，他毕竟是你的亲兄弟！"

魏老板从兜里掏出二十根金条，放在桌上，说："事成之后，还有二十根作为答谢。"

王振风摇摇头，让魏老板拿走这些东西。他说："话我可以说，烟土和小黄鱼你还是拿走吧，这些东西对王振帆是没用的。"

"那我们就孝敬你吧，这也不是第一次了，你就给个面子吧！"魏老板说。

王振风再次摇摇头："面子可以给，话也可以说，我还是王振风。但礼物肯定是不收了，我已经不是当年的王振风了。我劝你们也改一改，现在是民国了，大清那一套已经结束了。"

魏老板和冯德仁连碰两个钉子，气急败坏。他们感到危险重重，如果这一次拿不回鸦片，不仅要承担重大损失，而且今后也断绝了与亨特的来往，其他生意也做不成了。他们的买卖连遭打击，忍受不了了。他们决定孤注一掷：抢！无论如何要把这些鸦片抢回来，给亨特一个交代，也给自己留条财路。

指望王振风是不可能了，他不会再替他们打打杀杀，但是他组织的保安团，人多势众，还是有用的。没有王振风牵头，魏老板打算亲自出马。他想，没有张屠夫，还能吃混毛猪不成？反正豁出去了，亲自动手吧！

他把保安团的人找来一大部分,乘着天黑,给他们下达任务。

他说:“弟兄们,我魏某平日里对大家怎么样?”

“怎么问这话呀?你魏老板待弟兄们不薄!”有人回答。

也有人说:“养兵千日,用兵一时。魏老板有什么事就吩咐吧,弟兄们两肋插刀就是了!”

“好!”魏老板说,“有弟兄们这份心就好了。我魏某不是让大家伙去打家劫舍,而是取回我们自己的东西。俗话说,人无横财不富,马无夜草不肥。我告诉弟兄们,我们这次要夺回属于我们自己的横财和夜草!这个横财和夜草就是烟土,是我们和亨特先生交易的烟土,是花了大笔银子买来的,是应该有很多赚头的,这个赚头包括给兄弟们的浮财!但是,现在碰到了麻烦,烟土被警察局抢去了!他们抢去干什么?还不是上私人腰包吗?他们让我们破财,夺了我们的夜草,我们吃什么?大家伙能忍气吞声吗?”

经他这么一煽动,有些头脑简单的人就叫起来:“他们想干啥?吃了熊心豹子胆啦?”

“他们想拦路打劫?没这么便宜的事吧!”

“他们不仁,我们就不义!他们敢抢,我们就敢夺!”

“打打打,打他个日娘的!”

“抢抢抢,把东西都抢回来!”

有人说:“魏老板你就说句话吧,东西在哪里?我们人手多,警察管个鸟用,抢回来卖了不就有银子了呗!”

更多的人说:“对对对,魏老板你说在哪,我们去抢回来!”

魏老板见火已经烧起来了,只要再加点油,就会烧得更旺。这帮人多是地痞流氓,有奶就是娘,只要给钱,命都可以卖的。

他说:“弟兄们听好了,只要把烟土抢回来,红利分大家一半!”

有人应道:“好嘞,就这么干吧,死了也值!”

“东西就在警察局的仓库里。现在天黑,警察大都下班了,我们连夜行动吧!”魏老板下了最后的命令。

只听见哇哇一片乱叫,保安团团丁们手拿棍棒刀枪,直奔警察局而去。

保安团里有许多工人纠察队的人,他们平时不显山不露水地在保安团中做工作,掌握动向,因势利导。今天他们发现魏老板狗急跳墙要抢警察局,他们感到事关重大,早派人去警察局和周大生那里报告了。

警察局立即行动,把警察们紧急召回警察局,给每个人都佩了枪械,并在办公楼和仓库前都设了路障,荷枪实弹,严阵以待。

周大生知道警察局人手少,动手开枪又很被动。为了支援警局,他马上通知工人纠察队在警察局门前集合,协助警察看守仓库。

警察和工人纠察队刚刚准备好,那边的保安团丁也呼啸而至。

警察打开了探照灯,把现场照得如同白昼。保安团的人一看,警察设了路障,架着机枪,虎视眈眈地守在眼前,一个个都像钟馗一样,专等着抓小鬼呢。

保安团的人脚步迟疑起来,走着走着就不敢上前了。

警察问:“来的什么人?你们想干什么?”

保安团有人回答:“我们……我们要拿回烟土!”

警察说:“烟土是违禁品,已经没收了!”

保安团的人说:“你们凭什么没收!那里面有我们的血汗钱!”

“你们没看见禁烟令吗?贩卖鸦片是要坐牢的!”警察又说。

“那好哇,你抓我们去坐牢,看看你们的牢房可装得下!”

一位警察头目说:“各位兄弟,你们别受坏人挑唆,跑到这里闹事是没有好结果的,你们何必蹚这趟浑水呢?”

一个保安团头目说:“这话说得没有错,我们是专蹚浑水的,吃的就是这碗饭!把鸦片还给我们,我们马上走人!”

警察头目说:“你看看我们这阵势,能让你们把烟土拿走吗?”

“那就别怪我们不客气!”保安团头目扬扬手中的枪支。

警察头目拍拍机枪:“就是我同意了,它也不会同意!”

保安团早就做了动手的准备,现在看见谈话无效,捋起袖子就要开战。

这时,只听见一声呼哨划破夜空,从警察身后走出一大批人来,他们站到了警察的前面,个个手里都有器械,雄赳赳地站在保安团对面。

周大生手持一根铁棍,足足有两米长。他往保安团面前一站,铁棍一横,说道:“兄弟们想干什么?”

团丁们大吃一惊,这是哪来的一座天神呢?再仔细一看,更是大惊失色,脱口叫道:“周大哥!”

“是我。”周大生说,“弟兄们行动,怎不告诉我一声呢?幸亏我来得及时,不然你们就麻烦大了!”

保安团的人看见周大生带了一帮人站在面前,就像一堵铜墙铁壁,一个也不敢上前。

“是、是魏老板让我们来的,您、您不知道,周大哥?”

“哥哥要是知道,还能让你们来警察局吗?警察局这种地方,硬闯是要犯法的,机枪子儿是不长眼的,打死暴徒是不偿命的。你们不想想自己,也不想想爷娘和家小吗?”

“我们、我们是奉魏老板的命令,来、来要鸦片的,他答应分我们一半利润。”保安团头目说。

周大生摇摇头,叹了一口气说:“你们上当了!魏老板让你们抢鸦片,是还给英国人亨特的。他们有交易,就是抢回了鸦片,他魏老板也不敢卖,卖鸦片是要杀头的,哪来的利润?怎么分给你们一半?他是让你们来当替死鬼的!你们没看见英国人连军舰和鱼雷艇都开来了吗?魏老板是来替英国人要鸦片的,都督府是不会向英国人低头的。你们想想看,一边是英国人,一边是军政府,你们夹在中间打起来,不是白白送命吗?”

这一下,把保安团的人说明白了。怨不得魏老板今天特别慷慨呢,原来是让保安团的人当炮灰啊。不是死在都督手里就是死在英国人手里,划得来吗?

“弟兄们别为难警察了,警察也不会为难你们。咱们自己人不要互相干仗,要干,就将目标对准英国人,他们在坐山观虎斗呢!”

保安团头目敲敲脑袋:“周大哥说得对,我们今天来抢鸦片,不说全部死光,至少要死一半人,魏老板会负责吗?就是能负责,人死了有什么用?我们是上当了,被鬼子利用了,被魏老板利用了,我们太浑了!”

警察头目很感谢周大生,他把问题的要害说清楚了,把魏老板的小九九揭穿了。看样子打不起来了,真打起来警察的伤亡也不会小的,还得挨老百姓的骂。

“保安团的弟兄们,咱们自己人不打自己人,你们请回吧。要打,咱们应该合起伙来打英国人。这几年,英国人欺侮我们中国人还少吗?他们把鸦片卖到中国来,不就是想坑害我们义城的同胞吗?”

保安团头目被完全说服了。“罢罢罢,我们今天算白跑了一趟,不过也算是把道理跑明白了。别再给魏老板当枪使了,他的钱也不会给我们花的,他走他的道,我们过我们的桥吧!弟兄们,听周大哥的话,咱们撤吧!”

保安团的人是呼啦啦来的,又呼啦啦去了,一场危机算是化解了。

警察头目非常感谢周大生,要不是工人纠察队及时赶到,一场血战在所难免。不管死了谁,都伤不着他魏老板的。

周大生及时把情况向杨绍文和王振帆做了汇报。杨绍文拍案而起:“烧!”不烧掉这些鸦片,对不起中国人,也镇不住英国人。他说:“通告全城,三天后公开焚烧鸦片,我也来当一次林则徐!”

第二十六章

都督焚烟

焚烟的消息一经传出,全城哗然,谁也没料到杨都督真的要焚烟,要做林则徐第二。

布雷斯更没想到,在自己兵临城下的情况下,中国人还这么硬气。过去的经验是,只要他们一亮出枪炮,中国人就会来和平谈判,他们就有地可占,有银子可得。可是这一次,经验没用了。

布雷斯很生气,把亨特找来训了一顿,责备他为什么如此无能,把事情办得像砸了锅似的难堪。

亨特找到魏老板和冯德仁,对他们威胁了一通,但他们的回答都有气无力,表示什么伎俩都用上了,但实在无能为力。

在万般无奈的情况下,布雷斯约见杨绍文,他要亲自与这个都督交锋。

约见地点在都督府,杨绍文没有去门外迎接,只在签押房等候。杨绍文想,上次请你吃饭你不来,给脸不要脸,那就不给脸了。

双方坐定之后,布雷斯故意把佩枪挪到胸前,手扶枪套,问道:“请问都督先生,是谁下的焚毁洋药的命令?”

杨绍文想,在我的签押房里,你还摆什么谱?手握着枪套,你还敢开枪不成?你只要拔枪,我的卫兵肯定会把你打成筛子。

“错了,领事先生,你说洋药是不对的,那是烟土,毒品!”纠正了这个概念之后，杨绍文又说，“焚烧烟土，是我的命令！”

“你有什么权力焚烧这批货物？这是大英帝国的资产！”布雷斯继续发问。

“这是违禁品，领事先生。违禁品到了义城，义城就有权扣押。焚烧扣押的违禁品，当然是本都督的责任，谁也无权干涉！”

布雷斯竖起耳朵听着杨绍文的回答，企图寻找可以反驳的借口。

“是你错了，都督先生。咸丰八年，英中两国签署了通商条约，这个条约规定，准许我国鸦片进口，难道你想否定这个条约不成？现在虽然是中华民国了，但是英中两国并未签订新的条约，难道你一个小小的都督想改变这个事实不成？”

杨绍文早就料到这一点，他想，我既然敢扣、敢烧你们的鸦片，难道找不出理由不成？你也太小看本都督了，跟你们这些洋鬼子打交道，我自然有百分之百的把握。

“不错，咸丰八年是有中英条约，我当然知道。这个条约的第五条规定，英国的鸦片可以在通商口岸经销，也就是说只能在通商口岸经销，一离开通商口岸，就成了中国的货物。你们的鸦片到了义城，义城根本不是通商口岸，本都督自然可以扣留。更何况，你们这七箱货物中，有三箱没有运单，有四箱运单上时间不符，另外二十包，运单上的汉文日期不对，洋文年号有涂改的痕迹，明显有作弊现象。按照海关条例，理所当然地应该充公。你还有什么话好说？”

布雷斯没有想到这一点，他暗暗骂起亨特：“你这个浑蛋，连运单都没有厘清，就把鸦片往外运，太小看中国人了！这个都督不简单，简单的是你这个该死的亨特！”

“还有，”布雷斯强词夺理，“你们禁运烟土的政策，只能限于你们本土的烟商，外国人可以不受你们的限制。你一个小小的义城，难道可以限制我大英帝国不成？”

“非也非也，”杨绍文驳斥说，“那是你们的逻辑，不能强加于我。在我国的领土上，禁烟已成惯例。义城在前清时，就已经报请外务部门与外商磋商，停止进口鸦片，更何况咸丰八年签订的条约只准许洋药进口，并非指毒品进口。现在我们没收的毒品，是在本土商人手上查获的，自然有效。我们查禁毒品的决心是很大的，政府放弃了每年十万两银子的烟膏税，而且对私种烟草二十株以上者，即处以死刑。你们外国人能冒这样的风险私运鸦片吗？你们不怕中国的老百姓拿你们问罪？”

布雷斯被气得七窍生烟，一时哑口无言，他找不到合适的理由与杨绍文对决，又找不出合适的字眼表达情绪。他愤然站起，色厉内荏地说：“跟你没有什么好说的，我要……要找你们的中央政府说话！”

杨绍文不卑不亢地说：“那就悉听尊便。中央政府的大门开着呢，我就不奉陪了。”

谈判到此为止，布雷斯强词夺理，杨绍文义正词严，布雷斯毫无所得，恼怒而狼狈地离开了都督府。

杨绍文拍了一下桌子，严厉地说：“烧！”

就在这紧张时刻，义城的老百姓挺身而出，他们举行了声援大会。社会各界纷纷发言，历数鸦片的罪恶，指责布雷斯对中国内政的干涉，坚决支持焚烧鸦片。大会结束以后，群众举行示威游行，在江边高呼口号：“英国佬滚回去！”“坚决支持杨都督！”“焚烧鸦片有理！”“私运鸦片有罪！”“打倒鸦片贩子！”

布雷斯看见岸边群众群情激昂，连忙钻进舱内，偷偷用望远镜窥视岸上的一切。他一时拿不定主意，不知该不该动用枪炮进行恫吓。他知道，英国人动枪动炮是经常的，且使用起来屡试不爽。但这一次不同，政府不服软，老百姓也硬邦邦的，他觉得不出手有点窝囊，出手又有点麻烦。他很费脑筋。好在岸上的百姓呼喊了一阵就结束了，没有向英国军舰扔石块。

同时，全国各省也都通电支持杨绍文禁烟，指责英国军舰干涉中国内政。杨绍文每天都能收到来自各省的慰问电,有各省政府的,也有社会团体的,还有社会贤达、知名人士的,他们都表示欣赏杨绍文的气节,都指责英国领事的蛮横无理。杨绍文和整个都督府都异常感动,更加坚定了禁烟的决心。

这时候,传来一个消息,说孙中山先生视察长江各省,轮船已经到了芜湖。杨绍文大喜过望,立即备船顺江而下,去芜湖向孙中山汇报。

孙中山先生接见了杨绍文,他紧紧握住杨绍文的手,说:“绍文辛苦了,义城不易呀!”

杨绍文把禁烟的经过、与布雷斯谈判的情况向孙中山先生详细做了汇报。他像久旱逢甘霖那样,在中山先生面前感到亲切、依赖和鼓舞。

中山先生听说义城百姓和各省都支持,非常高兴,他说:“绍文做得对,你们禁烟在全国带了头,是领头雁啦。中华民族这群大雁,一定会飞向‘无烟区’的!”

听说杨绍文第二天就要焚烟,中山先生说:“我去义城,参加你们的焚烟活动,看看英国的大炮会怎么样!”

杨绍文没想到中山先生会这样支持义城禁烟,他显得很激动,站起身来向中山先生敬礼。他说:“我代表义城社会各界和父老乡亲向中山先生表示感谢,孙先生的恩情我们永远不忘!”

中山先生说:“绍文过谦了!禁烟是中华民族的大事,大烟不除,国无宁日!你们义城走在前面,给各省树立了榜样,应该褒奖才是!”

就这样,杨绍文陪孙中山先生连夜赶回义城。虽是夜间,但杨绍文却像看见了旭日东升,光芒万丈。他满怀着喜悦的心情,把禁烟的事想了又想,他必须做到万无一失,确保焚烟的顺利和孙先生的安全。

杨绍文回到义城之后,立即召开紧急会议进行部署。他决定,把焚烟地点定在都督衙门前,让全城百姓都可以看到。他让王振帆带领工人事先挖好焚烟坑,天亮之前做好准备,然后派警察局局长亲自把鸦片押送到现场,确保押运过程的安全。另外，他指令组织万名群众集中在江岸边严阵以待，并出动警察，防止英军登陆骚扰。现场的安全，他交给周大生负责，他对工人纠察队的能力充分信任。

会议结束以后，大家分头行动，连夜做好各种准备。

天亮以后，太阳升起。这一天万里晴空，蓝天白云，注定是个兴高采烈的好日子。

一大早，就有许多人来到禁烟现场观看。只见都督府外的地面上挖了个圆形的大坑，深有一丈左右，里面堆了许多石灰和木炭。

好奇的人越来越多，大家异常兴奋，想看看这种一辈子没见过的大事。听说杨绍文亲临现场焚烟，大家想见见这位大名鼎鼎的都督，看看他是否长了三头六臂，敢和英国人叫板。大家忽然觉得杨绍文是亲人，义城是个大家庭，杨绍文就是家长，外人欺侮我们，打上门来了，看看家长怎样为子民做主，怎样与恶人对决。他们也兴奋极了，个个摩拳擦掌，要与英国人大战一场。

许多人没见过鸦片，更没见过怎样烧鸦片，人们一大早就闻风而来，扶老携幼、摩肩接踵，想亲眼目睹这历史性的时刻。

九点半钟，都督助理王振帆率领一班警察从警察局开过来了。警察们荷枪实弹，在路两旁开道，把中间的道路腾出来，让另一部分警察推着木板车走过来。七辆板车载着七箱鸦片，另有二十包由警察捧着，一路走过来。

群众伸长脖子看着，他们觉得今天的警察真威风，很可爱，这个时候他们才感到警察是保护老百姓的，当个警察也是很危险的。有人带头鼓起掌，立刻全场都鼓起掌来。警察们听到掌声很受鼓舞，昂首挺胸地把鸦片推到焚烟池前。

王振帆清点了一下鸦片，一包不少，他点点头，嘱咐警察们小心看守。

九点五十分了，王振帆走进都督大院，对中山先生和杨绍文等一班官员们说："各位大人，都准备好了，可以开始了！"

就在此时,一个马弁前来报告:“英国人的军舰有行动了,它们卸去了炮衣,把炮口调高,对准了都督府的方向,剑拔弩张的,杀气腾腾。”

杨绍文看了孙中山先生一眼,中山先生气宇轩昂地点了点头。杨绍文说:“各位同僚,今天孙先生要和我们一道焚烟,是对我们最大的鼓舞。我们一定要把今天的事做好,给英国人看看。他们把炮口对准我们,我们也要把他们的鸦片烧为灰烬!”

大家一片掌声,为孙中山,为杨绍文,也为自己,掌声注定要响在这历史性的一刻。

而后,孙中山先生在前,杨绍文、王振帆陪伴左右,文武官员跟随其后,出了都督府,走上临时搭建的观礼台。

民众有人认出了孙中山,说道:“咦!那不是孙先生吗?”“孙先生也参加焚烟啦,那太好了!”“孙先生出马,英国人就草鸡了!”

大家这么一鼓动,一传百,百传千,千传万,大家都认出中山先生了,万人鼓掌,掌声响彻云霄!

有人带头高喊:“欢迎中山先生!”

“谢谢中山先生到义城!”

“中山先生革命成功!”

一万多人守在都督府门外,口号声、掌声惊天动地,万民沸腾!

王振帆主持会议,他冲着民众拱拱手,谢谢四面八方前来助威的群众,接着他把双手往下压了压,让大家安静下来。

“义城的父老乡亲们,今天我们在这里召开焚烟大会,出席这次大会的,除了杨绍文都督和政府官员以外,还有我们敬爱的孙中山先生,大家欢迎!”

呼啦一声,掌声四起,就像一片雷声,扫过全场。

孙中山先生站起身来,脱下礼帽,向大家频频挥手。会场上顿时欢呼起来,又是一阵暴风雨般的掌声!

王振帆又用手势平息了会场的声音，他宣布："现在，请杨绍文都督讲话！"

会场又响起一片震耳欲聋的掌声，人们将掌声、欢呼声送给自己的都督。

"义城的父老乡亲们！"杨绍文说，"今天是一个具有历史意义的日子，是义城的百姓扬眉吐气的日子，是让英帝国主义威风扫地的日子！我们在这里宣告，不管是哪个帝国主义，不管是什么公使、领事，不管是什么样的商人，只要把违禁品带到我们义城的土地上，我们都一样禁止，一样没收，一样销毁！我们保护我们的民众，尊重我们的民众，与我们的民众同仇敌忾，患难与共！我们一定把鸦片禁到底，要把鸦片铲除干净，使我们的义城成为中华民族一块干净的圣土！"

杨绍文话音一落，全场掌声雷动，口号声此时彼伏，会场情绪一浪高过一浪。

杨绍文又宣布："下面请我们敬爱的中山先生讲话！"

不等话音结束，全场席卷起掌声风暴。民众只是根据报纸上看见、民间传说，想象自己的孙中山先生像个什么样子，今天算是亲眼看见了。原来中山先生是那样的和蔼可亲、那样的容光焕发、那样的神采奕奕！他目光炯炯，神态自若，笑容灿烂。

中山先生站起来，第一句话就向大家问好："义城的父老乡亲们，见到你们我非常高兴，就像见到我的兄弟姐妹一样，我们是一家人！"

中山先生的话是那样的和蔼亲切，平易近人，使大家感到十分温暖。

接着，中山先生历数鸦片战争以来，帝国主义对我中华民族烧杀淫虏、抢劫财物、占领土地、蹂躏百姓的滔天罪行。他号召民众奋起抗击，走富国强兵之路，建设起一个崭新的中国。

中山先生高度赞扬了义城的禁烟举动，称赞义城禁烟最认真，办理最得法，效果也最好，是各省的模范，要求各省仿效之、采用之、行动之，使各省都成为“无烟区”，使我中华民族不再受此荼毒，不再烟雾漫延，不再被外国人称为“东亚病夫”！

中山先生严厉批驳英帝国主义，认为他们强行干涉中国内政，强词夺理，态度蛮横，违反条约。他说：“现在，英国军舰开到了我们的家门口，大炮已经卸掉了外衣，炮口正对着我们这里，看我们敢不敢焚烟。大家说，我们敢不敢？”

孙中山的话，字字句句扣人心弦，振奋人心。大家一片声地回答：“敢！敢！敢！”

孙中山又问：“英国的大炮对准我们，大家怕不怕？”

大家还是一片声地回答：“不怕！不怕！不怕！”

孙中山再问：“大家说，这鸦片该不该烧？”

激动的情绪达到了顶点：“该烧！该烧！该烧！该烧！”

最后，中山先生领着数以万计的群众高呼口号：

“打倒英帝国主义！”

“英国强盗滚回去！”

“坚决焚烧鸦片！”

“坚决支持都督府！”

中山先生说完，群情激昂，万众一心，现场响起经久不息的掌声。

到此，焚烟开始了，杨绍文大手一挥，命令：“点火！”

王振帆回答：“是！”说着，他走到焚烟池边。一个警察倒了一桶汽油在坑里，另外两个警察撬开木箱，取出一个油布包裹，抖开以后，一块块鸦片砖露了出来，警察将这些鸦片抛入坑中。王振帆点起一个火把，断然抛进坑中，只听轰的一声，焚烟池内的汽油、木炭立即着火，火焰喷起一丈多高，石灰裹着炭火骤然升起，浓烟滚滚，火光冲天，温度急骤升高，烤得人们面红耳赤。警察们抖开一个个包裹，将一块块鸦片砖投进烈火中。火焰越烧越旺，警察们越干越起劲，一箱箱的鸦片被陆续抛进烈火中，散发出特殊的浓烈的气味。

百姓们看得兴起，人人鼓掌，人人欢呼。有人拾起地上的柴棍，扔进坑中添柴加火；有人冲进火场，帮助警察投掷鸦片；有人把小孩举过头顶，架在脖子上，让孩子看清这具有历史意义的场景。

都督府开始焚烟的消息传到江边，朝天门码头上的上万民众也欢呼雀跃。他们鼓掌欢呼，对着江面上的英国军舰挥舞着拳头，高喊着："英国人滚回去！""布雷斯滚回去！""亨特滚回去！"有人拾起地上的砖头、石子抛向江面，激起层层水波，英国人看得心惊肉跳。

军舰在江面上僵持了一段时间，布雷斯也没敢在甲板上露面。炮手们将炮口转过来转过去，始终没敢发出炮弹。英国军人端着枪在船舷边走来走去，也始终没敢放一枪一弹。他们躁动得像热锅上的蚂蚁。只见亨特在甲板上转圈子，他揪住自己的头发，仿佛要把自己揪离地面。过了一会，大概是布雷斯下了命令，军舰突然发动起来，传来机器转动的响声，人们看见军舰正悄悄地移动着位置。

有人马上离开码头，赶往都督府向秘书长王振帆报告。王振帆安顿好来人，立即走到孙中山和杨绍文身边，耳语了一番。

孙中山先生看着杨绍文，轻声说道："不要紧，这边的声势造得越大，英国人越不敢动作。他们欺软怕硬，也怕咱们的老百姓。他们要是敢开枪，咱们的军队和船只扑上去，他们想跑也跑不了！"

杨绍文一想，中山先生说得对，人们一直说洋鬼子不怕政府，但是怕中国的老百姓，老百姓人多势众，也不会把几十个洋鬼子放在心上。他站起来领头高呼口号："打倒英帝国主义！""打倒布雷斯！""亨特滚回去！"焚烟现场更加热火朝天，一阵阵声浪传到朝天门的码头，再加上岸边群众的和声，英国人的军舰颤动起来。

不一会，军舰掉转船头，向下游驶去。看来英国人是带着气恼和无奈，不得不离开义城，避开这个让他们垂头丧气的地方。

这个消息马上又传到焚烟现场,中山先生和杨绍文都很高兴。中山先生握紧拳头,说道:“团结!团结就是力量!”

杨绍文满心欢喜,他站起来宣布:“父老乡亲们,因为我们团结,所以我们有力量,因为我们有力量,所以能战胜敌人。我告诉大家,就在刚才,英国军舰开走了,英国人灰溜溜地逃跑了,我们焚烟胜利了。”

听到这个消息,全场再一次欢呼起来,大家感到中山先生是胜利者,杨绍文都督是胜利者,义城的百姓是胜利者!大家欢呼雀跃,真正感受到民众的力量。

布雷斯的恫吓政策失败了,他到底没敢开炮,他知道若真的开炮,义城人民饶不了他,不仅他们几十个英国士兵有生命之忧,也会给他们的英国政府带来麻烦,更何况孙中山先生也在现场,那可是了不起的大人物。所以他忍耐了一下,把军舰开回上海了。但是,布雷斯怎么甘心呢?白白损失了一百五十万银圆,那可不是个小数目。更何况,开了这个头,今后的日子也就不好过,要是别的地方都像义城这样,他在长江沿线还混得下去吗?

他决定找中央政府的麻烦,带着亨特去外交部抗议,要求中国赔偿白银两亿五千万两。

外交部也买不了这个账,他们说,义城是个“无烟区”,你们带着那么多鸦片硬闯进去,那不是让地方政府下不了台吗?不抓你们,政府说不过去,众怒难平嘛!

布雷斯说,不可能,绝对不可能,安徽那么大的地方,农村那么辽阔,怎么可能没种鸦片呢?种了鸦片政府也不知道,他们肯定是睁着眼睛说瞎话。

最后,外交部长亲自接见布雷斯。对这种说法,部长并不赞成,他说:“你们不了解杨绍文,他是个坚定的革命党成员,在生死关头闯荡过多少次了。他是个铁腕人物,他说安徽是个‘无烟区’,那就是‘无烟区’,是毋庸置疑的。”

布雷斯还是不相信,坚持认为杨绍文对英国不友好,故意没收英国商人的财产。他说:“这个问题不解决,英国不承认中华民国是友好国家。”

那时中华民国刚成立,外交部正在争取各国的支持,他们当然不敢得罪英国这个老牌资本主义国家。但是,他们也不会像清朝政府那样,动不动就赔多少万两银子。他们采取打太极拳的办法,忽悠一时算一时。

外交部长和布雷斯约定,可以成立一个公平公正的调查团,这个调查团可以包括拒毒会、红十字会和领事团的成员,集体去安徽进行现场考察,如果发现一株烟苗,就证明安徽不是“无烟区”,就应该赔偿销毁英国鸦片的损失。

这个消息传到义城,杨绍文给各地发出电报,不准私种烟苗,免得授人以柄。如果发现私种烟苗者,严惩不贷。

各地接到电文以后,知道杨都督禁烟的决心,也知道民心所向,不敢怠慢。各县、各乡、各村都仔细检查到户,不放过每一块土地,不放过一株烟苗,全力打造一个真正的“无烟区”。

后来,检查团果然来到义城,以后又突击检查了许多乡村,所到之处,果然未见一株烟苗。他们问了一些老百姓,是不是真的没种罂粟。老百姓明白回答:“别提那东西,种了是要掉脑袋的!”在城市,他们也找了一些教会的朋友了解。教会人员也说:“这个地方禁烟太严格了,根本不可能找到烟苗。你们调查这东西,就像在鸡蛋里挑骨头,那是不可能的。”

最后,连调查团里的英国代表也表示,这里有没有烟苗,只有上帝知道,我们只是上帝的羔羊,羔羊是吃草的,可惜就没有看见烟苗这种特殊的鲜草。

至此,布雷斯无话可说,不得不放弃赔偿的要求,自认倒霉。义城的禁烟运动,终于取得了十分难得的成果。

第二十七章

令人发指

周大生与英姑要结婚了。这消息传得很快，整个进士第一条街的住户都知道了，大家向这两个命运多舛的年轻人表示祝贺。

王振帆和刘氏为他们操办婚礼。新房就设在烧饼店楼上。刘氏先让人把破旧家具全撤了，然后把房子全部刷新，再置办了一房新的床帐被褥和桌椅板凳，在墙上和窗棂上贴了大大的红喜字。英姑心灵手巧，又用大红纸剪了一对鸳鸯贴在房门上。一切都安排得妥妥当当，只等着喜日的到来。

在刘氏忙得不亦乐乎的时候，魏老板和冯德仁也在紧张地行动着。

自从焚烧了鸦片，亨特耿耿于怀，总想伺机报复。他还是找到魏、冯二人，他们有共同的利益和对手，铜臭把他们聚在一起，沆瀣一气。亨特说必须对杨绍文、王振帆和周大生进行报复，打击他们的气势，否则今后的日子会不好过。魏老板和冯德仁也觉得必须把这几个人扳倒，他们在进士第一条街和整个义城才能为所欲为。

他们把第一个打击目标定为周大生，因为周大生要办喜事，容易下手，也容易见效。

他们知道对付周大生本人是不行的，他武艺高强，身边又老是聚着一帮码头工人。他们选择对英姑下手，过去他们还得手过。

上次是魏老板下手的，这次他们让英国人下手，这样更加保险。

大白天绑架不行，他们还是选择天刚亮英姑挑水时动手，那时候行人不多，英姑孤掌难鸣，容易得手。

这天，天刚蒙蒙亮，英姑照例起身挑水。这是她十多年来的习惯，住在长江边的人大都如此。只是她是卖烧饼赶早市的，总是比别人家更早一些罢了。

她挑着空空的水桶向江边走去。她挑水，高兴，因为马上要成家了。嫁给周大生，是她多年的愿望。他们也算是青梅竹马、两小无猜了，从小一起长大，彼此了解，情投意合。两人本应早一点成亲，只是这几年变故太大，要做的事太多，忙得有点顾不上。如今快了，好日子即将到来，今后挑水的活儿肯定是周大生干了，想到这里，她感到心里甜蜜蜜的。

她和往常一样，走过朝天门码头，沿着台阶一步步向水边走去。她只看见岸边抛锚的帆船在沉睡之中，而没有发现“华生号”上有十几双饿狼般的眼睛正在紧盯着她。

她走到江边，把一只空桶按进水里，然后稍稍用劲一提，一桶水就满了，她再用同样的方法，另一只桶也盛满了水。她把扁担放在肩上，用两只水钩扣在桶把上，转过身，一挺腰，百十来斤的两桶水就轻轻巧巧地担起来了。

也就在她转背的一刹那，“华生号”上的十几个英国兵直冲下来，拽开她的水桶。两个兵架住她的两只胳膊，两个兵抬起她的两条腿，两个兵托住她的腰，一个兵用毛巾塞住她的嘴，旁边还有几个兵帮忙搭着手，将英姑抬起来向“华生号”的跳板走去。

英姑遭到这一突然袭击，一开始吓蒙了，不知道怎么回事。紧接着，她感到可怕的事情发生了，几个男人粗重的气息冲击着她，使她本能地产生了反感。她开始挣扎、扭动、踢踏，嘴里还呜呜地叫着，但声音很小，挣扎毫无用处，她只觉得越挣扎全身被箍得越紧。

她愤怒地看着这些男人，认出他们就是几年前调戏过她的英国兵。她想抽他们的耳光，但是手被他们控制了。她想用脚踢他们，但是腿被他们抱住了。她一直不停地扭动着、反抗着，直到最后还是被他们抬进船舱。

船舱的地上铺着一张床垫，这是事先准备好的。几个兵把英姑重重地摔在床垫上，然后围着她狞笑着。

英姑一个鲤鱼打挺跳起来，对准身边的一个兵猛抽了一个耳光，那个兵马上捂着脸号叫起来。然后她又一脚踢在一个兵的膝盖骨上，那个兵嗷的一声蹲下去再也站不起来。

英姑的这两招得了手，她瞅准舱门想冲出去。只可惜船舱太小，十几个英国兵堵在里面，已经没有多少活动的空间，英姑的拳脚施展不开，她急得要哭了。

英国兵知道，一对一是降伏不了英姑的，不用说得手，就连近身都不行。他们叽里呱啦地用英语说了一番，然后十几个人一道上，把英姑扑倒在床垫上，然后两个人摁住她的手，两个人摁住她的脚，英姑被控制得不能动弹。又有两个英国兵扑上去，撕扯英姑的衣服。英姑用嘴咬住一个兵的耳朵，一扭头，撕下一片耳垂来。那个兵痛得直叫唤，又用一块毛巾堵住英姑的嘴，然后七手八脚地把英姑扒了个精光。

面对着英姑美丽的胴体，英国兵原始的野性发作了，他们在众目睽睽之下，轮流扑向英姑……英姑最后被折腾得像垂死的羊羔，一动也不能动了。

十几个英国兵发泄完了兽欲，满意地离开了。临走之前，他们将英姑的手脚捆在一起，锁上舱门，防止她逃跑。

英国兵叽里呱啦地议论着，喝着香槟酒，庆贺他们的胜利。他们垂涎英姑已久，几次都没有得手，这次算是找了一个报复的机会，在兽欲中掺和着一种成就感，觉得舒服极了。

他们觉得中国人不算什么，只是上帝造出来为英国人服务的。英国人在中国的土地上想干什么就干什么，想卖鸦片就卖鸦片，想强奸妇女就强奸妇女，这是优等民族对一个劣等民族的统治，他们可以驾驭整个中国，使中国成为他们附属的领地。

英姑慢慢苏醒过来，她感到浑身疼痛，下身被撕裂的痛楚尤其突出，她仿佛死过一回。

她想起来了，她被英国兵侮辱了，她尽了最大努力，但是她敌不过十几个野蛮的男人，特别是在狭小的船舱里。

她感到，她的生活被毁了，她本来是该做新娘的，现在连做鬼的心都有了。

她觉得对不起周大生，大生是那样地爱她、呵护她，把她当作终身伴侣来对待。她本想和周大生相亲相爱地过日子，天长日久，地老天荒，可是现在不行了，她被玷污了，她被野兽咬啮了，已经残缺不全，她配不上周大生了。想到这里，她的心在流血，在颤抖。她害怕极了，感到浑身冰凉，痛彻心扉。

她也感到对不起表姐刘氏，自从父亲去世以后，刘氏就成了她唯一的亲人。这一次操办婚礼，刘氏忙上忙下、忙里忙外，总想安排妥当，给她一个惊喜，让她有一个美好的归宿。可是现在一切都晚了，一切都成了泡影。她觉得表姐的心血白费了，她再也无法报答表姐的恩情。

她恨透了该死的英国人，这批无赖、流氓、强盗，过去几次对她非礼，都被她教训了，没想到这一次搞突然袭击，弄到如此地步。这些该死的野兽，不把中国人当人，居然在中国的土地上这样为非作歹，为所欲为，实在可憎可恨。现在，她已经和他们结下了不共戴天之仇，这个仇一定要报，不是你死就是我亡，绝对势不两立。

她活动活动手脚，原来绳子绑得不是太紧，可能英国人怕把她绑死了，就失去了作用。他们还想继续发泄兽欲，他们就是野兽！

她试着用手去解绳子，英国人只拴住了她的手腕，她的手指还能活动。她一点一点地把绳索从手上解开，居然解脱了双手。她紧张得心跳加快，又加快速度解开了捆脚的绳子，她终于恢复了身体的自由。她想到的第一件事情，就是把衣服穿上，虽然衣服被扯破了，但是也得起个蔽体的作用。然后她在船舱里搜寻起来,看看能不能逃出去。她试着拉拉船舱门,但门被反锁了,她很失望。最后,她看见船舱的角落里放着一个哑铃,她拿起来试试,分量不轻,可以作为称手的武器。她本想砸开船舱的窗户逃出去,结果还没动手,就听见门外有钥匙转动的声音。她情知不妙,该死的英国人又回来了!

果然还是那帮英国兵,在吃吃喝喝恢复了精力之后,又想进行第二次野蛮活动。

英姑想,这一次无论如何不能再受辱了,哪怕死,也绝不能让英国兵得逞。

英姑举起哑铃,守在门背后。

一个英国兵闯进门来了,嘴里还说着:“美人,现在轮到我第一次,幸运,快活,美死了!”

英姑等他伸进脑袋,就一个哑铃砸下去,只听见噗的一声,就像砸破了一个瓦罐似的,那家伙脑袋迸裂开来,脑浆洒了一地。

跟在后面的一个英国兵,看见情况不妙,大叫一声,返身想跑。英姑眼疾手快,一把抓住他的脚,往下一拉,他脚下一滑,就跌进船舱里了。英姑又是一哑铃,那家伙的脑袋就开了瓢,一命呜呼了!

再后面的一个英国兵,伸进脑袋朝船舱里看了一眼,马上掉头就跑,一边跑一边喊叫:“杀人了! 中国妞杀人了!”

英姑随即一个纵身,跨上几级阶梯,冲出舱门,跟在那个英国兵身后冲上去,就像扔手榴弹一样,将手中的哑铃向那个英国兵的后脑勺扔过去。只听见嘭的一响,那个英兵轰然倒地,脑袋已掀去半边。

其他的英国兵看傻眼了,一时不知怎么办才好,与英姑对峙着。现在,英姑手上什么武器都没有了,赤手空拳摆好攻击的架势站在那里。她放眼四看,慢慢向船舷移步。

船上的动静惊动了亨特,他从驾驶室走出来,看见这惊人的一幕,他马上掏出手枪,对准英姑。英姑已接近船舷,看见亨特拔枪,马上纵身一跳,跃入江水之中。

英姑在长江边长大,是会水的。她跳入江中之后,憋住气,在水中潜游了一会,然后慢慢露出脑袋换气。

就在英姑换气的一刹那,亨特的手枪响了,他一连射出几发子弹,把弹匣都打空了。另外,几个英国兵也用长枪瞄准着,射出一发发子弹。顿时,中弹的英姑身体下沉了,江面上浮出一片红色的液体……

所有这一切,魏老板都亲眼所见,亲耳所闻,他正坐在驾驶室里,所有这些阴谋,都是他筹划和主使的。他借英国人的手,除掉了英姑,打击了周大生,报了鸦片被截之仇。

周大生不见了英姑,急得到处寻找。工人纠察队的朋友们也找遍了全城,都说没有线索。大家帮助分析,英姑马上就要结婚了,不可能离开义城。英姑武功很好,挑水是家常便饭,不可能失足落水。现在水桶扔在江边,而人不见了,并没有听到渔民们关于有人落水的传闻。所能得知的消息,就是“华生号”上曾经有英国兵朝水中开枪,但是并不知他们为什么开枪,也没有人注意江面上有什么特殊迹象。

“是不是英国兵绑架了英姑?”有个工友提出疑问。这个疑问并非空穴来风,因为英国兵几次调戏英姑,贼心不死,这一点是许多人都知道的,这一次是不是故技重演呢?

周大生也有点怀疑。过去,英国兵对英姑图谋不轨,魏家庄也曾经绑架过英姑,他们的目标所指,一是英姑本人,二是他周大生,他们想一石二鸟。这一次是不是英国人来复仇呢?

他带着一帮工人纠察队的成员去“华生号”检查。

刚刚踏上“华生号”的跳板,就被英国兵的枪支逼住了。英国人说:“停步,你们无权登船!”

一位工友说:“我们是工人纠察队,上船搜查,履行公务。”

英国人说:“你们有政府文件吗?我是说搜查令!”

工友说:“我们受政府委托,先行搜查,这就是政府的命令!”

工人纠察队要硬行闯入,英国兵拉开了枪栓,双方僵持不下。

听到喊声,亨特出来了,他悠闲地抽着烟斗,说:“我以为是政府秘书长来了呢,原来是秘书长的亲戚、进士第的新郎啊!你要是送喜帖来的,就请进,要是干别的、别的什么事情,你们就此止……止步吧!”

周大生看见亨特皮笑肉不笑的样子,心里有点发毛,他知道英国人嘴里没有实话,但是又不得不和他们理论。

“我们进士第少了一个人,想上你们‘华生号’看一看,是否到了你们船上。”

亨特还是那副悠然自得的神情:“你们少了一个人,别说不在我们船上,就是在,你们也无权干涉。你们太不懂外交礼仪了!”

“你别跟我们耍外交辞令,要要你跟政府去要,我们可是老百姓!”周大生说。

“好哇,你们是老百姓,我们有枪杆子,枪杆子是会说话的!你们说少了一个人来……找我要,我说我们少了、少了三个人,找谁去要?是不是找你们要?”

“告诉你,耍无赖是不行的,狐狸尾巴总是要露出来的。”

“那就等狐狸尾巴露、露出来再说吧,现在请你们离开。我们少了三个士兵,我得找你们政府……要人,麻烦你们代我通、通报一下。”

周大生知道,硬闯上去也没有什么结果,侧耳细听,船上也没什么动静。他安排几个人在附近监视,注意船上的一举一动。

“我警告你,亨特船长,这是在中国,在义城,最好别搞什么花样,否则,你们的下场会很难看的。”

周大生想,英姑失踪一天了,没有发现任何踪迹,看样子凶多吉少。他找到都督府,准备把情况向王振帆报告。

见到王振帆的时候,他正在办公室里走来走去,双手不停地搓着,焦急摆在脸上,好像遇到了什么大事。

“出什么事了吗?”周大生问。

“出事了,出大事了!”王振帆拉着周大生的胳膊,焦急地说。

原来,英国政府为焚烧鸦片的事,不断向中央政府施加压力。那时的中央政府已经换了旗帜,孙中山先生临时大总统的职务辞掉了,取而代之的是北洋军阀政府。北洋政府是个极为懦弱的政府,在外交方面唯唯诺诺,卑躬屈膝,唯洋人之话是从。他们见英国人没完没了地威胁,就采取了一个息事宁人的方法,下令将杨绍文的都督职务免了,重新任命被赶走的单耳巡抚回到义城来担任安徽都督。委任的命令已经下达了,新都督不日就到。

“这是什么政府?这不是糊涂蛋吗?”周大生愤愤然。

“谁说不是呢?一个敢作敢为的都督,一个能为民做主的都督,一个成绩斐然的都督,居然不用,又把那个被赶走的草包派回来,这不是拿老百姓开玩笑吗?”王振帆义愤填膺,气得发抖。

“这个消息传播出去,老百姓会造反的!”周大生担心地说。

“义城的形势这么好,来之不易,要想把它搞坏,有什么难呢?”王振帆忧心忡忡。

“那怎么办呢?”

“有什么办法?听天由命罢了。我想好了,我这个都督助理也不当了,秘书长也不要了,我不能伺候那个狗屁都督!”停了一会,王振帆又说,“我看这个国民党也是狗屁,比清朝政府好不到哪里去,辛亥革命白革了,这个党我也不要了,一并退出!”

见王振帆忽然下了这么大的决心,连官职和党籍都不要了,周大生有点惊讶,问道:“真要这样吗?你想好啦?”

王振帆想过了。自从光绪年间中状元开始,他就想到皇恩浩荡,决心鞠躬尽瘁,死而后已。那个时候,他无条件地维护大清政府,反对革命党,惩办革命党人。后来他慢慢发现,大清政府的那些官员,根本不以民生为重,上不仰朝廷,下不俯苍生,只知道搜括民财,中饱私囊。最后知道,清朝政府不如革命党,效忠政府是愚忠行为,他便毅然决然投入起义队伍中,宣布独立,革了清朝政府的命。民国之后,来了个杨都督,禁毒的事办得那么漂亮,作为助理和秘书长,他也觉得扬眉吐气。他万万没想到换了个北洋政府,如此昏庸无能,是非不分,良莠不明,做出这种令亲者痛、仇者快的事情,看起来跟清政府没有两样! 革命党改成国民党之后,也不如原来的革命党,少了锐气和力量。早知如此,还不如隐居山村,做一只闲云野鹤。

周大生很理解王振帆的想法,他和王振帆是亲戚,但不属于一个阶层。王振帆作为一个开明的知识分子,有自己的苦衷,这种苦衷是抱负无法施展。他考虑问题,只是从自己的角度出发,他当然不能和码头工人相比。码头工人处在社会最底层,他们不仅对清朝政府、北洋政府有感觉,而且他们的感觉是彻底革命,一次不行两次,两次不行三次。他们要挣脱的是精神上和肉体上的枷锁,而不是去做云游天下的赋闲人士。

周大生觉得一时无法与王振帆沟通,只是问:“你打算怎么办呢?”

王振帆想好了:“辞了职,去义城大学教书去,与莘莘学子为伍,当个孩子王吧!”

周大生不置可否,却说:“去看看杨都督吧!”

周大生很同情杨绍文。这几年,他跟在杨绍文后面当革命党,接受革命党的思想,完成革命党交代的任务,风里来雨里去,就是枪林弹雨、命悬一线也在所不惜。如今,周大生成熟了,杨绍文却要离开,他不懂北洋政府为什么让亲者痛、仇者快,也不懂国民党为什么不能据理力争,保护一下自己的骨干? 他觉得有些心寒,也感到下一步不好走,离开了杨绍文他感到有点茫然。

走进杨绍文的办公室,看见他正在写字。他把毛毡铺在桌上,上面放着宣纸,他握着狼毫,写下了十二个大字:“革命尚未成功,同志仍须努力。”

杨绍文放下手中的毛笔,对王振帆和周大生说:“这是孙先生说过的话,我们的革命还远远没有成功,有前进,也有曲折,即使抛头颅、洒热血,也在所不惜。非如此,我几万万同胞何以脱离水深火热?何以扬眉吐气?”

王振帆这几年跟在杨绍文身边,学了不少做事做人的道理,他觉得这个都督比清朝时的任何官员都好,有德有才,有勇有谋,那些巡抚、藩台、臬台是无法望其项背的。这么好的一个人,中央政府为什么不用?偏偏把那个草包巡抚派回来祸害义城百姓!

杨绍文说:“孙中山先生的革命力量不足,虽有不少国民党党员,但是手中没有多少武装。为了换取清帝溥仪退位,他让袁世凯当了大总统,自己屈居部长的位置。袁世凯这个人,骨子里是软弱的,他的外交和清朝政府的差不多,英国人一恫吓,他就害怕了。撤我的职,是给英国人看的。他的这种丢车保帅的做法不是第一次了,成全了他自己,可害了老百姓。”

“那我们的希望在哪里?你走了,我们这些革命党怎么办?”周大生十分犹疑。

杨绍文说:“国民党里也是派系林立,有左派,也有右派。左派主张联系俄罗斯,联系共产党,联系劳苦大众,叫作联俄联共、扶助农工。但是右派主张保护既得利益,他们大都是资本家、大地主,他们要保万贯家财,与农工格格不入。”

“那我们何去何从呢?”周大生有点茫然。

“现在有‘南陈北李’之说,南方有个陈独秀,北方有个李大钊,他们宣传的是共产主义思想。特别是这个陈独秀,就是义城人氏,以后有机会,你可以读读他的书,看看他办的报纸杂志,兴许会有一种新的力量占领政治舞台,那才是劳苦大众所向往的。”

说了许多话,交代了后面的事,杨绍文突然转换话题,问道:“大生,过两天是你的良辰吉日了吧,准备得怎么样了?”

周大生低下头,一时无语。

杨绍文一看苗头不对,问道:“怎么回事?”

“英姑不见了,丢了一天,什么地方都找过了,没见人影。”王振帆说。

“那怎么行?赶快去找呀!现在形势复杂,斗争很激烈。英姑从哪里走失的?有线索吗?”

“是今天早晨挑水走失的,水桶还放在码头上!”

杨绍文说:“又和上次的绑架一样,可能是故技重演了。我们再从码头找起,访问船民,看看有什么蛛丝马迹。走吧,我和你们一道去。我现在还是都督,一定要办好这最后一件事!”

就这样,杨绍文一行又来到朝天门码头,这一次他们重点调查来往船只,特别是停泊了一天的船只。

终于,他们发现了线索。

一个船老大的小孩说,他起早尿尿,看见一个姐姐担水,很好看的样子,结果被十几个男人拖住了,连拉带拽地给抬走了。

周大生急忙问:“小兄弟,你看见抬到哪条船上去了吗?”

小孩说:“没看清,被我家的船舱挡住了,但肯定是条大船,有十几个人呢。”

杨绍文与王振帆、周大生对看了一眼,心里有些激动。

另一条船的老板娘也发现了情况,她说早晨起来淘米做饭的时候,听到枪声,她抬头一看,只见“华生号”的英国人对着江面上打枪,打了十几枪,远远看去,也看不清打什么东西,当时她以为他们是打大鱼呢,可是也没看见他们拖大鱼上来。

杨绍文对周大生说:“快去叫警察来,带上搜查证。”

杨绍文觉得,那小孩看见的女子,极有可能是英姑,因为英姑的水桶还在江边。另外,一大早能从船上跑下十几个男人的,除了“华生号”不可能是别的船,别的船再大,也绝不会有十几个伙计。再者,开枪的也只有“华生号”,其他的民船不可能有枪,更不可能连发十几枪。所以,他确信“华生号”与英姑的失踪有关。

不一会，来了十名警察。警察局局长手中拿着搜查令，杨绍文很快在上面签了字。

准备停当，十几个人向“华生号”走去。

“华生号”水手一看来了这么多警察，有点紧张，他们高声叫道：“船长，来客人了！”

亨特走出船舱一看，也吓了一跳，他没想到中国警察真的找上门来，而且来得这样快。

亨特用手制止，说道：“你们干什么？这是英国船只，受法律保护。”

警察局局长出示搜查令，说道：“请船长先生看看这是什么。”

亨特心里一惊，知道警察们是有备而来，不知道他们会不会查出蛛丝马迹。船上的痕迹都处理过了，他不怕搜查，但是他总是要挡驾的，不能让中国人随随便便上船来。

“我们大英帝国的商船是至高无上的，不是你们拿个什么搜查令就能上船的，我们受你们的外交部保护！”

警察局局长看见亨特这样摆谱，也很生气。平时他们在义城飞扬跋扈惯了，警察也拿他们没办法。今天不同了，有都督在一起，难道还怕他们蛮横不成？

“我们告诉你，今天我们义城至高无上的人也来了，他就是要登你这至高无上的船，你赶快让开吧！”

说着，警察往两边一闪，杨绍文出现在亨特面前。亨特更是心中一惊，怎么连都督都亲自来了，中国人的嗅觉真灵敏，动作好快呀！

“啊，原来是都督阁下驾到，我们不知道，失敬失敬！”亨特敷衍着。

杨绍文说：“我们可以登船吗？”

“可以可以，当然可以。”亨特做出欢迎的手势，邀请杨绍文上船。

上船之后，杨绍文看见英国兵荷枪实弹，端端正正地站在那里，分不清是礼貌还是示威。

进了船长室,亨特和杨绍文坐定。亨特说:"都督先生有何贵干?不是来品尝英国咖啡的吧?"

杨绍文说:"我对你的咖啡不感兴趣,但我对你带的兵感兴趣。"

亨特明知故问:"啊!都督先生怎么有这个想法呢?"

"我想知道,今天清晨,阁下的十几个军士跑下船来干什么?"

"你是问这个啊。他们一早就闹纠纷,打架啦,从甲板打到跳板上。本来他们可能会打到码头上去,是我呵斥了他们,他们就从跳板上回到甲板上来了。他们是在船上打架,没干扰你们的社会治安吧?"

杨绍文知道亨特在编故事,那就让他编吧,言多必失,总能找出破绽的。

"你们的兵为什么打架呢?还从船上打到岸上,又从岸上打回船上,有这么厉害?"

"大英帝国的士兵是为荣誉而战的,他们打死三个人,全是脑袋破裂,一锤毙命,是用重磅哑铃砸死的!"

"那我们就到处看看?"

"你的意思是搜查了?"

"这么理解也行吧!"

"都督阁下,我也想问一问,你们搜查什么呢?"

"我们也少了一个人,有人看见上了你们的船,我们要把她搜出来带回去。"

"怎么可能呢?都督先生,你们的人上了我们的船,我会不知道?我可是一船之长啊!"

"还是看看再说吧!"杨绍文结束了谈话,开始在各处搜查起来。

在船舱里,看见用白布裹着的三具尸体,的确是英国人,脑袋都破碎了,死得很难看。

周大生在船舱里仔细搜索着,除了一些杂物之外,他忽然发现了一串佛珠,他抓起一看,一股热血直冲脑门。

他拿着佛珠,逼问亨特:“这是怎么回事?”

亨特看了一眼,说:“一串佛珠而已,有什么奇怪吗?”

“我是问这佛珠是哪儿来的!”周大生十分激动,再次逼问。

亨特也说不清楚,他问那些英国兵:“你们知道是怎么回事吗?”

当兵的都摇摇头:“不知道!”

周大生上前一步,一把揪住亨特的衣领,一字一顿地说:“告诉我,你们把英姑藏哪儿了?”

亨特挣扎着,费力地说道:“什么英姑?我怎么知道?放开手,否则我对你……不客气!”

看见周大生动了手,英国兵端起枪来,警察们也掏出手枪,双方互相对峙着,有点剑拔弩张的架势。

王振帆接过周大生手中的佛珠,仔细一看,原来是一串檀香木的佛珠,每颗珠子上都塑刻着一个佛头。王振帆一个一个地检查这些佛头,发现在最后一颗珠子上,刻着三个小字:周大生!

原来这是周大生亲手雕刻,送给英姑的一串信物,怨不得周大生那么激动了。

王振帆把佛珠交给杨绍文。杨绍文一看也坚定起来,说道:“亨特船长,你们必须把英姑交出来,这就是证据!”

周大生继续揪住亨特的衣领,咬牙切齿地说:“你今天交不出英姑,我就弄死你!”

“野蛮,野蛮的中国人,太不懂礼数了!”亨特使劲挣脱周大生的控制,对着他的大兵们说,“你们想想,这是怎么回事?船上怎么有这个东西?”

大兵们面面相觑,都无法回答。

有个机灵的士兵说:“这种东西,是纪念品,在码头上买的吧?”

周大生出其不意,扇了大兵一记耳光,说道:“这是英姑的东西,是我亲手刻的,上面还有我的名字,你上哪儿去买?”

大兵们这才想起,是上午蹂躏英姑时,从英姑手上捋下来的。他们知道坏了,这下露馅了。大家低着头,不敢做声。

其中一个大兵脑子转得快,他眨巴眨巴眼睛,说:“这个破玩意儿,是我捡来的。”

亨特像抓到一根稻草一般,连忙问道:“你说,什么时候,在什么地方捡来的?”

大兵说:“今天早晨,天刚蒙蒙亮,我到江边透透气,从跳板附近捡来了这串佛珠。”

王振帆一听,时间、地点都对上了,就是方式不对。他一针见血地说:“什么捡来的,分明是你们绑架了英姑,这东西掉在你们船上,你们还狡辩什么!”

周大生说:“赶快交出人来,否则我拆了你们的船!”

亨特心知肚明,肯定是收拾现场时忘了这东西,当时只注意衣物,把英姑的破烂衣物都扔到江里了,就没注意这小小的佛珠。百密一疏,太大意了!

他很欣赏那个滑头的大兵,咬着牙不承认,就是捡来的,反正也没有人证,看中国人怎么办。

“我们很遗憾,不该随意捡到这么宝贵的纪念品,但是看起来很普通,我的军士们就占小便宜了,实在对不起,原物奉还吧!”

“没那么轻巧!想轻描淡写地骗过我们,没那么便宜!”周大生当然不依不饶,英姑走失一天了,她手上的佛珠掉在船舱内,这是偶然的吗?英姑落在这些野兽手里,还能有什么好结果吗?他们不是把英姑藏在什么地方就一定是……他不敢再想下去了,他的心都碎了。

杨绍文换了一种思维方式,丢开佛珠问题,问起了别的事。他说:“亨特先生,你说你的兵打架,死了三个人,我们看到了,那个凶手呢?他在哪?

你指给我看看。”

“毙了，他让我毙了！”亨特对这个问题早就想好了答案，因为他们开枪是公开的，许多人都听到了枪声，“凶手杀了三个人，知道活不成了，当时跳了江。我们开了十几枪，把大英帝国的这个败类打死了！”

“亨特先生，你带了多少兵呢？减员以后怎么向政府交代呢？”杨绍文又问。

“十八个。”亨特脱口而出，想都没有想，每天十八个人吃饭，这数字还会错吗？

“那好，你们打架的人，死了三个，你又毙了一个，总数是十八个，现在应该只剩下十四个，可是，你自己数数，你们怎么还有十五个人呢？难道有个人死而复生了吗？”

亨特这一惊非同小可，他根本没想到这个问题，现在果然露马脚了。这个杨绍文太厉害，禁烟禁得天衣无缝，现在又抓住了自己的狐狸尾巴。这个人非得除掉不可，他不死，我这“华生号”就不得安宁。

现在没有办法，只好死猪不怕开水烫了，死不承认，看你们怎么办。

“都督先生，你说得对，看起来我们好像多了一个人，那个人就是我，我没有把自己计算在内，算上我，一共是十九个人，死了三个，毙了一个，还剩十五个，正好。我这数学是在伦敦小学完成的，一定不会错，是我刚才没说清楚。”

杨绍文知道亨特在狡辩，没有真凭实据他是不会承认的。他估计跳江的不是什么英国大兵，而应该是英姑。英姑跳水，他们才开了枪，杀人灭口。

杨绍文觉得再这么对峙下去没有意义，必须另想办法。他对周大生和警察说：“马上组织打捞队，下水去搜寻，一定要把遗体捞上来，看看究竟是谁。”

说完，他率队退出了“华生号”。临走前，周大生用手点了点亨特的鼻子，发出了严正警告。

走到这一步，亨特越想越不对头，他觉得杨绍文这个人太可怕，有他在，“华生号”在义城就无立足之地。这个人无论到哪，手下都有一帮人，都针对着像自己这样的外国人，要想继续在义城做走私生意，根本不可能。所以，必须除掉他。

夜晚，周围一片漆黑，街上没有路灯，月亮也躲到云层里去了。只有家家户户点的煤油灯，像萤火虫那样，闪烁着微弱的阴冷的光。

亨特找到魏老板和冯德仁，他们照例在如意轩花天酒地。魏、冯二人见亨特不请自到，感到有重要的事发生。他们屏退左右，关上房门，等待亨特开口。亨特也不多说，他从衣兜里掏出一张一千元的支票，往桌上一拍，说：“我用这个买杨绍文的人头，事成之后，还有另一半。”

魏老板有点害怕：“他可是都督啊！”

亨特说：“不管他是不是都督，他都是我们的克星，不除掉他，我们今后的生意就免谈。”

冯德仁权衡利弊，知道亨特开了口，杨绍文就是必杀之人，即使他和魏老板不动手，亨特也会买通别人动手，那样不仅是两千元钱的事情，而是日后做生意的问题。与其让别人动手，不如自己落个人情。

冯德仁说：“杨绍文是该死。单从禁烟这件事来说，弄得我们倾家荡产，而且声名扫地。不除掉他，我们今后的日子也不好过。他的手上有周大生，有工人纠察队，这支队伍也是我们的克星。擒贼先擒王，除掉杨绍文，他们就会群龙无首。这件事，我看可以做。”

亨特拍拍冯德仁的肩膀，说：“还是冯老板识时务。这件事我交给你们，明天早晨我就要听到消息，这个消息对于、对于大英帝国的‘华生号’来说，简直和圣诞节一样重要。”

亨特走了之后，魏老板和冯德仁商量起来，要在一夜之间除掉杨绍文，非要找江洋大盗不行。哪里有这样的人呢？他们感觉有点棘手。

冯德仁突然想到，最近有个飞贼投到保安团门下。那个飞贼夜里偷盗银行的金库，杀了几个保安，躲过几道关卡，竟然把金库打开了。因为金子太多，他一时贪恋，错过了时间，自己被锁在金库里出不来了。法院判了他死刑，最近他又越狱，成功逃脱出来。听说保安团招兵买马，他投到冯德仁门下，冯德仁将他安插在保安团了。

“此人是亡命之徒，有奶就是娘。只要给他钱，让他杀亲娘他都会干的。”冯德仁说。

“好，我们保安团还有这样的人才，这才是干大事的人。给他五百块大洋吧，重赏之下必有勇夫。”

他们连夜找到这个江洋大盗，请他喝了三杯酒，给了他一支枪，付了他五百现大洋。这个满脸横肉、胡子拉碴的杀手，抓了大洋和手枪，头也不回地钻到黑暗中去了。

第二天上午，果然传出惊人的消息：都督杨绍文昨夜在办公室遇刺身亡，同时遇刺的还有秘书一人、警卫二人，凶手逃匿，下落不明。

听到这个消息，魏老板和冯德仁终于放下心来，他们高兴得喝了一个上午的酒。

消息传到“华生号”，亨特命令立即起航，掉头向上海逃去，把一团乱麻扔给了义城。

第二十八章

金蝉脱壳

一只耳朵的都督上任了，义城蒙上了一层阴影。

他竖着一只耳朵听取汇报，专拣那些他认为有问题的、做得不好的、意见分歧大的事情问个仔细，好证明他的前任无知、无能、无效，好由他来收拾残局，以致成绩辉煌，功德盖世。

上任没几天，这位都督就召开各界知名人士会议，政府官员当然也都参加，聆听他的讲话。

“各位乡亲、同行、同人，”都督开讲，在称呼上把各方面都照顾到了，“我此番重回义城，是奉北洋政府之命，前来收拾残局的。我是这里的老人，老的情况我就不说了，大家心知肚明。今天主要说说新的情况。义城的新情况可不妙啊，大家对我说，义城有‘三不’：一是治安不好，前几天都督杨绍文自己都被杀了，据说还有三名英国人也在义城被杀了，这还了得，这可是大事啊；二是禁烟效果不好，大家议论纷纷，说现在生意难做，日子难过了，还闹得坐牢杀头，人心惶惶；三是外交关系恶劣，外商频频控告，弄得中央政府非常被动。所以，中央政府派我这个老人来擦屁股。各位同人中，有很多是我的老友旧部，希望大家与我同心戮力，把这些问题解决好。”

听到这里，王振帆不耐烦了，过去的义城，就是在这家伙身上败坏的，弄得灾荒遍地，民不聊生，现在他居然还觍着脸来说擦屁股，真是把自己的屁股当脸了！

他站起来说："都督大人，属下任职多年，身体不适，已经不能当此重任了，请大人另选高明，属下就此辞职了！"

都督一看，自己的话还没有说完，就有人当众辞职，颇为难堪。

他仔细看看说话的人，原来是王振帆，自己的旧部。他知道这个人原来是当知府的，是个不懂事的人，不孝敬、不灵活、不通情理，是个"三不"之人。对他，一只耳朵的巡抚本来就没有好感，现在他居然还占着都督助理兼秘书长的职位，正想把他换掉，现在他主动辞职，挺好，就汤下面，把他踢走算了。

都督说："秘书长这个角色，是极辛苦的，工作劳累，自不必说了。今天秘书长请辞，我虽然舍不得，但考虑到他的身体状况，也就不强留了。那就把工作移交一下，回家去颐养天年吧！"

"谢谢都督体谅。"王振帆说完，拍拍屁股就走人了。

由王振帆带头，又有一批人提出辞职。都督虽然尴尬，但一个也不挽留，他很高兴，这些人腾出位子，他正好安排一批亲信进来。他是要弄权术的人，不在乎人品好坏，只要听话就行，不愿进贡的人，也别想捞个一官半职。

好在周大生不是当官的，他继续做他的码头工人，照样发展和训练他的工人纠察队。

王振风与这位都督本来就有宿怨，所以宁可赋闲在家，也不想去巴结这个权贵。

这位都督的到来，好像给魏老板和冯德仁打了一针强心剂，俩人顿时显得活跃起来。他们原来是老相识，是酒肉不分家的人，现在觉得真是如鱼得水了，俩人成了都督府的常客。这真叫物以类聚，人以群分，那是一点都不假的。

王振帆辞职之后，真的去义城大学教书了。他是前清状元，教起国文来,那真是人尽其才、物尽其用了。王振风的儿子崇文还在义城大学读书,快毕业了。说起这位叔父,崇文总是很骄傲,同学们都说他的书教得好,特别是针砭时弊,更是一针见血、入木三分。

再说,英姑落水之后,周大生带人一连打捞了三天,都不见踪影。“华生号”又溜了,再也无法打听。周大生在江边苦苦坐了七天,仍无一点消息。他消瘦了,神情有点恍惚,一下子老了许多。王振风、王振帆兄弟俩都是苦苦相劝,周大生仍然坐在码头上纹丝不动,就像一尊雕塑。

第八天,码头上忽然来了两个农民打扮的人,一个年长,一个年轻,都是皮肤黝黑,目光炯炯有神。那位年长者五十岁左右,更是历尽沧桑、神定气闲。

“敢问这位兄弟,你是周大生吗?”那位年长者问。

周大生抬起头来,见问话的人面目慈祥、眼含笑意,连忙站起来,拱拱手说:“正是在下。”

那位年轻人马上说:“我们是丁家村的人,我叫丁二虎,这位是我的二叔。”

二叔说:“大生兄弟是不是在等一个人?”

周大生有点意外,马上回答:“正是。”

二叔又说:“是在等候英姑?”

周大生激动起来,握住二叔的手说:“正是正是。你见过英姑?太好了!她在哪里?”

二叔微笑着说:“跟我走吧,英姑急得快发疯了。”

丁家村在长江下游,那天英姑落水之后,挨了两枪,一枪在手臂,一枪在大腿。幸亏英姑水性好,顺江而下,到了丁家村,被波涛冲上江岸。英姑筋疲力尽,顿时晕了过去。

英姑醒来之后,发现躺在陌生的床上,周围聚着一班人。她睁眼看着,一个都不认识。

有个年长的女人说:“阿弥陀佛,好了,醒过来了。”

英姑浑身酸痛,胳膊和大腿都缠上了布条,想移动一下,马上感到疼痛难忍。

那个女人说:“姑娘别动,你受伤了,要慢慢恢复。”

有个年轻人说:“二婶,你做了件大善事,会添福添寿的!”

那个被叫作二婶的人说:“这不是应该的嘛。这孩子太可怜了,落了水,又挨了枪,不知怎么这样命苦。幸好你二叔懂得医道,把子弹都取出来了。”

一个男人接口说:“幸好子弹只伤了皮肉,没伤着骨头,休养一段时间就会好的。”

还是那个年轻人说:“二叔的手艺好,碰到你,是这姑娘的福气。”

二婶说:“有缘吧,要不是我那天去江边割芦苇,要不是这姑娘躺在岸边,我怎么会把她背回来呢?你们看,多俊的姑娘啊,怎么这样遭罪呢?”

就这样,英姑得救了,她在二叔家哭诉了一切,眼泪都快哭干了,牙齿也快咬碎了,痛苦一点也没减少。

在二叔家调养了几天,善良的二婶天天用鸡汤喂着英姑,英姑伤情一天天好转了,能挪动一下身子了。

终于,她告诉二叔,她的未婚夫叫周大生,在义城朝天门码头当搬运工。

二叔听到“周大生”这个名字的时候,非常敏感,他问英姑:“是工人纠察队的周大生吗?”

“是的。”英姑说,“你也知道他吗?”

二叔心里翻腾开了,要不要告诉她这个秘密呢?这个秘密原来只有杨绍文和他两个人知道的,现在杨绍文不在了,这个秘密就只有他一个人知道。

原来,二叔也是革命党,和杨绍文同在革命党总部工作。当杨绍文被任命为都督的时候,组织上也派二叔去农村工作。他带着妻子,到丁家村安顿好,开展周围的农民运动,支持城市工作。杨绍文经常和他接头,共同完成任务。在活动过程中,杨绍文向二叔介绍了周大生,说他是工人运动的领头人。二叔在开展活动的过程中,接受了陈独秀和王步文的思想。这两人都是义城人,王步文后来成为了义城的第一任省委书记。在他们的感召下,二叔秘密参加了共产党,在农村发展党员,从事党的工作,这一点,连杨绍文都不知道。

二叔决定亲自考察一下周大生,所以他来到义城,按照英姑提供的消息,很快找到了周大生。

二叔对周大生说:"英姑还活着,正在我们丁家村养伤。"

周大生简直不相信自己的耳朵:"这是真的吗? 老天有眼,碰到了你们这样的好人!"

丁二虎说:"千真万确,英姑是我二婶救的,正在二婶家养伤呢!"

周大生连连鞠躬,不断地说:"谢谢,真的非常感谢,谢谢二叔二婶,谢谢二虎兄弟!"

二叔把周大生带到丁家村。这个村子就像个芦苇荡,到处长着芦苇。这里是个水乡,又是长江拐弯的地方,上游来的水,在这里急骤地打了个弯弯,向东南流去,所以上游漂来的东西,包括落水之人,也常常在这里被冲上河岸。这个村子每年救的落水人不在少数,其中也有生还的,英姑就是其中幸运的一个。

到了二叔家,二婶迎了出来。看见来了个又高又壮的青年人,二婶心里很高兴。她把周大生领进内室,只见英姑卧在床上,他马上扑过去,把英姑紧紧抱在怀里。英姑伏在大生身上,放声大哭,把心里的委屈、恐怖、气恼、仇恨都哭了出来,哭得令人心碎。大生极力安慰着,慢慢稳定了英姑的情绪。

二婶说:"这么好的姑娘,遭这种罪,天杀的英国人!"

英姑告诉周大生，那三个英国兵是她杀的，可惜当时手上没武器，否则可以多杀几个。

周大生说："现在他们逃跑了，下次如果敢来，我带人把他们全灭了，这些杀人不眨眼的强盗！"

二叔观察他们很久，知道他们都是急公好义的青年，都血气方刚。他说："英国的、中国的恶人都该杀，但是靠我们几个人是杀不过来的。要把全天下的穷人都团结起来，大家一齐动手，打了天下，报仇雪恨的事就好办了。"

周大生觉得二叔的谈吐不一般，有点像杨绍文的风格，都像高人，可以给人指点迷津的。

二叔笑着说："我和杨绍文都是革命党，他在城市，我在农村，做的都是改天换地的工作。你们年轻人是革命的骨干，要好好学习。"

周大生没想到在丁家村还有这种藏龙卧虎之人，他和二叔彻夜长谈，听到了一些新的思想、新的名词，什么《新青年》杂志，什么"南陈北李"，什么共产党和共产主义，什么工人运动，等等。二叔说："得把工人队伍发动起来，成立组织，和英国人做斗争，和封建霸头做斗争，和反动政府做斗争，这样才有穷人的活路！"

周大生点着头，算是明白了。过去他组织工人纠察队，是自发的，好打抱不平，为码头工人撑腰。现在按照二叔的说法，是要自觉地组织起来，不仅为穷人打抱不平，而且要为穷人打天下。他觉得说得对，顿时眼睛明亮起来。

英姑的伤势还比较重，一时半会还恢复不过来。二婶说："就让这孩子在这里养伤吧，回去了还不知有什么麻烦，养好伤以后，我们把她送回去。"

周大生和英姑也觉得这样好，但是心里确实过意不去。周大生留下两块大洋。但是二婶怎么也没肯收，说什么救人一命胜造七级浮屠，何在乎钱不钱的。

二叔也说："我们家粗茶淡饭的，添一双筷子就行了，就怕委屈了英姑娘呢！"

英姑听到此话，趴在床上磕了个头，仿佛看见亲爹一般，泪流满面。

周大生临走时，二叔送了他一本书，叫《共产党宣言》，还有两本《新青年》杂志，让他回去好好读一读。

从此，周大生开始接触共产主义思想，如饥似渴地吸收着这些新营养、新动力，他觉得眼界忽然开阔多了，胸怀也更加坦荡了。他不仅要与封建把头、地痞流氓做斗争，他还要为穷人求解放、打天下做工作，他忽然觉得肩膀上多了一份责任感。

在之后的一段时间里，他每隔几天就去二叔那里一次，一方面看看英姑，另一方面与二叔促膝长谈。二叔还经常调换书刊给他看，那都是共产主义的先驱人物编写的杂志，是专给革命青年看的。

英姑还告诉大生，说二叔家经常有人开会，有时开到半夜，好像有什么行动，布置什么任务，有时还在二叔家挂上一面红旗，上面有镰刀、斧头的图案，大家在这面旗帜下举手宣誓，好像是参加什么组织。英姑郑重地说："二叔可能是共产党！"

周大生说："我看也像。他给我看的书，都是宣传共产主义的，看了很明白，觉得过去打打杀杀的日子白过了，今后要组织起来做斗争。"

周大生嘱咐英姑，要在养病期间，好好向二叔学习进步思想，以后会有很大用处。

有一天，二叔来找周大生，说有要紧的事与他商量。

一只耳朵的都督上任之后，抓紧搜捕革命党人，不少革命党人落网，其中包括一些共产党人。这几天这批人要被押往南京受审，无论如何要把这批人救出来。行动地点就放在丁家村。二叔希望周大生的工人纠察队给予支持。

周大生知道这件事非同小可，又是二叔亲自布置的，必须努力配合好。

经过打听,他知道警察这次是用一条小火轮运送犯人。对这一点他喜出望外,因为这条船的船长和大副都是工人纠察队的骨干。他与二叔商定,开船的那天,由周大生把船开到丁家村,让二叔带领游击队打伏击,里应外合救人。

开船之前,船长把几个老弱船员换下来休息,让周大生和几个工人纠察队成员顶替他们。这条船是港务局临时调来的,船员们并不认识周大生。开船时,警察押了二十七名人犯上来了。这些警察也是都督上任时带来的一帮亲信,与当地人也不熟悉。

十名警察将二十七名人犯押到船舱的最底层,那里空间比较大,看守起来比较方便。警察们清点了人数,然后盖上舱板,加上锁,认为万无一失了,才把枪架在一起,开始坐在舱板上玩起牌来。

水手们也不说话,按照各自的职能做着自己的事情。他们知道这趟船不好跑,风险大,多一事不如少一事,不敢多嘴多舌。

船在水面上悄悄地航行着。夜晚的航船很少,船老大们一般都靠在岸边休息,谁也不太愿意夜间赶路。夜间航行不方便,碰上江洋大盗就麻烦了。

这条船不怕江洋大盗,一是这条船是机帆船,马力大,冲劲大,不是一般的木帆船可比的;二是这条船上有警察。

船在主航道上航行,偶尔碰上对面来的船只,就鸣鸣笛,表示礼貌。

警察们认为一切正常,放心地玩着牌。

周大生站在船长身边,看着他左转右转地操纵着方向盘。两个人窃窃私语,谁也听不清他们说什么。

驾驶舱里有两个门,南边北边各一个,在两个门外分别站着两个彪形大汉,他们像门神一样控制着驾驶舱。这四个人是周大生带上船来的工人纠察队队员。

船员中也有几个工人纠察队队员,他们分别控制着几个要害部位,小心翼翼地防着警察。

航行了几个小时,快到午夜了,船上的探照灯只能看见五十米之内的江水,其他地方一片漆黑。

船长小声地说:“快到丁家村了。”

周大生说:“鸣个笛吧,让对方知道。”

船长按了按汽笛,传出三声声响。夜间宁静,笛声传得很远。

接着,周大生和船长看见岸边的芦苇丛中闪了三下手电筒的光,这种光只有细心的人才能发现,一般人是不会在意的。

小火轮继续航行着,周大生和船员的心越跳越快,他们进入了紧张状态。

警察们知道,这条船的航程要两天两夜。现在夜深了,该睡觉了。

他们派了双岗,让两个警察守着底舱,八个警察去睡觉。他们觉得万无一失,因为底舱的门上了锁,上面不开门,底下的人永远上不来,神仙也不行。

船又航行了一会,已经进入丁家村的地盘了,与二叔商定的地点到了。

周大生让船长把探照灯闪了三下,发出信号,告诉地面:我来了。

岸边是无穷无尽的芦苇荡,在芦苇荡里电筒闪光五次,告诉轮船:我们在这里。

船长缓慢减速,偏离航道,向岸边的芦苇荡驶去。

警察们都在睡觉,两个值班的也在打瞌睡,谁也不知道船慢慢地停了。

那四个彪形大汉在暗处注视着两个当值的警察,一旦他们醒来,这四个人会立即扑上去将他们制伏。

在警察睡觉的船舱外,也守着两个船员,他们的任务是,当警察醒过来的时候,他们迅速将舱门锁上,让警察也变成人犯。

船稳稳地停在芦苇丛中,熄了火,一点声响都没有。

这时,从芦苇荡深处悄无声息地划出十几条小船来。二叔首先登上小火轮，然后游击队队员们一个个悄无声息地登船。他们用黑布罩遮住脸，扮作江洋大盗的模样。游击队队员们先缴了两个值班人员的枪械，然后将他们捆绑起来；紧接着打开底舱的舱盖，给关在下面的人解开绳索，将他们一个个接到小船上去，再悄无声息地划走。

船上的动静终于惊醒了熟睡的警察，警察头子喊了声“有情况”，大家翻身而起，黑灯瞎火地穿衣服。

几个游击队队员打开手电筒，向船舱内扫了一眼，说道：“识相的都别动！你们的枪都在我们手里，谁动就打死谁！告诉你们，我们要钱不要命，只要你们交出钱来，饶你们不死！”

借着手电筒的光，警察们发现有四五支枪指着他们，持枪的人用黑布蒙着脸，又是夜间，看不出他们的模样。

警察们连裤子都没穿好，就叫人家一锅端了，自认晦气，坐在那一动也不敢动了。

“把值钱的东西都掏出来，交给你们的头儿！”蒙面人说。

警察们只好摸摸索索，将身上的钱、手表等有点价值的东西都交给头儿，头儿用一件衬衫兜着。

“扔过来！”蒙面人说。

警察头儿把包裹扔过去，想乘机看一下蒙面人的脸。蒙面人大喝一声：“看什么看？找死呀！”

不一会，被搭救的人员都离船了。游击队队员们让警察一个一个从船舱里走出来，然后将他们绑起来，把十个人的长枪也掳走了。

为了演得真实一点，他们将船员们也绑了，包括周大生和几个助手，然后将警察和船员们都集中到大舱里。有人宣布：“你们要的人，我们绑走了。我们要钱不要命。你们回去报告你们的老爷，我们要一万块大洋，只要满足我们的要求，我们立即放人，三天内不给钱，我们就撕票！”

全船的人，只有两个没绑，一个是船长，一个是大副。蒙面人在他们的衣兜里搜了搜,然后说:“便宜你们俩了。把船开回去,向你们的老板报告,以后少在夜间开船,下次碰到我们,连你们的船也要拿钱来赎!”

现在,警察们终于相信,他们是碰上江洋大盗了,能留个性命就不错了。

蒙面人清点了一下人数,该捆的都捆了,他们放心地下了小船,一点篙,船就不见了。

等一切都平静之后,船长和大副一个一个地给大家松绑,先松警察的,后松船员的。警察们觉得,这次是与船员们同舟共济了,幸亏命大,才躲过了一劫。

船长征求了警察的意见,就地掉转船头开回义城了。回城后,警察们集体向局长汇报,说他们遇上劫匪了,劫匪将人犯当作人质,要一万块的大洋为赎金,否则要撕票。

局长给每个警察赏了一记耳光,骂道:“他娘的一群废物,还一万块的赎金,赎个屁!”局长没有办法,硬着头皮向都督汇报。都督也扇了局长一个耳光:“蠢货!还赎金,让他们撕票算了!”

第二十九章

移花接木

秋天,到处都是金黄的颜色。金黄色的阳光照射在金黄的小米和玉米上,显得格外耀眼。小米点着头,玉米直起腰,玉米棒插在腰间,有点像佩枪站岗的游击队队员。

丁家村这个地方,水陆交通都很方便。走陆路,骑上马,拉着小车,可以上各个集市去交易,可以收拾任何一家地方老财。游击队完成任务后,照样可以回家刨地种粮食。走水路,划上小船可以在芦苇荡里穿来穿去,时隐时现,看得见摸不着,可以开枪又可以躲子弹,是收拾正规军包括外国侵略军的好地方。这里是共产党的一个根据地。

这天,周大生又来看英姑。英姑的病早已好了,被二叔、二婶留在这里做妇女工作。这些天来,她和各家各户的大姑娘、小媳妇都混熟了,给大家交代任务,给游击队做布鞋、纳鞋垫,各家各户都完成了,号召力还很强呢!

看见周大生来了,二叔很高兴,把大生和英姑都叫到家里,关上门,说:“大生、英姑,今天告诉你们一件大喜事:你们写的入党申请书,经过组织的考验,组织上已经批准你们为共产党员了,马上给你们举行入党仪式。”

周大生和英姑高兴极了,他们跟着革命党闹革命闹了十来年,终于找到了真正的党、真正的党组织。他们觉得,只有共产党才是真正为穷人闹翻身、求解放的党,才是自己梦寐以求的娘家人。

他们整理衣服，洗手洗脸，在党旗下宣誓。领誓人是二叔，监誓人是二婶和二虎。经过庄严的宣誓，几个人郑重地握手，在人的情分上又加上了一份组织的感情。这种感情超越工农界限和城乡差别，大家都是同在一面党旗下的战士。

中午，二婶准备了一桌饭菜，好好款待大生和英姑。这段时间，英姑就像对自己的父母一样，和二叔、二婶建立了深厚的感情，大家依依不舍。

下午，二叔给大生和英姑布置任务，让他们回义城之后，成立第一个党小组，由大生当组长，英姑当秘书，丁二虎当联络员，以后城乡联合起来，共同完成一些任务。党小组的第一个任务，是进一步组织好工人纠察队，在里面选择可靠成员参加党组织，并且想办法武装工人纠察队，以共产党员为骨干，建立一支工人阶级的武装组织。

英姑回到义城之后，让所有熟悉的人都大吃一惊，没想她还活着，而且活得很好。

王振风、王振帆兄弟俩先来探望，刘氏也急急忙忙赶来。英姑向他们诉说了一切，也包括她砸死三个英国兵的情况。因为时间长了，英姑的眼泪也哭干了，她控制着自己的情绪，把英国鬼子的暴行说得一清二楚。她说，她已经没有了痛苦，有的只是仇恨，而且要大家团结起来，共同努力，才能达到报仇雪恨的效果。

大家觉得，经过这场磨难，英姑好像成熟了，她不仅是一个漂亮的大姑娘，而且是一名冷峻的战士了！

王振帆觉得，造化弄人。就他和王振风而言，今日亦非彼日，往日的理想早就破灭了，往日崇拜的偶像早已坍塌了，所有现实的，只是自己在变化、在成熟。

刘氏觉得英姑妹子老成了许多，大辫子变成了齐耳短发，大方代替了羞涩，说话也有了深度。在英姑和大生结婚以后，她这个做表姐的也可以放心了。

英姑还是决定回来卖烧饼,她给大家介绍了丁二虎,说是店里的新伙计。大伙一看,这小伙子虎背熊腰,身高体壮,是个标准的保镖,今后再也没有人敢绑架英姑了,大家想。

大生和英姑结婚了,他们没有再举行仪式,只是请几位至亲好友吃了一顿饭。大家也真诚地祝贺这对患难夫妻相亲相爱,白头到老。

现在烧饼店的营生,是早起由二虎挑水,英姑配料,大生和面,最后由英姑贴饼。一家人融融和和,过着平静的日子。

细心的人可以发现,每天上午生意过后,经常有些工人去烧饼店喝茶聊天,有时与周大生上楼下棋。下棋时间不长,但总能传出严肃的说话声。过一会,工人们出门时,一个个红光满面,神采奕奕。

此时的工人纠察队,已发展到一千人左右,有五十人参加了中国共产党,成立了两个党支部。周大生兼了一个支部书记。那个丁二虎,实际上是游击队的队长,他兼任了另一个党支部书记。

周大生手上的第一支短枪,是二叔送的。工人纠察队手上的第一批枪,是砸了一个警察局缴获的,三短四长。第二批枪,是一个工商大户寻求保护,捐出钱来买的,一共十五支,七短八长。第三批枪,是缴获一个为富不仁的大户的,在他家搜出了三十条长枪、二十支短枪和上万发子弹。自此,工人纠察队武装起来,已经有了四十二条长枪和三十一支短枪,是一支不可小觑的武装队伍了。

一天上午,烧饼店开门不久,周大生正在和面,英姑正在贴饼,店铺里一下进来四个人。这四个人都是农民打扮,头上戴着斗笠,一直压到眉眼上,让人看不清脸。

周大生扫了一眼,说道:“各位吃烧饼呀?”

为首的一位抬了一下头,与周大生对了一下脸,互相正眼看了一下。

周大生见来人国字脸,络腮胡子,眼镜后面有一双犀利的眼睛。周大生仿佛在哪里见过,但一时竟想不起来了。

英姑问："四位客人，要几个烧饼？"

另一个答道："来二十个吧，有点饿了。"

"好嘞。"英姑说着，把香喷喷的烧饼端到他们桌上，又沏了一壶茶。"请慢用。"英姑说。

四个客人大口大口地吃起烧饼来，一边喝着茶，一边小声议论。周大生听见有人说了一声："是的，没错，就是他！"

过了一会，似乎客人们商量好了，那位国字脸轻声说道："大生兄弟，久违啦！"

周大生马上停止手上的活计，转过身来，对着四位客人，仔细看了看，还是想不起来。

"大生兄弟忘记啦？还记得马炮营吗？"

"哎哟！"周大生一下想起来了，这是马炮营起义时炮营的王管带，当时情况紧急，有一面之交，怪不得这么眼熟呢。

"管带先生呀，几年不见，还好吗？"

"还好还好。"王管带说，"这是我带来的三位兄弟，进城来办点事。"

周大生扯过一条凳子，坐在四个人中间，小声问道："分别以来，在哪儿落脚？"

王管带告诉周大生，当年被杨绍文带到大别山里落脚，保存了革命力量。因为队伍有一千多人，有枪有炮，那些州府县的衙门，也不敢把他们怎么样。他们平时就操练武艺，有时候也打家劫舍，对付地主老财，保一方平安，老百姓倒是挺敬佩他们的。就这样过了几年"草寇"生活，后来大别山里出了个人物，这个人叫王步文，挺有学问，听说是共产党的高级领导。他到卧牛山的山寨住了几天，把弟兄们都说服了，他们被王先生改编成大别山游击队第一纵队。现在弟兄们发展到两千多人，人人有枪。杨绍文先生当都督的时候，他和王管带还在义城见过几次面。绍文先生让他们先隐藏下来，必要时再振臂一呼，为革命打先锋。

听罢介绍,周大生感叹不已,说绍文先生的安排真有先见之明,如今革命形势一天天高涨,很快会有大别山游击队的用场。有这么一支武装,在城市工作的革命同志会更有信心。

"你们怎么找到我的呢?"周大生问。

"是杨绍文先生说的。他曾经告诉我们,什么时候如果找不到他,可以到烧饼店找英姑娘。其实,我们这次是来找英姑娘的,没想到碰上你了。"

周大生哈哈一笑,说:"我们结婚了,找她找我都一样。"

英姑也说:"绍文先生真是个神人,把什么都算到了。"

周大生知道王管带来找,肯定有什么大事,忙问:"王兄,有什么事需要我们帮忙吗?"

王管带当然不是来吃烧饼的,他们是来联系革命力量帮助解决难题的。大别山游击队两千多人,不缺钱粮不缺枪,单单缺药品。最近,他们在南京买了一批西药,准备运到义城再转送大别山。不知道哪个环节出了问题,风声透出去了,义城这边有人检查,要没收这批药品。

"你知道是谁在插手这件事吗?"周大生问。

"知道,"王管事说,"是商会的头目在管这件事,他手上有保安团,听说保安团比警察还坏。"

"你是说魏老板?"

"是的,正是这个人。他是代表政府办事的,我们押运药品的船号他们也知道了,我们来义城的行踪也暴露了,他们派人监视我们。"

周大生听说是魏老板插手此事,心里有了底。他说:"这个魏老板就是个卑鄙小人,坏事都让他做绝了。对付他我们有办法,这个任务就交给我们工人纠察队吧。你们该吃吃,该玩玩,好好保护自己,明天再和魏老板算账。"

说罢,双方握手告别。然后,周大生把丁二虎找来,如此这般地交代了一番,二虎接受任务而去。

原来，为了避开众人耳目，王管带命人雇用了一只大一点的机帆船送货。机帆船上，除了老板一家三口之外，没有闲人，游击队的两名队员随船押运。

按照周大生的谋划，当这条船行至丁家村的时候，早有一只小划子等在那里，船上坐着丁二虎和一位大别山游击队的队员。这位游击队队员招招手，然后指指芦苇荡，就朝芦苇荡划过去了。机帆船上押运的游击队队员明白了，命令机帆船跟着划进去。

在芦苇荡，有几只小船等在那里。接应的游击队队员说，交货的地点改在这里了，你们把药卸下来，请押运药品的两位游击队队员转陆路将药品送进山里，丁二叔已经安排好了车辆。同时，他们又往机帆船上装了几袋面粉，由丁二虎和一位游击队队员押着，奔义城而去。为了保密，给船老板另加了五块大洋。船老板表示给嘴巴上锁，绝不透漏一个字。

完成了狸猫换太子的任务之后，机帆船逍遥自在地开进朝天门码头。船还没有靠岸，两条巡防船就包抄过来。船上的人喊话："机帆船听好了，你们靠边停住，人不准上岸，等候我们检查。"

周大生站在岸边一看，原来是保安团的两条巡防船，在那里耀武扬威地发号施令。

周大生对王管带说："别睬他们，小爬虫而已。"

这时候，魏老板带着几个保安团的人来了。他们杀气腾腾地登上机帆船，端着枪，大声嚷嚷："都别动，谁动就开枪。现在开舱检查，把舱里的货搬出来！"

船家很听话，唯唯诺诺、哼哼哈哈地从舱中搬出几只袋子。

丁二虎捂住嘴，站在一边也不说话，心里好笑。

魏老板说："打开检查！"

他是奉都督之命，以商会的名义来搜查的。因为有人告密，说有人给游击队私运药品，这犯的可是大罪，坐实了也是立了大功的。

魏老板特别卖力："解开袋子，认真检查！"

保安团的人按命令做了。他们开袋检查,有点发愣,再用手撮了一点面粉,放在嘴里尝尝,感觉不对,摇摇头。最后,一团丁干脆把整只手伸进面袋,在里面搅和一阵,仍然没有发现什么,只好抽出手来,拍了拍,白粉飞扬,溅了魏老板一身。

魏老板有点生气:“怎么办事的?毛手毛脚的,弄了我一身!”

保安团的人也不敢回话,解开第二袋面粉,直接把手伸进去摸索一番,又摇摇头,抽出手来,再也不敢拍了,免得挨骂。他们继续开袋检查,一共十个袋子,全是面粉。

他们小心翼翼地报告:“老爷,不是药品,全是面粉!”

“面粉?怎么可能?”魏老板诧异起来,“都督说得很清楚,就是这条船,装的是药品,怎么变成面粉了呢?”

保安团的人说:“小人不知!”

“再搜!看看船头船尾、犄角旮旯,都给我搜,一定要把药品搜出来!”

保安团的人在船上翻来倒去地折腾起来,累得不轻。

船老板说:“老爷,船上就这点面粉,没有药品。别把我的船捣鼓坏了!”

魏老板威胁说:“不可能!不可能没有药品!你船老板是游击队,肯定把药藏到哪儿了!”

船老板说:“老爷,这话可不能瞎说,游击队是要坐牢的。”

这时,丁二虎说话了:“我是游击队!”

魏老板一惊,问道:“你是游击队?”

丁二虎说:“你说游击队,老子就是游击队,你说有药品,就应该有药品,你把药品还给我,否则老子饶不了你!”

魏老板听罢,气得发晕:“放肆!简直是放肆!”停了一会,又说,“抓起来,把这小子给我抓起来!”

这时,周大生说话了:“魏老板要抓人,我帮你抓好不好?这个人是我的伙计,抓起来,枪毙,怎么样?”

魏老板掉头一看，不知周大生从哪里冒出来了，心里一惊，忙赔着笑脸说："我在执行公务呢，大生兄弟怎么也来了？"

"你查了我的面粉，又要抓我的人，我不来行吗？"

"啊，这是大生兄弟的货啊？"

"是啊，这位老板卖给我面粉，我派伙计去押货，我现在来提货，有什么不对吗？"

魏老板折腾了半天，啥也没发现，他敢说不对吗？他连连点头，说道："对对对，这有什么不对呢？大生兄弟把货提走吧！"

周大生一板面孔，说道："不行，这面粉被你糟蹋成这个样子，我不能要了，吃了脏面粉要拉肚子的，你自己留着吧，顺便再查查，里面有没有海洛因什么的，免得查走了眼。"

魏老板一脸诚恳的样子，说："大生兄弟，我又不开烧饼店，要这些面粉干什么？还是你带走吧！"

周大生开始为难魏老板："这面粉我真的不能要了，你们用手在里面捏来捏去，还用脚又踩又踹，多脏呀，你们赔钱吧！"

魏老板挠挠头，知道碰上周大生这个刺儿头了。"怎么个赔法？"

周大生说："一袋面粉五块大洋，总共五十块大洋吧！"

魏老板叫起来："你也太黑心了吧？一袋面粉要五块大洋？"

"我一袋面粉要打多少烧饼、烙多少油酥饼啊，那何止五块大洋呢？我是便宜你了，你还耽误了我的生意呢！"

那个管搜查的保安团丁不乐意了，他要在主子面前讨个好，嗖的一下拔出手枪，说："多少钱要看它愿意不愿意！"

丁二虎见保安团的人掏枪，自己也拔出枪来，对准了这个不懂事的小保安团丁。

周大生说："这位小兄弟小心点，我的伙计也有枪，而且枪法不太好，很容易走火的，你和魏老板千万小心。"

魏老板知道周大生的厉害,马上呵斥那个小保安团丁:“谁让你掏枪?还不快收起来!”

魏老板见周大生一点都不通融的样子,只好掏出五十块大洋的汇票。他有点怕周大生,一方面知道周大生的手段厉害,几个人敌不过他;另一方面因为自己绑架过英姑,要是算起老账来,自己肯定吃亏,特别是这一次又没搜出药品,只能自认倒霉了。

“大生兄弟,生意不成仁义在,咱们算做了一笔生意,赚多赚少就这么多了,五十块就五十块吧!”

王管带一直没吭声,看周大生怎么对付魏老板,很佩服他的机智勇敢。

周大生接过支票,马上递到王管带手上,说:“王先生,这五十块大洋算是订金了,下次来,多给我送点上等好面。这一次,算是生意不成仁义在了,这话是魏老板说的。”

“好说好说。”说罢,王管带领着几个人走了。他知道,丁二叔已经派人把药品送上山了。

这件事情发生以后,魏老板觉得很后悔。他和周大生住在一条街上,都是“进士第”的人,做什么事都很难瞒得了周大生。再加上英姑又没给英国人弄死,现在活蹦乱跳地又回来了,她知道的事太多了,魏老板觉得应该除掉这两个人,留在身边是个祸害。还有,王振帆现在已经辞职了,虽然不当官,但是那张嘴还在,他在学校里肆无忌惮地攻击政府,把魏老板和冯德仁当作土豪劣绅看待,在课堂里讲给学生们听,使他们有点像过街老鼠。他们觉得只有把这三个人除掉才能免去后顾之忧。

魏老板和冯德仁商量,对付周大生的办法只能用陷害,因为打是打不过他的。

一天晚上,他们买通保安团的两个混混,用喝酒的办法,将另一个小保安团丁灌醉,然后把他勒死,再命令这两个混混将尸体移到烧饼店门前,挂在大门上,制造成自杀的模样。天亮以后等行人发现,就可以将周大生告官，因为死无对证，这样就可以诬陷周大生，人命关天，至少可以让他坐牢。

这两个混混抬着死尸走到烧饼店门前，正在哆哆嗦嗦地用绳子吊尸首的时候，被王振风无意中撞了个正着。他和一班人喝酒，一直喝到半夜才散，踉踉跄跄地往回走，走到烧饼店门口，正好看见这一幕。

王振风大喝一声："什么人？干什么？"

两个混混正在胆战心惊，被人一吼，吓了一跳，再一看是王振风，更是吓得魂飞魄散，丢下尸体，撒腿就跑。

这两个小混混哪里是王振风的对手？王振风一个纵身，来了个饿虎扑食，将两个人扑倒在地，然后一只手提溜着一个，回到烧饼店门前。

他咚咚咚敲开烧饼店的门。周大生出门一看，吃了一惊，忙问："怎么回事？"

王振风将手中的两个人面对面撞了一下，撞得他们眼冒金星。

王振风说："怎么回事？你们自己说！"

在王振风和周大生面前，这两个小混混知道再怎么样也是逃不脱的，只好实话实说，把魏老板的事交代得一清二楚。

王振风没想到魏老板如此歹毒，不知如何处理才好。他问周大生："你说怎么办？报官？"

周大生知道，报官没什么用，魏老板会把官府上下打点得干干净净，把责任全部推到两个小混混身上，他自己一点事情都没有。

"用其人之道吧。"周大生说，"魏老板给你们多少钱？"

两个小混混说："每人……每人五块大洋。"

周大生说："我给你们每人十块大洋，你们把这尸体挂到魏家庄的药铺大门上去。"

两个小混混正在犹豫，王振风给他们一人一个耳光："快说，愿意送官还是愿意私了？"

小混混知道，一送官就是死路一条，私了也是了不了的，但总可以保一条命，更何况还可以多得十块银圆，可以跑得远一点。

小混混说："私了，小人愿意私了！"

周大生说话算话，给了他们二十块银圆，两个小混混千恩万谢。

王振风说："还不赶快把尸体抬走！"

小混混说："这就走，这就走。"

烧饼店前又恢复了宁静。周大生说："谢谢姐夫，不然天亮以后我就麻烦了。"

王振风说："你这个办法很好，把麻烦挂到他自己脖子上去。"

果然，第二天还未天明，进士第大街上就炸开锅了："死人啦！""吊死人啦！""魏家庄药店吊死人啦！"

消息传到魏老板耳朵里，他气得七窍生烟，派人去找那两个小混混，那俩人早就远走高飞了。

魏老板花了不少银子报官，说两个保安团丁杀人逃跑了。虽然官府没有深究，但魏家庄药房的生意却一落千丈了，别人嫌晦气，不愿登门买药了。

魏老板很气恼，以为是被两个小混混耍了，他觉得晦气晦到家了，干脆一不做二不休，把王振帆这个眼中钉拔了算了！

他恨王振帆，是因为他帮助杨绍文禁烟，砸了自己的饭碗，现在弄得鸦片卖不成，连亨特也不敢来了。你断了我的财路，我就要断你的生路！

他还是找冯德仁商量，他不担心冯德仁是王振帆的表哥会坏他的事，因为这个冯德仁一直在坏王振风哥俩的事。冯德仁是阴毒的，他只为了自己的利益，别的他是六亲不认的。

冯德仁听了魏老板的想法，一点也不犹豫，说道："这点小事为难啥？你找个功夫高一点的，再给他一把剔骨刀，让他趁黑摸进进士第，那家就两个男人，捅死一个不就完了吗？不声不响，神不知鬼不觉不就行了吗？"接着又补充说，"可别再找上次那样的小混混，成事不足，败事有余！"

"高手，这次我绝对找个高手去，在外地找，干完活拿了钱就走人，天知地知，你知我知！”

不久，魏老板果然在外地找来一位杀手，杀手要价很高，一千块大洋一条命，魏老板讨价还价后八百成交。魏老板介绍了王振帆的个头、胖瘦，给杀手看了照片。一切准备妥当，他又让人带杀手去看地形。看完之后，杀手说：“魏老板静听佳音！告辞！”说完，人就走了，就像一阵风一样。

魏老板焦急地等待着喜讯，咬牙切齿地想报禁烟之仇。

那个杀手的确武艺高强。俗话说艺高人胆大，他天一黑就蹲在进士第角落里，只等这家的男主人出来好下手。等了将近两个小时，一辆黄包车门外过来，守门人开了门，说了声：“王老爷回来了！”王老爷点了点头，付给车费，黄包车车夫就走了。这个时候，杀手知道还不好动手，因为现场有三个男人，一个车夫，一个看门人，一个当事人，杀一个非得惊动其他两个。要是三个人一起杀，事主又没多给钱。再说冤有头，债有主，多杀人不好。他忍住了，继续在那里蹲守。

大概又过了两个时辰，大约九点钟了，街上也没有行人，只有人家窗户里射出一点淡黄的灯光。杀手躲在角落里不敢离开，受人之托，忠人之事，这是他们这行的规矩，一步也不能随便离开，白天不行，他只能利用晚上的时间。

巧了，没过多久，进士第的门又开了，从里面走出一个男人。后面有个男人问：“老爷上哪儿去？要不要小人去接你？”

“不用了，我出去喝点酒，喝完就回来，你不用去接，看好门户要紧。”

杀手听说“老爷”出来了，一看街上没有行人，他喜出望外，一个箭步跳过去，从后背揽住老爷的双手，一把扁叶刀同时架在老爷的脖颈上，只要老爷一扭动身子，刀子就会切断他的主动脉。

老爷吃了一惊，忙问：“你是哪路子朋友！有话好说！”

杀手还很讲义气，他知道老爷活不长了，告诉他实情也不要紧，免得他做个屈死鬼。“是你们的魏老爷要我来办的。冤有头，债有主，你到了阴曹地府去告魏老爷的状，报仇也向他去寻仇，跟我没什么关系。”

这人刚说完，还以为自己是英雄好汉呢，没提防老爷说话了：“看你这么义气，老爷我就免你一死吧！”

说罢，老爷飞快地腾出一只手，将杀手执刀的手抓住，一使劲，将杀手的手臂拧脱臼了，然后脚底下一扫，如秋风扫落叶，将杀手扑通一下摔倒。王振风老爷解下裤带，把杀手的双手绑住，抓住他往前走。

“老爷，你带我去哪里？”

“去找魏老板。”

“他们会杀死我的！”

“他不敢，问完话我就放你走。”

王振风一边走一边问：“魏老板让你来杀谁？”

“杀你王老爷。”

“有两个王老爷，你们要杀哪一个？”

“要杀那个当官的王老爷。”

“两个王老爷都当过官，你到底要杀谁？”

“他们让我杀没有武功的那一个，看来是杀错人了。”

“不是你杀错人了，而是那人命不该绝。碰上我这个前清的武进士，你算是倒霉了！”

杀手听说是武进士，几乎吓瘫了。

王振风押着杀手找到如意轩，果然把魏老板和冯德仁堵在屋里。魏、冯二人一见这样的场面，顿时傻了眼。

王振风把杀手掷在地上，让他跪着，然后说：“谢谢二位老板，肯花大价钱让我练练拳脚。你们的这个杀手找错了人，王振帆正在家里备课呢，他的书教得好，人家让他当副校长了！”

“误会，误会，完全是误会，我们哪敢伤害您哪？都是这个人不懂事，让振风兄弟受委屈了！”魏老板极力狡辩。

“谢谢你这个误会，不然我还下不了手。过去几年，是你魏老板养着我，供我吃喝玩乐，可是我也为你做了不少事，为你扛担子、补漏子，给你当了几年的打手。过去我也知道你是坏人，我那个冯表弟跟你是一伙的，狼狈为奸，但是我还没有想到你们这么坏！前几天诬陷周大生，你们打死了人挂在他家的门板上，今天又派人来杀王振帆，差一点杀了我！我算是把你们俩看透了，过去我欠你们的，我今天给你们还清……”

说着，他用杀手的那把刀，往自己的大腿上刺了一刀，然后横竖拉了两刀，成了个“十”字形刀口，只见鲜血喷了一桌子。

王振风把刀拔出来，手上鲜血淋漓。

“我没钱，过去欠你们的人情，我这次算是还清了。今后，如果你们胆敢再来伤害王振帆、周大生和英姑，哪怕他们少了一根汗毛，我也会找你们算账！”

魏老板连连点头：“不敢不敢，你借我两个胆我也不敢！没有今后了，今天是最后一次，你大人有大量！”

冯德仁暗暗叫苦，他一再嘱咐，让魏老板找个靠谱的，没想到找出这么个麻烦事。他不得不说：“大表哥实在对不起，今后不会再有这种事了，否则天打五雷轰！”

王振风冷冷地说：“冯表弟，你是个银行家，有的是钱，但是你贪得无厌，为了非法之财，你干了多少坏事，坑了我们家多少人！今后你走你的阳光道，我过我的独木桥，彼此井水不犯河水，我再也没你这个表弟！”

几句话，把满屋的人说得哑口无言，魏老板和冯德仁恨不得挖个地洞钻进去。

“你们雇的这个杀手，算是达到他的目的了，你们放他走吧，八百元的酬金照拿着，走吧！”

杀手听了犹如皇恩大赦，连连磕头，挟起大洋逃了出去。

王振风说：“从此之后我们一刀两断，休再来往！”说罢，王振风把那把刀重重地插在饭桌上，扬长而去……

第三十章

推波助澜

弹指一挥间,从王振帆考上状元至今,一二十年过去了。经历过许西林刺杀、马炮营起义、武昌革命、杨绍文禁烟到蒋介石挨打,一路上风风雨雨,起起落落,义城的老百姓仍然是穷的穷、困的困。

王振风、王振帆一对亲兄弟,相对无言,不胜唏嘘。

王振风说:“这次你打了蒋介石,老蒋关了你一个星期,总算放出来了,不知后面是福是祸呢。”

王振帆说:“管他呢,是福不是祸,是祸躲不过,走一步看一步吧。”

王振风说:“想我兄弟二人,当年参加殿试的时候,才二十来岁,时间一晃,我们都老了。”

王振帆当然有同感,那时他金榜题名,春风得意,是何等风光! 当时他也曾想,要好好地齐家治国平天下,保大清朝万古长青。谁知道,那时的朝廷已经病入膏肓,被天下人唾弃,他那一点个人心血,实在是可以略而不计了。革命党更是很快打碎了他献身朝廷的梦想。

王振风笑道:“那时革命党兴起,我们俩还有点不满意呢!”

王振帆说:“主要是我,不知不觉当了保皇党了,前清的遗老遗少啊!”

说到这,他们还有点不好意思,说差点成了革命对象。

“你觉醒得早些,我顽固得很些。”王振帆回忆说。

王振风说："我当官比你早几年，已经尝到了官场的酸甜苦辣，也一直升不上去，经常成为官场上的靶子。那几年我很彷徨，与魏老板、冯德仁搅在一起，浪费了许多光阴。"

"他们是在利用你，这两个利欲熏心的小人！"王振帆说。

"我倒很佩服许西林，人家男子汉大丈夫，敢作敢为，敢为天下先！他的死，唤醒了多少人啊！"王振风很感慨。

"还有杨绍文先生，他们才是真正的革命党，真正鞠躬尽瘁，死而后已！"王振帆也感同身受。

王振风有点自嘲："等我们也同情革命党的时候，辛亥革命来了，我们的小皇帝终于被人家搬走了！"

"我们还不算太顽固，终于被革命大潮裹在一起了，我们终于能为革命政府做一点事情了。"弟弟说。

"哥哥很惭愧，和魏老板混在一起，经常成为革命的绊脚石！"

"那几年，你是游离在革命之外，我虽在革命之内，但有什么用呢？杨绍文最终被罢了官，还遭到暗杀，这种革命有什么价值呢？"王振帆摇头叹息。

王振风也有同感："中华民国与清朝政府差不了多少，谁也解决不了中国的问题。"

"唉，"王振帆叹了口气，"国民党又怎么样呢？我们都参加了国民党，结果跟老蒋打了一架。我看老蒋也不是个东西，我堂堂的一个前清状元，资格也比他老了不少，他竟然娘希匹地骂人！"

"你看看现在的国民党是些啥东西，连魏老板和冯德仁都参加了，这两个人渣！"王振风愤愤不平。

"我看还是周大生正派、扎实、苦干，他从清末就闹革命，一直是革命先锋，人家总是打头阵的。听说他们又在闹共产主义，为穷人翻身打天下。人家没有我们这么多包袱，始终和老百姓在一起，我看他们才是真正的革命党人。我佩服他!”

王振风也说:“他们工人纠察队都是顶天立地的好汉,当官的怕他们,也想利用他们,我看将来成气候的也是他们!”

王振风话锋一转,说到王振帆:“兄弟与老蒋交了恶,要多加小心,注意保护自己。”

王振帆说:“不怕,我就是一个教书匠,碾死了也不过是一只蚂蚁!”

又过了一个月,已经是1927年的春天了,但这个春天来得比较晚,到处是寒风习习,人们还裹着棉袄、笼着手过日子。

这天,周大生来找王振帆,说应该召开义城第一次国民党代表大会了。在这之前,有个国民党的省党部,王振帆是临时负责人。

“那就准备召开吧,筹备工作我来负责。”王振帆说。

“听说……听说这次代表大会,蒋介石主席也要来参加。”周大生补充汇报。

王振帆有点厌烦:“他来了准没好事,但是照常举行吧。他来是开,不来也是开,是福不是祸,是祸躲不过。反正已经得罪过他了,也不怕多这一次。”

那时候的省党部,除了王振帆是临时负责人之外,同时还有工人代表周大生、知识界代表关名赋等人,由于他们在党内的名气,大家把他们称为国民党中的左派。与此相对应的,还有魏老板、冯德仁等土豪劣绅,他们也是国民党党员,被人们称作国民党中的右派。

左派激进一些,经常代表民众说话。右派保守一些,经常代表富豪们说话。他们的思想、方针各不相同,经常在国民党内斗来斗去。但在省党部里,左派占着优势。

这次召开第一次代表大会,是把各市、县代表集中在一起,做工作报告,选举正式领导成员,会议很重要。

王振帆已经顶撞过蒋介石了,这一次当不当负责人无所谓,他也不想仰承某个人的鼻息生活,他是怕蒋介石来把局势搞乱了不好收拾,给右派制造机会。

蒋介石既然来了,欢迎大会总是要开的。由政府出面,在义城的黄家大操场举行了万人欢迎大会。主席台上坐着都督和省党部的负责人,王振帆、周大生也位列其中。

都督出面讲话,当然把北伐军进城和蒋介石的功绩歌颂了一番,说有了蒋总司令才有北伐军,有了北伐军才能解放义城,北伐军的胜利势如破竹,革命形势如火如荼,义城百姓深受鼓舞,等等。

最后轮到蒋介石做指示的时候,他官话连篇,首先当然讲一些客气话,说什么义城是座历史名城、战略要地,古往今来物华天宝、人杰地灵,等等,接着讲了一番革命大道理,说到北伐的意义和成绩,云云,这些话也还算正常。讲到最后忽然莫名其妙起来,他说:“这次北伐,创造了很多英雄业绩,但就安徽来说,非常遗憾,没有创造多少成绩,可以说寥寥无几,唵,寥寥无几!这个这个,是很不好的,是令人失望的!”

蒋介石的话,使在场的人坐立不安。群众队伍一阵骚动,大家窃窃私语起来,声浪渐高,现场有点混乱。主席台上的人也交头接耳,不知所措。都督的脸上很尴尬,表情很复杂。也有人内心窃喜,认为蒋介石这一炮放得好,对自己有利。

王振帆觉得蒋介石的话不公平,满嘴胡说,以势压人。哪有这样在群众大会上羞辱人的?这不是不自重吗?既然不自重,怎么要求人家尊重你呢?王振帆想想很生气,忽然一下站起来,当众拍拍屁股,走下主席台,扬长而去。台下人见了,又是一阵波动。蒋介石也看见了,潦潦草草结束了讲话,坐在那里,一脸的不高兴。

散会以后,魏老板和冯德仁挤过来,对蒋介石说:“总司令讲得好,聆听蒋公说的话,犹如久旱逢甘霖,滋润得很,受益得很,真是三生有幸!”“总司令批评得好,义城人就是放不开,就是没什么贡献,就是寥寥无几,您的讲话让人醒耳醒脑,振聋发聩呀!”

蒋介石遇见这种拍马屁的人,心里乐滋滋的,感到很受用。他高兴起来,连连问道:“你们是什么人?叫什么名字?什么地方人?也是义城人?怎么义城人和义城人不一样呢?”

魏老板和冯德仁一一作了回答,也兴奋得不得了。

接着,又有几个人挤过来给蒋介石请安。蒋介石一一接见交谈。听说有人是青洪帮的头目,蒋介石很高兴,还和他们排了一下辈分。那些人受宠若惊,没想到出身青洪帮的蒋介石还如此念旧。他们当场表示:“只要总司令一句话,我们一定两肋插刀,哪怕是上刀山、下火海,也万死不辞!”

蒋介石说:“很好,唵,很好,马上有用得着你们的地方,希望你们努力奋斗。”

听说现场还有“西山会议派”的人在等着接见,蒋介石格外高兴。蒋与他们一一握手,亲切之情,溢于言表:“你们是‘西山会议派’的?你们参加过西山会议?你们赞成西山会议的通电?那太好了,咱们更是一家人了!”

有个‘西山会议派’的人说:“蒋主席,是该下手的时候了!不能再姑息,不能再手软。如果不清党,马上国民党都要变成红色的了。那些政治委员,那些共产党员厉害呀!不能看着他们坐大呀!”

蒋介石见说话的人声泪俱下,也激动起来:“你是‘西山会议派’的元老吧?你的见解精辟呀,我们是英雄所见略同啊!”

看样子,蒋介石走到哪里,就把战火烧到哪里。他说此话的时候,离“四一二”反革命政变只有二十来天了。

就这样,蒋介石不断地接见国民党内部的右派成员,给他们撑腰打气。

第二天晚上,省党部的左派成员宴请蒋介石,蒋介石也到了,但是大家感到思想很难沟通。

蒋介石对左派人员多有训斥,明确要求他们与右派合作,说“西山会议派”和魏老板、冯德仁等富豪是新生力量,让他们共同组建省党部。

左派认为，孙中山先生的“联俄联共、扶助农工”的遗嘱是必须执行的，右派分子是反其道而行的。他们排斥苏俄，排斥共产党，反对农工运动，是背叛中山先生思想的，应该纠正。

蒋介石见说服不了左派人员，心里老大不高兴，吃饭的气氛也很不自然，彼此心里都不痛快。

第三天上午，国民党安徽省第一次代表大会召开了，中心议题是成立省党部。原来的方案和各市、县代表协商过了，大家都是同意的，所成立的应该是一个尊重中山先生遗嘱的左派省党部。

但是，蒋介石不同意，他在会议上硬塞进几个右派代表，遭到大会的抵制，代表们不投右派的票，蒋介石的意图落了空。蒋介石再次做工作，为右派成员说项，但遭到大会代表的极力反对。对此，蒋介石很生气，不等会议开完，便拂袖而去。

左派的省党部如期成立了，成员包括王振帆、周大生、关名赋等人。关名赋是个教育家，义城的知名人士，是个受人尊敬的人物。但就是这样的一个名人，当天下午竟然遭到右派分子的毒打。关名赋等左派成员找到蒋介石告状，希望他主持公道。但蒋介石不予理睬，处处偏袒右派分子，还谩骂左派人员是“顶顶拆烂污”的人。

蒋介石的这种态度，明眼人一看便知，他是不欣赏左派的，他代表的是土豪劣绅和右派。他到义城三天，处处表现出对左派的鄙夷和对右派的偏爱。这正是“四一二”大屠杀的前夜，他的反革命思想已经暴露无遗。

第四天上午，义城惨案发生了。一伙国民党的右派分子，手持棍棒器械，在广场集合，根据蒋介石的授意，呼呼啦啦赶到刚刚成立的国民党左派省党部，搞了一次大打出手，砸了省党部的牌子，见人就打，还将办公桌椅和门墙玻璃尽数毁坏，明目张胆地搞了一次反革命行动。除此之外，他们还打砸了一些民众团体，惨案演变成国民党反革命政变的一次前奏。

对此，蒋介石是默许的，这与他在二十二天之后亲手发动的“四一二”

大屠杀,如出一辙。反动的清党运动,宣布了国共两党的决裂,他下令到处捕杀共产党人,摧毁共产党组织、进步团体,试图把共产党消灭干净。

当这场大屠杀来到义城的时候,白色恐怖笼罩着全城,到处一片枪声、呐喊声、追杀声。

在这关键时刻,王振帆和王振风兄弟俩在国民党省党部召集会议,抨击蒋介石及其右派的反革命罪行,宣布退出国民党,支持共产党的农工运动。

王振帆说:"从清朝到现在,为了建立共和制度,多少革命党人牺牲在前,多少农工兄弟做出了自己的贡献!可是,刚刚取得一些胜利,在革命尚未成功,同志仍须努力的时候,为什么发生这种骨肉相残、同根相煎的事情?这是拜国民党右派所赐!这样的党已经完全背叛了中山先生'联俄联共、扶助农工'的遗训,这样的党我们不需要。因此,我正式退出国民党,从此以后,与国民党的叛逆行为划清界限!"

王振风也说:"义城的某些土豪劣绅,想趁此机会大打出手,企图谋取他们的私人利益。对这些人组织起来的国民党,我也嗤之以鼻,绝不与他们共事!"

在他们的影响下,一些进步人士也退出了国民党,退出了国民党省党部。一霎时,国民党右派甚嚣尘上,篡夺了省党部的权位。魏老板和冯德仁都在省党部攫取了一席之地,自此,他们开始迫害国民党左派和共产党人。

他们最先拿周大生开刀。他们并不知道周大生是共产党员,因为他的身份是保密的,他做的是地下工作,义城共产党支部建在工人纠察队里,周大生和英姑是党支部的负责人。但是,魏老板和冯德仁知道,只有周大生是能够和他们抗衡的人,而且周大生知道他们的许多秘密,抓住了他们的许多把柄。他们想趁此机会除掉周大生,以除后患。

魏老板把保安团中的右派分子集中起来,又在社会上招募了一批流氓打手,扩充为别动队,发给他们木棒、铁棍和枪支,让他们去袭击总工会。他们知道总工会是工人们的头儿,擒贼先擒王,把总工会打掉,就是他们的天下了。

魏老板交代说:“你们去了要大胆,给我砸个痛快。要打人,先用木棍,如果他们对抗,就用铁棍,如果打不过他们,就用枪！打死人不要紧,我兜着,你们只管行事就好了。”

“老板,出了人命怎么办?”有人问。

“出了人命不关你们的事,给你们一百块大洋,让你们跑路。”魏老板说。

“被他们打伤怎么办?”又有人问。

“被他们打伤我管治,外加五十块的营养费。”魏老板又说。

“碰见周大生怎么办?”有人最怕这件事。

“碰见周大生朝死里打,打死了赏大洋一千!”

这一帮乌合之众,见钱眼开,谈好了条件,就呼啸而去。这队人马,足足有五十多人。

他们赶到总工会,心里有点发虚,步子慢了下来。

领队的头儿还有点心计,先派两个人到大楼里面去探听情况,主要看周大生在不在。他们心里很矛盾,既希望他在,打了他可以领大赏;又希望他不在,他们感到知道自己不是他的对手。

探子回来报告,大楼里只有十来个人,太平无事,周大生不在,既遗憾又高兴。

“那就给我砸,打伤人可以,千万别打死,打死人我们也脱不了干系,老板的买命钱花不了多长时间。”

于是,这帮人戴上头套,一窝蜂似的扑进总工会大楼,见人就打,木棒、铁棍一齐上,见物件就砸,砸了个嘎嘣脆!

总工会的人没有准备,既缺少人手,又没有武器,周大生又不在,群龙无首,无法控制局面,只能眼睁睁地吃亏。

这帮人打顺了手,一把火烧了总工会大楼,一下子火焰冲天,烧得四邻手忙脚乱。

打手们搜查了每个抽屉，把所有值钱的东西都装进兜里，把文献、档案放在火里烧了，最后还放了一阵枪，说总工会是共产党的老窝子，奉政府的命令查封了！

那天，总工会的多数人都出去工作了，留在机关里的人不多，大家敌不过四五十个手持武器的暴徒，被打得头破血流，遍体鳞伤。

打手们前呼后拥，带着变态的喜庆，回去找魏老板领赏了。

等到周大生赶到总工会大楼，已经晚了，现场一片狼藉。周大生强忍内心的怒火，安抚着工会的兄弟，打扫和恢复着办公场所。

有人说："大生同志，我们也打吧，把工人纠察队拉出来，把这帮乌合之众给灭了！"

也有人说："他们的后台是魏老板，应该收拾收拾他了！"

周大生很理解大家的心情，受到右派的欺侮，大家都不高兴，但是，他是把握大局的人，他应该找出合适的反攻方式。

他问大家："除了动刀动枪之外，他们最害怕什么呢？"

有人回答："他们怕破财，他们攻击我们工会的目的，是为了垄断市场，做独家经营。"

有人说："他们想做的是非法生意，怕我们打击和制约他们！"

"他们是生意人，我们有什么办法反制他们呢？"周大生与大家商量。

"最好的办法是罢工罢市，大家都关门歇业，这样政府可受不了，让政府去找他算账！"有人这样建议。

周大生说："这个办法很好，罢工罢市是最有效的武器。我们联系各商家，号召全市罢工罢市，目标是打击土豪劣绅，不达目的绝不罢休！"

果然，从第二天开始，除了魏家庄和冯德仁的银号，所有商家联合罢市，码头上和工业场所也停工待料，整个城市买不着柴米油盐酱醋茶，交通也基本瘫痪了，所有的工商客户都待在家里，宁愿闲着，也不愿开业开工。

政府开始着急了,派人调查原因。调查结果很快出来了:工商户要求惩办打砸总工会的凶手,将他们绳之以法,否则无限期罢工罢市。

政府一开始顶住,不愿意接受这个条件,因为打砸总工会实际上是政府指使的,政府要将有共产党嫌疑的组织统统摧毁。

但是,周大生领导的这次罢工罢市运动绝不妥协,不惩办凶手、不保证工会的安全,绝不复工。

魏家庄和冯德仁的银号照常开业,但是没人去他们那里买东西或洽谈业务,谁去谁都会背上叛徒的骂名。义城的老百姓是通情达理的,他们开始批评政府,支持罢工罢市。

又过了几天,周大生开始组织群众游行,到省、市政府请愿,一致要求严惩凶手,反对打砸革命团体的行为。

很快,义城变成了一座死城,每天的垃圾无人清理,到处臭气熏天。黄包车没人拉,交通几乎瘫痪。邮差不上班,无人递送邮件。挑水工歇了脚,许多人家没水吃。千家万户骂政府,弄得怨声载道。

最后,都督坐不住了,他把魏老板和冯德仁找去大骂一通,说他们成事不足,败事有余,糊涂胆大,拖累政府,云云;命令他们赔偿总工会损失,登报向全市人民道歉,并罚魏家庄和冯德仁的银号停业一个月,将别动队头目关押半年,以平民愤。

周大生看见罢工罢市的目的已经达到,宣布复工,义城才重新活跃起来。这一招,显示了工人纠察队的力量和智慧,一下子提高了共产党员的威信。

王振风和王振帆兄弟俩,退出国民党之后,转而支持工人纠察队。他们终于发现,只有共产党才能真正代表老百姓说话,中国才有希望。

魏老板和冯德仁虽然被迫认打认罚,但内心的仇恨有增无减。他们恨周大生,更恨工人纠察队,因为没有工人纠察队,周大生一个人再狠,也逃不出他们的手掌。所以,他们想找机会把工人纠察队消灭干净。

他们两人冥思苦索想办法，怎样将工人纠察队置于死地。他们设想过收买的办法、改编的办法、联合的办法、瓦解的办法，都不成功，最后，只有采取偷袭的办法，在消灭有生力量方面下功夫。

这是孤注一掷的办法，魏老板和冯德仁打定主意，多年的辛苦在此一举了。

这一晚，雷电交加，大雨滂沱。魏老板和冯德仁来叩见都督。都督十分狐疑，同意在花厅接见。

魏老板和冯德仁先在花厅等候，心里惴惴不安。

魏老板问冯德仁："你说都督大人会答应吗？"

冯德仁回答："你的'小黄鱼'准备足了吗？"

冯德仁说："那是必需的，一百根呢！"

冯德仁说："这一回可是倾家荡产了。"

"除掉那个丧门星，'小黄鱼'还是赚得回来的。"魏老板不无惋惜地说。

见都督走进花厅，魏、冯二人立马跪倒在地，颤着声音说："都督大人救我们！"

都督见这阵势感到意外，说："有话起来说，何必如此呢？"

魏老板说："我们来请大人垂怜，助我们一臂之力。"

"什么事如此重要，要这般行事呢？"都督感到奇怪，甚至在心里也感到一丝不安。

冯德仁说："求大人的事，也算是半公半私吧，一方面了却我们和周大生的宿怨，一方面也是为地方除害，他可是共产党啊！"

都督这才明白，这两个人是假公济私来的，挂羊头卖狗肉，可得小心一点。

"愿听其详。"都督说。

魏老板早就想好了，直截了当地说："我们想借力除掉周大生这个祸害。"

都督一听更加明白了，这两个人想借刀杀人，可是居然借刀借到都督这里来了，未免太胆大了吧？

“咄！好大胆！你们居然想让本都督徇私舞弊？”

冯德仁说：“大人息怒，我们只是向大人借点兵而已，并非让大人作难。”

“借兵还不是大事吗？你们不知道动一兵一卒都要奉命行事吗？”

“当然知道，”魏老板说，“所以，我们才跪求大人呢！当然，动兵是要有经费的，我们今天也把经费带来了，只求大人恩典一次。”

说着，魏老板从怀里掏出一大包金条，献在都督面前。都督面对堆积如山的金条，眼里泛出了绿光，估计这是他受贿最多的一次了。

都督压抑着内心的激动，尽量用平静的口吻说：“到底所求何事？细细给本都督说来。”

魏老板知道都督动心了，这个主意是冯德仁出的，冯德仁太知道这个都督了。当年他是被辛亥革命赶走的，居然能在北洋政府时期卷土重来，挤走了杨绍文，估计也是在“小黄鱼”上做文章的，所以用这个办法对付都督，那是十拿九稳的。

魏老板细细地把他和冯德仁的计划说了一遍，最后归总为一个要求：“我们别动队的人手不够，求大人借一百个兵员，化装成别动队，助我们一臂之力。当然，只用一次，用后立即归还。”

冯德仁看看都督大人，再看看一堆“小黄鱼”，心想，如果都督不答应，那就是太阳从西边出了。

果然，都督开始自圆其说：“动兵，本来是不可以的，但想到你们所对付的是共产党，这也是上峰交代的任务，所以姑且用一次。但是，第一，你们要保密，不能泄漏到社会上去，否则老百姓会找麻烦的；第二，你们要保证官兵的安全，要是死了人，也是不好交代的。”

魏老板见都督松了口，大喜过望，连连作揖说：“谢谢都督，谢谢都督，这两条我们保证做到。”

冯德仁也说:“一切听都督的。”心里却说:“可惜了这堆‘小黄鱼’!”

都督瞟了“小黄鱼”一眼,说:“这些东西,权且当作用兵的经费了!”

“当然当然。”魏、冯二人有点违心地说。

第三十一章

火光烛天

这个夏天格外炎热，酷暑难耐。白天烈日炎炎，近四十度的高温让人挥汗如雨。夜晚闷热，人就像坐在蒸笼里，彻夜无眠。这样的天气极易让人火暴，注定要出事。

魏老板和冯德仁借了兵，拥兵自重，忽然觉得自己像三军主帅那样，操了生杀大权了。他们决心灭了工人纠察队，好让自己在义城称王称霸。他们想做贩毒、赌博和皮肉生意，还想再和英国人亨特勾结起来，打造他们的黄金帝国。但是不除掉周大生这个绊脚石，他们的梦想不可能成真。

他们设了一个圈套，将周大生调开，然后乘虚而入，将工人纠察队一网打尽。这样，消灭了工人纠察队，就不愁周大生不乖乖就范。

周大生也在调兵遣将，他知道义城的革命形势就像火药桶，只要点燃引信，马上会全城爆炸，整个形势将会发生革命性转变。

周大生派丁二虎去联络了丁家村，调游击队进城，同时又派人联络王管带，让他带兵起事，决心将义城的反动势力一锅端了。

魏老板和冯德仁先动手，他们迫不及待了。

这天，王振帆正在学校讲课，课还没有讲完，已经有两个人在教室外等候。

下课铃响，王振帆离开教室，在走廊里碰见这两个人。

其中一人说:“王先生,告诉你一件事,尊夫人突然发病,心口痛,已经送医院了。”

王振帆大吃一惊:“怎么回事?我离家时她还好好的,怎么突然病倒呢?”

另一人说:“是突然发作的,可能是心脏方面的毛病,去看看吧!”

王振帆问:“你们是什么人?”

两个人都说:“我们是进士第的邻居,王先生当过大官,是不认识我们的。”

这句话让王振帆有点不好意思,过去当官进进出出坐轿子,与邻居联系少了,不认识人多了。

“谢谢二位来报信。不知贱内住哪家医院?”

回答说:“住教会医院。车已经备好了,跟我们去吧。”

出了校门,有两辆黄包车停在学校门口,一个人扶王振帆上了车,自己也挤上去,两个人坐了一辆黄包车。王振帆有点不习惯,但碍于面子,只好勉强坐着。那人还放下车帘,把视线遮住。

另一人单独乘了一部车。王振帆估计快到了,但车夫没有停车。

王振帆说:“应该到了吧?车子怎么还在拉呢?”

同车的人说:“前面修路,车子过不去,得绕个弯子。”

王振帆啊了一声,没再言语。

车子又走了一程,终于停下来了。

王振帆掀开车帘一看,根本不是什么医院,看样子有点像仓库。

“这不是医院,把我拉到这里干什么?”

车夫也不说话,拉起空车放到一边。

王振帆顿时怀疑起来,说道:“你们为什么骗我?这是什么地方?”

两个人谁也不回答他这个问题,只是把他向仓库推过去。

这时仓库门打开了,走出七八个人来,一把扭住王振帆,将他拉进仓库,并且捆起来丢在一个角落里。

王振帆叫道:“你们是谁?为什么绑架我?”

没人理睬他。

王振帆又叫道:“绑架是违法的,为什么绑架我?你们是什么人?赶快把我放了!”

绑架的人听得不耐烦了。一个头目模样的人用手指了指王振帆的嘴巴,马上有人拿块布塞进王振帆的嘴里。

王振帆说不出话了,他只能用眼睛看,用脑子想。

他看见这十来个人都穿着黑衣服,腰间束着黑腰带,脚上穿着黑布鞋,样子有点像黑社会的打手。

这是些什么人呢?一定是与自己有仇的人。仇人是谁?黑社会?自己当官时,打击过黑社会,不知这是哪一个帮派的了,现在当了老百姓,黑社会来寻仇,也未可知。还得罪过什么人呢?对,得罪过蒋介石,是不是蒋介石派人来报复自己呢?也有可能。还有,前几年得罪过土豪劣绅,为了救灾,吃过大户,是不是这些大户泄私愤呢?很有可能。王振帆细想一下,自己当官几年得罪了不少人,这些人想报仇实在太容易了,现在他只是个教书匠,无钱无权无力,还不是任人宰割吗?即便想出什么办法也难以脱身,只好听天由命了。

王振帆觉得自己问心无愧,即使得罪过人也是为了公事,自己未曾得到一丝一毫的好处。没做亏心事,不怕鬼敲门。

但是,过了一会,令他担心的事发生了。仓库门一开,透过阳光一看,一个女人被推了进来,只看一眼他就知道,这是他的老婆刘氏。

他挣扎着站起来,嘴里呜呜地叫着,冲着刘氏跑过去。

黑衣打手们马上截住他,一把将他推回去,不让他接近刘氏。

刘氏只知道有两个人带着黄包车来家里报信,说学校有学生闹事,王校长在处理时被打伤了,住在医院里,让她去照顾一下。她急急忙忙跟车走了，没想到走到这个地方，见了丈夫不能说话，人也给绑了，嘴巴也给堵住了，被扔在角落里与丈夫四眼相望，眼泪汪汪。

王振帆知道，这帮人能把自己骗来，肯定也会用同样的方法把刘氏骗来。一开始他并不着急，他在想着应对之策。现在一看连妻子也被绑来了，他开始着急了，不知歹徒们究竟要干什么。自己受点罪不怕，但他怕刘氏受苦。

他只能用眼神与妻子交流，安慰和鼓励妻子不要害怕，在精神上沉着应对。

刘氏看见丈夫也在这里，反而冷静了。她知道是被人暗算了，后悔不该轻信别人的传言。但是，她只要和丈夫在一起，这就够了，不管人家将怎样处置他们，他们能活活在一起，要死死在一块，也就不那么害怕了。

魏老板和冯德仁见两个人质轻易落到手里，很是高兴，他们计划的第一步实现了。接着就要实行第二步了。他们本身对王振帆兴趣不大，因为这个人手无缚鸡之力，太好对付了，要杀要剐，易如反掌。他们害怕的是周大生和他的武装力量，他们今夜要做的，是用王振帆做诱饵，引周大生上钩，一举将周大生和工人纠察队消灭掉。

这既是魏老板和冯德仁的想法，也是官府的意图。因为南昌起义的枪声犹在耳畔，官府害怕义城也像南昌一样，被共产党的武装力量和国民党左派势力一锅端了。先下手为强，后下手遭殃，他们抢先动手了。

到了晚间，魏老板和冯德仁派人给周大生送信。他们只要把信扔在工人纠察队就行了，因为周大生整日和工人纠察队在一起，任何人都会把信件传给周大生的。

果然，这封信很快就到了周大生手中。周大生打开一看，上面写着："你们的人在我们手上，今晚十二点让周大生一人前来南水关仓库领人，否则撕票。"落款是"知名不具"。

周大生一看就知道是魏老板和冯德仁的把戏，因为如果是官府逮捕王振帆，捉拿就行了，犯不着用绑票这种伎俩，而且绑票的真正目的是对周大生下手，这是只有土豪劣绅才采取的手法，根本不是政府的做派。但是，周大生相信，魏老板和冯德仁敢于这样做，一定是得到了政府的支持，否则谅他们也不敢。

周大生马上请丁二叔和王管带过来商量。这两支力量正好也运作到位了，丁二叔率领的共产党游击队和王管带率领的一千人马都到了义城，人员正在集结中。

工人纠察队的办公室，就像战斗指挥部，大家正在热烈地讨论着。

丁二叔说："这封信是个信号，表明敌人要正式动手了。正好我们抢在前面，人手正在集中，有点像南昌起义的前夜。"

王管带说："我们来的人比较多，在城里不好隐蔽，迟打不如早打，早打不如今天就打，咱们来个将计就计就好。"

周大生说："据我所知，魏老板和冯德仁的别动队是一批乌合之众，加起来也就五六十人，他们想用这批人对付我。另外，我们已经探明，魏老板向都督借了一百名正规军，也扮作别动队的模样，目的是消灭工人纠察队，他们今晚的全部目的，也就是这样。如果让他们得手，义城就变成了他们的一统天下，这是他们的如意算盘。"

大家商量了一番，同意今晚动手，将计就计，把国民党右派控制的政府和他们的势力消灭干净，用军事行动响应共产党和国民党左派的南昌起义。

大家同意成立临时作战指挥部，由周大生任总指挥，丁二叔和王管带任副总指挥，指挥部就设在工人纠察队。

大家都说周大生人熟地熟，工人纠察队又精明强干，一致拥护周大生布置作战计划。

周大生决定：

第一，晚上十二点，他本人去南水关仓库，应约去见魏老板和冯德仁，同时由丁二叔率领游击队，包围南水关仓库，消灭别动队。

第二，由英姑率领工人纠察队，在战斗打响之后，直扑都督府，消灭都督府卫队，捣毁反动派的大本营。

第三，由王管带率兵埋伏在工人纠察队总部，待官兵进入伏击圈之后，将敌人一举歼灭。

第四，待以上三项任务完成后，所有人员合并，去大别山打游击。

大家一致同意这个战斗部署，分别紧张地准备起来。大家一个个摩拳擦掌，斗志昂扬。

天渐渐地黑了下来。夏天的夜晚格外闷热，青蛙呱呱地叫着，蚊子嗡嗡地飞来飞去，一股躁动的情绪正在蔓延。人们不知道今夜将发生什么，更不知道明天的义城会是个什么样子。

晚上十点，魏老板和冯德仁来到南水关仓库。这是一个码头仓库，平时做储货用，空间很大，周围很开阔，长着一些狗尾巴草。选择这个地方做绑架的场所，是因为火力点集中，只要周大生敢来，哪怕带上工人纠察队，只要一关上仓库大门，他们就成了别动队的活靶子。

王振帆夫妇俩已经被关了大半天了，一见魏老板和冯德仁，王振帆又呜呜地叫起来。

魏老板看见王振帆被扔在角落里，走过来拍拍他的肩膀说："对不起，王大人，辛苦你了，一天没吃饭吧？等会收拾了周大生，再给你送饭来吃好吗？忍着点啦！"

王振帆扭动着身子，嘴里不停地叫着。

魏老板扯出塞在王振帆嘴里的抹布，说："你想说什么？说来听听也好，反正还有时间。"

王振帆大口大口地喘着气，胸部起伏不平，喘息了好长时间，才说："你暗算别人，算什么好汉？有种放开我，我们一对一单挑！"

魏老板说："都到这会儿了，你还想一对一单挑？你这个死脑筋，一根筋，根本用不着我跟你单挑，我的别动队就把你收拾了！"

“你私设刑堂，绑架杀人，是要被杀头的，还不赶快放了我！”

“啊嘀，你王大人还是当官的口气嘛。你以为你还在当知府、当都督助理呀，还想烧鸦片吗？你欠的债早该还了，到现在还嘴硬！”

“冤有头，债有主，有什么你冲我来，抓我老婆算什么？放了她！”

“你以为我是冲着你呀？你太高看自己了，对付你这种人，一支枪就够了。今天借用你们夫妻二人，是钓鱼用的饵，钓的是周大生。我已经给他下帖子了，他一定会来救你，一会就有好戏看了！”

“你这个卑鄙小人，专搞阴谋诡计！有什么事你找我算账，不要扯上周大生！”

“我知道周大生是你的好朋友，你们是穿连裆裤的，你的哪一桩事少了周大生？杀了周大生就天下太平！”魏老板说。

冯德仁走过来，又用抹布把王振帆的嘴堵上，对魏老板说：“你跟他说那么多废话干什么？留点劲对付周大生吧！”

正在这时，只听见咣当一声，仓库大门被踢开了。魏老板和冯德仁扭头一看，只见一个别动队队员从外面滚了进来，接着又一个别动队队员跌跌撞撞地爬了进来。魏老板知道，这两个人是守大门的，不知怎么突然跌进来了，他很奇怪。

接着，更让他感到奇怪的事情发生了：从外面进来一个彪形大汉，气势汹汹的样子，虎虎生风。魏老板和冯德仁仔细一看，来者不是别人，正是王振帆的哥哥王振风！

魏老板看见王振风来了，头皮发麻。他知道肯定是哪里走漏了风声，把这位不速之客招来了。这位爷不为别的，肯定是为王振帆来的，看样子少不了动手。真要动起手来，自己的人是很难赢的。好在自己的人手上都有枪，而王振风是两手空空进来的。

王振风进了仓库，里面灯光比较暗，中间又堆了不少货物，一下子看不清里面的情况。他大叫一声：“有人吗？会说话的站出来！”

魏老板知道躲不过，从角落里走了出来，说道："原来是振风兄啊，多日不见了！"

王振风一见，果然是魏老板，与报信人说的一样。别动队不是铁板一块的，有人向他告了密，所以他才能找到仓库来。他知道有魏老板在，必然还有冯德仁跟着，他又叫了一声："冯德仁你这个王八蛋，还不赶快给我滚出来！"

冯德仁也知道躲不过去，从藏身的地方踱了出来。

"哈哈，振风兄怎么也来凑热闹呀？"冯德仁打着哈哈，故作轻松地说。

"你还有脸喊我振风兄啊？振帆弟都给你们抓起来了，还装什么呢？"

"误会误会。"魏老板连忙解释，"误会啦！我们哪敢对振帆大人大不敬啊，我们只是借重他的威望，办点小事情罢了！"

王振帆看见王振风来了，知道来了救星，可惜他叫不出声来，只能尽最大努力嗯嗯地哼着。

声音惊动了王振风，他瞥见王振帆和刘氏坐在暗影里，人被捆着，嘴被塞着。

"这就是你们说的借重？有这么借重人的吗？"

说着，王振风就要过去给王振帆解绳子。

几个别动队队员走出来，横枪立马，挡住王振风的去路。

"滚开！"王振风一声怒吼，吓得别动队队员退了几步。

王振风走过去，扯下王振帆嘴中的抹布，正要去解捆绑的绳子，突然感到后脑勺被一个冰凉的东西顶住了。

"对不住了，振风兄。"魏老板用手枪顶着王振风的后脑勺，冷冷地说。

"你敢用枪指着我？"王振风很生气。

"这是被你逼的，我们没有请你来，是你自己闯进门来的。"魏老板说。

冯德仁迈着方步走过来，轻描淡写地说："振风兄知道，我们不会跟你们兄弟俩过不去，我们还是表亲嘛！"

王振风说："谢谢了，你这表亲我们可攀不起，振帆被绑上了，手枪也用上了,你还想干什么?”

“我们没别的意思,就是想借重振帆的威信,请工人纠察队过来谈点事。”冯德仁慢条斯理地解释。

“你们想与工人纠察队开仗,拿我弟弟当挡箭牌?”

“意思也就是这么个意思,你不要说得这么难听。”魏老板说,“我们会保证王振帆大人的安全!”

“放屁!”王振风说,“你的手枪都顶到我的脑袋上了,还说保证别人的安全,你这不是假一套是什么?”

王振帆喘着气,筋疲力尽地说:“你别相信他们的鬼话,他们是六亲不认的。你赶快走,不要管我!”

冯德仁听了这话很生气,他说:“你们办事不也是六亲不认吗?你们烧鸦片的时候认过亲吗?抄魏家庄的时候认过亲吗?现在想到要让我们认亲了?”

“呸!”王振帆说,“你还要脸不要脸?为什么抄你们魏家庄?那是你们绑架英姑在先,我们救英姑在后!为什么烧鸦片那还用问吗?你们卖鸦片害了多少人,赚了多少黑心钱就不用说了,你们还勾结英国人害中国人,那鸦片能不烧吗?你们就是打着认亲的幌子,把我们当作你们为非作歹的挡箭牌!”

冯德仁见辩解无力,干脆又把王振帆的嘴堵上。他说:“你一边待着去吧,我懒得跟你说。”

王振风见魏老板和冯德仁这种大不敬的样子,想起他们平时对自己的恭敬都是假象,就是利用自己的影响替他们做护身符。想想自己受骗上当的事情他感到很惭愧,自己曾经也不过是他们豢养的一个打手而已。

想到这里,他说:“过去的账,我们已经两清了,你们养过我,我也还过你们一刀了。今天是新账。你们放了王振帆和他的妻子,咱们好说好散,今后咱们井水不犯河水;如果不放人,别怪我不客气!”

魏老板和冯德仁当然是不会放人的,他们策划了很久,又准备了好久,还用上百根金条找都督大人借了兵,目的就是要铲除工人纠察队和周大生。如果轻易放了人,他们就鸡飞蛋打,什么也捞不着了。所以,他们也横下一条心,一定要把这桩事做到底。

魏老板说:“振风兄,不是我不给你面子,实在是没法给你面子。如果你能把工人纠察队都找来,让他们投降,交枪,任我们处置,那我们也就息事宁人,算了。如果做不到这一点,你也休怪我们不客气。”

俗话说,话不投机半句多,说到这里双方都失去了耐心。王振风抢先一步,准备给王振帆松绑。魏老板一招手,马上过来四五个别动队的人扳住王振风的手臂。王振风一使劲,那几个打手后退了好几步,一齐倒在地上。

看见同伙吃了亏,一二十个打手一齐上,拽胳膊的拽胳膊,扳腿的扳腿,大家想共同把王振风制伏,结果被王振风左推右挡,拳脚交加,纷纷打倒在地。

魏老板和冯德仁着急了,他们怕王振风坏了今天的大事,必须赶快把他解决掉,否则过一会周大生来了,他便如虎添翼,谁也休想把他们怎么样了。

王振风不管这些,为了救王振帆和刘氏,他越战越勇,把平生的功夫都用了出来,把那些打手打得鬼哭狼嚎,眼看这些人就招架不住了。

突然,一声沉闷的枪声响了,大家都吃了一惊,打手们也纷纷散开。只见魏老板正端着手枪,枪口对着王振风的腰间。

王振风只觉得腰部像是被人横扫了一棍,疼痛难忍,他努力支撑着回头一看,原来是魏老板开了枪。“你……你竟然开枪!”说着,他尽量不使自己倒下,并且试图去夺魏老板的手枪。

魏老板吓得有点哆嗦,枪抖得厉害。

这时,又一声枪响划破了夜空。这一枪,打中了王振风的胸部。这是致命的一枪,王振风咬牙坚持着,伸开双臂,要去抓开枪的人。

冯德仁吹吹冒烟的枪口,说了声:“去死吧!”

王振风虽然有一身的功夫,但肉身终敌不过子弹,在悔恨交加中,他看着往日的所谓朋友,把自己送上了绝路。

王振帆看见这一切,恨得跳起来,用脑袋向着冯德仁冲过去。冯德仁一闪身,顺手一拳打在王振帆的颈椎骨上,王振帆应声而倒,重重地摔在地上。

冯德仁对魏老板说:“死不了,晕过去了,留着他和周大生一道解决吧!”

刘氏眼见这一切,看见王振风和自己的丈夫都倒下了,她也晕了过去……

魏老板用脚踢那些打手,说道:“起来起来,你们这些废物,这么多人降不住一个王振风,你们手上的家伙都是聋子耳朵吗?过一会周大生来了,见人就开枪。单凭打架,再加一倍人你们也打不过他!”

时间一分一秒地过去了,眼看要到十二点了。魏老板和冯德仁把打手们叫过来,形成一个包围圈,就像一个布口袋,袋口正对着仓库大门,只等大门一开,周大生一现身,马上开枪。

正在他们紧张准备的时候,突然他们身后的窗户玻璃噼里啪啦一阵响,几乎四面的玻璃窗都被打碎了。他们回头一看,只见从窗户里伸进一条条长枪,这些长枪已经反将仓库里的人包围了。

只听见有人喊话:“里面的人听着,我们是丁家村游击队的,你们被包围了!”

魏老板和冯德仁一听说是游击队,腿有点发软。他们知道游击队专打游击,来无影去无踪,就跟神一样,不是一般人能对付得了的。

喊话又在继续:“里面的人听着,游击队的政策是缴枪不杀。你们把枪放在地上,双手抱着头,站在那不要动!”

因为只听喊声不见人,屋里有的打手心存侥幸,回过头来想对窗户外面开枪。可是没等他扣动扳机,窗户外面的枪声就响了,屋里的打手应声倒地。其他打手一看,吓得魂飞魄散,一个也不敢动手了。

外面的人说："刚才就是你们的人动手的下场。现在我喊一二三，你们统统放下武器，喊到三仍然不缴枪的，我们就开枪了。现在我喊一。"停了一会又喊二，没等喊到三，打手们乖乖地把枪放到地上，双手抱着头站在那里。

到了这时候，仓库门打开了，从外面进来一帮人，为首的是周大生，后面跟着丁二叔和丁二虎，再后面是二三十个农民打扮的人，他们个个手里都有手枪，威风凛凛。

周大生走到魏老板和冯德仁面前，说道："没想到吧？这就叫人外有人，天外有天！你们自作聪明，把别动队都集中在这里，正好给游击队一锅端，这就是游击队。介绍一下，这就是游击队司令员——共产党员丁二叔。"

说到这里，有个狡猾的别动队队员突然拔出身上的佩刀，朝周大生刺过来。还没等到周大生动手，丁二虎眼疾手快，一枪就把那人撂倒了。其他人被吓得再也不敢轻举妄动。

魏老板战战兢兢地说："大生兄弟，今天有点误会，我们在这里不是对付你的，主要是对付工人纠察队，他们和别动队有过节。你大生兄弟是好人，放过我们吧！"

冯德仁也说："大生兄弟是自家人。俗话说，上阵还得父子兵。我们是自家兄弟，自家人不打自家人。"

这时，王振帆在角落里嗯嗯地叫了起来，夜半时分，声音特别响。

一个游击队队员循着声音找过去，只见王振帆双手双脚被捆着躺在那里。游击队队员用刀割开绳子，扯掉塞在王振帆嘴里的布块，王振帆缓过劲来了。

他踉踉跄跄地走到魏老板和冯德仁面前，一手抓住一个，吼道："你们还有脸说是自家人？王振风都被你们打死了，你们这两个人面兽心的恶人！"

听说王振风被杀了，周大生上前一人给了一个耳光，打得魏老板和冯德仁满地找牙。

“你们这两个畜生！也下得了手?”周大生骂道。

到这个地步,魏老板自知难逃一劫,但还是心存侥幸。他扑通一声跪在地上,左右开弓抽着自己的嘴巴,说:“我不是人,我不是人！我对不起大生兄弟。请你看在进士第一条街的分上,大家都是乡里乡亲的,就饶过我这一次吧,以后我一定改邪归正,报答乡亲!”

不说乡亲倒也罢了,一说乡亲周大生更加生气。他说:“你还有脸说乡里乡亲？你做的哪桩事情不是祸害乡亲的？你开赌场、开烟馆、开妓院,哪一桩哪一件不是害人的？乡亲们被你害得倾家荡产、家破人亡的还少吗?乡亲们早就想吃你的肉、扒你的皮了！还有,你勾结英国人,勾结当官的,绑架妇女,欺压百姓,哪一条都是罪大恶极,还想在这里喊冤叫屈,蒙混过关,你能过得了吗?”

这时候冯德仁只好自保自身了,他撇开魏老板,为自己洗刷。他说:“不错不错,那些事都是姓魏的干的,我不知劝过他多少次,他就是不听。我是个开银行的,没做过违法的事情。况且我是你的嫡系亲戚,是真正的亲人,你不能把我和他同等看待啊!”

周大生还没开口,王振帆就沉不住气了,他从来没见过这么不要脸的人,翻手为云,覆手为雨,一肚子坏水,睁着眼睛说瞎话。他骂道:“冯德仁,你这个无耻的小人,满嘴仁义道德,一肚子男盗女娼！姓魏的干的坏事,哪一件不是你教唆的？所有的坏事,都是姓魏的在前,你在后,装好人,实际上你是最大的恶人！和英国人勾结,贩卖鸦片,开赌场、开妓院,哪一家你不是股东？英国人和姓魏的绑架英姑,哪一次不是你主谋？刚才杀害王振风,致命的一枪就是你打的,我看得清清楚楚,你还有什么话说？你这个嫡系的亲戚比起那个姓魏的,更加十恶不赦!”

丁二叔听得清楚,恨得牙痒痒的,说:“这些人,就像乡下的地主老财、土豪劣绅,好话说尽,坏事做绝,留着他们是个祸害,除了他们吧!”

丁二虎也说:“告诉你们吧,死也让你们死个明白。你们使的不是调虎离山计,把我们骗过来,想让官兵化装成别动队去消灭工人纠察队吗?告诉你们,工人纠察队已经去攻打都督府去了,是英姑带队的,他们人头熟,一个赃官也跑不了!工人纠察队总部那里,正有上千人在等候那一百官兵呢,他们可是正规军,正在给官兵包饺子呢!”

听罢这些话,魏老板和冯德仁知道彻底失败了,走上绝路的不止他们两个人,连都督府都完蛋了。

魏老板猛地抬起手枪,准备做最后挣扎。周大生手起枪响,魏老板趔趄了一下,揪着胸部倒下了。

冯德仁知道在劫难逃,但还想趁乱逃跑,刚跑出几步,王振帆从周大生手里拿过枪来,狠狠地打了一梭子,冯德仁瞬间被打成筛子,轰然倒地了。

剩下的别动队队员吓得直打战,差不多都跪下了。周大生安慰他们,说你们都是有家有室的人,参加别动队也是混饭吃的。魏老板和冯德仁的劣迹与你们无关,你们把枪留下来,走人就行了。

听了这话,别动队队员们都跪在地上千恩万谢,然后纷纷逃离现场。游击队队员们进到仓库里,收拾好枪械,在周大生的率领下,向都督府转移。

在工人纠察队的大院子里,灯火通明,从远处就能看见人影绰绰。王管带命令几个兵故意走来走去,让人看见满院子都是人。实际上,他把上千号兵力布置在院子外面,早就埋伏好了,只留着一条路作为袋口,等着那些官兵往里钻。

官兵们换上了便衣,身上都藏着家伙,三三两两地往工人纠察队的总部集结。他们得到的命令是:夜半时分,摸进工人纠察队,杀人、缴枪、放火,将工人纠察队总部烧得寸草不留。任务完成后,每人奖二十块大洋。

当兵的人,是奔这二十块大洋去的。他们知道,有了这些钱,便可以回家置几亩地,就不用当兵吃粮受这份罪了。

他们听说工人纠察队就几十号人，手上的家伙也不多，都是码头工人，这些人平时练练拳脚还可以，与正规军打起仗来，那可是用鸡蛋碰石头，自认倒霉了。所以，这些官兵信心满满，以为对付工人纠察队是手到擒来的事，根本不用费什么力气。他们所想的，就是那二十块银圆怎么花的问题了。

他们从兵营走到朝天门码头，也不过半小时左右。兵头看见人都到齐了，指着人影绰绰的大院说："冲进去，见人就杀，成事以后，每人二十块大洋！"

当兵的都点点头，表示理解，特别是对那个颇具吸引力的数字。

兵头命令："冲啊，杀！"

当兵的齐声高叫："冲啊，杀！"

号角声划破夜空，令人心惊胆战。

大院的灯原来是亮着的，随着当兵的号角声，灯突然灭了，等到官兵冲进院子里的时候，里面一片漆黑。官兵们横竖摆弄着枪支，不知道打谁，反倒是自己人和自己人磕磕碰碰起来。

兵头也奇怪起来，骂道："他娘的，刚才还有灯有人，现在黑乎乎的，钻耗子洞啦？"

正当他们莫名其妙发愁的时候，忽然周围响起惊天动地的喊声："缴枪不杀！"随即，大院里的灯也亮了，原来影影绰绰的十几个人，现在变成了黑压压的一大片。

兵头环顾四周，才知道被包围了，敌人根本不是工人纠察队，而是正经八百的正规军，全副武装，人数难以估计。

王管带朝天开了一枪，把人声压下去，他说："官兵兄弟们，你们被包围了，我们有上千人，你们是斗不过我们的，赶快投降吧，缴枪不杀！"

兵头大惑不解，问道："你们是哪部分的军队？怎么来了这么多人？天兵天将啊？"

王管带说："告诉你，我们是马炮营的部队，等了一二十年了，今天来收拾你们,赶快投降吧!”

兵头朝着说话的地方开了一枪,只听见对方的机枪立马开了火,嘟嘟嘟的一阵响,官兵倒下了一大片。

兵头看见大势已去,连忙举起双手:“别开火,我们投降!”接着,他对剩下的官兵说,“弟兄们,投降吧,保命要紧!”

兵头发了话,当兵的连忙把枪放在地上,很熟练地举起双手。

王管带指挥着,让投降的人站好队,又让自己的人打扫了战场,收缴了地上的武器。然后,他对官兵们说:“官兵兄弟,你们都是当兵吃粮的,都是穷苦人,上头让你们来打仗,你们不敢不来,但打来打去,死的都是我们穷人,当官的一点危险都没有,干啥为他们卖命?你们是来消灭工人纠察队的,现在他们已经去进攻都督府了,明天就换天下了!现在给你们两条路:一条路,回家去种田,愿意走的,我们发两块大洋做路费;另一条路,留下来参加我们的队伍,去打地主老财和土豪劣绅。你们自己商议一下,赶快决定!”

兵头说:“你不会骗我们?”

王管带说:“我骗你们干什么?你们这一点人,我一阵机枪就解决了,还用得着跟你们讨价还价吗?我是为你们好!”

兵头和当兵的小声议论了一会,叽叽喳喳不知说些什么,看样子他们意见一致了。兵头说:“报告长官,弟兄们商量过了,都愿意留下来参加你们的队伍,打地主老财和土豪劣绅我们都愿意。我们不回家了,回家也是受他们的欺负!”

“好,欢迎你们加入!等把地主老财和土豪劣绅都打倒了,咱们再回乡种地!”

就这样,剩下的官兵都编入了马炮营的队伍。王管带命令:“走,我们去攻打都督府!”

尾　声

英姑带着工人纠察队扑向都督府。

今天的工人纠察队，每人都佩了一支手枪。他们平时要要大刀片子，练练武功，那是给别人看的，真正的武器藏在仓库中。今天晚上执行任务，全部配上了火兵器，大家情绪高昂，特别是去攻打都督府，他们更是异常兴奋。他们早就想收拾那些狗东西了。

到了都督府门外，一片寂静。

都督府的院门关着，门外有两个兵在站岗。也许是夜间站岗随便一点，他们晃过来晃过去，例行公事。他们当然不知道今夜会出事，否则他们会端着武器瞪大眼睛的。

看见两个兵靠在墙上打哈欠，英姑朝两个纠察队队员打了个手势，让他们去把哨兵解决掉。

两个队员像猿猴一样，纵纵跳跳，几下子就摸到哨兵的背后。他们一手捂住哨兵的嘴，一手压住哨兵的后脑勺，向右一使劲，只听见颈椎骨咔嚓一声断了，两个哨兵就像面粉袋一样，一声不吭地倒下了。

接着，两个队员飞身一跃，爬上大院的门楣，再翻身过去，不一会，大门无声无息地打开了。

英姑和几十名纠察队队员悄无声息地进了大门，然后又将院门虚掩上，把两具尸体移到无人处。

英姑和队员们都熟悉地形。进院以后，他们直扑左厢房，那是卫兵的营房。

英姑悄悄地推门进去。卫兵们正在呼呼大睡，枪支都靠在床头的墙边。英姑打着手势，让纠察队队员把靠墙的枪支都掳走。

正在这时，远处传来密集的枪声，那是从工人纠察队驻地传出的机枪声。因为夜深人静，所以枪声传得比较远。

卫兵们迷迷糊糊地听见枪声，迷迷糊糊地爬起来摸枪，一见枪支没了，心惊胆战起来。卫兵队长顺手打开床头的电灯，眼前的一切让他们惊呆了——屋子里站满了不认识的人，他们正抱着卫兵的枪支。

卫兵队长反应很快，他迅速从枕头底下抽出手枪，对准一名纠察队队员开了一枪，那个队员倒下了。

英姑顺手一枪，将卫兵队长撂倒，说了一声："给我打！"

纠察队的手枪响成一片，卫兵们横七竖八地倒在床上和地上。

"呸！"英姑啐了一口，对这些平时狐假虎威、欺压百姓的卫兵表示鄙夷。

枪声已然惊动了都督府大院，到处响起尖叫声和撞击声。

英姑命令："快，进内院，捉拿都督！"

纠察队队员冲进内院，直扑最高最大的那栋楼房，他们知道那就是都督的住所。

纠察队直奔楼上都督的卧室。卧室外面有几个卫兵守着，他们冲着上楼的纠察队队员射击，有几个队员中弹倒下了。英姑一声吼叫，端起双枪轮番射击，纠察队队员也集中火力射向都督的卧室。不一会，几个卫兵倒下了，都督卧室的门也被打烂了。

英姑和队员们闯进卧室，搜索了一下，只见床上的都督夫人在瑟瑟发抖，都督不见了。

英姑用枪指着都督夫人,问:“都督哪里去了?”

都督夫人浑身发抖,说不出话来,无意中朝床下瞥了一眼。

英姑弯下腰来,掀起被单,看见床下有个人趴在那里。

英姑冲着房顶开了一枪,说:“出来!再不出来打死你!”

“别,别开枪!”床底下的人说着话,慢慢爬出来。

纠察队队员把他拖起来一看,正是当年的巡抚、如今的都督,仅有一只耳朵。

一个纠察队队员冲上去,左右开弓,给了他几个耳光,骂道:“你也有今天!我们纠察队有多少家人都死在你的手上,你这畜生,我真想一枪毙了你!”

英姑连忙拦住,说:“留着他,有用处。”

纠察队队员恨恨地罢了手,骂道:“你这狗官,我恨不得亲手宰了你!”

英姑吩咐:“把他捆起来,带走!”

这时,周大生和丁二叔也赶过来了,他们帮助清扫了一下战场,便押着都督走出了大院。

刚刚走出大院,王管带率领的大部队也赶过来了,大家热情地拥抱在一起,庆祝胜利。

周大生领着大家最后进攻军械所。军械所看见起义人员活捉了都督,不敢恋战,乖乖地打开军械所的仓库,任凭起义人员将仓库搬空。

周大生对军械所的头儿说:“你很识时务,我们也不难为你。快把你的兵解散了,放他们一条生路吧!”

军械所的头儿向周大生敬了一个正规的军礼,说道:“报告长官,我们也起义了,想加入你们的队伍,你收留我们吧!”

周大生拍拍军械所头儿的肩膀:“你真是个开明官儿。好吧,欢迎你们参加革命队伍!”

军械所的官兵很快被编入队伍,他们兴高采烈,就像获得新生一样,挺直了身子，背着枪，迈着轻松的步伐。

天渐渐地亮了，曙光初照，遍地生辉。周大生率领着起义部队，昂首挺胸，向大别山深处挺进，开始了新的战斗生涯。

在这支队伍里，走着丁二叔和丁二虎，走着王管带，走着英姑，还走着王振帆和他的妻子，还有他们的后代——年轻的崇文和崇武……